KB237289

명랑한 멜랑콜리

명랑한 멜랑콜리

이 도서의 국립중앙도서관 출판시 도서목록(CIP)은 e−CIP 홈페이지(http://www.nl.go.kr/cip.php)에
서 이용하실 수 있습니다. (CIP제어번호 : CIP2010003367)

Cheerful Melancholy

명랑한 멜랑콜리

한민주 평론집

황홀한 노랑. 어느 날, 갑자기, 울타리 삼아 심어놓은 황매화들의 줄기가 휘어져 부러질 지경으로 흔들리고 그 노란 꽃잎들은 바람개비처럼 정신없이 돌아가며 물보라를 일으켰다. 순식간에 노란 물이 든 집은 공중으로 솟구쳐 올랐다 내려앉으며 놀이기구를 탄 것마냥 멀미를 일게 한다. 어지러울 지경. 그런 황홀한 소요를 일으키며 마당 한 가운데 착륙한 것은 토성 모양의 띠를 두른 우주선이었다. 드디어 올 것이 왔구나. 마음을 진정시키고 곧 있을 시험에 대처할 방법을 고민하는 동안, 그들은 활활 타오르는 장작불을 지펴놓았다. 주저함도 없이 맨발로 검붉은 숯더미 위를 걸어가자, 발바닥에는 붉은 장미 꽃송이가 솟았다. 나란 사람은 그들이 상실한 귀 그토록 찾아 헤매던 대상이었음이 밝혀지는 혁명의 순간.

어린 시절의 나는 걸으면서 상상에 빠졌다. 그때 내가 줄곧 했던 상상의 테마는 나란 아이가 특별하다는 믿음의 실현과 관련된 것들이었다. 일반적으로, 한 주체가 상상 속에 머물기 위해서는 혼자만의 시간과 공간이 필요하기 마련인데, 나의 유년시절은 그런 조건을 충족시켰다. 우리 집은 동네와 700m나 떨어져 있는 외딴 곳에 자리하고 있었으며, 동네 어귀에서 우리 집 사이에 있는 것이라곤 논과 높은 언덕, 그리고 산뿐이었다. 우리 집은 끝없이 펼쳐 있는 논과 산의 중턱에 솟아 있는 성처럼 보였고, 불빛 한 점 없는 깜깜한 밤이면 그 집을 찾아가는 암흑의 길이 어린 내겐 공포스러웠다. 그 길의 공포는 물리적인 거리감뿐 아니라 정신적인 거리감에서도 비롯되었다. 동네 친구들과 등하교를 하며 명랑, 발랄, 소란스럽던 시간은 동네 어귀에 이르면 급작스레 단절되었다. 또한 엄격하셨던 아버지 때문에, 집밖에서 권투와 축구, 태권도 연습을 하며 남성적이었던 내가 조심스레 말하고 순종적인 여자애로 돌아가는 길이기도 했다. 그러한 간격을 견딜 수 있는 나만의 방법은 상상을 하는 것이었다. 그 길을 걷기 위해 나는 매일 이야기를 만들어야 했다. 그러다가 나는 아예 친구들과 빨리 헤어져 내가 만든 상상의 세계에 빠져드는 시간을 더 좋아하게 되었고, 이야기를 더 연장하기 위해 집으로 가는 걸음의 속도를 늦추기도 하였다. 그 속에서 나는 불만스런 현실의 많은 부분을 바꿔 살 수 있었다. 생각해보면, 상상은 나만의 유토피아적 공간이었던 셈이다. 문학은 내게 수많은 유토피아의 버전을 전달하는 특별한 편지다. 평론가인 나는 작가의 상상으로 설계된 유토피아를 친애하는 마음으로 읽고 상상하여, 다시 비평문으로 답신을 보낸다. 그런 내게 첫 비평집이다. 부끄럽게도 이 책에 실린 글들은 문학을 향한 나의 치기어린 감정이 앞서 서툰 문장과 논리가 애면글면하고 있다.

황홀한 파랑. 우울증을 앓고 있는 문학은 경계 위에 산다. 그래서 문학은 부정적인 것에 이의를 제기한다. 자연히, 문학을 하는 소설가나 시인, 비평가는 거칠거나, 부드럽게 불온하다. 자청해서 푸른색 띠를 두른 반대자의 초상은 토성의 정조를 지닐 수밖에 없다. 이성을 강조하고, 생산성을 중요하게 생각하는 세계에서 보랏빛 색감을 지닌 멜랑콜리는 악마적인 요인으로 폄하되기 십상이다. 아이러니하게도, 이런 적대감과 동시에 모더니티는 그것의 부산물처럼 멜랑콜리를 생산하고 존립의 기반으로 삼는다. 이 평론집에서는 정신적 병리현상인 우울증이 아니라 예술적 잠재력과 에너지로서의 멜랑콜리를 말한다. 자본주의 사회가 부과하는 정서적 아픔으로서의 멜랑콜리는 부조리한 세상에 살고 있는 인간조건의 한계를 극복하려는 예술가들의 창조적 에너지가 된다. 그것은 자아와 타자를 위로하는 삶의 한 형식이기에 밝고 명랑할 수 있다. 이 말은 절망의 늪에서 다시 희망을 길어 올리는 유토피아적 충동이 문학과 작가, 비평가에게 있다는 것이기도 하다. 그것을 나는 폐허 속에서 천사를 발견하는 멜랑콜리의 변증법적 구조로 이해한다.

많은 사람이 문학의 본성을 희망의 원리에서 찾는다. 어떠한 형식으로든 문학이란 한 주체의 삶을 위무하며 살아갈 당위를 제공해야 한다는 생각에 있어, 나 역시 같은 생각이다. 문학은 사이에서 솟는다. 문학만이 글자와 글자 사이, 나와 당신 사이, 무수한 사이들의 음악을 연주할 수 있다. 비평은 우주의 소리와 균열이 생산해내는 신비스런 파장을 아름답게 상상하고 재현한 문학 작품을 또 한 번 세공해내는 것이다. 그리하여 문학이란 세계에 보이지 않는 미세한 금 하나를 가늘게 더 긋는 것이다. 우연히, 내가 읽은 소설과 시들은 모두 '사이', '균열', '틈'을 흘러다니며 그것에 밀착하고, 그 너머를 꿈꾸는 소망의 표현들이었다. 구분하려는 감각과 연장하려는 감각의 수사적 길항작용은 인간이 자기 외부로 그들의 감각과 감수성을 확장하는 가장 친밀한 방법이다. 소설가와 시인들은 사이를 만들고 지우는 가운데 어디에나 존재한다. 이때 사이의 흔적을 탐색하는 작가와 비평가의 행위는 애도의 형식을 띤다. 나는 문학이 다양한 상상력으로 우리의 영혼을 달래줄 수 있는 영역의 특수성을 갖고 있기에 결코 위기를 맞지 않을 것이라고 생각한다. 그리하여 겁도 없이, 나와 세계의 모든 경계가 무너져 내리는 순간을 상상해본다.

2010년 8월

한민주

■ 머리말 • 4

징후

우울한 뮤즈

| 차례 |

기억

징후

가족이 신화로 존재하는 방식

신경숙의 『엄마를 부탁해』, 김숨의 『철』, 서하진의 『착한 가족』

1. 상상의 가족

"엄마의 발목이 돌아왔다." 김유진의 「마녀」(『늑대의 문장』, 문학동네, 2009)는 이렇게 시작한다. 이 작품에서 가족은 그로테스크한 상상력으로 재현된다. 자살한 엄마가 돌아오는 일도 기괴한데 다름 아닌 엄마의 발목이 돌아왔다는 것. 게다가 가족이 머무는 '집'이란 공간은 나무의 뿌리와 줄기가 옭아매고 있으며, 동생이 '엄마'라고 말하는 바람의 잦은 출몰로 서서히 균열이 일고 있는 형국. 집 안 어느 곳에나 존재하는 발목의 귀환은 개인의 발목을 잡는 가족 역사의 잉여이다. 이 소설은 '엄마가 온다'라는 동생의 반복적 지시어를 통해 유령의 출몰을 알린다. 사관史官으로서의 소녀는 가족에 대한 그리움과 두려움이라는 양가감정이 이러한 유령의 출몰을 영속케 했던 것이라고 그녀의 일기장에 기록한다. 한편, 김애란의 아버지는 '상상' 속의 존재이다. "내겐 아버지가 없다. 하지만 여기 없다는 것뿐이다. 아버지는 계속 뛰고 계신다."(「달려라, 아비」, 『달려라, 아비』, 창비, 2005) 이러한 상상 속의 아버지는 상상의 영역에서나 의미를 얻을 수 있는 존재다. 아버지라는 존재는 굳이 상상 밖으로 튀어 나와 현실의 영역에서 제 역할을 할 필요가 없는 것이다. 이처럼 그로테스크하거나 발랄한 상상력으로 기원을 번역하는 작가들의 노력은 가족에 대한 이 시대의 변화된 가치관을 반영한 것이리라. 그러나 젊은 작가들에게서 보이는 이러한 징후와는 상관없이 가족 서사는 여전히 보수주의의 바람을 타고 되돌아온다.

가족의 위기니, 가족의 해체니 하는 가족 종언의 담론들은 아주 오랜 시절부터 무성했다. 그런 덕에 가족은 여전히 건재한 것이 아닌가 싶다. 가족에 대한 판타지는 개인에게 '잃어버린 가족'을 찾아 헤매는 방랑의 운명을 짐지운다. 따라서 가족의 이야기는 상실과 결여에서 시작한다. 부재에서 정체성의 기원을 찾는 것이다. 그런데 찾아야 할 기원으로서의 가족은 상상의 산물이다. 베네딕트 앤더슨은 '민족'을 상상의 산물로 이해하고 이것이 자본주의의 발달로 더욱 인기있는 산물이 되었다고 말한다.[1] 가족이라는 거대하고 신성한 가치 역시 자본주의의 형성으로 인해 상상된 것이라 할 수 있다. 혈연과 결혼으로 결합된 친족으로서의 가족 개념은 자본주의적 근대성의 이데올로기를 투과하면서 그 모순과 한계를 드러냈다. 가족의 관계 형성은 개인과 집단 사이에서 의무와 책임을 짓는 방법으로 단위 분할과 구조가 형성되었다. 이제 가족이 혈연과 결혼을 통해 형성되었고 사랑이 충만한 안식처라는 보편적 개념은 우리가 갖고 있는 이상일 뿐이다.

---

1) 베네딕트 앤더슨, 윤형숙 역, 『민족주의의 기원과 전파』, 나남, 1991, 59쪽.

그렇다면 이러한 이상화된 가족이 어떻게 유구한 역사를 자랑하며 상속 보존되어왔던 것일까. 그것은 '가족의 과거'를 발명하여 신화화되어왔던 것이다. 현대의 가족생활이 많은 변화를 겪는 것에 비하여 가족의 과거는 결코 변하지 않는 점이 있다. 그것은 가족의 과거가 현재의 가족보다 안정적이고 믿을 만하다는 신념이다. 가족의 과거는 덜 문제적으로 보인다. 그리하여 가족의 과거는 근원이자 중심으로 상상된다. 마치 골동품처럼 가족의 과거는 시간의 흐름을 통해 가치를 획득하는 것이다.[2] 개개인들은 가족의 과거를 향수함으로써 공동체 의식을 향유하는 것이다. 사람들은 '가족'을 뭔가 성스럽고, 본질적이고, 단일체적인 것으로서 신성시해왔다. 그래서 가족은 없고, 가족의 신성화만이 존재한다. 그런데 가족을 향한 이러한 가치 부여가 바로 가족에 대한 국가와 자본주의의 억압을 직시하지 못하게 만든다. 이 글은 최근 발표된 『엄마를 부탁해』, 『철』, 『착한 가족』에서 가족이 신화화되는 방식들을 살펴본다.[3] 모성, 노동, 연기를 통해 지켜야 할 것은 가족이라는 성소聖所다. 이 세 작품은 우리 근현대사에 있어서 삶의 중심축이 생산에서 소비로 변화해 나아가며 그 과정 속에서 가족이 상상되는 방식을 살필 수 있도록 해준다.

---

2) John R. Gillis, *A World of Their Own Making : Myth, Ritual, and the Quest for Family Values*, Harvard UP, 1997, 4쪽 참고.

3) 이 글이 대상 텍스트로 삼은 책들은 신경숙의 『엄마를 부탁해』(창비, 2008)와 김숨의 『철』(문학과지성사, 2008), 서하진의 『착한 가족』(문학과지성사, 2008)이다. 앞으로 이 글에서 인용하는 부분들은 작품의 쪽수만 명기한다.

2. 이상적인 어머니의 도상 : 『엄마를 부탁해』

신경숙의 소설 『엄마를 부탁해』는 그 소설을 읽는 독자 누구에게나 있을 어머니에 대한 죄책감과 향수를 건드린다. 신경숙은 누구에게나 판타지로 존재하는 근원적 서정의 한 풍경을 그려내면서 독자의 정서를 자극하고 감동을 준다. 한마디로 그녀의 소설들은 서정적 기억들의 총체라 할 수 있다. 그래서 이번 소설 역시 그녀만의 무기인 서정의 힘과 '어머니'라는 근원적 키워드를 아주 잘 결합시키고 있다. 소설은 '엄마를 잃어버린 지 일주일째다'(10쪽)로 시작하여 '엄마를 잃어버린 지 구 개월째다'(256쪽)로 끝이 난다. 즉 이 소설은 어머니 상실의 재현이다.

가족 모두에게 엄마는 "사라지고 난 뒤에야 손으로 만질 수 있을 것처럼 육감적으로 다가왔다."(149쪽) 이처럼 어머니라는 존재의 가치는 그 존재의 상실에서부터 비로소 드러난다. 서울역에서 잃어버린 엄마의 부재는 자식들에게 불가사의한 의문점을 남기고, 엄마라는 존재에 대해 다시 재정의하는 계기가 된다. 이는 자식 각자에게 기원에 대한 형식적인 탐사를 동기화하는 것이다. 우선 잃어버린 엄마를 찾기 위해 큰아들의 집에 모인 가족들은 함께 실종신고를 내고 인터넷에 사진을 올리는 등 몇 가지의 방법을 선택한다. 이러한 과정 속에서 자식들은 엄마에 대한 남은 가족의 지식이 잘못되었음을 알게 된다. 가령 "1938년 7월 24일생이라고 엄마의 생년월일을 적는데 아버지가 엄마는 1936년생이라고 했다. 주민등록상에만 38년으로 되어 있을 뿐 실제로는 36년생이라는 것이다."(11쪽) 그래서 가족은 '한 인간에 대한 기억', 그것도 '엄마에 대한 기억'은 어디까지일까 자문해본다. 이 소설은 가족이 서로를 '안다'는 것에 가족의 친밀감이 반영되어 있음을 지적하면서 가족 각자가 엄마에 대해 갖고 있는 지식의 수준과 오해를 형상화하고 있다. 결국 "엄마를 모르겠어. 엄마를 잃어버렸다는 것밖에는"(209쪽)이라는 둘째딸의 절규처럼 가족들은 "더 이상 엄마를 안다고 말할 수 없게 되었다."(34쪽) 가족이 갖고 있던 '엄마'에 대한 지식은 '엄마'라는 존재의 절대성과 신화에서 나왔던 것이기에 수정되어야 할 것들이다. 가족에게 "엄마는 처음부터 엄마"(36쪽)였던 것이다. 자식의 이러한 인식은 엄마를 한 인간으로 이해해가는 과정 속에서나 가능한 것이다.

그런데, 엄마의 실종을 어떻게 풀어나가야 할지 상의하러 모인 가족들은 지난날 서로가 엄마에게 잘못한 행동들을 들춰낸다. "엄마의 실종은 그가 까마득히 잊어버린 줄 알았던 기억 속의 일들을 죄다 불러들였다."(120쪽) 이처럼 엄마의 실종은 가족늘에게 그들의 '기억' 행위를 통해 엄마에 대한 죄책감을 느끼도록 하는 계기로 작용한다. 죄책감은 가족 모두에게 "엄마가 아버지와 함께 지하철을 타지 못하고 낯선 지하철 역에 홀로 남겨진 그 시각에 나는 뭘 했는가?"(99쪽), "엄마가 옆에 있을 때 왜 나는 이런 생각을 한 번도 하지 않았을까"(262쪽)라는 식으로 이루어진다. 어머니를 잃어버린 가족의 상실감이 죄책감을 동반하며 다시 새롭게 가족의 가치를 구성하는 방식은 윤리적인 것처럼 보인다.[4] 소설은 이처럼 엄마의 떠남에 대한 남은 가족들의 각성으로 전개된다. 이와 같은 가족의 후회와 죄책감, 그리고 실종된 엄마를 찾는 행위는

---

[4] 이 소설의 후반부에는 유령으로서의 엄마가 출현하여 가족들 개개인을 찾아 속죄해주는 행위가 재현되어 있다. 미래에 자식들이 지게 될 죄책감을 벗겨주는 듯한 엄마의 행위는 오히려 남은 가족에게 죄책감을 느끼도록 하는 것이 아니겠는가. 지젝은 이러한 용서의 제스처가 남은 가족에게 '앞서서' 죄책감을 느끼도록 만든다고 말하며 기독교의 죄사함 역시 이와 마찬가지 논리라고 지적한다(슬라보예 지젝, 한보희 역, 『전체주의가 어쨌다구?』, 새물결, 2008, 31쪽 참고).

어머니 탐사로 수렴된다.

『엄마를 부탁해』는 구조적으로 탐정 플롯의 형식을 취하고 있다. 그것은 상실한 어머니를 찾는 행위를 통해 서사가 구조화되어 있기 때문이다. 추적은 과거에 발생했던 사건의 물질적 잔여로써 존재한다. 잃어버린 어머니를 찾는 반복적인 추적 행위는 기원성의 장소를 환기시킨다. 그렇기 때문에 추적 행위는 엄마의 상징인 모성성으로 수렴된다.[5] 자식들이 어머니를 찾는 과정 속에서 '기원'이 발생하는 것이다. 그리하여 이 소설에서 어머니는 기억 속에나 존재해야 할 어머니이다. 어머니라는 존재는 '과거', '향수'와 같은 존재로 우리를 위로하기 위해 기억의 기념비로 남아 있어야 하기 때문이다.

엄마를 찾는 과정 속에서 엄마는 이상화된다. 남은 가족이 엄마를 찾기 위해 만든 전단지의 사진을 보고 연락하는 사람들의 진술은 동일하다. '소눈', '파란색 슬리퍼', '상처 입은 발등'. 엄마의 소눈과 파란색 슬리퍼를 신은 상처 입은 발등은 노동의 이미지를 상징한다. 게다가 엄마의 상처 입은 발은 오이디푸스의 이름이 지닌 상징성과 연결된다. 퉁퉁 '부은 발'이라는 뜻의 오이디푸스에 대해 레비스트로스는 대지에서 태어난 인간의 보행의 어려움을 상징하는 것이라 분석한다.[6] 엄마의 부은 발은 엄마라는 역할의 힘겨움을 의미하기도 하지만 보행이 점점 어려워지면서 거꾸로 엄마의 기원을 찾아가는 행위와 연결지어 이해할 수 있다. 엄마는 지하철 서울역에 혼자 남겨졌을 때 세 살적 일만 기억

---

5) Dever, Carolyn, *Death and the mother from Dickens to Freud : Victorian fiction and the anxiety of origins*, Cambridge UP, 1998 참고.
6) 클로드 레비 스트로스, 김진욱 역, 『구조인류학』, 종로서적, 1983, 204쪽 참고.

나는 상태였다. 게다가 그녀는 혼자 자신이 태어난 마을을 내려다보곤 했고, 그녀가 유령이 되어 돌아가는 곳도 엄마의 엄마에게로다. 유령이란 볼 수 있으면서 동시에 볼 수 없는 것, 현상하면서 동시에 현상하지 않는 것이다. 즉, 현재를 현재의 부재로 미리 표시하는 흔적인 것이다.[7] 따라서 엄마 역시 '추적'의 형식으로 자신의 기원에 대한 귀환 의지를 보이고 있음을 알 수 있다.

이 소설은 엄마에게 주어졌던 '모성 노동'을 문제화한다. '엄마는 강하다'라는 모토는 늘 엄마들을 노동에서 벗어나지 못하게 한다. 엄마는 "상식적으로 한 사람이 할 수 있는 일을 하면서 살아온 인생이 아니"다. 그것은 "엄마가 할 수 없는 일까지도 다 해내며 살았"(260쪽)기 때문이다. 그 속에서 엄마라는 존재는 텅텅 비어갔던 것이다. 이 소설은 엄마의 희생을 노동으로 구체화하고 있다. 그래서 유령이 된 엄마 역시 끝내 '가묘'로는 가지 않겠다고 선언한다. 결혼 후 엄마에게 주어진 삶은 "무엇이든 씨앗을 뿌리지 않으면 거둘 게 없다는 것을 보여주는 듯하던 엄마의 노동"(69쪽)으로 점철된 삶이었던 것이다. 게다가 가족은 "엄마와 부엌을 따로 생각해본 적이 없었다. 엄마는 부엌이었고 부엌은 엄마였다."(68쪽) 그런 탓에 엄마의 몸은 가족들도 모르게 "늘 진통이 함께하는 상태"(72쪽)였다. 작가는 '엄마가 부엌을 좋아했을까'라는 의문을 제기하면서 엄마에 대한 남은 가족의 폭력성을 지적하고 있다. 그래서 엄마의 삶에 몇 가지의 반전을 마련해둔다. 엄마가 부엌이 감옥같이 느껴질 때 아무도 모르게 장독대에 나가 항아리 뚜껑을 깨던 일이

---

7) 자크 데리다, 김재희·진태원 역, 『에코그라피』, 민음사, 2002, 205쪽.

나, 곰소의 집에 살던 '이은규'를 통해 힘겨운 삶을 견뎌나갈 수 있는 비밀스런 낭만을 간직했던 것이 그것이다.

잃어버린 엄마를 찾아 가는 탐정 플롯의 경과는 자식들이 지녔던 엄마의 관념을 변화시키는 가운데 이상적 어머니를 지도화한다. 어머니의 상실을 통해, 어머니는 혼돈 이전에 존재했던 질서, 안전, 통합의 비유로써 구성된다. 따라서 자식들이 엄마를 찾는 과정 속에는 성장의 쾌락이 존재한다. 이 소설에서 모성의 신화는 집 나간 가장을 돌아오게도 한다. 그것은 모성을 양육의 이미지와 연결짓기 때문이다. "아내의 손길이 스치는 곳은 곧 비옥해지고 무엇이든 싹이 트고 자라고 열매를 맺었다."(161쪽) 이처럼 신경숙 소설에는 모성성에 대한 환상이 크다. 엄마의 뜰은 늘 넘쳐나고 엄마가 키우는 것들은 늘 풍성하다. 엄마는 강하고 그 터전은 비옥하다. 이와 같은 이상적인 어머니상은 가족 소설에 자주 출몰하는 유령이다. 이상적인 어머니의 도상은 고귀하고 진실된 어머니의 모습을 통해 문화적 권력을 획득한다. 어머니 상실의 위기는 현재 세계 속의 위기를 상징하며, 기원의 문제을 수반한다. 이 작품은 '피에타상'의 이미지를 소설에 등장하는 엄마와 딸들에게 반복적으로 재현하며 모성을 이상화하고 있다. 아래의 인용문은 죽은 엄마가 자신의 엄마를 만나 피에타 상의 예수와 성모처럼 포즈를 취하고 있는 부분이다.

> 엄마가 파란 슬리퍼에 움푹 파인 내 발등을 들여다보네. 내 발등은 푹 파인 상처 속으로 뼈가 드러나 보이네. 엄마의 얼굴이 슬픔으로 일그러지네. 저 얼굴은 내가 죽은 아이를 낳았을 때 장롱 거울에 비친 내 얼굴이네. 내 새끼. 엄마가 양팔을 벌리네. 엄마가 방금 죽은 아이를 품에 안듯이 나의 겨드랑이에 팔을 집어넣네. 내 발에서 파란 슬리퍼를 벗기고 나의 두 발을 엄마의 무릎으로 끌어올리네. 엄마는 웃지 않네. 울지도 않네. 엄마는 알고 있었을까. 나에게도 일평생 엄마가 필요했다는 것을. (254쪽)

피에타 상은 '위로'의 존재인 어머니를 상징한다. 무수한 자식들은 "뭔가 잘못되어가고 있다는 생각이 들 때면 습관적으로 엄마를 생각하며 살아왔"고, "엄마를 생각하면 무엇인가 조금 바로잡히고 내부로부터 뭔가 다시 힘이 솟구쳐 올라오는 것"(281쪽) 같은 느낌을 받았다. 피에타 상은 이상적인 어머니의 도상으로서, 자식들이 생을 견뎌나갈 수 있는 위안의 실체로 서 있는 것이다. 그래서 엄마를 잃어버린 아들과 딸은 엄마를 잃어버린 서울역에 가서 엄마를 애도한다. 또한 큰딸이 피에타 상을 보며 '엄마를 부탁해'라고 말하는 것은 여성이 여성에게 '어머니'를 주는 행위로 이해할 수 있다. 이는 곧 엄마도 위안을 받을 존재라는 것이다. 그래서 유령이 된 엄마도 예수처럼 자신의 엄마 무릎 위에 눕는다. 신경숙은 보살핌과 돌봄을 상징하는 '엄마'라는 존재가 누구에게나 필요한 것이며, 그 보살핌의 행위는 상호적인 관계로 이루어져야 한다고 말한다. 그리하여 그녀는 지난날, 일방적인 돌봄과 보살핌의 희생자였던 어머니들을 이 소설로 위로하고 있다. 그러나 "서로 아주 잘 알거나 타인보다도 더 모르거나 둘 중 하나"(25쪽)인 '모녀관계'에 놓여 있는 딸들은 끊임없이 엄마의 모성성을 재생산해내야 한다는 부담감과 그에 미치지 못하는 미안함에 시달릴 것이다.

3. 노동하는 아버지의 기념비 : 『철』

김숨의 소설 『철』에 나타나는 가족은 기괴할 뿐만 아니라 기형적인 것들에 집착하는 '고딕(gothic) 가족'의 형상을 하고 있다. 고딕 문학은 "공간적으로는 갇혀 있다는 폐소공포의 느낌, 시간적으로는 대물림이라는 끔찍한 감정"을 반드시 포함해야 하며 "이 두 차원은 서로를 강화하며 몰락을 향해 치닫는 진저리치는 추락"을 형상화한다. 고딕 소설에서, "과거는 몸서리쳐지는 위력을 안고 귀환한다. 따라서 고딕 문학에 등장하는 과거는 공포, 반드시 풀어야 할 억울함, 반드시 쫓아내야 할 사악함의 장소이다."[8] 김숨 소설에서 귀환한 가족의 과거에는 공기 중에 녹이 자욱하게 껴 있으며, 철로 틀니를 하고 무쇠 가위로 철컥철컥 소리를 내는 노인과 낡은 녹색 의자에 웅크리고 앉아 저주를 퍼붓는 '꼽추'가 있고, 쇳물을 삼키는 기적을 행하며 자신을 따르도록 지시하는 '천씨'와 세기말적 징후를 알리는 '검은 옷차림의 여자들'이 등장한다.

　가족은 가장 강력한 이데올로기적 국가기구들 중 하나이다. 근현대사를 살펴볼 때 국가와 자본주의는 가족의 이미지를 이용해 국민을 자발적으로 동원시켜왔다. 파시즘과 가족주의는 몰락에의 공포와 재생 욕망을 같은 구조로 사유하고 있다. 따라서 파시즘적 체제의 욕망과 가족의 욕망이 동일한 궤적을 밟으며 실현될 수도 있다. 김숨의 『철』은 파시즘 체제와 닮아 있는 우리의 근현대사를 그대로 가져다놓고 그 속에서 가족이 동원되었던 현상을 비유적으로 스케치하고 있다. 이 소설은 '철선'을 만들어 거대한 신화를 창조하기 위해 자신의 노동을 처절하게 소모했던 노동자들의 이야기이다. 1960~1970년대 산업사회의 음영을 회색빛으로 소묘하는 작가의 붓 터치는 소름끼칠 정도로 냉정하다. 그래서 역사의 기억으로 되살리는 아버지들, 즉 철저히 이용되다가 노동에서 소외된 아버지들에 대한 작가의 연민이나 동정 같은 것은 괄호 쳐 있다. 냉정함으로 무장된 김숨의 문체는 '아버지'에 대한 작가 나

---

8) 캐서린 스푸너, 곽재은 역, 『다크 컬처』, 사문난적, 2008, 26쪽.

름의 거리두기 방식일 것이다. 김숨은 한 마을에 조선소가 세워지면서 생기는 자본주의의 병폐와 발전 이데올로기의 폭력성을 가족의 이야기로 재현해낸다.

『철』은 아버지의 상실을 다룬다. 소설에는 소리 소문도 없이 사라지는 아버지들에 대한 괴담이 반복적으로 재현된다. 그런데 그 사라진 아버지를 찾는 가족이 아무도 없다. 김숨의 소설에서 아버지는 어떠한 존재인가. 이미 『백치들』(랜덤하우스코리아, 2006)에서도 다루어졌던 아버지는 개발 독재 전성기 세대이다. 『철』은 앞의 소설과 같은 맥락에서 건설역군이었던 아버지 세대의 종언을 소설화한 것이다. 이 작품에는 아버지의 상실과 죽음을 통해 부성을 기념비화하는 현상이 나타난다.

가족 이데올로기를 드러내기 위한 서사적 형식은 가족의 보호를 위한 생존의 문제와 결혼을 통한 가계의 보존이 있을 것이다. 마을에 조선소가 들어서면서 마을 사람들에게는 '노동'이 주어졌다. 노동을 구걸하며 살던 마을 남자들이 조선소 노동자가 되면 "철선이 완성되는 그날까지 변함없는 노동이 주어질 거라고 했다."(16쪽) 조선소는 근대 자본주의의 산물이다. 그 생산의 장 속에서 창출되는 노동이 주어진다는 것은 가장으로서의 위치가 보장된다는 뜻이다. 노동은 가족을 부양할 의무가 있는 가장에게 신성한 것이다. 그래서 "노동은 그들에게 일종의 구원이자 일종의 축복이었으며 일종의 선善이었다. 그리고 노동은 일종의 종교이기도 했다."(19쪽) 조선소 용광로에 불이 지펴지던 날 태어난 '쌍둥이'가 유일하게 할 수 있는 말은 광포다리를 지나가는 푸른 작업복의 사람들을 붙잡고 "우리의 아버지는 조선소 노동자랍니다."라고 외치는 것이다. 이 명명은 가장으로서의 책임을 반복적으로 지시한다. 가족 이데올로기는 가족을 보호하고, 그 생존의 책임을 가족 구성원 자체에게로 돌린다. 이러한 폭력은 아버지라는 한 인간의 어깨에 모든 생존의 짐을 떠넘긴다.

거대한 철선을 만든다는 소문이 무성한 조선소에서는 커다란 용광로에 불을 지피고 많은 양의 철을 생산해낸다. 조선소가 들어선 뒤로 마을에는 굶어 죽는 사람도, 얼어 죽는 사람도 없었다. "조선소 노동자를 가장으로 둔 집들은 지붕을 슬레이트로 올리고 제대로 된 담을 쌓느라 어수선했다. 조선소 노동자 또한 사 년 사이에 두 배로 불어나 무려 육백 명에 달했다."(45쪽) 마을 사람들은 이러한 번영을 안겨다준 '철'을 신봉하기에 이른다. 그들은 이를 뽑아 철로 틀니를 만들어 박는데 열광하며, 철을 만병통치약으로 여겨 녹을 퍼 먹거나 벙어리 자식의 입속에 마구 넣어 숨통이 끊어지게 하기도 한다. 조선소 노동자들은 철의 생산을 위해 노동할 뿐만 아니라 자신의 영혼과 육신을 철의 일부분으로 변화시킨다. 따라서 철에 대한 물신은 노동에 대한 물신으로 이어진다. 노동에 대한 절대적 가치는 '마 씨'라는 노동자의 장례식에서 잘 드러난다.

> 가장 유명한 장의사가 그의 장례를 주관했다. 꼽추가 펜치를 그의 입속에 집어넣고 어금니를 모조리 뽑았다. 어금니를 뽑은 자리마다 쇠로 만든 어금니를 심었다. 숟가락처럼 생긴 쇳조각으로 그의 두 눈동자를 덮었다. 그의 코와 입과 귓속에 쇠못을 박아 넣었다. 그의 복부를 가르고 간과 심장과 폐와 위를 들어냈다. 쇠로 만든 간과 심장과 폐와 위를 심었다.
> 마 씨는 쇠로 짠 관 속에 뉘어졌다. 그는 사람의 살가죽만 뒤집어쓰고 있을 뿐, 한 덩이의 쇠나 다름없었다. (78쪽)

마 씨는 천 명에 달하는 조선소 노동자들 중 가장 오래 근무했으며 가장 나이가 많은 조선소 노동자이다. 그런 그의 신체에 염을 하는 방식은 신체기관을 온통 쇠로 박아 넣는 행위이다. 이것은 그의 주검을 애도하고 기념하는 것이다. 기계 인간의 형상을 하고 있는 마 씨의 주검은 노동의 기념비이자 가족의 생계를 위해 노동을 갈구하던 아버지의 기념비이기도 하다. 그래서 조선소 노동자들은 마 씨의 죽음 뒤 더욱 가열하게 노동에 힘쓸 뿐만 아니라 자신들이 죽은 뒤 마 씨처럼 장사 지내지기를 바란다.

노동에 대한 신봉은 가족의 형성과 세습에도 영향을 미친다. 노동력이 주도적 위치를 차지하고 있는 생산력 발전의 단계에서 노동력의 재생산은 상당히 중요한 것이다. 따라서 노동원을 생산하는, 생산자로서의 역할을 담당하는 여성의 가치가 중요해진다. 가부장제는 가장의 권위와 권력을 전제로 한 불평등한 제도이다. 이러한 가부장제는 자본주의와 공조하여 산업화 초기 여성의 노동력을 가정의 영역으로 귀속시키고, 그들에게 건강한 노동자를 생산해내도록 했다. 조선소의 번영은 더 많은 노동자를 필요로 했다. 그 소문을 듣고 이웃 마을에서 청년들이 마을로 찾아오기도 했다. 그리고 그들 대부분은 마을 태생인 처녀들과 결혼해 정착한다. 마을 남자들이 힘써 노동하는 동안 마을 여자들은 끊임없이 아이를 낳고 아이를 지웠으며, 자신이 낳을 아이가 사내아이이기를 원했다. 그녀들은 "사내아이가 태어나면 자라서 조선소 노동자가 될 수 있을 것이라고 믿었"(23쪽)기 때문이다. 이들에게 결혼은 가족의 계보를 잇는 것이며, 노동 생산의 도구를 창출하는 것이다. 가족의 기능은 새로운 산업 시스템에 의해 수정될지라도 가족의 중심성은 그대로 유지된다.

가족의 경계를 확립하려는 서사적 노력은 결혼을 통해 이루어진다. 그런데 작품에서는 가족 형성에 있어 우생학적 관점이 반영되어 있음을 살필 수 있다. '꼽추' 역시 조선소 노동자가 되기 위해 마을을 찾아 왔지만 조선소에서는 꼽추인 그를 노동자로 써주지 않는다. 그러한 꼽추가 '양금영'에게 장가를 들려고 하는 데에는 다 이유가 있다. 그녀가 마을에서 태어나고 자란 처녀이기 때문이다. "꼽추는 양금영과 혼인해 그녀를 닮은 아들을 낳고 마을에 정착해 살고 싶었다."(31쪽) 이러한 사연은 '김태식'도 마찬가지다. 김태식이 마을에 정착해 살기 위해 결혼한 '한미자'는 마치 그녀 자신이 조선소의 주인이라도 되어 노동을 베풀기라도 하는 양 굴었다. 이처럼 마을 사람들은 조선소의 권력을 그대로 모방하여 타지 사람들에게 행사할 뿐만 아니라, 이러한 방식으로 가족이 형성됨을 보여준다.

『철』은 가족 이데올로기가 국가적인 차원에서 작동하는 방식을 잘 보여준다. 마을 사람들은 마을에 갇혀 사는 형국이다. "조선소 곳곳에 내걸린 파란색 확성기들만이 근면, 성실, 진보, 지향을 외치며 조선소 노동자들을 부리고 있을 뿐이었다. 조선소 노동자들은 다만, 파란색 확성기 저 너머 어딘가에서 조선소의 주인 되는 자가 자신들을 지켜보고 있을 것이라고 믿었다."(48쪽) 뿐만 아니라 마을 사람들은 마을의 번영과 영광이 '조선소의 주인되는 자'의 손에 달려 있다고 믿었다. 그래서 그들은 조선소의 주인되는 자를 두려워할 뿐만 아니라 신봉하고 흠모했다. '소문'과 '침묵'으로 휩싸여 있는 마을은 판옵티콘의 감시망 속에 있는 원형공간의 감옥이다. 그 속에서 사는 마을 사람들은 본인도 모르게 감옥 안의 죄수가 되어 있는 것이다. 가족은 그렇게 이데올로기에 포섭되고 동원된다.

이 작품에서 '만국박람회'의 개최는 권력자가 가족을 동원하는 중요한 계기가 된다. 흑백 티브이는 날마다 만국박람회 소식을 전하고, 만

국박람회가 "마을을 지금보다 훨씬 더 잘사는 마을로 만들어줄 것"(115
쪽)이라고 홍보한다. 이러한 만국박람회의 판타지는 가족을 하나의 동
원 단위로 이해하는 발전 이데올로기를 드러낸다. 만국박람회의 성공
적인 개최를 위한 성금 모금이 자발적으로 이루어진 것은 가족 이미지
를 이용한 권력자의 이데올로기적 성취이다. 발전 이데올로기가 형성
해낸 집단적 환상은 개별 주체를 홀려놓는다. 그리고 이러한 집단적 환
상은 국가에 대한 자발적 동원력이 되는 것이다. 그러나 소설에서는 집
단적 환상의 모순이 부각되기 시작한다. 마을 사람들에게는 폭력적으로
'쇠 징발'이 일어났고, 그들이 소속되어 있는 마을은 만국박람회 개최로
엄청난 빚만 떠안게 되었다. 설상가상으로 조선소에서는 더 이상 새 노
동자를 필요로 하지 않는다. 그래서 마을에서는 끔찍한 사건이 일어난
다. 한때 조선소 노동자였던 사내가 아내와 아이들을 죽이고 자신도 스
스로 목숨을 끊은 사건이었는데, 눈깔사탕만 한 쇳덩이가 그들의 숨통
을 틀어막고 있었다. 그러나 마을 사람들은 빈번하게 일어나는 노동의
박탈과 사라지는 노동자들을 목격하면서도, 여전히 그러한 잘못을 주인
되는 자에게 묻지 않고 개별 가족에게 책임 지운다.

『철』에서는 '황개남' 일가를 통해 가족 '세대'의 문제를 중요하게 다
룬다. '황개남'은 조선소 노동자로 열심히 일했으나 조선소에서 노동을
박탈당하였다. 그는 자신의 두 아들도 조선소의 노동자가 되기를 원한
다. 그러나 그의 아들들은 조선소 노동자와 아버지를 증오한다. 노동을
갈급하던 아버지 세대들은 육체적, 정신적으로 마비 상태에 이르렀으
나 아들 세대는 "언제든 조선소를 때려치울 생각뿐이었다. 그들에게 노
동은 더 이상 구원도, 축복도, 선도 아니었다. 하루의 단순하면서도 고
된 노동은 그저 그들의 자의식만을 부추길 뿐이었다."(227쪽) 노동의

관념에 대한 세대 차이는 사회와 가족에 대한 가치관이 변화했음을 의미한다. 그러나 여전히 아버지 세대는 다음과 같이 말한다. "나는 어떻게든 조선소 노동자로 살아남을 것이네. 나는 그저 조선소에서 날 내쫓지만 않으면 그것으로 족하네."(244쪽) 가족이란 사랑이라는 원초적 관념으로 묶여 있는 것이기에 아버지는 가족이 국가권력의 희생양이라는 것을 눈치 채지 못하고 가족의 생계를 위해 노동할 뿐이다. 김숨은 아버지 세대가 삶의 배경으로 삼았던 산업화 시대 가족 간의 '친밀감'을 그로테스크하고 낯설게 재현한다. 생산수단이 못 되는 '황신구'는 며느리에게 매일 죽일 놈 소리를 듣고, '황개남'에게 조선소 노동자가 못 될 아들은 없는 편이 나으며, 그의 아들들에게 더 이상 생계를 꾸리지 못할 아버지는 혐오스럽기 짝이 없다. 그녀의 소설에서 자본이 침투해 있는 가족 간의 관계는 비정을 넘어 엽기 그 자체이다. 그러하기에 사실 아버지의 설 자리는 가족 안에서도 없는 것이다.

4. 가족의 가면무도회 : 『착한 가족』

현대는 개인에게 각자가 속한 집단과 관계 속에서 다수의 역할 수행을 요구한다. 가족은 그런 다양한 이력의 개인을 묶는 집합이다. 따라서 현대의 가족은 개인화된 가족 성원들을 결속시키기 위해 과거의 가족들보다 더 많은 노력을 요구한다. 과거에는 전통적으로 세습되던 가족의 가치를 통해 가족 성원들을 결속시킬 수 있었던 반면, 현대에는 개인화된 가족 성원의 결속을 위한 조정과 균형의 몸짓이 필요하다. 서하진의 소설집 『착한 가족』에는 이러한 사회를 배경으로 하는 '연기자'

로서의 가족이 등장한다. 소설 속 아내는 "일상이라는 것은 언제나 사소한 인내, 사소한 굴욕, 사소한 연기를 요구하는 법"(「너는 누구인가」, 247쪽)이라고 생각하며 상심한 남편을 위한 위로를 연기한다. 서하진의 소설은 세상을 하나의 커다란 극장으로 설정하고, 그 속의 가족에게도 소극장을 설치한다. 그래서 그녀의 소설에는 다수의 극적 상황과 가면을 쓴 연기자들의 연기가 펼쳐진다. 그런데 그 연기는 아주 자연스럽다. 그것은 삶이 곧 연기라는 인식이 소설 전반에 걸쳐 지배적이기 때문이다.

서하진의 소설은 가족의 '책임감'과 '역할'을 강조한다. 「슬픔이 자라면 무엇이 될까」에서 '희숙'은 "쉰넷에 이르도록 스스로에 대해 평범하지 않은 어떤 점도 발견할 수 없는 여자"(10쪽)이다. 그녀뿐만 아니라 소설 속 주인공들은 스스로를 '평범한' 사람이라고 말한다. 그러나 그들이 말하는 평범함은 부르주아적 삶의 양식에 더 적합한 것이다. 희숙은 소도시의 운수업을 하는 아버지의 맏딸로 태어나 별다른 굴곡 없이 자라났고, 그때로서는 드물게 서울 소재의 여자 대학을 졸업했다. 그리고 그녀는 "알맞은 때, 알맞은 감정을 드러내는 정도의 양식"을 익힌 사람이다. 한편, 희숙의 아버지는 사양길에 접어든 운수업을 접게 되면서도 "용의주도하고 자존심이 강한 사람이었다. 그는 작은 상가 건물을 마련하고 그곳에서 나오는 월세로 거뜬히 네 명의 자식을 건사하고 중년의 권태에 힘겨워하는 아내에게 자잘한 선물을 건네는 여유를 보였다." 그리고 "가족이란 무엇보다 책임"(10쪽)이라고 자주 말한다. 서하진의 소설에서 가족에 대한 책임은 개인의 '자존심'과 연결되어 있다. 이것은 과거의 아버지들이 지녔던 가족 부양의 책임감과는 다른 것이다. 아버지 노릇, 어머니 노릇은 개인에게 주어진 삶의 한 형식이다.

『착한 가족』에 실린 단편소설들은 연기로서의 삶을 형상화하고 있다. 「아빠의 사생활」은 아빠의 외도 사실을 눈치 채고 미행하는 딸의 이야기를 그렸다. 시인 겸 교수이자 자상한 아빠는 딸에게 "사는 일은 연극 같은 거라고, 무대가 바뀌면 다른 배역을 맡듯 눈빛을, 표정을, 마음을 바꾸어보라"(50쪽)고 말한다. 아빠는 평범할 뿐 아니라 '젠틀'을 모토로 삼으며, 낮 시간에 운동복 차림으로 서성일 때조차 '스타일'을 챙기는 남자다. 이처럼 개인과 가족의 체면이나 명예를 중시하는 것은 과시를 정당화하는 기제들이 형성되도록 한다. 그것이 이 작품의 경우 '연기'로 표출된다. 그러한 아빠의 딸인 '나'는 "타인의 애정 생활을 존중하는 편이지만, 강력한 일부일처제 지지자 또한 아니지만, 가족이라 할지라도 사생활에 대한 지나친 간여는 옳지 않다"(56쪽)고 생각하는 개인화된 면모를 보이지만 아빠를 미행하기 위해 탐정 역할을 수행한다. '나'가 탐정 노릇을 하며 발견한 것은 아빠의 스타일과 취향에 대한 자신의 잘못된 지식이다. 혼잡스러운 곳은 싫어하던 아빠가 '미상녀'와 함께 사람들로 붐비는 놀이공원에 가고, 차가운 음식을 싫어하던 아빠가 그녀와 아이스크림을 먹으며 해맑게 웃는다. '나'는 이제 아빠라는 사람에 대해 헷갈리기 시작한다. 그리고 '나'가 가족에 대해 알지 못한다는 인식은 세상에 제대로 알고 있는 일이 없다는 허무 의식으로 전환된다. 가족은 서로 연기를 한다. 거짓말을 하는 아빠들의 연기를 보고 딸들은 '연기가 훌륭하다'고 평가한다. 아이들은 이미 세상이 연기라는 것을 알고 있기 때문이다.

그러나 가족의 연기는 가족을 보호하기 위한 수단이 될 수도 있다. 「착한 가족」의 '여자'는 "착한 아들과 착한 남편, 너무 착한 딸아이 때문에"(116쪽) 하루 종일 연기를 해야 한다. 그 여자는 오전에 '착하고 순하지만' 폭력 사건에 휘말린 아들을 위해 폭행당한 아이 어머니와 원만한 합의를 하려고 보푸라기 인 낡은 점퍼를 걸치고 거울 앞에서 가엾은 표정을 지어본다. 오후에는 '천성과도 같은 정의감이 있지만' 회사에서 쫓겨날 위기에 처한 남편을 위해 '가상 시나리오'를 짜본 뒤 세련되고 우아한 분위기를 연출하여 남편 회사의 이사를 만난다. 그리고 저녁에는 '순수하기가 아빠를 넘어서는' 딸을 위해 죽을 사들고 촛불 시위 현장에 간다. 이 소설에서 '착하다'라는 형용사는 경쟁 세계에서 뒤처지는 특성을 반어적으로 표현한 것이다. 그래서 여자는 아들에게 언제나 따라붙는 '착한 애'라는 수식어가 못마땅하다. 여자는 이런 아들과 남편을 위해 연기를 할 수밖에 없다고 생각한다. 그래서 어떤 일에 '계산'을 하고, '부러' 과장된 행동을 하며 거울 앞에서 연기를 연습해 보기도 한다.

「착한 가족」의 '여자'에게는 가족 이외의 다른 사람들과 구분되고자 하는 속물근성이 있다. "어쩌다 저런 엄마들의, 저런 아이들과 어울린 것인지, 그 시간 자신은 어디에 있었던 것인지 새삼스레 화가 치밀었다."(96쪽) "대체 지우는 어쩌자고 저런 여자의 아들들과 어울렸다는 말인지, 다시금 한숨이 나왔지만 여자는 이내 자신을 추슬렀다."(98쪽) 이처럼 여자는 자신과 자신의 가족을 다른 사람들과 구분짓는다. 소비사회의 과시는 사회적 차이를 강조하는 하나의 계급제도로 파악할 수 있다. 따라서 여자는 무릎을 꿇은 채 간도 쓸개도 다 빼줄 듯 머리를 조아려야 했던 오전과 달리 오후에는 세련되고 당당하고 우아하며 절제된 여성의 이미지로 자신을 쉽게 바꿀 수 있다. 이러한 여자의 상대는 역시나 "자신의 패를 결코 들키지 않는 도박사, 구성진 이사"(107쪽)다.

"싸우고 미워하고 헐뜯고 이기고"(123쪽) 하는 일들을 질색하는 가족을 위해 바쁜 엄마이지만, 그녀의 연기는 가족 이외의 사람들에게 과시의 목적을 띠고 있다. 이것은 다른 가족과의 관계에서 배타적인 성격이 강해지고 상호 경쟁적인 분위기를 형성한다. 부르디외는 상류계층의 우월성을 확인하고, 하위계층과의 사회적 차이를 확인하기 위한 목적에서 개인의 과시를 이해한다.[9] 이러한 과시 욕망은 소비뿐만 아니라 문화적 취향에서도 가족의 계층을 드러나게 한다. 우아하게 포장된 속물성은 「인터뷰」와 「너는 누구인가」에서도 나타난다. 이 소설들에는 '분위기'를 중시하거나 "오늘 소설집 출간 사인회를 하고 내일 평택 나대지의 매매 계약서에 사인을 하고 다음날 이머징마켓펀드의 환매를 결정하는 그런 일들이 무어 그리 대단한 것이겠는가"(249쪽)라고 자문하는 소설가들이 등장한다.

손승영은 현대 한국인의 가족주의 이데올로기, 가부장제적 성역할, 사회의 관습 등이 한데 어울려서 과시적 소비를 만들어내는 사회 압력으로 작동해왔다고 말한다. 그는 우리 사회에서 공동체적 가치관이 약화되고 개인주의가 강화되는 과정에서 가족주의의 성격이 변화했을 뿐만 아니라, 경쟁사회로의 전환이 급속히 이루어졌음에 대해 주목해야 한다고 말한다. 그러면서 현대 한국인의 개인주의는 '가족 단위의 집단적 개인주의'로 특징짓는다.[10] 이는 현대인이 가족 집단의 중요성을 더욱 강력하게 인식하고 있기 때문이다.

---

9) 삐에르 부르디외, 최종철 역, 『구별짓기: 문화와 취향의 사회학』, 새물결, 2005.
10) 손승영, 「한국의 가족주의와 사회적 과시」, 한국사회역사학회, 『담론201』 제9권 2호, 2006, 247쪽.

서하진은 현대 가족의 관계를 인정 투쟁의 장으로 설정하고 있다. 「모두들 어디로 가는 것일까」에서 한의사 M은 '오만함'이 천성인 사람이다. "똑똑하고, 유능하고, 누구의 도움도 필요치 않은 척 사는 사람"(146쪽)인 그는 경멸의 대상과 구분되는 자질들을 갖고 있기에 오만하다. 게다가 그는 자신의 죽음을 대비해 펀드 환매 금액과 사망 시의 보험금, 종신보험의 위로금 등 남은 가족에게 가장으로서의 자존심을 지킬 수 있을 정도의 능력을 갖추었다. 가난한 집의 장남으로 태어나 부잣집 딸과 결혼한 남자는 자존심이 강하다. 때문에 M의 '자존심'이라는 자존감은 가족 사이에도 과시의 효과를 낳는다. 과시는 개인의 존재 확인, 즉 존재 이유와 관련되어 있다. 따라서 개인은 자신에게 주어진 역할에 대한 인정을 요구한다. 소비산업사회는 개인과 가족에게 자기 연출을 요구한다. 가면을 쓴 가족은 자기 욕망을 가면으로 위장하여 내보인다. 가면은 주체의 욕망을 투사하고 있다. 따라서 현대의 가면을 쓴 개인은 가족 각자의 역할 놀이를 통해 '가족'을 보호하기 위한 제의 과정에 참여한다. 현대사회 속 개인은 가족 "모두와 연결된 자신, 그 사실을 확인하는 일이 고통"(158쪽)스러우면서도 행복하다는 느낌 그 중간에 위치한다. 서하진은 현대 가족이 지니고 있는 이 양가성의 시학을 그녀의 소설 속에 섬세하게 재현한다.

5. 상실의 정치학

가족 상실의 기원은 어디에서 찾아야 하는가. 가족에 대한 질문은 모더니티에 대한 질문과 직결된다. 일반적으로, 모더니티는 상실의 문학을 낳았다고 생각한다. 그것은 모더니티를 소외의 고통스런 원천으로 보기 때문이다. 즉, 모더니티는 공적으로 사회적 결속력의 위기를, 사적으로 감정적·성적 친밀감의 위기와 소외의 경험을 낳았다. 모더니스트들은 사회 질서가 공동체와 친밀감을 제공했던 과거로부터 갑작스럽고도, 폭력적으로 분리되는 경험을 했다고 상상한다. 그리고 그들은 모더니티가 가치 있는 사람들의 인간관계를 파괴시켰다고 생각한다. 뿐만 아니라 사회·경제적 발전은 성과 젠더 체계에도 변화를 가져왔고 남성성의 위기를 초래한 것으로 받아들여진다. 바로 이러한 이유로 모더니티는 가족의 위기를 낳았고, 그 방어로 이상적인 가족을 소환한다. 모성성의 강조는 와해된 가족을 보존하거나 재구성하려는 욕망의 표현이다. 따라서 가족의 신비화와 이상화는 가족의 상실을 전제한다.

그렇다면 모더니티를 통한 상실감에 의해 형성되는 가족의 판타지는 우울증적 구조 속에 이루어진다고 할 수 있지 않을까. 가족에 대한 판타지는 자본주의적 근대화의 과정에 들어서면서 위기를 맞게 되는데, 이 위기를 타개할 수 있는 방법은 상실된 자신들의 뿌리에 대한 우울증적 애착을 계속 유지하는 것이다. 상실한 대상을 받아들이려는 욕망은 우울증적 주체의 징후이다. 지젝은 "우울증이 결여를 일종의 상실로 이해하는 것"이라 말한다. 그것은 마치 이전에 갖고 있었는데 나중에 잃어버리기라도 한 것처럼 여기는 것이다.[11] 가족의 판타지도 이러한 논리로 설명할 수 있다. 이상적인 가족에 대한 소유가 처음부터 없었는데도 불구하고 모더니티의 위기 속에 있는 개인은 상상을 통해 이상적인 가족을 소유한다. 마치 처음부터 자신이 소유하고 있는 가족은 그러한

---

11) 슬라보예 지젝, 앞의 책, 221쪽.

가족이었던 것처럼. 이상적인 가족에 대한 결여와 상실의 혼돈은 모더니티가 우리에게 마련해준 것이 아닌가. 우울증은 애도 작업의 실패, 즉 대상이라는 실재에 고집스레 집착하는 것이다. 따라서 우울증적 주체의 가족 판타지는 가족에 대한 페티시를 보이는 듯하다. 모더니티는 상실에 대한 애도에 대항하는 우울증적 문화다. 따라서 그러한 문화 속의 주체는 가족을 영원히 상상으로만 향유하게 되는 것이다. 앞의 세 작가가 쓴 소설에서 가족은 애도의 대상이다. 하지만 그것은 근본적으로 우울증적 구조 위에 놓여 있는 상실된 대상이다.

『엄마를 부탁해』에서는 가족 친밀성의 구조 변동 계기를 '시골'과 '도시'라는 공간 분할에서 찾는다. 그것은 '집'이라는 공간으로 사유된다. 집에서 주택과 아파트로의 결정적인 변화는 산업화 및 도시화에 있다. 집의 파괴는 가족의 파괴를 동반한다. 따라서 가족의 판타지는 '집'과 같은 장소란 그 어디에도 없다는 인식과 연결된다. 『철』역시 자본주의를 통한 근대화 이전과 이후에 생긴 가족의 혼란에 대해 이야기한다. 또한 『착한 가족』에서는 "셈이 빠르고 유행에 민감한" 엄마를 둔 집은 곧 "소도시를 벗어나 위성 도시로, 그리고 서울로 옮겨갔"(「슬픔이 자라면 무엇이 될까」, 31쪽)고, 어른들은 다 언제나 "확실한 것, 디밀 수 있는 것, 아아 그렇군요, 라고 누구나 말할 수 있는 것을 원한다."(「아빠의 사생활」, 69쪽) 현대사회에는 자신뿐만 아니라 다른 사람들의 인정을 받을 만한 과시가 있어야 하는데, 그것은 가족의 소비주의와 속물근성으로 표출된다. 따라서 모더니티 속 개인은 어떤 형식으로드든 존재 확인을 필요로 한다.

모더니티의 혼란 속에 우리는 가족의 종언을 두려워한다. 우리는 모더니티의 구조적 모순을 다룬 소설 속에서 이상적인 어머니와 가족에 대한 가족 구성원의 우울증적 집착을 발견할 수 있다. 가족의 상실에 대한 문화적 재현 속에는 근현대 개인의 결핍과 고독감이 나타난다. 더나아가 가족의 보수성은 모더니티와 자본주의의 구조적 모순에서 기인하는 것이다. 이상적인 가족의 도상이 되돌아올 때는 주로 그 사회가 안정적인 기반을 갖고 있지 못할 때이다. 민주노동당은 이명박 대통령이 연설에서 "가족은 용기와 힘의 원천이고, 희망의 샘"이라며 최근 연이어 발생한 집단 자살에 대해 우려를 나타낸 것에 대해 비판한다.[12] 이 대통령이 자신의 책임을 회피하기 위해 가족주의를 이용했다는 것이다. 이런 발상은 한국 근현대사의 고비마다 가족주의의 폭력이 얼룩져 있었기 때문에 일어난 것이기도 할 것이다. 이러한 정황을 보면서 가족에 대한 판타지를 갖고 있는 누군가는 이렇게 말할 것이다. "가족주의는 야만이다, 그러나 가족은 신성하다."[13]라고.

---

12) 민주노동당, 「자신의 책임 회피하기 위해 가족주의 어설프게 이용」, 《투데이코리아》, 2009. 5. 6 참고.
13) 이러한 발언의 사유는 이득재의 『가족주의는 야만이다』(소나무, 2001)에서 빌려왔다.

진실을 탐구하는 유령학 : '검은 어둠' 속 '죽지 않는 인간들'을 상상해보다

김연수 론

"네가 누구건, 얼마나 외롭건/너는 상상하는 대로 세계를 볼 수 있어."(「네가 누구건, 얼마나 외롭건」, 『문학사상』, 2005. 6, 109쪽) 먼저, 이 글을 시작하면서 상상의 도움을 받아, X-Japan의 〈Endless Rain〉이 흐르고 날씨도 그러하다고 상상해봐줬으면 좋겠다. 한 점 한 점 떨어지는 눈이 섞여 있어도 좋고, 지면 위를 사선으로 빗겨 내리는 비여도 상관없다. 까닭은 뒤에 가서 말할 것이니 조금만 참고 기다리시길.

1. 유령들이 배회하고 있다

…… "해가 지지 않는 사후의 세계를 떠다니는 중음신의 저주받은 육신처럼."(「구국의 꽃, 성승경」, 『스무 살』 원문인용 쪽수는 번거로움을 피하기 위해 앞으로 밝히지 않겠다.) 김연수의 소설은 죽은 자들이 산

자들을 향해 말을 건네며, 죽은 자와 산 자의 거리를 무화시킨다. 이렇게 등장인물 서로는 죽지 않는, 살아 있으되 죽은 유령이 되어 이야기 사이를 배회한다. 일찍이 작가 김연수가 '나는 유령작가입니다'라고 선언하기 전, 평론가 서영채는 '유령작가 김연수'의 되돌아옴을 진작부터 간파하면서, 만일 '그가 멋진 유령작가가 되어 돌아온다면 우리 또한 유령 독자이기를 사양하지 않을 것'[1]임을 약속했었다. 분명, 김연수의 소설에서 유령이 차지하는 비중은 매우 크다. 그의 소설 속 유령은 소설 전개에서 단순히 부차적인 소재로 등장하는 것이 아니라 등장인물들의 행동에 깊이 관여하며, 그들의 "도플갱어"로 출현한다. 그런데 비록 소설 곳곳에 유령들이 출몰한다고 할지라도 스토리는 현실을 그 지지기반으로 삼으며, 소설가적 자의식을 지닌 인물은 현실과 환상을 비틀고, 뒤집고, 탈구시킨다. 그래서 그의 소설세계를 일컬어 '포스트리얼리즘'이라 부르기도 한다.

데리다는 마르크스의 저작을 새롭게 이해하려는 시도 아래 유령학을 제시한다. 그는 유령을 영혼의 어떤 현상적이고 육체적인 형태로서, 이름붙이기 어려운 어떤 '것'이라 지적한다.[2] 유령은 존재하지 않는 것이지만 그렇다고 존재하는 것도 아니다. 그것은 현실의 틈에서 존재의 부재를 보여주기 위해 채택되는 유사-물질성으로, 현실과 환영 등 고전적인 존재론적 대립을 전복한다. 데리다는 마르크스의 사상을 현전과 부재, 현실과 가상, 삶과 죽음 등의 모든 이분법을 뛰어넘어 다음 시대의 가능성을 몰고 오는 메시아적 유령으로 이해하고 있다. 이러한 논의

---

1) 서영채, 「유토피아 없이 사는 법 : 유령작가 김연수」, 『문학의 윤리』, 문학동네, 2005.
2) 자크 데리다, 진태원 역, 『마르크스의 유령들』, 이제이북스, 2007.

에서 더 나아가 지젝은 "유령 없는 현실은 없다는 사실, 현실의 원환은 오직 불가사의한 유령의 보충에 의해서만 닫힐 수 있다는 사실 속에서"[3] 이데올로기적 형성물이 접목되는 마지막 원천으로서의 유령에 대해 언급하고 있다. 우리는 일단 유령의 존재론이 현실과 허구, 삶과 죽음, 주체와 분신 등 '경계'와 연관되어 있음을 이들 논의에서 받아들이고자 한다.

김연수의 유령에 관한 논의 가운데 두드러지는 것은 세대론에 입각한 홍기돈[4]의 것이다. 그는 김연수가 자신의 세대의식을 소설로 형상화하는 가운데, '결여의 형식'으로 존재를 증명하고 있는 것으로 파악한다. 이때, 결여된 상태로 존재하는 것을 '유령'이라 부르고 있는 것이다. 그러나 김연수 소설의 창작방법을 이해하는데 세대의식과 결여의 형식으로서만 이해힐 수 없는 뭔가가 너 있다. 넻넻의 비평가늘은 세대론에 입각하여 김연수의 글쓰기를 주체를 치유하는 과정으로 파악했다. 확실히 김연수의 소설은 지난날, 즉 80년대에 대한 애도의 흔적이 강하게 남아 있다. "부인하고픈 거짓이 바로 자신 속에 있다는 것을 아는 세대"에 대한 강한 부정은 "우리 세대라고 하는 이 거대한 환상이 벗겨지기를 바라는"(『가면을 가리키며 걷기』) 것이다. 김연수 소설에 대한 기존의 비평들은 80년대에 대한 애도가 끝났다고 보는 논의들로 주류를 이루고 있다. 하지만 문제가 되는 것은 그의 소설에서 애도는 그 대상만을 바꾸고 변주할 뿐 정작 애도 그 자체는 끝나지 않고 있다는 진실이다. "'학살'된 것들은 죽을 당시 그대로의 모습을 가지고 아직도 우리들 기억 어딘가에 남아"(『7번국도』) 우울증에 시달리게 만든다.

---

3) 슬라보예 지젝, *Mapping Ideology*, Verso, 1994.
4) 홍기돈, 「가면 만들기/가면 지우기」, 『실천문학』, 2005. 봄.

작가는 애도하고 있던 그 대상에 대해 의문을 제기하기 시작한다. "기억이란 그 텅 빔을 감추기 위해 그려놓은 가짜에 불과"(「깐깐오월」, 『현대문학』, 1999. 10)하기에 믿을 수 없는 것이다. 이처럼 김연수의 소설은 지난날에 대한 애도와 우울 '사이'에서 유령처럼 배회한다.

　김연수의 소설은 우리들의 인생사, 삶과 죽음에 대한 무수한 이야기들을 한다. "수많은 주검 위에 세워 놓은 추모비와 같은" 시대에 "살아도 살아 있는" 것이 아닌, "죽은 사람"(『밤은 노래한다』, 『파라21』, 2004. 봄)들에 대한 이야기에서부터 "세상의 모든 일은 인간의 의지와는 무관하게 어떤 보이지 않는 손이 움직이는" "운명의 수레바퀴에 치이지 않는 방법이 무엇인지"(「스무 살」)를 가르쳐주는 이야기들까지. 김연수의 작품세계를 이해하는데 유령의 발생과 그 의미를 탐구하는 것만큼 적합한 것도 없다.

2. '경계선상에' 있는 것

　김연수 소설 속 등장인물들은 모두 자신을 "나란 존재는 이미 오래 전에 죽어버렸다"(「구국의 꽃, 성승경」)고 생각한다. 그들은 살아 있으나 죽은 자들이다. 살아 있는 죽은 자는 이미 죽었으되 살아 있는 유령들과 소통하며 삶과 죽음의 문제에 의문을 제기한다. 김연수의 소설에서 죽은 자들을 소생시키거나 산 자들을 유령 '처럼' 죽이는 이유는 무엇일까. 그것은 죽은 자들의 세상이 산 자들의 세상을 괄호 치고 알레고리화하면서 비판할 수 있기 때문일 것이다. 사회적 현실의 구조는 적대적인 것들에 대항할 수 있는 환상을 부각시키고 그에 적합한 물질적 토대를 형상화한다. '현실' 자체는 어떤 적대의 실재를 은폐한다. 상징화되지 못한 채로 남아 있는 현실의 부분인 실재는 유령 같은 이질적인 것의 겉모습 속으로 되돌아온다. 지젝은 "유령이 은폐하는 것은 현실이 아니라 '원초적으로 억압된 것', 그것의 억압 위에서 현실 그 자체가 구축되는 재현 불가능한 X"라고 말한다. "상징화되지 않는 실재의 재현 불가능한 심연을 메우는 것으로서의 유령성"은 공포나 두렵고 섬뜩한 어떤 것으로부터 회피할 때, 출현한다. 은폐자인 유령은 주체가 맞서 직면하지 않으면 안 될 현실의 참모습이 된다.

「우리집, 불타는 모습」(『문학사상』, 1995. 11)에서 조상들은 귀신으로 되돌아온다. 지붕 위의 조상들은 "서로 겹친 채" 앉아 있다. 귀신으로 돌아온 할아버지의 흐느낌은 한 가계에 뭔가 음습한 사연이 있음을 추측케 한다. 뭔가 있을 듯한 그러나 좀처럼 밝혀지지 않을 듯한 비밀의 서사는 유령 출몰에 리얼리티를 부여한다. '균암 아저씨'가 얘기한 중국 기담 가운데 유령이 출몰하는 폐가가 등장한다. 유령의 정체를 밝히려고 그 집으로 들어간 사람들은 어김없이 다음날 시체로 발견되고 만다. 그 집의 비밀은 누구도 밝히지 못할 것처럼 보인다. 그런데 어느 날 서울에서 내려온 젊은 관리가 그 귀신의 정체를 밝힌다. 자정이 지나고 밤이 깊어져 병풍을 젖히자, 나온 것은 그 젊은 관리의 시신이었다. 젊은 관리가 "이미 죽어 있는 자신의 모습을 바라본다는 것"은 라캉이 말하는 '실재'(the Real)와의 조우라고 할 수 있다. 이 시신屍身은 상징화되지 않은 잉여, 유령 같은 환영으로 출현한다. '현실'에 접근하기 위해서 무언가 억압되어 있는 것으로서의 환영인 유령은 이 집안에서 밤마다 지붕 위에 "유령처럼 계속 앉아 있기만" 한 큰형이나 할아버지의 죄값, 배 다른 누이동생, 근친상간 같은 한 집안사의 "더러운 은폐의 흔적"으로 되돌아온다. 이러한 은폐의 흔적은 "헛된 망령처럼 우리 집을 둘러싸고 있는" "사라지지 않는 거대한 운명"이자 "불길한 운명"이다. 서술자는 "세상의 어떠한 것에도 기대지 못하는 이미 죽은 젊은이"로, 유령들의 흐느낌과 함께 사는 살아 있으나 죽은 존재가 된다.

이러한 유령은 인간과 달리 비생산적이며 불멸하는 존재이다. 김연수는 죽은 자의 시대와 산 자의 시대를 나누고 있다. 「구국의 꽃, 성승경」에서는 시위 때 죽은 누나의 옷을 입고 아버지 몰래 밤마다 밖으로 나가 여자 행세를 하는 남자아이가 등장한다. 누나가 시위를 하다가 죽은 이후로 아이의 키는 멈춰버렸다. 뿐만 아니라 아이는 점점 더 남성성을 잃어간다. 이러한 남자아이의 신체 변화는 '남성성'으로 표상되는 세계의 폭력에 대한 저항의 알레고리로 읽을 수 있다. 현재는 과거의 '기념비'를 만들어 애도한다. 소년은 "모두 똑같은 얼굴의 좀비들이 떠돌아다니는 세계인 90년대를 위한 기념비"로 한 사내를 죽인다. "90년대는 이미 죽은 자들의 시대다. 이미 죽은 자들은 아무리 돌로 내리찍어도 죽지 않는다. 90년대를 살아가는 자들은 이미 죽은 자들이고 90년대가 오기 전에 죽은 자들이야말로 살아 있는 자들이다. 그러므로 죽음 속을 떠도는 승진이 아직 살아 있는 누나를 그리워하는 것은 결코 우연이 아니다." 승진은 세계를 새롭게 바꿀 수 있는 "새로운 생명"을 갖고 싶어하지만 "남자의 몸을 가진 자신은, 마치 유령들처럼 결코 살아 있는 생명을 낳을 수 없"다. 다행히도 유령의 비생산성은 인간과 분명히 구별되는 지점이다. 그러나 유령은 생산하지 않는 대신 불멸한다. 90년대의 현실은 소년의 누나 성승경을 영원히 죽지 않는 기념비로 만들면서, 인간 성승경을 사라지게 하고 뱀파이어적인 존재로 만든다. "성승경에 대한 재민의 다큐멘터리는 성승경을 세속의 자리에서 신성의 자리로 끌어올리는 역할을 했다. 그러면서 세상을 자신들 마음대로 만들어가고 싶어하는 재민과 재민 또래들의 욕망은 그 다큐멘터리 속으로 투사됐다." 불멸의 기념비를 만들어 애도하는 자들은 서로의 생명력을 앗아가버리면서 "유령으로서의 삶"을 산다. 뿐만 아니라 재민이 찍어 놓은 〈구국의 꽃, 성승경〉도 유령일 뿐이다. 청산되지 않은 과거처럼 타자의 시간을 견디며 살아가는 존재들은 "유령의 모습"(「마지막 롤러 코스터」, 『스무 살』)으로 "유령들이 판을 치는 시대"를 버텨나가고 있는 것이다. 등장인물들이 갑작스레 유령과 맞닥뜨려도 그다지 끔찍해하거나 공포감을 느끼지 않는 것도 그 때문이다. 그들의 실체가 곧 유령, 산 자이면서 동시에 죽은 자이기 때문이다.

"산주검"은 "산 것과 죽은 것의 차이를 짐해하는 경계적 현상"[5]으로 파악된다. 산주검은 죽은 것의 영역에서 배제되지만 그렇다고 산 자의 영역에 위치하지도 않는다. 따라서 뱀파이어 및 여타의 "산주검"들은 통상 "사물들"로 지칭된다. 『밤은 노래한다』는 "버드나무 아래 쌓인 눈 무지 속에서 삐죽 튀어나온" 이미 죽은 자의 "발가락이 들려주는 이야기"다. 이 작품에서 주인공은 사람들이 "높은 담장과 포대砲臺와 철조망으로 유지되는 세계, 그 안에서 죽어가는 중"이라고 말한다. 국가나 시스템(관리들)이 만든 정교한 계획에 따라 움직이는 삶과 행복과 자유라면 그것들은 모두 '가짜'다. 가짜 세계 속에 있는 주체는 "반쯤 죽어 있는 상태다. 이미 죽었다고 해야만 할 텐데, 자신이 죽은 노예의 상태라는 걸 알지 못하기 때문에 반쯤 죽었다고 말하는 것이다." 따라서 이 작품은 "죽은 것도, 그렇다고 산 것도 아닌 상태로, 남이 만들어놓은 현

실을 진실이라고 믿고 사는 간도의 많은 조선인들의 삶"에 대해 비난한다. 산주검 같은 삶은 개인의 자유가 억압된 삶임을 알 수 있다. 주인공은 간도 땅에서 살아가는 조선인들은 죽지 않는 한, 자신이 누구인지 말할 수 없는 존재라는 사실을 깨닫는다. "그들은 경계에 서 있었다. 어디에서 바라보느냐에 따라서 민생단도 되고 혁명가도 될 수 있었다. 살아 있다는 것은, 다만 끊임없이 변화하는 존재라는 것, 시시때때로 운명이 바뀐다는 것이었다." 그래서 서술자는 이런 산주검화된 사람들을 붙잡고 "당신들, 정말 살아 있느냐? 정말 살아 있는 사람이 맞느냐?"(『모두인 동시에 하나인』)고 묻고 싶은 충동을 억누른다.

유령은 '기억'으로 귀환한다. "나는 유령이 아니야. 하지만 이미 죽어 버렸지. 너희들의 기억 속에서 말이야."라고 말하는 『7번국도』의 유령들처럼 유령은 주체의 기억 속에서 탄생한다. 유령은 산 자의 "삶의 배후를 형성"하며 떠나지 못한다. 서연이 재현을 통해 감염된 병은 그녀를 희망도 없이 "폐쇄회로에 시간이 갇히게 되는 것"처럼 "삶의 특정한 순간"에 매듭을 지어 사는 상태로 빠뜨린다. 그래서 서연은 "아직도 스물한 살의 나이로 저렇게 유령처럼 떠다니는 것이다." "1991년의 서연이는 이 세상 모든 곳에 존재"한다. 그래서 재현은 "1991년의 서연이"를 수많은 곳에서 마주치게 된다. "과거형으로만 존재하는 사람들"에게는 "시간의 흐름도, 현재도, 미래도, 절망도 없기 때문에 희망도 없"다. 이들은 "산 자들을 저주하고 산 자들의 기억 속에 기생하여 그들을 끝없이 괴롭힐 뿐"이다. 이처럼 유령은 애도가 끝나지 않았기 때문에 생겨난 존재라는 것을 알 수 있다. 「기억의 어두운 방─죽지 않는 인간」에서는 이 세상 어딘가에 있을 '기억의 방'에 대해 이야기한다. 기억 속에서 유령으로 살아가는 존재들은 더 이상 죽을 수 없고, 끝없이 부활하는 수밖에 없다. 이런 새로운 단계로의 전환지점으로 '동굴'이 등장한다. "동굴의 종점에서 모든 것은 뚜렷해졌다. 내가 인식하는, 이 세상 모든 사물이 온 곳. 바로 이미 죽은 것들이다. 이미 죽었으되, 살아가는 것들은 이제 다시는 죽지 않는다." "한 번 죽어 다시 죽지 못하는 중음신의 넋처럼!" 동굴의 끝에 이르러 비로소 '나'는 엘리아데가 한 말을 이해할 수 있게 된다. "입문은 요컨대 죽음을 두려워하지 않게 되는 방법을 배우고 새로이 부활하는 기술을 체득하기 위해서는 필연적으로 이 세상에서 고통을 겪고 죽어야만 한다는 것을 계시해준다." 동굴을 지나온 사람은 이제 다시는 그 동굴에 들어가기 전의 자신으로 돌아갈 수 없다. 그는 '입문'했으며 그는 '죽었고' 이제 그는 '영원히 죽지 않는 인간'이 되었다.

결국 김연수는 '불멸의 존재'를 탄생시킨다. 그렇다면 불멸의 존재는 누구인가? "이미 죽어서 이제 나의 소설 속에서 절대로 죽지 않게 되어버린 그 불행한 존재란 바로 소설을 쓰고 그 소설 안에서 부활하고 영원히 죽지 않기를 마다하지 않았던 바로 '나'라는 것을. 이제 영원히 죽지 않는 운명이 되어, 마치 납골당에 걸린 사진 속의 운명이 되어 소설 속에 영원히 스스로 지나왔던 동굴 저편 멀리에서 장관을 이루며 서로 얽히고 설켜 들어가는 현실의 모습을 동경하면서 '나'는 중음신의 몸으로 소설이라는 공간 속을 떠돌게 된 것이다."(「기억의 어두운 방—죽지 않는 인간」) 이렇게 유령작가 김연수는 탄생하고 부활하며 "중음신의 몸으로 소설이라는 공간 속을 떠돌게 된 것"이다. 유령들은 삶과 죽음, 시간과 공간의 틈에 존재하며 억압된 것들을 은폐하는 방식으로 보여준다. 그렇다면 유령이 은폐하려 했던 것은 무엇인지 물어보아야 한다.

3. 요기[夜着]의 밤

"인간은 누구나 한 번쯤 자신의 감각이 바뀌면서 현실이 물러지는 순간을 경험하게 마련인데, 이를 두고 '십자가의 성 요한'은 '존재의 가장 어두운 밤'이라고 불렀다."(『밤은 노래한다』) 유령이 은폐시키려 한 것들은 '검고 어두운 공간'의 형상으로 재현된다. 이 어둠의 공간은 하나로 펼쳐진 직선적인 공간이 아니라 "주름이 잡혀 서로 말려들어간 굴곡의 공간이다. 그 공간에서 사물은 하나로 존재하기도 하고 둘로 존재하기도"(「노란 연등 드높이 내걸고」) 한다. 이러한 공간은 '현실'적인 지각으로는 발견할 수 없다. 상징적 우주 속에 통합될 수 없는 어떤 것과 조우할 때 "세계"는 붕괴된다. 우리는 현상적 우주가 현실 그 자체이지 않다는 것을, '너머의 어떤 것'이 있다는 것을 알고 있다. 이를 앞서 말한 '실재'로 보아도 무방하다. 작가는 이 '실재'를 통해 상징적 질서를 뒤틀어보고, 그 상징적 질서에 매여 있는 주체가 재탄생하는 과정을 지켜본다.

「그건 새였을까, 네즈미」는 "아직 밤의 본대本隊는 진주하지 않았지만, 이 글이 끝날 즈음이면 플레어스커트처럼 검은 장막을 치렁치렁하게 드리우며 우리를 고립시킬 것"이라고 말하면서 이야기를 시작하고 있으며, "더듬더듬 어두운 나무계단을 밟고 내려"가 "더없이 깊은 밤과 꿈결처럼 아득한 어둠속으로 나는 떠난다."고 하면서 이야기를 끝낸다. 서술자가 글을 써 나아가는 시간이 어둠 속으로 떠나는 서사의 시간과 일치하고 있는 것이다. 이 작품은 어둠을 향한 고독한 인간의 애착에 대해 언급한다. "죽음이나 망각이나, 혹은 그 어떤 공포도 이보다는 더 아득해질 수 없다. 우리가 저마다 자신만의 어두운 구멍 속으로 고립된다는 사실보다는. 우리가 그 품안에 안겨 있을 때는 그 어떤 이해도 불필요하다는 점에서 인간은 어둠에 본능적으로 애착을 느낄 수밖에 없다.” ‘요기[夜着]’는 그 어두운 구멍을 물질화한 것이다. “인간에게는 모두 그런 어두운 구멍이 있는 법이다. 그 어두운 구멍은 이해의 문제가 아니다. 그냥 구멍인 것이다. 그 어두운 구멍 속에서는 서로를 속이는 것도, 속는 것도 없다.”(「그건 새였을까, 네즈미」) “누구에게도 이해받을 수 없는 밤”, “‘요기’의 그 어두운 구멍과도 같은 밤”은 이 작품에서 새로운 주체 탄생을 가능하게 한다. 지젝은 이러한 상황을 ‘세계의 밤’에 주체가 직면하는 상황으로 설명하고 있다. 즉, “인간은 이런 밤, 즉 모든 것을 단순한 상태로 포함하고 있는 이 텅 빈 무이다.” 김연수는 이를 가리켜 “자신이 가려지고 한 시대가 가려지고 운명이 가려지고 존재가 가려질 만한, 그런 새카만 어둠”으로 표현하고 있다. 이 밤을 맞이하지 못하는 주체는 “중음신의 저주받은 육신처럼”, “바뀐 환경에 적응하지 못하고 스스로 불임의 육신이 되어 멸종의 길을 택한 생물체처럼 누구보다도 낯선 제 몸뚱이를 증오하고, 자신의 정체성을 찾기를 거부하고 유령의 모습으로 떠다”(「구국의 꽃, 성승경」)닐 것이다.

『밤은 노래한다』에서 ‘나’는 우주에는 각기 따로 존재하는 두 개의 세계가 있음을 눈치 챘다. 그리고 “이 세상 어딘가에 어둠이 있다는 것을 깨닫지 못하는 한, 빛의 세계는 결코 온전”해질 수 없음을 이야기한다. “진실은 음화와 양화, 두 가지 세계에 동시에 걸쳐 있다.” 이러한 깨달음은 밤과의 조우를 통해 주체를 재탄생하도록 한다. 그래서 “밤의 군대이자 어둠의 병사들은 나를 향해 묻는다. 살아 있는가? 나는 그들을 빤히 바라본다. 살아 있는가? 그들이 다시 묻는다. 나는 그들의 말을 따라한다. 살아 있는가? 과연 나는 살아 있는가?”라는 자성이 가능해진

다. 작가는 이러한 순간에 대해 "갑자기 자신이 현실의 바깥으로 튕겨
난 것 같은 느낌"(『모두인 동시에 하나인』)과 동일시하고 있다. 김연수
소설에서 틈, 요기, 어둠의 구멍은 '세계의 밤', 상징적 질서 안의 구멍
을 가시화한 것이다.

4. 소문에 대항하는 순간의 진실

유령이 출몰하는 현실의 균열, 구멍, 실재에 대한 탐구는 진실과 거
짓의 관계에 대한 추구로 이어진다. 김연수 소설에서 '세계'는 애당초
"거짓으로 구축된 세계"였다. "온갖 거짓과 믿을 수 없는 풍문들이 TV
며 라디오의 전파를 타고 머릿속으로 바로 들어왔으며, 그 거대한 세계
는 자신의 입지를 전우주의 영역으로 펼칠 기세였다."(『가면을 가리키
며 걷기』) 등장인물들은 "한 사람의 의식에서 다른 사람의 의식으로 전
염되는 듯한 모습을 보이는 사회의 중심여론의 허구성"을 밝히려 한다.
"현재"는 "권력에서 유포되는 거짓여론들이 모든 담화나 이야기들을
장악하고 있는 상태"이며, "거짓여론이 실제 존재하는 담화나 이야기
들과는 다른 의도를 가지고 있"기 때문이다. 이처럼 세상이란 "어떤 계
기로 한 번 세상을 고쳐 보게 되면 모든 게 다 바뀌어 버리는"(『밤은 노
래한다』) 곳이다.

김연수 소설의 등장인물들은 '소문'에 시달린다. "소문은 어디선가
태어나 사람들의 입을 거치며 살이 붙고 성장하다가 시간이 지나면서
서서히 죽어갔다." 그런데 소문이 한 번 휩쓸고 지나간 동네는 전과 약
간 달라진다. "사람들은 조금씩 세상에 대해 잔인한 마음을 지니게 되

기도 했고 한 움큼도 안 되겠지만 삶에 대한 희망을 얻기도 했다. 그러니까 이십 년 전만 해도 그 거리의 사람들은 이야기를 통해 이웃들과 강하게 맺어졌다." 이처럼 서로 공유하는 소문 안에서 "강한 유대의 끈"이 형성되기도 하지만, "소문을 제대로 모르는 사람은 같은 동네 사람으로 인정할 수 없을 정도"(「똥개는 안 올지도 모른다」)로 적대적일 수도 있다. "원래 나돌던 소문이 약간 변형"되기 시작하면서 그 파장효과는 '적대적인 것'으로 나타난다. 가령 「호모 사피엔스 사피엔스」에서는 이렇게 말한다. "한동안 쥐포를 먹지 못하게 아이들에게 겁을 주기 위해 부산의 한 쥐포 공장이 쥐포의 원료로 쥐를 사용한다는 소문이 널리 퍼진 일이 있었다. 라투스 라투스에 대한 그의 유별난 호기심이 그 오랜 소문과 결합해 밤이면 보선소 진찰실에서 해부칼로 쥐의 피부를 떠서 햇볕에 말린 뒤, 뜯어먹는다는 소문을 낳은 것이었다. 이제 그는 사람들 앞에서 입을 오물이며 껌조차 씹을 수 없는 처지가 됐다." 소문을 통한 타자와의 적대는 "체제의 틀"이 되는 "경계선"을 발생시킨다. "이런 경계선 바깥, 그러니까 여러 가지 종류의 타자들이 흩뿌려지는 그 영역에는 거지, 부랑자, 장애인, 미친 사람, 간첩, 빨갱이, 전과자 등이 있었는데, 이들끼리는 서로 비유가 가능했다. 낯선 부랑자는 간첩으로 의심받았으며 포스터에서 간첩은 곧잘 쥐꼬리를 가진 인간으로 그려졌다. 빨갱이 짓은 미친 짓이며 정신병자는 전과자처럼 사회와 격리시켜야만 하는 존재였다." 소문에 대한 작가의 분석력은 비평적 분석의 추종을 불허할 만하다. "소문은 질서로 포섭될 수 없는 어떤 대상을 설명하기 위해 만들어내는 이야기인지도 모른다. 더 이상 일상 언어의 구조로 설명하기 곤란할 때, 알레고리의 형태를 띤 이야기가 소문의 외피를 쓰고 등장하는 게 아닌가? 일상의 확고한 영역을 고집하는 사람에게 소문은 그저 뿌리가 없는 이야기에 불과했다.” 소문이 한결 같을 땐 오히려 “의문”을 갖게 된다. 주체는 “손에 잡히는 그 느낌마저도 누군가가 만든 것이라는 사실”(『밤은 노래한다』)을 깨달았기 때문이다. 이처럼 김연수가 소문의 서사에서 말하고자 하는 바는 우리가 진실이라고 믿는 것에 대한 회의이다.

「깐깐오월」에서 광주에 갔다 온 사람이나 간접적으로 그에 대해 들은 사람이나 소문은 똑같다. 그 소문은 한결같았기 때문에 오히려 ‘의문’이 든다. 게다가 숲에서 시체를 목격한 주인공 석현에게 ‘꿈과 현실’이나 ‘현실과 환상의 경계가 무너’지면서 기억은 믿을 수 없는 것이 된다. “석현은 이 초원을 자신이 실제로 본 것인지, 아니면 꿈을 꾼 것인지 혹은 상상만 하는 것인지 알 수 없었다. 다만 뭉퉁한 하나의 이미지였다. 재구가 기억상실증이라는 낯선 이름의 병에 걸렸다는 풍문을 들은 뒤부터 초원은 더 뚜렷해진다.” 사실을 은폐하려는 아버지에 의해 석현이의 기억은 “거짓말”이 되고, “기억하는 것은 죄다 상상으로 지어낸” 것이 된다. 그것은 “모두가 공유할 수 없는 기억”이기 때문에 “악몽”으로 은폐된 것이다.

『밤은 노래한다』의 만철 토목기사 ‘김해연’은 “세상의 모든 공간이 기준점 위에 서 있는 나를 중심으로 객관화”된다고 생각했으나 그것이 전부 ‘환영’임을 깨닫는다. “대다수의 사람들은 환영에 속고 있다기보다는 진상을 보지 못할 뿐”인 것이다. 이 작품은 “환영이란 뜬소문과 같은 것”으로 규정하고 있다.

> “우리는 단지 뜬소문만을 들을 뿐, 아무것도 알지 못합니다”라고 노래한 사람은 호메로스였다. 밤의 노래는 그런 것이다. 한 인간이 영웅으로 성장하는

과정을 보여주는 그 위대한 서사시에서 호메로스는 올림푸스의 궁전에 사는 뮤즈들에게 진실을 얘기해달라고 호소했다. 이 잔혹한 시대의 진실은 누가 얘기할 수 있을 것인가.

『밤은 노래한다』는 다양한 소문의 추측으로부터 시작한다. 마을에서 사라진 사람이 근처의 들판에서 무장한 장정 몇 명의 "호위랄까, 호송이랄까, 아무튼 좀체 분간하기 어려운 그 두 단어 언저리의 대우를 받으며 걸어가는 모습"을 봤다는 사람이 나온다. 호위였는지 호송이었는지 알 수 없기에 숱한 소문이 도는 것은 당연하다. 소문은 몇 가지의 사건들을 "대충 짜 맞추면 앞뒤 꼴은 잡을 수 있는 셈"이다. "하지만 이 소문은 몇 번에 걸친 그의 변절을 선의로 해석하자고 마음먹은 뒤, 사후에 일어난 일들을 그러모아 그럴 듯한 소설 한 편을 쓴 것에 불과했다." 게다가 "나쁜 소문"은 몇 가지의 사건들을 "서로 논리적으로 연결"(『모두인 동시에 하나인』)시키기만 하면 쉽게 조작 가능하다. 무수한 소문들은 "진실일 확률" 가운데서 증식하는 것이다.

'소문'에 대한 작가의 인식은 '진짜/가짜'에 대한 사유로 확장된다. 『밤은 노래한다』의 김해연은 간도에 있는 조선 사람들의 "삶, 사랑, 행복, 고통, 분노 등이 모두 진짜가 아닌 가짜에 불과하다는 것을, 그게 온전히 자신의 것이 아니라 누군가 다른 사람이 만든 것이라는 것"을 깨닫는 순간, 그들 모두를 "유령처럼" 보게 된다. "우리 시대에는 육체적으로 살아남고자 정신적으로 기꺼이 죽어버리는 인간들이 또한 너무나 많은 까닭"에 "진실은 자주 외면당한다." 진실이란 "열정도 논리도 아"니고, "줄타는 사람처럼 그 가운데를 걸어가야만"(『꾿빠이, 이상』) 한다. 사건이 일어난 뒤 듣게 되는 이야기들은 "누군가의 입을 통해 이야기됨으로써 사건들과 낱낱의 내용, 하찮은 사실들이 사건 당시에는 갖지 않았던 엄숙하고도 중요한 양상을 어쩔 수 없이 띠"(「그건 새였을까, 네즈미」)게 되기 때문이다.

김연수의 소설에는 이런 가능성의 진실을 위해 한 편의 소설 속에 몇 가지의 서사를 동시 병렬적으로 진행시키고 있다. 『꾿빠이, 이상』에서도 이상의 텍스트를 통해 '진위 여부'를 따지는 세 개의 이야기가 등장한다. 허구의 세계는 조작된 세계라는 김연수의 사유는 조작된 텍스트로 재현된다. "문제는 진짜냐 가짜냐가 아니라" "보는 바에 따라서 그것은 진짜일 수도 있고 가짜일 수도"(『꾿빠이, 이상』) 있다. "진실을 찾기 위해 여러 번 고쳐" 쓰고, "자신이 알고 있거나 상상할 수 있는 모든 경우의 수를 다 동원해 이야기를 적"는 경우가 있다. 그러나 "인생에 대해 조금 더 알게 되면서 젊었을 때는 몰랐던 일들을 깨닫게" 되고, "시간이 지나면서 글들은 조금씩 달라지기 시작"(「웃는 듯 우는 듯, 알렉스, 알렉스」, 『실천문학』, 2005. 봄)한다.

김연수는 진위의 문제 역시 '틈', '순간', '균열'의 상상력을 통해 다루고 있다. "갈라진 금"이나 "틈새", "사이"에서 "슬금슬금 잊었던 기억들이 솟구"칠 때가 있다. 그는 이를 "찰나의 미학"(「웃는 듯 우는 듯, 알렉스, 알렉스」)이라고 한다. 어떤 '순간', 그 짧은 순간부터 우리의 삶은 "미세한 균열을 일으키며 부서지기 시작"한다. 김연수는 모두에게 이해받을 수 있는 인생을 사는 사람은 없다고 말한다. "인생은 누구에게나 불가항력적인 우연의 연속"이기 때문이다. 인생이란 리 선생의 공책들처럼 단 한 번 쓰이는 게 아니라 매순간 고쳐지는 것이다. "수많은 첫 문장들. 그 첫 문장들은 평생에 걸쳐서 고쳐지게 될 것이다." 왜냐하면 "인생은, 쉬지 않고 바뀌게 된다. 우리가 완벽한 어둠 속으로 들어가기 전까지 이야기는 계속 고쳐질 것이다." 따라서 김연수는 리얼리티란

"무슨 일인가 일어나는 그 순간"을 의미한다고 말한다. "리얼리티는 변해가는 것이므로, 그것을 표현하고자 한다면 표현양식도 변하지 않으면 안 된다."라는 브레히트의 말을 거론하며, "무슨 일인가 일어난다. 그리고 그 순간, 예전으로는 되돌아갈 수 없다. 그게 바로 내가 아는 리얼리티다."(「네가 누구건, 얼마나 외롭건」)라고 쓴다. "오랜 시간이 흐르고 하면 지금의 우연한 일들도 모두 필연"(「쉽게 끝나지 않을 것 같은, 농담」)이 되는 것처럼…….

5. 유령적 결론 : 끝없는 갈림길의 정원

보르헤스의 소설 「끝없는 갈림길의 정원」에서 '시간'은 뉴턴이나 쇼펜하우어가 말한 획일적이고 절대적인 시간 개념이 아니다. 그것은 무한급수의 시간으로, "분산 수렴 병행하는 시간의 그물이 엄청나게 빠른 속도로 증대돼 간다." "서로 접근하거나 양갈래로 갈라지며 단절되기도 하고 혹은 수백 년간 잊혀지기도 하는 시간들의 얽힘은 〈모든〉 가능성을 내포"하고 있다. 그 속에서의 주체의 위상은 이렇다. "어떤 시간들에는 당신은 존재하는데 나는 존재하지 않고, 다른 시간들에는 나만 존재하고 당신은 존재하지 않지요. 또 다른 시간들 속에서 우리 둘다 존재하기도 합니다. 다행스럽게 우연이 마련해준 이 시간에 당신은 나의 집에 오셨습니다. 하지만 다른 시간에는 정원을 지나가면서 내가 죽어 있는 것을 발견하셨을 겁니다. 또 다른 시간에 나는 지금 하고 있는 것과 똑같은 말을 되풀이 하겠지만, 그때 나는 이미 하나의 오류이고 하나의 유령일테죠."

김연수도 비슷하게 말한다. "나는 끝없이 서로 참조하고 서로 연결되는 길 위에 서 있을 뿐, 내가 과연 어디에 있는지, 또한 어디로 가는지 알 수 없다. 수많은 것들, 내가 사랑했던 여자들, 보았던 책들, 들었던 음악들, 먹었던 음식들, 지나갔던 길들은 모두 내 등뒤에 있다. 그러므로 지금의 나는 아무런 되비침도 없는 유령일 뿐이다."(『7번국도』) 일찍이 가면을 가리키며 걸어 세상이 허구임을 그의 소설에 반영했던 작가가 아닌가. 허구에는 허구로 맞서고, 가면에는 가면으로 맞서듯, 유령에는 유령으로 맞서는 법.

"온통 읽혀지기를, 들려지기를, 보여지기를 기다리는 것들 천지"(『모두인 동시에 하나인』)인 이 세상에서 '시작도 끝도 없이 한없이 이어지는 소설'을 쓰고 싶은 작가의 소망은 '나는 거짓말쟁이'(『나는 유령작가입니다』), '유령작가입니다'라는 표현을 서슴치 않고 한다. "무한한 어떤 것 앞에서는 존재 그 자체가 중요하지, 진짜와 가짜의 구분은 애매해진다는 말"(『꾿빠이, 이상』)이다. 어차피 세상은 죽지 않는 이상 '가짜'로 구성되고 조작되기 때문에, 진짜와 가짜의 사이를 떠도는 '유령' 작가는 결코 진짜를 말할 수 없다. 그가 말하는 것들은 이미 진짜를 볼 수 없는 가짜의 세계에서만 받아들여질 수 있으므로. 그의 이런 자신감은 세계를 무수한 가능성과 이어짐으로 얽혀 있는 어떤 것으로 이해하는 데서 나온다. 그래서 「공야장 도서관 음모 사건」에서는 자신이 만든 선풍기를 모두 폐기시키기 위해 찾아다니는 남자가 등장한다. 그가 선풍기를 폐기하려는 이유는 "가능성만 소진시키지 않기 위해서 가능성 자체를 없앤다."는 것이다. 그리고 사서는 영원히 재귀하는 책에 대해 말한다. "A라는 책에 실린 이야기의 출처는 B에 있고 B에 실린 이야기의 출처는 C에 있습니다. 이런 일이 끝없이 계속된다고 할 때, 당신이 과연 그 원천을 찾을 수 있다고 생각하십니까? 그러므로 책에 대한 책은 끝없이 순환할 따름입니다. 하이퍼텍스트이죠. 오직 현실에 대한 책만이 순환하지 않습니다." 책들은 "서로를 참조하면서 끊임없이 유전"해나간다는 말이다.

한 인간에게도 무수한 이야기가 존재한다. "인간의 삶 역시 항상 무슨 일인가가 벌어지고 있는 곳"이다. 그렇게 "무슨 일인가 일어나는 순간, 삶은 예전의 삶과는 달라졌다. 그런 점에서 우리는 늘 예전과 다른 곳에서 살아가는 유복민"(「모두인 동시에 하나인」)이나 마찬가지이다. 김연수는 이 광활한 우주 한 가운데 정처 없이 떠돌아다니는 인간의 '고독'에 대해 고민한다. 인간은 외롭고, 고독하기에, "밤하늘 떠다니는 그 수많은 이야기들처럼 누군가에게 연결되기"를 원한다. 그리하여 "오직 서로 연결되고자 하는 소망의 힘으로," "무의미한 듯 밤하늘에 흩어져 있던 별들이 하나 둘 서로 연결되면서 손에 잡힐 듯한 생생한 형상"으로 김연수의 이야기 속에 떠오르고 있다.

자, 그럼 어디서 이야기를 끝내야 할까? 비 이야기라면 어떨까? 김연수의 소설에는 줄곧 비가, 때로는 눈이 내리니까. "아주 오래 전부터 나는 이 비를 기다렸고, 이제 나는 조금씩 예전의 내가 아닌 다른 것으로 변전해간다."(「카르타필루스」, 『스무 살』) 등장인물들은 '비'를 계기로 깨달음을 얻거나 위안을 받아 새롭게 탄생한다. "가슴의 가장 깊은 곳까지 스며들어서는 삶을 온통 뒤흔들어놓는 빗줄기"(「뿌넝쉬[不能說]」)이자 "하늘과 땅의 경계를 지워버린"(「하늘의 끝, 땅의 귀퉁이」, 『내가 아직 아이였을 때』) 눈송이. "그 순간부터 나는 새였고 물이었고 혹시는 바람이었어. 푸른빛이었고 바다였고 바다의 한때나마 꿈이었어." (「첫사랑」) 이 글 역시 현존도 부재도 아닌 흔적으로 남아 떠돌며 꽃이었다가 푸른 나무였다가 파란 바람이었으면 좋겠다.

이데올로기의 유령들을 애도하는 소설

황석영의 『손님』

1. 유령의 효과 : 피카소, 〈조선에서의 학살〉(1951)

손님을 환대하던 집은 불타버리고 발가벗긴 채로 내몰린 부녀자들과 아이들. 그리고 죽음의 공포에 떨고 있는 그네들을 향해 총과 칼을 겨누는 갑옷차림의 병사들. 〈조선에서의 학살〉은 피카소가 6·25전쟁 당시 황해도 신천에서 자행된 양민 학살의 소식을 접하고 그린 그림이다. 이 그림에서 입체적으로 그려진 무기들은 근대 문명의 위험스러움을 노골적으로 드러내고 있다. 그런데 반미주의자였던 피카소가 미군의 잔악무도함을 고발하려는 의도로 그려졌다는 사실과는 상관없이, 병사가 입은 갑옷 속에는 누가 있는지 알 수 없다. 갑옷 표면으로 머리부터 발끝까지 빈틈없이 가려져 있는 것의 신원을 우리는 지각할 수 없다. 그것이 미국인인지 조선인인지. 유령의 실체는 갑옷 이외에 아무것도 보여주지 않는다. 그리고 갑옷은 실체와 상관없이 그 자체로 막강한 힘을 발휘한다. 따라서 유령은 대를 물려가며 언제든 우리에게 되돌아온다. 황석영의 장편소설 『손님』 역시 갑옷 속의 존재에 의문을 제기한다.

2. 상처의 상속

소설, 특히 장편소설에는 작가가 사회·역사적 상상력을 통해 역사를 기억하고, 그 상처들을 치유하는 방식이 드러난다. 스펙터클한 역사의 한순간은 동시대인들만의 존재론적 장으로 그치는 것이 아니라 다양한 버전의 상상력을 통해 아직 존재하지 않는 자들에게까지 상속된다. 그러한 측면에서 황석영의 『손님』은 단순히 허구의 산물로서만 취급될 수 없는 의미를 지닌다. 『손님』의 〈작가의 말〉에서도 밝혔듯이 이 소설은 황석영이 베를린에 체류하던 시절 동서독을 가로막던 장벽이 붕괴되는 장면을 목격하면서 구상했던 작품이다. 동시대의 작가라면 누구나 분단이라는 특수한 경험을 한 우리 역사의 비극을 재조명할 필요성을 느꼈을 것이다. 『손님』은 뉴욕에서 교회를 맡고 있는 류요섭 목사가 '이산가족 상봉 추진회'에 신청하여 북한과 자신의 고향인 신천을 방문하고 헤어졌던 가족과 친지를 만난 뒤 미국으로 돌아가는 이야기이다. 서사의 핵심은 신천 학살 사건의 진실을 탐색하는 과정이라 할수 있다. 이 작품은 한국전쟁을 통해 분단의 상처를 지닌 역사적 특수성을 역사와 개인의 일상이라는 측면에서 서사적으로 재조명했다는 데서 장편소설로서의 의의를 찾을 수 있다.

작가는 역사 속에 수많은 개인들의 흔적이 지워지고 묻히는 양태를 문제적으로 바라보며, 역사와 개인을 연결시켜 '객관성'을 유지해보려는 노력을 한다. 그것은 "삶이 산문에 의하여 그대로 재현되는 것이 아니라면, 삶의 흐름에 가깝게 산문을 회복할 수는 없을까 하는" 형식에 대한 고민으로 이어진다. 『손님』에서는 시점이 고정되어 있지 않은 채 1인칭, 3인칭 시점이 혼재하고, 등장인물 각자의 시점이 서로 교차하면서 그대로 살아 있다. 따라서 하나의 사건을 두고도 등장인물들의 생각이 각자 다르게 펼쳐진다. 그리고 이 소설은 리얼리즘 소설임에도 불구하고 주술적인 특성을 이입해 소설의 구성을 완성하는 개성을 지닌다. 때문에 소설 속에서 현실과 비현실, 산 자와 죽은 자의 경계는 무의미해지고 텍스트 전체는 하나의 굿판이 된다. 무속과 신화를 통해 과거 리얼리즘의 형식을 극복해보려는 황석영의 노력은 그의 다른 장편소설들에서도 지속적으로 실천되고 있다.

한국문단에서는 『손님』을 분단 당시의 사실들에 대한 진상 규명과 그를 통해 '속죄와 화해의 길을 모색'하도록 했다는 측면에서 '분단 문학의 한 중요한 자산'으로 평가하고 있다.[1] 뿐만 아니라 이 작품이 과거 우리 문학이 오래도록 되풀이한 관행인 반공주의의 문학적 수용을 청산하고 민족 통일을 향한 시대적 요청에 부응하였다는 평가들도 있다. 이러한 논의들의 대부분은 과거 우리 역사의 진실을 탐색하여 화해와 상생의 길을 모색한 소설로 『손님』을 한국문학사에 위치 짓고 있다. 분명 이 작품은 새로운 리얼리즘의 형식을 구현한 장편소설로서의 의의를 지닐 뿐만 아니라 역사적 현실에 대한 새로운 인식의 지평을 불러왔다고 할 수 있다.

---

1) 김병익, 「이념의 상잔, 민족의 해원」, 『문학동네』, 2001. 가을.

3. 애도하는 공동체의 윤리

애도하는 의식은 상징적이다. 황석영은 이를 무속의 형식으로 풀어나간다. 그래서 광기의 역사에 희생된 망자들의 원혼을 달래는 넋굿은 작가가 역사와 그 속에 있던 개인들을 기억하고 애도하는 과정이다. 이러한 형식적 실험 때문에라도 '황해도 진지노귀굿' 열두마당을 기본 얼개로 하여 쓰인 『손님』은 시도 때도 없이 유령들이 출몰한다. 텍스트에서 '헛것', '뜬 것', '검은 것', '환영'으로 명명되는 유령은 '온다'라는 유령문자처럼 과거를 기억하지 않으려는 현실의 인물들에게 찾아 '온다'. 전쟁 속에서 살아남은 자들이 은폐하기 위해 억압한 것은 유령의 형체로 되돌아오는 것이다. 『손님』은 굿판에서처럼 살아 있는 사람과 죽은 사람을 동시에 등장시키며 죽은 넋을 달래고 화해시키기 전에 신천 학살 사건에 대한 진실을 먼저 따져보려 한다. 피카소의 그림에 등장했던 병사처럼 갑옷을 입고 잔악무도한 행위를 한 주체가 누구인가를 밝히기 위해 작가는 유령이라는 타자를 소환하여 그들의 목소리를 듣는다.

황석영은 분단이라는 역사적 상황의 초래를 "타의에 의하여 지니게 된" 모더니티에서 찾고 있다. 그는 기독교와 마르크스주의를 "식민지와 분단을 거쳐오는 동안에 우리가 자생적인 근대화를 이루지 못하고 타의에 의하여 지니게 된 모더니티"라고 설명한다. '손님'은 전통적으로 '손님마마'라 일컬어져온 급성 전염병인 천연두를 '서쪽 병'으로 치환하면서 외세나 타자적인 것의 침범을 은유한 것이다. 이 손님처럼 찾아온 기독교와 마르크스주의의 갈등은 우리와 그들, '퍼랭이냐 뻘갱이냐'를 나누고 '우리'를 '자유의 십자군', '미가엘 천사'로, '빨갱이'는

'루시퍼의 새끼들', '사탄의 무리들', '계시록의 짐승들'로 규정한다. 작가는 이와 같이 편가르기에 정신없었던 당시 신천의 청년들이 상실한 것을 "예전부터 살아오던 사람살이의 일"로 재현하고 있다. 적대적인 타자를 형성하는 이분법은 외래적인 모더니티의 이입이 초래한 결과로 생각하고 있는 것이다. 선형적인 시간관과 진보, 해방의 목적론에 있어서 공통점을 지닌 기독교와 마르크스주의에서 모더니티적 속성을 찾아내어 우리의 역사에 적용한 것은 황석영만의 탁월한 혜안이라고 할 수 있다. 여기에서 더 나아가 그는 기독교와 공산주의의 대립을 이데올로기에 있다기보다 '토지개혁'을 통한 토지분배에 있었던 것으로 문제의 포커스를 옮겨가는 사고의 전환도 보여준다. 작가의 표현대로 하자면, 당시 뒤틀린 열정을 지닌 청년들이 신의 이름으로, 혁명의 이름으로 자행했던 폭력성은 '신학문'(기독교와 마르크스주의)에 대한 이해없이 '열심당'만 되어 있었던 젊은이들의 '욱하는 감정'에서 비롯되었다는 것이다. 그래서 한 동네에서 오순도순 살던 사람들이 서로를 죽이는 '우리 내부에서 저질러진 일'이 신천 학살 사건의 진상으로 규명된다. 타자를 만들어 폭력을 행사하는 데는 그럴듯한 이유가 있는 것이 아니다. 반공주의나 반미주의는 이러한 경계 설정을 통해 사회적 적대를 대표하는 이상적 타자로 북한이나 미국을 설정한다. 분단의 역사는 이러한 이분법의 논리에 의해 지탱되어왔다.

황석영은 소설 텍스트 전체를 하나의 굿판으로 만들어 이데올로기의 유령들을 푸닥거리하며 축귀하려는 시도를 한 것이다. 데리다의 말처럼 무속의 주술적인 힘을 통해 유령에게 죽음을 선고하는 축귀의 방식은 죽은 것에 대한 재확인의 절차를 거치는 것이다. 이러한 재확인의 과정에서 우리는 안도감을 얻기도 한다. 그런데 황석영은 귀신을 귀신으로 쫓는 방식을 취하고 있다. 손님마마에 의해 생긴 흉터도 이미 우리 몸의 일부이다. 질병은 타자가 아니라 실체로 우리 몸에 자리한다. 기독교와 마르크스주의라는 유령도 마찬가지가 아닐까. 외래적 모더니티라고 하지만 이미 그 타자들은 우리 안의 일부가 되어 있다. 게다가 작가가 그것들을 축귀하는 방식에도 우리와 서양 병이라는 이분법의 논리가 여전히 지배적이다. 귀신을 귀신으로 쫓는 방식은 진정한 해결 방법이라 할 수 없다. 따라서 "아직도 한반도에 남아 있는 전쟁의 상흔과 냉전의 유령들을 이 한판 굿으로 잠재우고 화해와 상생의 새세기를 시작하자"는 작가의 본뜻과 달리 유령은 멸하지 않고 계속해서 출몰한다. 과거는 완료되지 않았고, '오늘은 어제 죽은 자의 내일'이다. 따라서 과거의 타자와 우리의 관계는 끝나지 않았다. 그러나 살아 있는 자들은 애도를 통해 과거를 사물화하고 기념비를 세워 타자와의 안전한 거리 만들기에 바쁘다. 과거의 기억에는 책임감이 따라야 할 것이다. 그래야 앞으로 도래할 미래의 정의正義를 논할 수 있지 않을까. 이러한 때에 유령론을 통해 타자의 목소리에 귀 기울이고 사회 내부의 진실을 탐구하려는 작가의 서사적 노력은 높이 평가할 만하다. 이러한 노력에도 불구하고 여전히 갑옷 속 유령의 실체는 물음표로 남아 있다.

순수한 '개인'의 전언

배수아의 『독학자』

1. '아름다운 내면'의 발견

인류의 출현 이래로 인간은 항상 '우리'라는 집합개념에 묶여 생활해왔다. 따라서 집단 속의 한 개체가 사적인 삶의 가치에 관심을 갖고, 자신의 독자적인 사고와 감정을 이야기할 수 있게 되었다는 측면에서 단독자로서의 '개인'은 근대적 산물이다. 이처럼 그 기원을 따지다보면 개인이 발견된 역사는 그리 길지 않음을 알 수 있다. 분명 독립체로서의 육신을 지니고 살아왔는데도 불구하고 인간이 개별자로서의 자신을 의식하지 못했었다니? 그렇다면 개아個我의 형성은 단순히 눈에 보이는 육체적 문제로만 해명될 수 있는 성질의 것이 아니라는 말이 된다. 배수아는 『독학자』(열림원, 2004. 9)에서 "정신의 궁극적인 해방을 말하는 신성하고 아름다운 내면의 단어"를 '개인', '개별자', '개성'으로 제시하고 있다. 즉, "다른 것에 의해서 그 성질이 규정되지 않는, 타자에 의존하지 않는, 독립적인, 개의치 않는, 별개의 독자적 세계인, 존재의 전제조건을 가지지 않은, 오직 스스로 결정하기에 조금도 주저함이 없는", "얽매여 있지 않음(Unabhängigkeit)"(209쪽)이 '개인'의 의미이다. 『독학자』에서는 이러한 '얽매여 있지 않음'이 "낭만적인 부주의함"으로 모욕당할 수 있음을 문제 삼으며 주체의 진정한 정신적 자유를 이야기한다. '개인의/개인적인(individual)', '개인성(individuality)' 등의 용어는 '나뉘지 않는' 혹은 '나뉠 수 없는' 것을 의미한다. 따라서 더 이상 다른 것으로 나뉠 수 없는 개인의 형상은 항상 집단의 형상을 그 대항개념으로 하여 형성될 수밖에 없다. 배수아의 『독학자』는 1980년대 학생운동에 대한 기존의 후일담 소설 형식을 역투사해서 역사적 사건을 재구성하고 있다. 이 작품에서 '얽매여 있지 않음'에 대한 대항개념은 학생운동이라는 낭만적 혁명이 지닌 전체주의적 폭력성이다. 따라서 이 작품은 실재에 대한 왜곡과 왜곡된 실재 속에서 개인과 집단의 문제를 다시 한 번 성찰해볼 수 있는 의의를 지녔다.

배수아는 1993년에 『소설과 사상』에 「천구백팔십팔년의 어두운 방」을 발표하며 등단했다. 그 이후로 소설집 『푸른 사과가 있는 국도』, 『바람인형』, 『심야통신』, 『그 사람의 첫사랑』, 장편소설 『랩소디 인 블루』, 『부주의한 사랑』, 『동물원 킨트』, 『일요일 스키야키 식당』 등을 펴내며 다작을 해온 작가이다. 그녀의 소설세계는 기존의 서사 패턴과 다른 방식을 취하여 독자들을 당혹스럽게 만든다는 측면에서 "배반의 글쓰기", "줄거리를 버린 소설"을 쓰는 작가, "불편한", "이단적인" 작가로 명명되어왔다. 확실히 그녀의 초기 소설들은 "서사보다 이미지, 논리보다는 감성을 앞세우며", 이국적인 배경이나 괴기스러운 분위기와 인물들을 설정해놓고 있다. 이런 배수아 소설의 성격을 백지연 같은 경우는

'텔리비전 키드'라는 용어로 설명하고 있다. 이처럼 배수아의 문학세계가 변화했다면 그것은 그녀가 개인의 '내면'에 관심을 갖게 된 뒤부터라고 할 수 있겠다. 개인과 집단을 문제 삼는 기존의 서사와 배수아의 차이점은 바로 이 '내면'의 형상화에 있다. 그녀는 이러한 존재 사유 방식을 1인칭 화자의 '고백'을 통한 에세이 형식과 의식의 흐름 기법으로 드러낸다. 가라타니 고진은 '고백'이라는 형식이나 제도가 "고백해야 할 내면 또는 '진정한 자기'라는 것을 만들어낸 것"[1]이라고 말하고 있다. 그러나 고백이 반드시 사실과 진실을 의미하는 것은 아니다. 감추어진 것으로서의 내면이 고백의 형식으로 발화될 때조차 이미 내면성의 상실을 전제로 하기 때문이다. 어찌되었건 우리는 이러한 형식 속에서 타인의 진정한 모습을 만날 수 있다는 환상을 갖고 있다.

배수아의 작품세계 변화는 『독학자』에 앞서 발표된 『에세이스트의 책상』(문학동네, 2004. 1)에서부터 시작되었다. 이 작품은 독일에 머물고 있는 한국여성 '나'의 일상과 그녀의 음악에 대한 관심을 중심으로 스토리가 전개된다. 이 가운데 'M'과의 연애에 대한 회상이 겹쳐진다. 『에세이스트의 책상』에서는 획일적인 학교교육과 대중문화를 혐오의 대상으로 파악하고 있다. 이러한 세계 속에서 '나'를 유일하게 만족시키는 것이 음악이다. "개별적으로 존재하는 세계들"은 "제각기 무한한 자유를 추구"할 수 있으며 "각자 다른 언어를 가진 그들 사이에서 음악가가 화음을 발견"(9쪽)할 수 있다. 이처럼 세계 내의 개별적 존재 각자를 인정할 수 있는 것이 음악의 세계이다. '나'의 독일어 개인교사이자 동성애 대상이었던 M은 내면적 삶을 지향하는 단독자이다. 내면성을

---

1) 가라타니 고진, 박유하 역, 『일본 근대문학의 기원』, 민음사, 1996, 104쪽.

강조하는 단독자들의 동성애적 사랑은 『독학자』에도 그대로 이어진다. 그러나 두 작품은 동성애를 전경화하지 않고 개인의 내면성 부각을 위한 배경으로 처리하고 있다.

『독학자』의 줄거리는 작가가 스스로 〈작가의 말〉에서 요약한 것처럼, "한 몽상가가 있었다. 그는 80년대의 어느 날 큰 기대를 안고 대학에 입학했으나 모든 것에서 실망만을 맛보게 된다. 그래서 마침내 유일한 사랑이었던 S와의 이별을 감수하면서 그는 대학을 떠나기로 결정한다. 그는 이 일련의 과정을 이미 죽은 자로부터 선물로 받은 컴퓨터에 기록하게 된다."는 것이다. 『독학자』는 '나'의 입장에서 80년대가 그려지는 것, 그리고 '나'가 대학을 떠나는 심리변화를 중점적으로 재현하고 있다. 그런데 작가는 '나'의 사라짐에 대한 책임이 80년대의 대학에 있는 것이 아님을 지적한다. 작가 자신이 이 작품에서 주력하고 싶었던 점은 시대 정신과 무관한 "섬세한 영혼을 가진 한 고독한 젊은이의 내면세계였을 뿐"(241쪽)이었기 때문이다. 그래서 작가는 "80년대와, 특히 당시의 대학에 심하게 어울리지 않는 인간이고, 개인으로서 정신적인 독립을 최고의 가치로 평가하는 한 인간"을 그려내고자 했다. 1980년대 후반의 정치적 소용돌이에 휩싸인 대학과 그러한 대학 분위기에 실망하고 스스로 만든 추상의 대학에 자신을 은거하고 독학으로 공부하며 마침내 사십 세가 되는 날 자신을 졸업시키겠다고 주장하는 '나'는 80년대의 '우리'라는 분위기 속에 '나'라는 '개인'으로 존재하고 있다.

80년대 대학생활에 대한 비판과 환멸 가운데서 '나'가 유일하게 인정하는 'S'와 'P'교수는 숭고한 내면을 지닌 존재들로 재현된다. S는 오랜 시간 동안 고독에 익숙해져 있는 데다가 "지식에 대해서 지나치게 탐욕스러워하는 구석이 있어서 언제라도 친구보다는 냉큼 책을 선택할 만한 위인"(34쪽)이다. 그리고 그는 "일순간 비인간적으로 느껴지는 무서운 무관심으로서의 냉정"함을 지녔으며, "사람들이 자신을 기피하고 있음을 잘 알고 있는 외톨이"(35쪽)이다. 이러한 S의 특성은 P교수에게서도 나타난다. 아래의 인용문은 P교수에 대한 인상이 드러난 부분이다.

> 그의 얼굴에서 나는 희미한 번득임, 인생과 영혼에 대한 지나치게 정직하고 충실하며 그 점에 대해서 현기증이 날 정도로 지독한 행복을 맛보았던 기억을 읽었다. 그의 얼굴은 그대로 아직 내가 만나보지 않은 어떤 세계, 아직 읽지 않은 한 권의 책이었으며 그것은 내가 일순간이나마 느꼈던, 인간의 얼굴과 인격에 드리운 시간에 대한 생애 최초의 긍정적인 인상이었다 …… 그의 얼굴에는 자유로움과 자랑스러운 고독이 넘쳤는데, 그의 자유와 고독은 그가 막다른 골목처럼 부딪히게 된 상황이 아니라 의도적으로 오랜 시간 동안 자신을 정신적으로 독립시켜놓은 고된 훈련의 결과로 획득한 것이었다. 그래서 나는 그토록 피곤해 보였던 것이다. 그것은 그만이 가지고 있는 고유하고 숭고한 미덕이랄 수도 있었고 혹은 이전에는 내가 미숙함으로 인해서 놓치고 제대로 관찰하지 못했던 또 다른 보편적인 인간의 면모일 수도 있었다. 그럴 수 있다는 사실에 나는 충격을 받았고, 그리고 그럴 수 있는 사람을 만났다는 사실에 감격을 느꼈다. 나는 순간 숨이 막히고 다시 한 번 더 얼굴이 붉어졌다. 그것은 책 속에서 빛을 발견했을 때의 기분과 흡사했다. (48쪽)

P교수의 얼굴에는 '자유'와 '고독'을 통해 정신적 독립을 이룬 "고유하고 숭고한 미덕"이 존재한다. 이러한 발견은 "책 속에서 빛을 발견했을 때의 기분", 그리고 "한 사람이 어떤 세계를 묘사하려 하는 시도와 과정 자체, 보이지 않는 세계, 존재하지 않는 세계를 향해서 오직 자신의 언어로써 개척하며 나가는 흥분"(49쪽)과 동일시되고 있다. 『에세이스트의 책상』에서 '나'가 찾고 있는 M이나 『독학자』에서의 P교수는 초월적인 진리로 존재하고 있는 것이다. "단순한 아름다움이나 미덕으로 칭송받는 존재"(157쪽)가 아닌 M이나 오랜 고독 가운데서 자신의 학문

적 진리탐구에 정진해온 P교수는 "마치 그림이 전혀 없는 책"과 같고, "영혼을 바쳐 읽지 않으면" 영원히 알 수 없는 그런 존재이다. 이들을 통해 『에세이스트의 책상』에서 음악으로 형상화된 내면성은 『독학자』에 와서 책과 지식으로 형상화되고 있다. 배수아의 작품에서 개인의 내면성은 '고독'으로 상상된다. 고독을 환유적인 개인성의 특질로 삼고 있는 것이다. 따라서 '나'나 S, P교수는 개인의 고독 자체를 숭고한 것으로 받아들인다. 배수아는 고독한 개인을 문제 삼고 있는 것이 아니라 고독하지 않은 개인을 문제 삼고 있는 것이다.

2. 고안된 유령 : 권력의 모방

이 작품은 이분법적 사유에 대한 비판을 보여주기 위해 '개인 : 군중'의 이분법적 구도를 설정해놓고 있다. 이미 『에세이스트의 책상』에서 "군중의 마인드를 생산하고 동시에 철저히 그것에 의해서 만들어지며 단지 그것에 의해 살아가는 것들"(149쪽)은 비판되었다. 매스미디어의 세례를 받은 세대들이 가치를 부여하는 것은 "그 개별적 대상이 아니라 추상적인 무리로 존재하는 캐릭터 상품과 같은 어떤 유형"이었던 것이다. 따라서 각종 미디어에서 배운 것들을 모방하며 군중성의 특징과 일치하려드는 대중 지향적 주체는 더 이상 "유일한 존재"가 아닌 "불특정 명사"(156쪽)로 존재한다. 이처럼 『에세이스트의 책상』에서 문제 제기된 획일성과 그 대안인 다원성·다층성은 『독학자』에 와서 전체주의와 개인의 내면으로 예각화된다.

『독학자』에서 문제적인 공간으로 등장하는 곳은 '학교'이다. 아주 어린 시절 '나'에게 학교는 "일단 배울 수 있다는 점에서 즐거움의 장소였으나 곧 단체 생활이 주는 억압과 강요된 규율들을 더 이상 견딜 수 없는 지경"에 이른 곳이다. "학교는 배움의 장소임은 맞으나, 그것은 책과 학문과 정신의 배움이 아니라 정확히는 사회적 규범의 교육장"(52쪽)이었던 것이다. 게다가 그 속에서 교사는 "오직 모든 학생들을 규율에 복종하는 인간으로 만들어야 하는 군사학교 교관"의 이미지를 갖고 있다. 예를 들어, 학창 시절, 누구나 학교에서 하는 개구리 해부 실험에 대한 경우를 생각해보자. 어떤 교사도 학생들에게 개구리 해부 실험하는 것을 원하지 않는지에 대해서 물어보지 않는다. 이에 대하여 "그것은 교육도 뭣도 아니고 오직 불필요한 사디즘과 고통의 엿보기와 잔인한 살생에 불과하며 그러므로 나는 그것을 하지 않겠다고 말하자, 교사는 학급 전체가 보는 앞에서 나를 때"(52쪽)린다. 유년기 학교생활에 대한 '나'의 기억은 단체생활의 중요성을 강조하는 가운데 학교교육이 일상화된 파시즘의 장이 되고 있음을 보여주고 있는 것이다. 이러한 교육이 이후의 주체 삶에 내재하며 파시즘의 기계적 재생산을 가능케 한다. 『독학자』에서는 이러한 주체의 파시즘 모방을 군중성과 전체주의의 폭력성으로 제시하고 있다.

80년대 학생들의 민주화운동은 독재와 전체주의에 저항하는 자유회복의 운동이었다. 그러나 '나'의 시선에서는 그 운동 역시 획일성과 전체주의를 강요하는 제2의 권력 복제가 이루어지고 있는 것으로 파악된다. '나'가 대학이라는 집단과 조직에 대해서 이루 말할 수 없는 실망을 맛보았던 이유는 대학에서 정신과 지성의 진화가 이루어지리라고 기대했었던 자신의 바람이 허망한 것이었음을 깨달았기 때문이다. 밤이나 낮이나 토론이 이루어지고, 서로 읽은 것을 나누며 사유를 교환하는,

"오직 정신만을 위하는 정신, 그 자체의 모습을 볼 수 있는 지상의 유일한 장소"(15쪽)로서의 대학은 "소위 과장된 사회주의 리얼리즘 스타일의 예술"들이 "철학적 사색의 과정과 파장, 그런 다양하고 관용적인 섬세함"(61쪽)을 무시하는 공간이었던 것이다. 정신적 진화만이 진정한 의미의 진화라고 생각하는 '나'의 입장에서 학생운동은 "악을 무찌른다는 핑계로 또 다른 악을 만들어내고 있는 전투적인 무지함이 다른 것도 아닌 예술의 이름을 뒤집어쓰고 기세등등해 있는 몰골들"로 파악되고, 이 역시 전체주의의 폭력과 동일시된다.

　"오직 책을 읽고 공부할 수 있다는 것은 그 자체만으로 기쁨 중의 놀라운 기쁨"이라고 생각하는 '나'와 S는 민주화운동의 선봉이 되고 있는 대학생활에서 따돌림을 받는 아웃사이더로 재현되고 있다. 아웃사이더는 여러 가지 정치적 전략으로 중심에서 배제된다. S는 "둔하고 거대해 보이는 몸집에 거무스름한 피부를 하고 땀이 많으며 중요한 순간에 코를 훌쩍거리거나 트림을 하기도 했다. 심한 근시였으나 콘택트렌즈로 그것을 숨기고 있었고 빈번하게 벌어지곤 하던 특정 교수에 대한 수업 거부나 시험 보이콧에 한 번도 동조하지 않았기 때문에 영문과 내에서 노골적인 따돌림을 당하고 있는 중이었다."(16쪽) 그리고 나 역시 작고 마른 체구를 지녔다. 이들의 아름답지 못한 신체적 특징은 도덕성의 결여와도 연결된다. 순수한 학문의 즐거움 때문에 대학을 다니는 '나'나 S가 "대학생이라는 신분을 가졌다는 그 사실 하나만으로도" "도덕적으로 몹시 고무되어" 있는 대학생들의 "집단적인 행위에 동조하지 않았다는 것은" "도덕적인 하자가 있다는 의미와 동일하게 곧바로 해석"되고 "적", "유해분자"(23~24쪽)라는 단어로 분류되는 것이다. 이처럼 집단 형상으로 등장하는 80년대와 학생운동은 군중에의 포섭과 배제를

통해서 개인을 형성하고 있다. 아래의 인용문은 학생운동의 '군중성'과
S의 '강한 개성' 사이의 극단적 대립을 잘 보여준다.

> 문제는, 어떤 일에서든지 혼자가 되는 것을 두려워하며 그럴듯한 명분을 가
> 진 깃발 아래 모이고 싶어하는 군중성, 그리고 그 속성을 지배하고 다스리는
> 정치적 성향을 가진 소수의 견해에 S가 대치되었다는 것이다. 그들은 도덕적이
> 고, 순수하고, 전투적인 것만큼 또한 그 이상으로 군중의 맹종을 가지고 있었
> 던 것이다. 그 맹종 중의 하나는 바로 강한 개성에 대한 사무치는 미움과 질투
> 이다. S가 수업에 들어가 점수를 얻어서 학점으로 그들을 누르려고 하는 것처
> 럼 보였다 해도, 그들이 만일 진심으로 학점이나 그것을 통한 개인의 영리보다
> 는 국가의 민주화를 더욱 사랑한다면, 그것에 대해서 왜 그렇게 신경질적이 되
> 고 증오에 불타며 화를 내어야 하는가? 각자 신념에 따라 하는 행동들인데 말
> 이다. S가 거역한 것은 젊음의 도덕이나 새로운 정치에 대한 비전도 뭣도 아니
> 었다. 그것은 오직 군중의 물결 같은 질서였을 뿐이다. (26~28쪽)

인용문에서도 볼 수 있듯이 "군중의 물결 같은 질서"를 거부하는
'나'나 S에게 대학생들의 신념에 찬 표정과 군중의 맹종은 "강한 개성"
을 증오하는 것으로 비친다. 역설적이게도, 그러한 대학생들의 행동에
는 "그들이 적으로부터 너무나 충분히 배운" "전체주의의 시선"(28쪽)
이 존재한다. 즉, "대학의 상부가 독재적인 정부와 마찬가지로 권위로
가득 찬 관료의 세계라면, 대학의 학생들 또한 거기에 충분히 걸맞게
충실한 군중의 세계를 이루고 있었"(33쪽)던 것이다. '나'가 군중으로서
의 학생들을 비판하는 것은 "그들 중 아무도 자신이 '군중'에 속해 있다
고는 감히 꿈에도 생각"하지 않는 무지함이다. 이때의 무지함이란 충분
한 사유 뒤의 행동이 아니라 분위기에 지배되어 움직이는 군중의 속성
을 의미한다. 그래서 "대학생들을 지배하는 분위기는, 도덕을 위해서
손가락 하나도 까닥하지 않았으면서, 자신들이 정치적으로 도덕적이고

순수하다고 굳게 믿고 있는, 분방하면서도 확신에 찬 거대한 동맹의식이었다. 그들이 순수하고 도덕적인 것만큼 그들에게는 가차 없는 비판의 권리가 주어지는 것이 당연하기도 했다."(32쪽) 그러나 '나'는 "단지 부도덕하지 않다는 이유만으로, 도덕적이라고 할 수는 없는 것"이라 생각한다.

그렇다고 『독학자』가 80년대 학생운동의 순수 도덕성을 따지고 있는 것은 아니다. 절대선이 존재할 수 있는가의 문제를 재사유하고자 하는 것일 뿐이다. 절대선을 지향하는 군중성의 허위 말이다. 즉, "모든 국민이 똑같이 유니폼을 입고 체육대회라도 참석한 듯이 일사불란한 움직임을 가지고 있었는데 아무도 보지 못하는 저 정점에서 누군가 가리키는 손짓에 따라 모처럼 허락된 광기를 마음껏 발산하듯이" 하는 군중의 광기. 배수아가 굳이 학생민주화운동의 정점이었던 80년대 대학생활을 제재로 다루고 있는 것은 "광적인 군중집회"의 "야만적이고 천박한 광기"가 자유와 민주주의의 이름으로도 자행될 수 있음을 지적하고자 함에 있다. 역사나 진보, 프롤레타리아나 민중, 시민계급은 실제로 존재하는 것의 이름이 아니라 어떤 목적을 위해 "고안된 유령"에 불과하며, "인간은 그들이 오랜 시간 독재와 전체주의에 기꺼이 봉사해온 것과 하등 차이 없는 마찬가지의 근거와 방법으로 진보에도 역시 공헌하고 있는 셈"(128쪽)인 것이다. 권력 구조는 혁명을 통해서도 다시 모방될 것이며, 이러한 끊임없는 모방의 연쇄 속에 인류의 역사가 놓여져 있다는 것이 배수아의 근본적인 사유이다. 그 속에서 '개인'은 무력하고 고독할 것이며, '내면'으로만 남아 있을 수 있다는 것이다.

이 소설은 80년대식 젊은이들의 생태학을 통해 '개인'의 중요성을 다루고 있다. EBS에서 방영된 〈지금도 마로니에는〉이라는 프로그램은 80년대 학생운동의 핵심인물로 김지하와 김승옥을 재현하고 있다. 특정한 역사의 어느 한 시기, 민주주의와 자유 해방을 위해 치열하게 고민했던 젊은이들 개체의 내면이 다루어지고 있는 이 픽션과는 다른 관점에서 볼 수 있는 것이 『독학자』이다. 그러나 하나의 사건을 다른 관점에서 바라보고 있다 할지라도 그 근본은 상통하고 있는 것으로 보인다. 그것은 둘 다 인간 주체의 자유를 주장하고 있다는 것이다. 그런데 『독학자』는 파시즘에 대한 배수아식 저항이자 탈주를 보여주고 있다고 평가하고 싶다. 그녀가 걱정한 것처럼 군중은 변덕스럽고, 폭력적이기도 하다. 그러나 군중 속에 있는 "그들 중 아무도 자신이 '군중'에 속해 있다고는 깊이 꿈에도 생각"해보시 않는다. 아무래노 배수아는 이 작품을 통해서 독자들에게 주어진 전제에 대한 근본적인 회의와 물음이 필요함을 주장하고 있는 것이 아닌가 싶다. "그때 나는 지금보다 훨씬 더 자유롭고 선명한 존재가 되어 있을 것임을, 나는 의심하지 않겠다."(173쪽)

달처럼 우아하게, 동물처럼 잔혹하게 : 마법에 걸린 시

남진우의 『사랑의 어두운 저편』

1. 블루 문, 내 심장은 벌집이다

남진우의 시는 그의 심장에 박히고 금 간 것들에 대한 표현이다. 그는 달의 문자가 지닌 신비로운 아우라를 자신의 시 속에 펼쳐놓는다. 그래서 『사랑의 어두운 저편』(창비, 2009)은 "눈부신 달빛 속에서 겹겹이 피어나는 꽃잎"(「당신이 잠든 사이」)을 허공에 수놓은 달의 앤솔로지다. 고딕적인 풍으로 말하자면, 달빛은 어둠을 사는 존재들에게 에너지의 응집체 역할을 한다. 그래서 불길하다. 이러한 불길함은 남진우의 이전 시들에서 드러난 세기말적 우울의 정조와 맞닿아 있다. "괴물의 계보학"을 그렸던 남진우의 시에는 저승에서 돌아온 자들이 활보한다. 흡혈귀 역시 피를 찾아 죽음에서 돌아온다. 세기말, 그들은 "아무도 막을 수 없다 억압받은 것들은 언제나 저처럼/가장 잔인한 형태로 소름끼치는 모습으로/다시 돌아온다 돌아와/우리의 눈과 귀를 고문한다."(「공포 영화와 함께 이 밤을」) 따라서 『죽은 자를 위한 기도』(문지, 1996)는 "재난의 시대"를 보고하고 애도하는 "재의 수첩"(「재의 수첩」)이다. 그 세계에서는 검은 "재 속에서 시커먼 입이 울부짖"으며, "우리가 발딛고 걷는 땅 어디서나/검은 구덩이가 입을 벌리고 있다."(「식물 인간」) 이것은 "죽은 자들로 죽은 자들을 장사지내게 하라"라는 '마태복음'의 전언을 담은 검은 묵시록이다.

『사랑의 어두운 저편』에서는 '모세'가 등장한다. 여자아이들만 살려두는 유대인 박해 속에서 살아남은 남자아이. "버려지기 위해 아니면 잊혀지기 위해 너는 갈대상자에 실려 어두운 강물 위로 떠내려갔다//네 이마 위에 찍힌 노예의 낙인 늑대의 젖이 너를 길렀고 사막의 밤이 네 뼈를 단련시켰나."(「모닥불 앞에서」) 구원을 찾아 나서는 모세의 정체성은 노예와 해방 사이를 방랑하는 비유로 사용되어왔다. 그리하여 그에 대한 비유는 낯선 사막의 풍경을 마법으로 불러낼 수 있다. "늑대의 젖"과 "사막의 밤"이 키워낸 자의 짐승 같고 메마른 생, 그 한가운데 예수의 형상을 한 달이 떠 있다. "저 달을 누가 밤하늘에 못 박았을까/검은 못자국이 난 달이/처형받은 자의 모습으로 떠오른다."(「블루 문」) "누군가 피 흘리며 쓰러지기를 기다리고"(「식물 인간」, 『죽은 자를 위한 기도』) 있는 검은 땅 위에 희생양의 형상을 하고 떠 있는 달은 예수의 죽음을 의미한다. 남진우는 신이 죽었다는 부정을 통해 신성에 대한 강한 긍정을 표출하고 있다.

피를 부르는 희생양 제의는 흡혈귀가 신성을 탐색하는 주체로 오게 되는 필연적 행로이다. 남진우의 시 속 시적 화자는 자신의 심장으로 죽은 자를 애도한다. "밤이면 밤마다 죽은 여인이 다가와/네 튼튼한 심장을 먹고 싶다, 조그만 다오 말했네//두 팔에 안긴 채 가슴에 머리를 파묻고 내 심장을 먹어가며/죽은 여인은 밤새도록 눈물을 흘렸네//새벽이면 멀리 떠나는 그녀를 배웅하며/나 다시 돋아나는 심장의 아픔에 진저리 치곤 했네."(「바람의 노래를 들어라」, 『새벽 세 시의 사자 한 마리』, 문지, 2006) 그 시적 화자는 죽은 여인을 위로한 뒤에도 심장이 매번 새롭게 다시 돋아나는 자이기에 불멸의 존재이다. 흡혈귀는 시차를 뛰어넘을 수 있는 '사이'의 존재이다. 흡혈귀가 동물도 유령도 인간도 아닌 중간자로 남는 것은 피의 문제로 귀속된다. 때문에 시적 화자가 지닌 심장의 "벌집 속엔 꿀 대신 피가 가득 고여 있"다. "밤이면/소리없이 다가온 그림자가 내 가슴을 열고/벌집 속에 검은 피로 밝힌 등불을 켠다."(「꿀벌치기의 노래」) '등불'을 밝히기 위한 피는 희생과 헌신을 상징한다. 그러나 그것이 '검은 피'라면 사정은 조금 달라진다. 검은 피는 차가운 죽음과 연결된 죽은 자의 피다. "검은 피로 밝힌 등불"은 세속과 신성 사이의 이율배반 속에 자리한다. 그러한 이중성은 흡혈귀가 하는 사랑의 특성이기도 하다.

그것은 "참혹한 사랑"이다. 남진우는 흡혈귀가 밤마다 사랑하는 여인의 피를 마시며 자신이 하는 사랑의 방식이 마음에 들지 않아 '울음 운다'고 표현한다. "사랑하고 싶을 때/내 몸엔 가시가 돋아난다/머리 끝에서 발끝까지 은빛 가시가 돋아나/나를 찌르고 내가 껴안는 사람을 찌른다//가시 돋친 혀로 사랑하는 이의 얼굴을 핥고/가시 돋친 손으로 부드럽게 가슴을 쓰다듬는 것은/그녀의 온몸에 피의 문신을 새기는 일/가시에 둘러싸인 나는 움직일 수도 말할 수도 없이/다만 죽이며 죽어간다//이 참혹한 사랑."(「어느 사랑의 기록」, 『죽은 자를 위한 기도』) 사랑은 필연적으로 '가시 돋친 혀'를 동반한다. 사랑의 이중성은 곧 언어의 이중성에서 오는 것이다. "피에 굶주린 자는 말을 유혹하는 법." 사랑을 하는 자도 말을 유혹하는 법이다. 사랑의 언어는 그 얼마나 달콤하고 유혹적인가. 그 말은 사랑이 "죽고(끝나고) 난 뒤에도 살아서 지상을 떠"돈다. 그런데 흡혈귀가 말하는 사랑의 외침은 '비명'의 형식을 취한다. 밤마다 사랑하는 여인의 환영을 쫓는 흡혈귀의 행위는 "밤마다 나는 비명을 사냥"(「흡혈귀」, 『죽은 자를 위한 기도』)하는 행위가 되는 것이다. 남진우는 이러한 이중성을 인간의 내면으로 확대하고 있다. 누구에게나 내면에 있을 '짐승', 그것은 지킬 박사와 하이드처럼, 보름달이 뜨는 시간에 등장하는 늑대인간처럼, 비이성과 비합리주의처럼 존재하는 것이다. "그 짐승이 거리 한복판을 가로지를 때/세상은 흉흉한 소문으로 가득 찬다." "그놈이 한번 몸을 날릴 때마다/거리는 일순간 비명으로 뒤덮인다."(「짐승의 시간―어느 사랑의 기록」) 비명이 되는 사랑의 언어는 그 얼마나 처절한가. 그래서인지 스페인어와 영어를 사용하는 이중적인 언어의 특성을 지닌 흡혈귀는 "내 스스로의 비명에 못박혀 나는 죽는다."

모세는 혀가 굳은 자로 언변이 좋지 못했다. 신의 존재를 증언해야 할 그의 혀를 굳게 만든 신의 의도는 무엇일까. 어쩌면 "언어에 잠겨 익사할"(〈시인의 말〉)지도 모른다는 남진우의 우려와 같은 뜻이었을지도 모른다. 남진우의 시 속에서 언어는 재난의 재처럼 쌓인다. "내가 쓰는 펜 끝에서/토끼가 깡충거리며 뛰어나온다/토끼라고 쓰는 순간 백지를 벗어난 토끼는/벽으로 천장으로 뛰어올라 핏발 선 동그란 눈 빤히 뜨고 나를 쳐다본다……장엄한 동물의 왕국을 꿈꾸며 시를 쓰던 나는 토끼에게 시달리며 쫓기는 도망자 신세가 된다."(「토끼에 대한 보고서」) '나'가 만든 말로서의 토끼는 어느새 내 말을 듣지 않는 토끼들이 된다. 이것은 발화자와 상관없이 떠도는 언어의 파장 효과를 의미한다.

언어의 주체와 대상이 모호해지고 무책임한 언어만이 남는다. 그런 까닭으로 일찍이 그는 말벌에게 벌을 받기도 했다(「소음」, 『새벽 세 시의 사자 한 마리』). 시인이 언어에 이렇게 신중할 수밖에 없는 데는 이유가 있다. 남진우의 시적 화자는 죽은 자들의 목소리를 듣는다. "어둠을 타고 흘러내려오는 저 길 잃은 영혼들," "그들은/뭔가 내게 들려줄 말이 있다는 듯이/유리창에 붙어 입술을 달싹거린다/그 어떤 위안도 희망도 소용없어진 내게/그들은 읽을 수 없는 문장을 전해주고 간다."(「우리 시대의 표류물」, 『죽은 자를 위한 기도』) 한 주체가 죽은 자의 목소리를 듣는다는 것은 그의 애도행위와 연관된다. 그래서 남진우의 시는 복화술사의 주술력을 지녔다. 그런데 사유는 더 나아가 "넌 이미 죽었다고/너도 곧 떠도는 목소리가 되어 우리처럼/밤의 허공을 외로이 방황할 것"(「목소리─심야 통화」, 『죽은 자를 위한 기도』)이라고 하며 시적 화자를 이미 죽은 존재로 만든다. 그리하여 시적 화자와 시인은 산주검(undead)의 존재성을 지닌 채 검은 밤을 배회한다. 그렇다면 남진우는 우리에게 어떠한 언어로 이야기해야 할까. 그것이 까마귀의 울음소리라면 어떨까. "까옥 까아옥 하다보면/세상은 고요히 가라앉고/멀리서 내게로 날아오는 검은 새의 날갯짓 소리가 들렸네//잠 못 이루는 어느 밤/몸을 뒤채다 까마귀를 불러보았네/지진이 난 듯 잠시 방 안이 흔들리고 검은 그림자/벽과 천장을 뒤덮으며 점점 커져갔네 놀라 부릅뜬/내 눈에서 빠져나온 새는 밤하늘 저편으로 날아가버리고/나는 정신을 잃고 쓰러졌네."(「까마귀의 書」) 시인은 그 까마귀가 떨구고 간 검은 깃털로 자신의 심장에 벌집 문양의 시를 새긴다.

2. 달의 어두운 저편, 내 심장은 달이다

달 저편의 서사는 비현실적이고 몽환적이다. 그러나 달의 어두운 저편은 "달빛 저편에서 소리없이 다가오는/검은 그림자"(「개도둑」) 때문에 음모가 도사리고 있을 수 있다. 뿐만 아니라 "밤하늘에 달이 사라진 사흘 동안/한 자루 칼을 가슴에 품고"(「달이 사라진 사흘 동안」) 거리를 헤매는 자 때문에 달의 사라짐은 음산함, 불길함, 그리고 복수의 시간이 된다. 그런데 남진우의 시는 삶과 죽음의 형식 속에 구원의 빛으로 달빛이 움직이는 방식을 탐구하고 있다. 달이 바라보는 주체인지, 바라보여지는 대상인지, 또 주술성과 물의 유무, 달빛의 온도와 달의 모양 변화라는 조건에 따라 내상은 날리 살펴져야 한다. 남진우가 초기부터 이렇게 달의 스펙트럼을 넓게 펼쳐놓고 있지는 않았던 것 같다. 『죽은 자를 위한 기도』의 시편들에서 달은 차가운 이미지였다. "마당 가득 깔린/달빛 속에서 죽은 자들이 일어선다/손을 앞으로 뻗은 채 죽은 자들이 나를 향해 걸어 온다."(「밤」) "죽은 자들로 가득 찬 몸을 일으켜/창가로 걸어가보면 멀리 밤하늘에 떠 있는/차가운 달의 심장"(「죽은 자를 위한 기도」)이 있다. 또한 달은 "밤하늘에 둥근 유골단지가 떠 있"(「달」)는 것처럼 죽음의 이미지를 담고 있다.

그런데 『사랑의 어두운 저편』으로 오면 달은 '구원'의 이미지를 더 강하게 갖는다. "몸 잃은 영혼들이 빛을 보고 몰려드는 날벌레처럼 날아가/이 세상을 빠져나가는"(「달이 나를 기다린다」) '구멍'으로서의 달은 영혼을 구원하고자 하는 의지의 반영물이다. 이처럼 의지의 표상체이기에 달은 시적 주체로 등장하기도 한다. "내 가슴속 심장이 있는 자리에서 두근대고 있는 달", "내 몸 깊숙이 분화구처럼 파인 상처 속에 자리잡고서/달은 그믐에서 보름까지 긴 여행을 한다.”(「검은 달」) 결국 남진우의 시적 화자 ‘나’는 가슴에 달을 달고 다닌다. ‘나’의 가슴에 있는 달은 신성의 징표이기도 하다. 저녁 산책길 내 뒤를 따라오는 “저 달의 푸른 눈 속에” 신성한 성혈의 표징인 “포도알이 영글고 있다.”(「달은 고양이처럼」) 또한 그 달은 십자가에 못 박힌 예수처럼 하늘에 박혀 있다(「블루 문」).

남진우가 재현하는 달에는 모래가 있다. “나는 일찍이 모래구름을 상상했다.”(「모래구름 아래서」, 『타오르는 책』, 문지, 2000) 그리고 밤이 오면 “모래 사나이”(「모래 사나이」, 『타오르는 책』)가 찾아온다. 그리고 이번 시집에서 “달은 모래로 뒤덮여 있”(「달의 어두운 저편」)는 것을 알게 된다. “달의 바다에 폭풍이 불면/달에서 인 모래바람이 불어와/달을 바라보는 사람의 몸을 휩쓴다.”(「달의 연인들」) 모래는 시적 화자의 운명과 연결되어 있다. “모래내시장 구석 점치는 여인은 내게/당신은 사막 한복판에 누워 있다고 말했다.” 사막 한복판은 모세가 방랑했던 그 광야의 비유이다. “점치는 여인이/마지막 패를 뒤집자 사막 저편/죽은 내가 벌떡 일어나 걷기 시작했다.”(「점치는 여인」) 불멸의 존재인 ‘나’는 또다시 반복되는 순례의 길을 걷는다. “허공을 떠다니는 모래무덤”으로 이루어진 “달의 어두운 저편”(「달의 어두운 저편」)은 시적 화자의 누울 자리가 마련된 죽음의 장소이자 성소이다.

한 방울의 눈물마저도 말려버리는 모래와 달리 “둥근 달 속에/퍼덕이며 솟구쳐오르는 황금물고기”가 있다. 그것은 마술적인 환상을 불러일으킨다. “깊은 거울 속 어두운 얼음장 밑에/황금물고기들이 숨쉬고 있다/이윽고 달빛이 닿으면 마법에서 풀려난 황금물고기들이/온 방 안을 떼지어다니며 논다.”(「황금물고기」) 황금물고기들은 “그 옛날 엄마 뱃

속에서 뛰놀 때/내 곁을 스치고 지나갔던 그 숱한 물고기들"이기에 마음의 평화를 줄 뿐 아니라 어린 시절의 꿈을 추억하게 한다. 급기야는 "달빛 아래 서면 그대와 나/어느덧 지느러미를 흔들며 헤엄치는 물고기가 된다."(「달의 음악을 들어라」) 이처럼 물고기가 많이 살고 있는 달은 모래무덤으로 뒤덮인 달의 어두운 저편과 달리 '물'의 속성을 함유하고 있다.

모래 사나이에게 달은 목마른 자가 찾는 구원의 '물'로 비칠 수 있다. 여인들은 "달 속에 파인 연못"(「달무리 지는 마을」)에서 항아리 가득 달무리를 이고 오며, "목마른 아이는/밤하늘 달을 보며 물 한 모금 내려달라"(「달의 물」, 『새벽 세 시의 사자 한 마리』) 한다. 달빛은 생명을 부여하는 기적을 발휘하기 때문이다. "차가운 돌 속에/박혀 있는 물고기뼈"에 달빛이 "전류처럼 흐를 때"(「달」, 『타오르는 책』) 물고기뼈는 지느러미가 생기고 은가루 날리는 어둠 속을 날아오른다. 이처럼 신성을 드러내는 달빛의 기적은 신의 기적을 대행할 모세를 불러 세운다. 그리하여 달빛은 '쇠북'의 이미지로 전이된다. 그것은 시적 주체를 각성시키는 동기가 된다. "누가 쇠북을 울리는지 깊은 밤 잠 깨어 뜰을 쓸고 지나가는 달빛 소리를 듣는다."(「누가 쇠북을 울리는지」) 시적 주체의 잠을 깨우기는 동물도 마찬가지다.

이번 시집에서는 시적 화자의 집 창가에 죽은 자가 아닌 동물들이 몰려서서 그를 지켜보고 있다. 동물들이 '나'를 들여다보는 이유는 무엇일까. 『죽은 자를 위한 기도』에서는 이 세상의 마지막 구원자로 아이를 설정하여 희생양으로 삼는다. "허공 저편에서 너는 운다 너무도 뜨거운 달빛이/너를 태우고 너를 한없이 높이 들어올리기 때문에/말구유처럼 둥근 달 속에 울려퍼지는" 아이의 울음소리는 희생제의의 절차이다. 그

제의의 마지막 절차는 이 밤이 다가기 전에 "달빛에 잘 구워진 너의 찬란한 살을"(「燔祭」) 먹는 것. 그런데 『사랑의 어두운 저편』에서 희생제물이 바뀌어 있다. "길 가던 짐승들이 하나둘 창문으로 머리를 들이민다/한없이 슬픈 눈빛으로 구유 속의 아이를 들여다보듯/짐승들은 묵묵히 나를 굽어보고 있다."(「밤의 연안」) 희생의 제물은 다른 것이 아닌 바로 시적 화자 자기 자신이다. 동물들은 구유 속의 '나'를 지켜주고 채찍질하는 이중적인 존재이다. 「먼 산 먼 길」, 「들소떼와 춤을」(『새벽 세 시의 사자 한 마리』) 같은 경우 동물은 어린 시절에 대한 회상의 기능을 담당하고 있다. 그 시간은 따뜻했던 어머니의 세계이기도 하다. 한편, 어떤 동물들은 모더니티의 희생자다. 구구단을 못 외워 전전긍긍하는 곰(「잠자는 숲속의 곰」)과 지하도 입구 갈 곳 잃어버린 늙은 곰(「겨울 저녁」)은 현대성에 적응하지 못하여 구원이 필요한 존재들이다. 그러한 동물들이 위로를 받기 위해 찾아드는 공간은 시적 화자의 곁이다. "내 가슴의 샘에 머리를 처박고/긴 밤 물을 마시기 위해" "아득히 먼 사막의 길을 걸어 사자 한 마리/내 방 문 앞까지 왔다."(「새벽 세 시의 사자 한 마리」, 『새벽 세 시의 사자 한 마리』) 그리고 "망망한 우주의 대양을 떠돌다 풍랑을 만나/그날밤 내 방 문턱에 밀려온/고래 한 마리//한동안 쉬고 힘을 회복한 고래는/꼬리로 벽을 한차례 힘껏 내리친 다음/다시 물기둥을 뿜어내며 창문을 빠져나가/유유히 밤하늘 저편으로 멀어져갔다."(「별똥별」) 동물들은 '나'에게 와서 내 심장의 물을 마시고, 상처를 회복할 수 있다. 이는 시적 화자를 신성의 현현으로 기호화하는 과정이다. 동물과 '나'는 둘 다 구원을 위해 순례한다는 공통점을 지닌다. 그리하여 "모래둔덕을 넘어 망망한 내륙을 가고 또 가는 거북이를 따라/아득히 걷고 있는 내가 보이는 것이다"(「白石」) 이제 '나'는 광야를 혼자 걷지 않고 동물들과 함께 한다.

3. 마법에 걸린 시간, 나의 화살이 그의 심장을 꿰뚫으면

달을 통해 주술의 시간을 마련한 남진우는 신성을 만들어내는 유희에 빠져 있는 것 같다. 피를 통한 봉헌과 순례는 신성의 현현이라는 기적을 통해 앞으로 나아갈 수 있다. 그의 시에서 금, 틈, 균열은 신성한 기적이 발현될 수 있는 입구이다. 남진우는 "손가락 사이"로 스며 나오는 달빛(「달의 음악을 들어라」)이나 물(「외출」), 모래알(「너를 생각하며」), 사랑하는 사람의 얼굴(「그대에게 가까이」)이 지닌 아름다움을 발견할 줄 아는 시인이다. 뿐만 아니라 "달빛 소리"(「누가 쇠북을 울리는지」)를 들을 정도로 민감한 그의 청각은 깊은 밤 식탁 위 접시들이 울리는 소리까지 듣는다. "투명한 물잔과 주전자 사이/금방이라도 깨질 것처럼 둥근 접시와 네모난 접시들이/서로 은밀히 부딪치며 종소리보다 아득한/음악소리를 낸다." 아침이 오면 "식탁 위 접시엔 보이지 않는 미세한 금 하나가/가늘게 더 그어져 있다."(「夜想曲」) 음악은 사이, 틈에서 난다. 사이들은 또 다른 사이를 낳고, 그리하여 음악은 또 다른 음악을 낳는다. 우주의 소리와 균열이 생산해내는 신비스런 파장을 이렇게 미세한 아름다움으로 세공할 수 있는 시인은 드물다. 남진우의 시에서 이편과 '저편', 틈이나 사이는 "저 달에서 만나 서로 손을 맞잡는다."(「월식」, 『새벽 세 시의 사자 한 마리』)

밤과 달은 마법의 시간이다. 그래서 밤이면 "눈에 불을 켜고 뿔을 곤두세운 달의 짐승들이/흩날리는 돌가루 사이로 모습을 드러낸다."(「밤,

짐승들이 다가오고 있다」) 그런데 남진우는 이 주술의 시간을 마법에 걸리는 시간이 아니라 마법이 풀리는 시간으로 설정하고 있다. 그것은 시적 세계관이 낮보다는 밤의 세계를 중심으로 하고 있기 때문이다. "창밖에서 번개가 칠 때마다/호랑이가 뛰쳐나와 방 안으로 뛰어든다/번득이는 빛이 허공을 가를 때마다 호랑어가 나타나/비 오는 밤/내 방은 사나운 짐승들로 득실거린다……방구석에 웅크리고 앉은 내게/호랑이가 입을 벌리고 달려드는 순간/호랑이의 더운 입김이 온몸에 감겨드는 순간/천둥이 치고/마악 앞발을 치켜들고 달려들던/호랑이는 산산이 부서져/내 앞에서 흩어진다."(「나의 밤은 당신의 낮보다 아름답다」) 밤의 산물들은 상상과 환상으로 빚어진 것들이다. 그래서 남진우는 낮보다 밤이 아름답다고 말한다.

　신성을 만들어내는 패턴은 물(얼음)과 불의 이미지를 통해서도 드러난다. "얼어붙은 겨울강 건너다/깨진 얼음조각에 실려" "강물 따라 먼 바다로 간 그대"(「강가에서―공무도하가」)에 대한 아주 먼 전생의 기억을 갖고 있기에 "내 마음 한켠에 북해가 있다."(「추운 나라에서 온 시인」) "어느날/얼음에 파묻힌 그대가 멀고먼 빙하기의 바다를 건너/이른 아침 내 문지방에 도착한다면//나, 떨리는 입술로/그 차디찬 얼음덩어리에 입맞춤하리/얼음 속 눈부신 수정의 궁정에 잠들어 있는 그대//내 뜨거운 숨결에 얼음은 조금씩 아주 조금씩/녹아내리고 얼음 속 잠든 그대도/서서히 아득한 잠에서 풀려나오리."(「외출」) 이처럼 남진우는 얼음이 녹아 흐르는 마술의 시간을 아름답게 재현하고 있다. 한편, '나'는 "얼음에 파묻힌 시체"였다가 "투명한 물이 되어 흐르고 있었다."(「수목한계선」, 『새벽 세 시의 사자 한 마리』) 이러한 신성의 현현은 '불꽃'의 이미지로도 형상화되고 있다. 남진우는 "詩가 떨기나무 불꽃인 줄 알았다"고 고백했었다. 그러나 그것은 과거형이 아니다. 여전히 그는 "떨기나무 불꽃 속에서 울려퍼지던 음성"(〈시작 노트〉, 『죽은 자를 위한 기도』)을 떠올리며, 신의 기적을 재현하고 있다. 그 때문에 그가 그리고 있는 순례자는 모세가 신성을 접했던 그 "떨기나무 타오르는 불꽃 속으로"(「순례자의 잠」) 향한다. "죽는 그 순간까지 한없이 찔리며 내가 걸어가야 할/형극의 길"(「모래알과 마른 풀들 사이」, 『새벽 세 시의 사자 한 마리』)에 자신의 피를 뿌리면서 순례자들은 끝없이 걷는다.

흐르는 존재로서의 순례자와 나그네가 가는 길은 사랑하는 "너 찾아가는 길"(「지상의 양식」)이다. 그런데 "너를 부를 수 있는 말이 나에겐 없다."(「겨울새」) 뿐만 아니라 "그대는 어디에도 보이지 않"고, "아무리 걸어도 설산은 가까워지지 않"(「비단길」)는다. 이처럼 '너'는 영원히 다가갈 수 없는 '저편'의 존재이다. 남진우의 시에서 가장 공을 들이고 있는 '저편'의 상정은 무한한 저편의 증식을 낳는다. 그것은 끝없는 순례의 여정이기도 하다. 남진우의 시에서 "처음 한줄기 빛이/내가 겨눈 화살 끝에 와 머물 때/해와 달이 만나고 헤어지는 아득한 저편," 그곳에서 "어둠을 들어올리며 지평선에서 이리로/오고 있는 이"를 죽이는 일은 신성을 부정하는 행위가 아니다. "나의 화살이 그의 심장을 꿰뚫어/지상을 눈부신 빛줄기로 물들일 수 있다면"(「화살에 부친다」) 그것은 신을 죽임으로써 구원을 되찾고 신성을 긍정하는 행위가 된다. 그러나 이러한 예언자적 행위는 정체를 알 수 없는 대상을 향한 사랑에서 비롯했기에 끝낼 수 없다. 이제 순례자는 저편으로 공간 이동한다.

저 달은 늙어버렸다
밤하늘에 걸려 있는 금 간 두개골일 뿐

내 영혼의 수용소엔 철조망이 없지
분화구 파인 달의 표면만이 광막하게 펼쳐져 있지

혀 끝에 말라붙은 소금기를 느끼며
나 아직 살아 있으므로

나는 겨냥한다
밤하늘에 떠 있는 내 두개골을

격발
방아쇠를 잡아당기는 손가락

달이 부서지며
얼음조각 같은 빛을 사방에 흩뿌린다

이젠 더 이상 짖어대지 마
밤하늘에 떠 있는 마른 뼈다귀 따윈 없어

컹컹컹 달에 홀린 어릿광대가
고개 숙이고 무대 저편으로 사라진다

—「달을 쏘다」 전문

달에 홀린 흡혈귀는 '저편'과 이편의 중개자 역할을 담당할 수 있는 존재이다. 삶과 죽음의 '사이'에 거주하는 중간자의 위치는 "지붕 위를 걸어다니며" "눈부신 달빛 속에서/피어나는 겹겹의 꽃잎"(「당신이 잠든 사이」)이 된다. 흡혈귀의 시간은 검은 밤의 시간이자 달의 시간이다. 낮과 밤처럼 '저편'이 이편의 무대로 바뀌면, 중간자는 과거의 달을 청산하고 또 다른 달을 찾아 순례하는 것이다. 이편과 저편의 변증법적 과정은 그 순례자의 도정일 것이다. 신성을 찾아가는 남진우의 시적 도정 속에서 기존의 '피'를 통해 행해졌던 페티시즘적 기적은 '달빛'의 신화성으로 아름답게 승화되고 있다. 또한 남진우는 "핏자국으로 타오르는/상어 잇자욱과 표범 잇자욱이 난/내 몸을 가로질러/마침내 맞붙은/저들의 길고긴 입맞춤/흘러내리는 핏방울에 입술을 적시며/서로의 목줄기를 물어뜯는/이토록 아름답고 그토록 잔혹한/저들의/사랑 이야기/(암전)"(「흰상어와 검은표범의 사랑 이야기」)처럼 대립적인 것들을 입맞춤하도록 하기 위해 마법의 힘을 마음껏 발휘한다.

우울한 뮤즈

'우주의 자궁'을 상상하는 여성 판타지와
'흐름'의 역학

권지예 론

1. 인어공주를 위하여

포스트모던 사회에서 모든 절대적인 것들에 대한 회의적 태도는 사랑에 대해서도 불신을 초래한다. 그러나 돈으로 모든 욕망을 만족시킬 수 있다고 믿는 후기 자본주의 사회에서 사랑이란 여전히 값으로 매길 수 없는 값진 존재로 남아 있다. 그래서 사랑은 더욱 다양한 방식으로 변주되며 상품화되고, 숭고를 둘러싼 채 세속화된다. 이처럼 21세기식 사랑은 의심과 매혹의 이중적인 대상이 되어 있다. 근원에 대한 의심 때문에 사랑을 끊임없이 분석해 들어가면서도, 그 아우라를 지키고자 하는 모순. 분명, 이 모순을 고민하는 작가들도 있을 것이다. 권지예의 소설은 이 모순에 대한 고민에서 시작하여, 자신만의 독특한 여성적 글쓰기를 실천하려 한다. "무언가를 죽여 보지 못한 사람은 무언가를 사랑할 수도 없다"(「뱀장어 스튜」, 34쪽)라는 표현은 여성의 격정적인 욕망과 사랑을 의미한다. 서사 텍스트에서 섹슈얼리티는 권력의 작동 방식을 잘 드러내준다. 근대 이후로 여성적 욕망과 리비도의 해방에 대한 여성적 글쓰기 방식은 다양하게 수행되어왔다. 그런데 문제적인 사실은 문명의 세계에서 욕망에 충실한 자는 아웃사이더로 배제되고 규제된다는 점이다. 인사이더가 권력을 쥐고 있는 중심부의 세계에서 주변인이 주체로 살아갈 수 있는 한 가지 방법은 '우주적', 보편적인 존재의 사유일 것이다.

권지예의 소설에서 이루어지는 여성의 성적 각성은 우주 속에 놓인한 인간의 실존적 위치에 대한 각성이기도 하다. 그녀의 소설에 대한 기존 논의는 낭만적 사랑의 소멸과 "격정적인 삶에 대한 현대인들의 욕망"[1], "불륜의 서사"[2], "인간적인 윤리" 의식의 표명[3], "요리의 윤리학"[4] 등에서도 확인할 수 있듯이, 사랑과 실존의 문제에 천착하고 있다. 권지예의 소설들은 '물' 이미지를 통하여 격정적인 삶을 인생의 법칙으로 수용해 나아가는 과정을 그리고 있다. 금기시된 여성적 욕망의 재현은 다양한 서사물에서 '홍수'의 범람으로 재현된다. 이처럼 여성적 욕망의 이미지는 '물' 이미지를 차용하여 '흐름의 역학'[5]을 발휘한다.

그런데 왜 하필 물인가. 바슐라르(Gaston Bachelard)의 물질적 상상력의 근간을 이루고 있는 것은 4원소론이다. 이 4원소론에 관계된 상상력은 물, 불, 공기, 흙이라는 네 가지 기본 물질의 분석이다. 바슐라르는

---

1) 백지연, 「사랑의 소멸과 시작」, 『꿈꾸는 마리오네뜨』, 창작과 비평사, 2002, 299쪽.
2) 김미정, 「불가능한 사랑, 영원히 도주하는 타자들에 대하여」, 『문학동네』, 2004. 겨울, 86쪽.
3) 김미현, 「건강한 환자의 윤리학」, 『폭소』, 문학동네, 2003, 285쪽.
4) 김형중, 「불 위의 깊은 물」, 『꽃게 무덤』, 문학동네, 2005, 312쪽.
5) Joseph Allen Boone, *Libidinal Currents—Sexuality and the shaping of Modernism*, Chicago UP, 1998.

물에 대한 물질적 상상력에 있어 물의 유동성 정도에 따라 '부드러운 물'과 '난폭한 물'로 분류한다. 또한 프로이트는 『성욕에 관한 세 편의 에세이』에서 리비도를 예기치 못한 항로로 흘러 들어갈 위험을 안고 있는 '거센 물결'에 빗대어 표현하고 있다. 그는 이 은유를 통해 인간의 자아 형성에 리비도의 자기 조절과 통제가 중요한 위치를 차지하고 있음을 말하고 있는 것이다. 프로이트의 말대로라면 정상적인 사회인이 되기 위해서는 주체가 리비도의 방향을 사회에서 받아들여질 수 있는 항로로 바꿀 수 있어야 한다. 이처럼 리비도의 흐름이 지닌 역학은 유체성을 띤다. 욕망과 섹슈얼리티와 물의 은유가 만난다. 권지예의 소설 속 중심 배경이 되는 프랑스 파리는 여성이 금기에서 일탈하여 성적 욕망의 해방을 꿈꿀 수 있는 이방인의 공간이다. 이 이방인의 공간은 "음기가 세서, 늘 여자의 몸처럼 젖어"(「섬」, 105쪽) 있다. 그리고 소설 속에는 늘 푸른색의 그림만 그리거나(「상자 속의 푸른 칼」), 물의 목소리를 들을 수 있고(「물의 연인」), 물 속에서 나오거나(「꽃게 무덤」) 그 속으로 사라지는 "인어"(「나무 물고기」)들이 존재한다. 그래서 그녀들의 몸은 "수초처럼 흔들리는 거웃"(「섬」, 106쪽)을 지녔으며, "여자의 속살 냄새와 비슷"한 "바닷가 갯내음"(「설탕」, 118쪽)이 풍기는 것으로 재현된다.

물의 속성을 지닌 권지예의 여주인공들은 현실에서 사라지는 행위를 반복한다. 더욱이 이 여주인공들은 「꽃게 무덤」, 「산장카페 설국 1km」, 「나무 물고기」 등의 작품에서 물속으로 사라진다. "분명 존재했으나 기억나지 않는 먼 꿈속으로 사라진" 것들을 추억하고, "다시는 사라진 것을 찾지 않으리라"(「산장카페 설국 1km」, 214쪽) 다짐하는 그녀들은 현실에 존재하지 않는 환영이나 물거품으로 투명하게 떠돌아다닌다. 마치 『인어공주』에서 인어공주가 자신의 낭만적 사랑 때문에 왕자를 죽이지 못한 채 물거품이 되어 강으로, 바다로, 구름으로 떠도는 운명의 굴레에 스스로 걸려든 것처럼. 그러나 권지예는 『인어공주』 동화를 극복해보려는 노력을 한다. 인어공주가 바다 속에서 무모하게 사랑만을 믿고 지상으로 올라와 비극의 여주인공이 되었다면, 권지예의 여주인공들은 사랑만큼 그녀들의 생을 아끼도록 작가에게 권고 받고 있다.

2. 주홍글씨, 사라지는 마녀들

오, 로라! 입센의 『인형의 집』은 여자의 일생이 가정이라는 울타리 속에 갇혀 있음을 고발했던 상징적 서사이다. 로라는 필경, 나올 이유가 있어 가출한 유부녀다. 권지예 소설 속 인물들은 하나같이 가슴속에 '무거운 추'를 달고 산다. 그래서 그들은 늘 '사라짐'을 꿈꾸고 있거나 실현한다. 권지예는 모든 것을 '운명' 속에 감금시키고 있다. "인간은 결국 필연적인 것을 인정하고 사랑할 수밖에 없다는 생각", 즉 "운명애"(「고요한 나날」, 30쪽)는 그녀의 작품 전체를 관통하는 축이 되고 있다. 작가는 인간의 삶을 '마리오네뜨'에 비유한다. 인형의 연기는 단조롭고 패턴화되어 있으며 꼭두각시처럼 보이지 않게 부착된 철사에 의해 움직인다. 「꿈꾸는 마리오네뜨」는 프랑스에 유학가 있는 남편과 그 남편의 유학비를 벌기 위해 한국에서 정신없이 과외비를 벌고 있는 아내의 이야기다. 이들 부부는 상호 소통 방식을 찾지 못하고, 오로지 사회적, 제도적 부부로서의 관계만을 유지할 뿐이다. "아내와 딸이 있는 집의 풍경이, 냄새가, 따뜻한 물결 같은 마음의 진동이 기억에서 사라지고, 단지 아내와 남편이라는 한줄에 매달린 마리오네뜨 인형의 관계, 지구의 반대편에서 서로 대롱거리며 줄이 끊어지기 전에는 어느 누구도 벗어나기 힘든 '관계'만 남은 것"(「꿈꾸는 마리오네뜨」, 38쪽)이다. 마리오네뜨에서는 인형과 인간 사이의 직접적인 유사성이 강조될 수밖에 없다. 인생은 마치 누군가에 의해서 조종되는 것처럼 보인다. 인간은 신이 맞추어놓은 "타이머에서 종소리가" 날 때까지 살아나가야 한다. 그 속에서 각각의 개인은 보이지 않는 줄에 매달려 보이지 않는 힘에 의해 조종된다. 속수무책으로 인간의 운명을 좌지우지하는 신의 권력에서 벗어날 수 없는 운명이라면, "생이 끝나는 순간까지 우리는 미로와 같은 삶의 궤적을 방황하면서" "고통이나 불행에 대한 항체를 만들어"(「뱀장어 스튜」, 31쪽)가야 한다. 작가에게 들끓는 격정의 욕망들을 잠재우려는 운명론은 상처받은 영혼들의 고통을 치유하려는 한 방편으로 작용한다.

그러나 역으로, 그 운명론은 감금과 억압의 장으로도 작동하고 있다. 「뱀장어 스튜」에서 동물원의 우리를 탈출한 암컷 침팬지나 불륜의 남자와 섹스를 치를 때마다 보게 되는 '벽에 걸린 쇠창살 그림자'(「뱀장어 스튜」, 46쪽) 환영은 원형 감옥에 갇혀 있다는 아내의 강박관념을 잘 드러내준다. 플라톤의 말처럼 인간은 '이미지의 배반'(「이것은 파이프가 아니다」, 241쪽) 때문에 그림자의 세계 속에 살고 있는 것인지 모른다. 그래서 작가는 결혼과 낭만적 사랑이라는 가장무도회에서 여성이 가정이라는 울타리에 갇혀 있는 존재임을 자각하는 순간들을 재현한다. '우리'와 '감옥'은 근대적 제도의 발생과 함께 그 제도를 지키기 위해 동시 발생한 산물이다. 근대화되면서 인간을 보다 효율적으로 감시하는 여러 산물들은 인간을 자신의 발전을 위한 먹이로 사용하고 있음을 보여준다. 먹는 자와 먹히는 자의 권력 싸움에서 인간은 개인의 정체성을 상실한다. 먹히는 자이자 정체성이 상실된 개인은 사물화된다. 사물화의 양상은 여성에게서 극단적으로 드러난다. 자연히 권력 관계에서 가장 하위인 여성이 있는 홍등가의 불빛은 "정육점의 진열장 불빛과 닮아있다." 그리고 "거리를 향해 나 있는 환한 진열장 속에서 그들의 살빛은 도발적"이며 남성은 "그중 가장 싱싱해 보이는 여자를 그 자리에서 단번에 골라"(「정육점 여자」, 60쪽)낼 수 있다.

성의 역사를 탐구해볼 때 여성적 섹슈얼리티는 남성의 성적 욕망의 대상으로 다루어져왔다. 남성의 성적 욕망의 대상이 되는 여성의 몸은 타자의 몸이자 상처받는 몸이 된다. 권지예의 소설에 나타나는 여성들은 상처 입은 존재들이다. 그것은 신체적 비유로 재현된다. 신체의 은유는 폭력당하고 절단된 병든 신체를 통해 세계를 윤리적으로 이해하려 한다. 여성의 신체를 제대로 이해하지 못하고 학대하는 것은 상처받은 신체의 예가 된다. 이처럼 신체 은유는 상처받은 신체와의 관계 속에서 정치, 종교, 인종, 젠더의 폭력성을 이해토록 한다.

권지예 소설의 여주인공들은 늘 고통과 함께 산다. "눈을 뜨면 내 몸의 아픔은 나를 일깨워주"고 항상 '나'를 따라다닌다. 이 '나'인 「고요한 나날」의 여자는 유부남과 여행을 다녀오다 교통사고를 당해 "왼쪽 뺨의 Z모양의 깊은 상흔과 살점이 떨어져나간 코끝"을 지니게 된다. 그녀는 상처를 지니고 있는 동안 "주홍글자 A도 아닌 이 Z는 도대체 무슨 의미가 있는 걸까"(13쪽)를 곰곰이 생각해본다. 이밖에도 소설 속에는 남편 아닌 다른 남자의 아이를 중절하고 "아랫배에 그어진 선연한 칼자국과 모래둔덕처럼 드러난 면도된" "불두덩과 과외로 남편의 학비를 버느라 "마르고 건조한 황태를 연상시키는" "굳은 살 박힌 창백한 발"

(「꿈꾸는 마리오네뜨」)의 여자나, 남편에게 맞아 늘 멍투성이었던, 고기를 썰다 절단기에 손가락이 잘린 '라라'(「정육점 여자」), 남편의 이중생활로 상처입고 말을 더듬는 여자(「상처 속의 푸른 칼」), 첫사랑이었던 남자의 작은 뼈마디를 몰래 걸고 있는 여자(「설탕」), 남편에게 매맞는 여자(「우렁각시는 어디로 갔나」)들이 등장한다. 「뱀장어 스튜」의 아내에겐 남편을 만나기 오래 전부터 "오른손목의 자벌레나 아랫배의 철삿줄" 모양의 흉터가 존재한다. 그 상처는 자궁에서 아이를 꺼내느라 생긴 흔적과 자살을 기도했던 흔적이다. 신체 위에 씌워진 흉터는 상처의 흔적이자 그 주인의 정체성을 형성하는 매개물이다. 그리고 신체에 찾아드는 고통과 병 역시 주체의 심리적 반영물이자 정체성을 확인할 수 있는 징조이기도 하나. 「섬」에서 여자에게 간헐적으로 찾아드는 병명은 "또르띠꼴리"이다. "움직이기만 하면 목 뒤부터 어깨까지 꼼짝할 수 없는 잔혹한 통증"(89쪽)의 또르띠꼴리는 그녀의 마음이 혼란스럽거나 슬프거나 사는 게 지겹다고 느껴질 때마다 찾아온다. 주홍글씨는 불륜이라는 죄의 증표이자, 욕망에 충실한 자의 증표이며 통제선 밖 이방인의 증표이다.

「사라진 마녀」는 '마녀재판'을 모티프로 차용하고 있다. 소설에서 여선생님은 학생들의 집단적 광기로 인해 희생양이 되며, 남자가 사랑했던 여자의 몸은 다른 남자들에 의해 훼손된 몸으로 재현된다. 그녀의 "너무 희디흰 나신은, 서투른 문신자국과 담뱃불로 지져놓은 흉측한 흉터들로 얼룩져 있었다!"(287쪽) 바다낚시를 왔던 남자들에게 강간을 당한 여자아이는 그때부터 "주홍글자를 단 에스더란 여자처럼 푸른 낙인"(287쪽)이 찍혀버린 상처를 갖게 된다. 희생양 전략은 공동체에서 배제되는 여성의 몸을 훼손하여 남성들의 정체성을 지키고자 발휘되는 것이다. 희생양 전략의 하나인 '마녀재판'은 '이데올로기', '가난한 자와 부자', '힘센 지배자와 약한 민중', '집단과 개인', '남자와 여자'라는 경계선 위에서 작용하며 이방인과 타자를 만들어 폭력을 행사한다. 괴물들의 모습도 지식의 역사와 함께 변화한다는 말처럼 여성은 오랜 역사 기간 동안 다양한 방식으로 타자가 되어왔다. 결국 주홍글씨를 단 이 이방인이나 타자는 중심부 인간에게 위협으로 존재하는 균열의 징후들이다. 그리고 희생자들의 욕망은 이들이 결핍되어 있는 존재들이라는 사실을 증명한다.

여주인공들이 자신을 불륜이라는 위태로움 속으로 몰아넣는 그 결핍감의 정체는 무엇일까. 권지예의 소설이 통속으로 흐르지 않는 것은 '불륜'이 인물의 성적 각성과 정체성 확인으로 나아가는 촉매제가 되기 때문이다. 따라서 중요한 문제제기는 왜 그네들이 불륜을 꿈꿀 수밖에 없는가이다. 그녀들에게 불륜은 사랑 때문이 아니라 사는 게 "그저 너무 힘들고 외로"(「꿈꾸는 마리오네뜨」, 49쪽)웠기 때문이다. 그리고 이들의 불륜은 그들이 고독하고 결핍된 존재임을 주장하는 표현방법이다. "언제부턴가 여자 스스로도 남자를 사랑하는 거라고 생각해 본 적은 없었다. 그러나 여자는 이 년이나 삼 년을 주기로 남자를 찾아왔다. 중독인가? 결핍인가? 그건 달이 차면 기울고, 매달 멘스를 하듯 생리적이고 본능적인 충동"(「뱀장어 스튜」, 54쪽)이자 "외롭고 유폐된 삶에 내 인생이 던져지지만 않았다면" 이루어지지 않았을 "유폐된 자들의 처절한 몸짓"이며 "삶의 새로운 코드를 찾기 위해 치러야 한 과정"(「섬」, 91쪽)이었던 것이다.

이러한 결핍감은 여자들의 격렬한 욕망과 광기를 불러온다. 부부 사이에 때로 찾아드는 서로 간의 '살의'(「뱀장어 스튜」, 35쪽)는 치열한 생과 사랑의 고독한 몸부림처럼 재현된다. 「꽃게 무덤」에서 결핍은 먹는 행위를 통해 재현되고 있다. "바닷게는 연인의 몸을 먹고 또 한 사람의 연인은 바닷게의 살을 파먹고 …… 그는 갑자기 맹렬한 식욕이 돋는 걸 느낀다."(36쪽) 결핍감에 의해 서로가 먹고 먹히는 먹이 사슬의 순환성은 생을 지탱해나갈 수 있는 힘이 된다. "섹스로도 채울 수 없는 그녀의 허전함을, 그 비어 있음을 아득하게 느낄 수밖에 없어 현기증이 날 지경이다. 그럴 때 그는 그녀에게서 보이지 않는 각질을 느끼게 된다. 갑각류의 껍질처럼, 속이 빈 대나무의 외피처럼 단단한 껍질로 싸여 그가 닿지 못하는 그녀의 내부."(19쪽) 이런 내면을 가진 여성과 이방인의 성격을 띤 프랑스라는 공간은 밀접한 연관을 갖는다.

줄곧 프랑스 파리의 외국생활을 통해 여성들은 성적으로 일탈한다. 여자는 "삶을 살아내는 게 이렇듯 순간순간의 무서운 외로움에 마주치는 것이라면 …… 오늘밤 저이에게 위무를 받다가 부나비처럼 새벽이슬에 스러져도 좋을 것 같"(「상자 속의 푸른 칼」, 146쪽)다고 생각한다. 그러나 여자는 이러한 성적 각성의 조력자 역할을 하는 남성과의 사랑에서 최종적인 해결책을 찾는 것은 아니다. 이들에겐 성적 욕망보다 존재론적 '외로움'과 '고독'이 더 우선하는 문제이다. 사랑과 욕망의 문제는 삶과 인생의 문제로 확대되고 있는 것이다. "떠나기 위해 온몸을 바쳐 사랑하는 관계"(「뱀장어 스튜」)는 생의 한 부분이다. 그 격정들을 수용해서 인생을 포용하며 살아가는 것. 작가는 그것이 진정한 삶의 가치라고 본다. 권지예의 소설들은 그 수용과 포용을 물이 지닌 여성성에서 찾고 있다.

3. 욕망의 범람과 위반의 상상력

성적 억압의 파괴로 방출된 욕망의 홍수는 리비도의 범람을 의미한다. 홍수는 유동성과 무질서를 연상시키는 '여성적' 유동성의 비유적 영역이다. 그리고 이 유동성은 도덕적 속박으로부터 여성 섹슈얼리티의 자유로움을 의미한다. 이리가레이는 물의 속성에서 여성성을 이끌어낸다. 유동성보다 고정성을 강조하는 남성적 과학영역에서 "확산성, 불확정성, 난류성, 점착성, 파동성, 수용성 등의 속성이란 여성적 섹슈얼리티의 변덕성과 지배 불가능성이라고 무시되어 온 것이다."[6] 여성적 흐름에 대한 남성의 공포는 금지된 쾌락의 영토에 접근하고자 하는 여성 욕망의 출현에 대한 것이다. 여성의 성은 금지된 영역이자 전복적인 욕망의 상징을 대표해왔다.

「상자 속의 푸른 칼」에서 이혼녀 혜자가 망원경 렌즈로 엿보는 남자에 대한 성적 욕망은 유동성과 긴밀하게 연결된다. 그녀가 남편과의 관계에서 얻은 것은 인어공주처럼 언어를 잃고 거부하는 증상이다. 의사는 "언어의 발생에 관한 견해 중에, 언어는 한 개인의 정열에서 나온다"는 루소의 설을 제시한다. "하나는 따뜻한 남쪽 하늘 아래 흘러넘치는 감정 속에서 '나를 사랑해주세요Aimez moi'라는 첫외침이고 또 하나는 북부의 거칠고 결핍된 기후 속에서 '나를 도와주세요Aidez moi'라는 첫외침일거"라는 것이다. "언어란 욕망의 산물, 즉 자아와 타인의 관계에 대한 최초의 열정적 표현"(163쪽)이다. 상처입은 혜자가 상처를 치유할 수 있는 방법은 오로지 감정을 표현하는 길뿐이다. 욕망의 자연스

---

6) Joseph Allen Boone, 앞의 책, 66쪽.

런 표현은 리비도의 흐름 역학을 반영한다. "혜자는 서서히 자신의 몸이 펌프질되고 있는 소리를 들었다. 온몸이 나른하고 뜨거워졌다. 거세어지는 펌프질 …… 아주 오래 전에 잃었다고 생각되는 느낌들이 혜자의 온몸으로 스며들었다."(148쪽)

리비도의 흐름을 물의 이미지로 표현할 수 있는 것은 물을 위반과 전복성으로 파악하기 때문이다. 인간 신체에서 나오는 분비물은 '비천한 것'(abjection)들로 취급되지만 그럼에도 불구하고 '그것을 내버린 신체에 도전으로 남아 있는 어떤 존재' 조건이다. 이것은 "사이에 있는 것, 모호한 것, 합성된 것"이란 점에서 '가공의 기괴함'[7]을 불러일으킨다. 「꿈꾸는 마리오네뜨」에서 남편의 학비를 벌어가며 살아가는 아내가 남편에게 분노를 터트리게 되는 것은 '월경'과 관련된다. 아내의 광기와 위반은 "모든 게 멘스 때문이에요. 멘스 때만 되면 신경이 날카로워져 …… 내가 아닌 내 안의 호르몬 때문이었어"(45쪽)라는 해명에서도 볼 수 있듯, 여성의 분비물과 연결되고 있다. "하루 평균 열두 시간의 노동을 하는 아내"와 제 손으로는 한 번도 돈을 벌어본 기억이 없는 남편의 관계는 희생자와 "흡혈귀"의 관계이자 피의 문제를 환기시킨다. 피의 흐름은 월경(月經/越境)의 상상력이 발휘되는 동기이다. 「정육점 여자」에서 입양아였던 '라라'에게 흐른다는 "나쁜 피" 역시 위반의 상상력을 돕는다. 라라가 가끔 보는 사창가의 환영은 그녀가 다른 여성들보다도 더 욕망과 가까운 자리에 위치해 있다는 것을 의미한다. 따라서 "라라는 늘 위험해 보였지. 라라에겐 그런 피가 흘렀는지도 몰라. 그래서 라라가 더 아름다웠는지도 모르지"(84쪽)라고 생각할 수 있는 것이다.

---

7) 레이초우, 심광현 역, 「종족 영락의 비밀들」, 『흔적』 2호, 문화과학사, 2001, 80쪽.

　여주인공들이 시도하는 성적 해방과 욕망의 충실함은 금기와 경계선을 넘어야만 가능하다. 「섬」은 남편의 후배와 불륜에 빠진 여자의 이야기이다. 그녀가 꾸는 꿈 속의 '바닷물'과 '섬'의 이미지는 그녀의 욕망이 범람하고 있음을 잘 드러내고 있다. 바닷물이 들어차서 일 년에 몇 번 고립되는 섬에 남편의 후배와 고립되어 벌이는 섹스의 환상과 그 환상 속에 존재하는 '종탑', '까마귀'는 여자를 감시하는 금기와 규율의 상징이 되고 있다. 여자는 금기와 경계에서 남성보다 자유롭지 못하다. 어린시절 추석 때 귀성열차에서 있었던 경험이 이를 단적으로 보여준다. "절대로 구멍 바깥으로 오줌이 묻지 않게 잘 조준해서 누느라 흔들리는 기차 안에서 조바심을 내던 모습을 상상해봐요. 오줌발을 조종하느라 진땀을 흘리는 꼬마여자애, 그게 바로 나예요. 금 바깥으로 나가는 걸 두려워하는 인생."(101쪽) '오줌'이라는 여성성도 '금 바깥'이라는 경계 일탈에 심리적인 압박감을 받고 있다. 그런 그녀가 남편의 후배와 불륜을 저지르며 "금 밖에 선 인생"(102쪽)이 된다. "살기가 돌 듯 격렬한 그의 포옹이 홍수처럼 들이쳐 허술하게 빗장을 잠근 내 욕망의 문을 무너뜨렸는가. 그러다 문득 깨달았다. 세상에는 참을 수 있는 것과, 참을 수 없는 것이 있다는 걸 …… 겨울비가 하루종일 오던 날, 나는 그의 다락방으로 찾아가 스스로 옷을 벗었다. 금을 밟고 넘어서니 의외로 편했다. 그후 나는 초식동물처럼 순하고 긴 그의 허리에 악착같이 매달리며 유폐된 섬에서의 탈출을 꿈꾸었다."(105쪽) 이처럼 여자는 남편의 후배를 통해 경계를 넘어 서게 된다. 그것은 댐을 파괴시키는 홍수라는 은유와 일치한다. 이렇게 '물' 이미지로 은유화되는 여성의 섹슈얼리티는 여성 주체에게 성적 정체성에 대한 반성적 사유를 갖게 할 뿐만 아니라 인생에 대한 반성적 사유도 병행케 한다.

　「상자 속의 푸른 칼」의 혜자가 본 바닷물은 성수처럼 혜자를 재생시킬 수 있는 상징성을 담고 있다. 바닷물은 주체의 새로운 정체성을 확립하는 재생의 공간이기도 하며, 모든 경계를 지울 수 있는 공간이기도 하다. 그래서 혜자는 "그 푸른 기운의 바닷 속으로 아무 고통 없이, 파도를 요람삼아 가볍게 우주의 자궁으로 들어가고 싶어"한다. "냇물이 바다에서 서로 만나듯" 바다는 모든 것들을 포용해서 바다 속에 용해시켜 버린다. 여기에선 리비도의 자연스러운 흐름이 억압된 주체를 해방시킬 뿐만 아니라, 인생에 대한 자유롭고 초월적인 관조 또한 가능해진다.

　권지예는 현대 여성의 운명을 인어족의 비애로 재현하고 있다. 「나무 물고기」는 물가에서 가족을 잃는 트라우마를 갖고 있는 여자가 등장한다. 어릴 적 별명이 '물귀신'이었던 그녀에게는 홀린 듯이 물로 걸어 들어가던 자신을 구하려다 가족이 몰살당한 기억이 있다. 그 때문에 여자는 물을 두려워하면서도 "물고기의 허파를 가지고 물 속 깊은 곳에서 조용히 숨쉬며 유영하며 살고 싶"(124쪽)어한다. 수영코치인 남자의 꿈에서 여자는 "은빛 비늘이 싸늘하게 번쩍이는" '인어'(122쪽)다. 인어족들이 느끼는 삶에 대한 '지리멸렬'함과 '실존적 고통'은 그녀를 "가끔 사라지고 싶"(125쪽)게 만든다. "죽지도 사라지지도 않"는 행위를 반복하는 여자의 행위는 "그 여자의 삶의 한 방식"인 것이다. "이 세상에 잘못 태어난 생물", "다음 생에선 뭐 물고기로 태어"나기를 희망하는 그녀는 "사람들과 잘 어울리지도 못했고, 생활을 즐기지도 못했고, 늘 혼자만의 세계에서 안간힘을 쓰고 살"았던 이방인이다. 작가는 "이 땅 위에서 마치 물고기의 아가미로 숨을 쉬는 것처럼"(135쪽) 살아가는 완벽한 사라짐을 꿈꾸는 나약한 인간들이 여성이라고 말한다. 더 나아가 작가는 여성의 '심연'을 인생의 심연으로 대체한다. "불가해한 인생의 중압감이 느껴질 때, 자신이 견뎌야 하는 자신만의 무거운 추를 떼어내지 못할 때" 누구나 이 세상에서 흔적없이 사라지고 싶다는 생각을 해본다. 그러나 사라짐보다 더 중요한 것은 "무거운 중력만큼 또 그만큼의 부력이 삶에는 항상 내장"(136쪽)되어 있다는 진리를 터득하는 일이다.

권지예는 인생을 물의 흐름과 연결짓고 있다. 흐르지 않고 고여 있는 물은 썩게 마련이다. 그래서 물은 지속적으로 유동해야 한다. 하지만 지속성은 무미건조한 일상으로 여겨져 때로는 이를 이겨낼 수 있는 치열함을 필요로 한다. 권지예는 이 지속성 가운데 있는 결핍의 결들을 잘 이겨내고 흘러가는 것이 인생이라고 말한다. 결국 작가는 물의 흐름을 '운명론'과 연결짓는다. 「고요한 나날」에서 여자가 남자와 처음으로 섹스를 나누기 직전의 상황이 이를 잘 드러내준다. 유부남인 남자와 여자는 "아무 일도 일어나지 않는 고여 있는 일상"과 "지리멸렬하게 썩어가는 웅덩이 같은"(19쪽) 자신의 인생을 못 견뎌한다. 남자가 바라보는 '바다'는 인생이나 운명의 중력과 밀접히 연결되어 있다. 그는 파도가 "끊임없이 솟았다 꺼졌다 하지만 결국 인력에 복종하"(20쪽)는 모습에서 자신의 삶을 달래기도 한다. 이러한 운명론이 권지예의 소설에서는 한 주체가 거스를 수 없는 숙명론이 되고 있다.

「고요한 나날」의 '장밋빛 베레모' 별명을 지닌 뇌수술환자 옥선이 보는 '흰 배'의 환영과 그 환영을 "질끈 속고 살어야지"(15쪽) 별 수 없다고 받아들이는 옥선의 태도는 운명의 힘이 승리하고 있음을 보여준다. 권지예가 이렇게 여성적인 물의 흐름을 언급하면서 동시적으로 운명의 흐름을 언급하는 가운데에 음식담론이 결부되고 있다. 물로서의 여성성은 인생을 관조하는 철학적 성찰에까지 확대된다. 뱀장어 스튜와 삼계탕은 살아서 펄펄 뛰던 짐승을 죽여 넣은 커다란 냄비를 올려놓고 물을 부어 은

근하게 오래도록 끓여낸다는 공통점을 지니고 있다. "뱀장어 스튜에서는 세월의 냄새가 나"고, "한평생을 태운 노화가의 열정의 화염이 종국에는 뱀장어 스튜를 데울 만큼 은근하고 고요하게 잦아든 느낌이다."(「뱀장어 스튜」, 30쪽) 다양한 재료들이 한 데 섞여 결합되는 스튜나 탕은 생에 대한 포용력을 발휘하는 권지예의 세계관이 반영되어 있다. 그런데 이처럼 요리와 인생 속에 섞여 들어간 '물'은 이제 더 이상 여성의 물도, 남성의 물도 아닌 게 된다. 따라서 권지예의 '물'은 단순히 여성성으로서의 물로 볼 수 없을 것이다. 그 물은 여성과 남성도 섞어버린다.

4. '푸른 물', 경계 해체적 여성 욕망

노발리스의 '푸른 꽃'이여. 운명에 이끌리는 낭만적 사랑의 희망. 바로 말하면, 권지예는 운명을 지극히 사랑하는 작가이다. 그녀의 〈이상문학상〉 수상소감문은 이 점에 관련된 그녀의 생각을 분명히 피력하고 있다. "이 세상에 단 한 번 태어난 절대적이고 유일한 내 존재의 의미가 인류 전체의 삶의 흐름과 연결되어 있다는 우주적인 생각." 이러한 생각은 보편성에서 삶의 진실을 추구하고자 하는 작가의 세계관이기도 하다. 운명론에 기댄 보편성은 인생을 성찰하는 매개가 되는데, 작가는 '운명애'(「고요한 나날」)를 고스란히 정당화하고 있다. 그래서 권지예는 '운명애'에 붙들려 자신이 여성성으로 드러내고 있는 물의 힘을 제대로 발휘하지 못하고 있다.

여성에게 "일종의 한계"(「누군가 베어먹은 사과 한 알」, 11쪽)가 될 수 있는 강이나 연못이나, 바다가 지닌 물의 유동성은 경계를 부각시키기도 하며, 경계를 침식하고 지우거나 해체하기도 한다. 「상자 속의 푸른 칼」에서 "혜자가 유화보다 수채화에 매달리는 건 밤바다의 어둡고도 투명한 이미지 때문"(138쪽)이다. "빛과 어둠에서 잉태되는 그 투명한 푸른 빛"은 어둠과 빛의 경계를 느낄 틈도 없다.

> 그 무렵 처음으로 달디단 잠을 잤다. 잠들기 전 잠깐, 바닷물이 밀물이었으면 하고 바랐던 것 같았다. 그래서 그 푸른 기운이 바닷속으로 아무 고통 없이, 파도를 요람삼아 가볍게 우주의 자궁으로 들어가고 싶어했는지도 모른다. (140쪽)

혜자가 남편과 이혼 후 혼자 프랑스로 여행 갔다가 본 바다는 하늘과 바다의 경계를 지운다. 그리고 "우주라는 푸르고 둥근 태반 위에 누워 있는 그 느낌"처럼 바다는 맑은 물 속에서 혜자가 정화되고 재생하는 공간으로 상징화된다. 또한 "생의 푸른 심연, 그 속에선 죽음도 삶도 경계가 없다는 걸"(187쪽) 강조하는 혜자의 마지막 깨달음은 푸른색을 띤 물 이미지 속에서 희망을 탐구하고 있는 것이다. 「물의 연인」에서 처제와 형부 간이었던 남녀의 사랑이 가능할 수 있는 공간 역시 물의 세계이다. 강물과 대화하는 여자는 "강물 속을 가만히 들여다보고 있으면 당신의 목소리가 들려"(266쪽)온다.

이러한 경계 해체적 욕망은 여성적 글쓰기의 주된 방법이 되고 있다. 그래서 권지예뿐만 아니라 한강이나 천운영의 소설에서도 이런 방식은 지배적이다. 남성 판타지가 만들어내는 권력이 있다면, 그에 맞서 권력을 재의미화하려는 여성 판타지도 존재할 수 있다. 한강의 「몽고반점」 (『문학과 사회』, 2004. 가을)에서는 처제와 예술가인 형부가 등장한다. 한강은 이 작품에서 '식물성'에 공을 들이고 있다. 처제는 '채식주의자'인데다 푸른빛 몽고반점이 찍혀 있었다. "퇴화된, 모든 사람에게서 사라진, 오로지 어린아이들의 엉덩이와 등만을 덮고 있는 반점."(24쪽) 한강은 "태고의 것, 진화의 전의 것, 혹은 광합성의 흔적 같은 것을 연상"시키는 "식물적인 무엇으로"(35쪽) 여성의 몸을 그려낸다. 이 작품에서도 형부와 처제가 관계를 갖을 수 있는 시간은 처제의 온몸이 연둣빛의 식물성이 되어 있을 때다. 이에 비하여 천운영은 야수적인 식욕과 폭력으로 난폭한 욕망을 호출한다. 천운영 역시 광폭한 폭력성을 띤 육식성과 대립된 위치에 식물성을 위치 짓고 있다. 여성의 야성적 육식성에 폭력당하는 남성이 또 다른 '식물성'의 여성과 결합하는 순간 "여리고 부드러운 싹이 살갗을 밀고 올라오는 것 같다 …… 가슴팍에서 가늘고 여린 이파리들이 솟아오르기 시작"(「숨」, 58쪽)한다. 그러나 천운영이 꿈꾸는 세계는 육식성노 식물성노 아닌 양자 교합의 세계이다. 이를 가장 잘 보여주는 작품은 「포옹」일 것이다. 이 소설의 주인공은 비열한 남성에게 성적 유린을 당한 뒤 방탕한 삶을 살던 한 여자와 낭만적 사랑의 허구적 실체를 파악한 '곱사등이' 여성이다. 이들이 과거의 기억을 지우기 위해 찾아가는 '청도'라는 푸른 섬은 "바다생물과 육지생물"이 공존하며, "만물이 소생하고 고통스런 기억들을 지워"(243쪽)주기까지 하는 낙원이다. 소설의 결말에 두 여자가 바다로 투신할 수밖에 없는 것은 그곳이 비현실적인 공간이기 때문이다. 여성 작가들이 재현하는 여성성은 현실 공간 너머에 존재한다. 그들이 숨 쉬며 살 수 있는 공간은 '바다' 같은 초월적 공간이다. 그래서 여주인공들은 사라지거나 현실 공간 속에서 육식성이나 식물성으로 정의되며 살아가야 한다. 권지예가 다른 여성 작가들과 구별되는 지점이 바로 이 부분이다. 그녀는 현실에서 승부를 내려 하고 있는 것이다.

권지예의 「고요한 나날」에서 여자는 죽은 남자의 생각에서 벗어나지 못하고 있다. 그리고 그러한 양상은 같은 병실의 다른 여자들에게서도 찾아진다. 이런 그녀들에게 "정신차리세요. 제발 잊을 건 잊고 받아들일 건 받아들이고 좀 그러세요."라며 운명을 받아들이는 자세에 대해 이야기한다. 즉, "사랑에도 다 타고난 운명이 있는 거"(25쪽)여서, 인간의 생로병사처럼 자연스럽게 놔둬야 한다는 것이다. 그리고 다리를 잃은 할머니나 왼편 팔꿈치 밑이 잘린 산재產災환자에게서 운명과 인생에 대한 수용의 자세를 배운다. 그러면서 "고통을 견디는 자들의 또 다른 삶의 확인"(30쪽)을 통해 작가는 "삶이 녹아 있는 바다"를 제시한다. 권지예는 "소금이 졸여지고 있는 바다를 한번 보여주고 싶어. 소금은 증오의 결정이지. 고통의 정수고. 인생은 쓰고 짜고 …… 눈물맛, 소금 맛이라는 걸 철저히 맛볼 필요도 있는 거야"(「설탕」, 124쪽)라고 말하거나, "퇴원을 하여 거리로 나서며 그들은 자신의 볼을 꼬집어볼지도 모른다. 그리고 햇빛 속에서 살아 있음을 느끼고 순간이나마 행복해할 것이다. 그러나 그 순간은 잠시, 다시 끊임없이 고통스럽고 남루한 일상에 치를 떨며 살아갈 것이다. 하지만 그렇게 견디며 살아가는 삶이야말로 바로 산 자들에게 주어진 행복한 재앙이 아닐까"(「행복한 재앙」, 218쪽)라고 생각하며 "나이롱 인생 만세!"(216쪽)를 제창한다. 그러나 권지예는 자신이 존재한다고 생각하는 우주적, 보편적 진리 속에 작가적 사명을 부여하고 있다. 세계 위에 존재하는 경계들을 지우려는 여성적 글쓰기의 욕망은 운명이라는 남성적 거대서사 속에서 헤어나지 못한다. 그래서 모두 한 곳에 집어넣어 요리하려는 무모함이 엿보인다. 아마도 작가는 자신의 운명애를 조금은 자유롭게 해방시켜야 할 듯하다.

에피큐리언의 혀로 말하는 자기의 테크놀로지

조경란의 『혀』

1. 탄탈로스의 식탁

"나는 너를 먹어 치워버릴 거다. 그만큼 널 사랑하니까."

조경란은 소설을 통해 독자를 식탁으로 초대한다. 그녀가 원한 것은 군침이 돌 만큼 맛있는 음식으로서의 텍스트를 우리에게 차려주는 것이다. 『혀』의 서술자는 "음식을 먹는다는 건 절대적이고 반복되는 활동이다. 그건 사랑도 마찬가지다. 일단 시작하면 멈출 수 없다. 그래서 배가 고픈데도 먹을 수 없다는 건 최악의 질병으로 느껴지는 것이다."(122쪽)라고 말하며 음식과 사랑에 담긴 인간의 욕망을 이야기한다. 제우스의 초대로 올림포스에 올라가서 신들과 같이 식사를 했던 탄탈로스는 올림포스의 여러 신들을 초대하여 대접하다가 음식이 모자라자 자기 아들 펠롭스를 죽여 그 살을 상에 차려놓았다. 그 때문에 그는 무한지옥으로 떨어졌고 손을 뻗치면 과일이 있으며 발밑은 연못인데도 불구하고 배가 고프거나 목이 말라도 먹거나 마실 수가 없는 벌을 받게 되었다. 아들을 요리해서 차린 탄탈로스의 식탁이 불행할 수밖에 없었던 이유는 무엇일까. 그리고 남편인 이아손의 배반 때문에 그에게 가장 깊은 상처를 주는 보복행위로 자신의 두 아이를 죽인 메데이아의 사랑과 증오는 왜 비난받는가. 그들의 사랑은 모두 자기 자신에게로 향하기 때문이다. 충족과 집착, 사랑과 증오는 복합적으로 요리하고 사랑하는 주체를 구성한다. 따라서 내가 먹는 것이 바로 나일 수 있는 것이다.

문학에서 음식 상상력이 발휘되는 경우는 주로 여성과 관련해서다. 소설 속에는 먹고 싶어하지 않는 여자들과 너무 많이 먹는 여자들이 넘쳐난다. 비만과 다이어트, 그리고 거식증은 여성인물과 연결된다. 이들의 식사 장애는 단순히 신체적인 문제에서만 비롯되는 것이 아니라 심리적인 작용의 결과이기도 하다. 여성의 성적 문제나 가족 관계, 우울증 등은 그들이 요리하고 먹는 문제와 결부된다. "로마의 여자들은 남편에게 불만이 있을 땐 질膣 모양의 패스트리를 구워 식탁에 올리곤 했고, 시칠리아의 한 작은 교회에는 달고 걸쭉한 노란색 커스터드 크림으로 만든 젖무덤 위에 빨간색 체리를 젖꼭지처럼 얹은 둥근 가슴 모양의 빵을 접시에 담아서 내주는 프레스코화가 새겨져 있다. 여자들이 음식을 만들 땐 음식만 만드는 게 아니다. 거기엔 분노와 불만과 요구와 슬픔과 그리고 애원이나 고통 같은 게 담겨 있을지도 모른다."(88쪽) 소설 속 여주인공들은 세계를 음식에 비추어서 해석하고, 음식을 통하여 그들 방식의 삶을 살아간다. 조경란 소설의 경우 여주인공은 자신이 날씨, 사람, 풍경, 그리고 감정을 이해하고 묘사하는 데 음식 상상력을 발휘한다. 가령, 그녀에게 1월의 맛은 '뜨겁거나 달콤한 맛'이며, 고독이나 슬픔 같은 감정은 '바질'과 '오이'로, 사랑은 '송로버섯'이나 '아스

파라거스', 스무 살은 '파인애플 같은 나이'로 표현된다. 여성은 전통적으로 음식과 연계되어왔기 때문에 비언어적인 형태의 음식을 언어로 연상하고 그것을 가부장권적 특성의 대안으로 선택해왔다.[1] 그러니까 여주인공들이 요리를 한다는 것은 사랑의 표현이자 저항의 표현이기도 하다.

『혀』는 요리사 '지원'의 전문적인 요리기술과 그녀의 열정적인 사랑 이야기를 담고 있다. 이 소설은 1월부터 7월까지 월별 요리 레시피와 사랑을 배합하여 서사를 이끌어간다. 지금껏 조경란이라는 작가의 탁월함을 문체에서 찾았다면, 이번에는 서사적 형식과 구성이라는 측면에 주목해볼 만하다. 이 소설은 소재와 구성 측면에 있어서 라우라 에스키벨의 『달콤쌉쌀한 초콜릿』을 떠올리게 한다. 에스키벨의 소설은 열두 달을 서사 구성으로 취하며 '티타'라는 여주인공의 요리와 사랑을 그리고 있다. 티타에게 있어서 요리는 사랑하는 사람이자 형부인 '페드로'의 몸 속으로 스며드는 소통의 도구가 된다. 티타나 지원에게 있어 음식은 사랑과 분노, 육체적 쾌락과 감각을 표현하는 메타포가 된다. 그런데 에스키벨이 사랑으로 충만한 식탁을 차린 것과 달리 조경란은 여자에게 사랑이 끝났을 때 키친은 더 이상 "모든 맛있는 음식이 시작되는 곳"(21쪽)이 아니라는 전언과 함께 젊은 시절의 사랑을 애도하는 자의 식탁을 차렸다.

---

1) Gang Yue, *The Mouth That Begs*, Duke Univ. Press, 1999 참고.

2. 감각 = 사랑

『혀』는 요리사 지원이 7년간 동거한 애인 '한석주'에게 버림받은 데서 시작한다. "내가 읽은 수많은 책들은 한 남자와 한 여자가 만나서 사랑을 시작하는 것으로 이야기가 시작되곤 했다. 그러나 나의 이야기는 사랑이 끝나는 것으로 시작한다."(15쪽) 이때 여주인공 지원의 사랑과 요리는 동시적으로 서사를 구성해나가는 추동력이자 애도의 형식이 된다. 한석주의 배신으로 인해 지원은 사랑과 미각을 함께 상실한다. 그녀에게 있어 한석주에 대한 사랑과 음식에 대한 사랑은 동일한 것이기 때문이다. 조경란은 여주인공의 사랑을 감각적으로 표현하기 위해 음식의 섹슈얼리티적 미감을 탁월하게 발휘하고 있다. 이러한 작업에 있어 작가가 우선 주목한 점은 음식과 섹스의 은유적인 관계이다. 일반적으로 먹는 것은 섹스를 의미한다. 먹고 섹스하며 우리는 타자와 친밀감을 형성한다. 즉, "음식을 함께 먹을 수 있는 사람은 섹스도 함께 할 수 있는 사람이고 섹스를 할 수 있는 관계는 음식도 같이 먹을 수 있는 사람이다."(91쪽) 게다가 주인공은 식욕이 곧 성욕이라고 말한다. "음식을 먹을 때 입술은 피가 몰리면서 붉어지고 부풀기 시작한다. 사랑을 나눌 때의 성기들처럼. 입술과 성기는 혀와 함께 특별한 성감대에 속한다." (29쪽) 그래서 "식욕은 맛을 불러일으키는 욕망의 첫 번째 감각"이며 "맛은 육체적인 감각이다."(189쪽) 작가는 이러한 감각을 아름답게 요리해서 표현해낸다. 이제 식욕은 중세시대처럼 금기나 단죄, 기피를 뜻하는 것이 아니라 아름답고 자연스럽고 즐기는 것이 되었다. 한석주와 지원의 만남도 이러한 맛의 쾌락에서부터 시작된다. 이 지점에서 음식과 사랑은 은유적으로 결합한다. 왜냐하면 "맛있는 음식에 대한 사랑. 이것은 여자와 남자에 관한 확장된 개념"(143쪽)으로 작용하기 때문이다.

유물론적 사랑은 감각으로 존재한다. 따라서 그것의 고통도 물리적일 수밖에 없다. 지원은 "물리적인 고통을 견디고 나서야 자신을 알게 되는 건"(15쪽) 여자나 남자 모두 마찬가지라고 말한다. 그녀는 사랑이 "송로버섯과 아스파라거스가 땅에서 곧장 솟아오르듯이" 그렇게 오는 거라고 생각한다. 조경란은 음식 상상력을 통해 사랑이 유물론적인 것임을 지적한다. 유물론적인 세계인식에 있어 진리의 기준은 감각이다. 왜냐하면 우리는 이 감각을 통해서 외적 세계와 접촉하기 때문이다. 감각적 표상들은 우리에게 사물 자체와 접촉하게 한다. 고독이나 슬픔, 사랑을 요리재료들로 구체화시키는 주인공의 세계인식은 그야말로 유물론적이라 할 수 있다. 그래서 삼촌의 말처럼 "슬픔이 장소"(34쪽)가 되어 영영 사랑의 상처에서 빠져나오지 못할 수도 있는 것이다. 이러한 유물론적 사랑의 단적인 예를 보여주는 것이 바로 푸아그라 요리를 설명하면서 언급하는 '각인현상'이다. "갓 태어난 새끼들이 처음 본 것, 처음 접촉한 대상에게 지속적인 애착관계를 보인다는 '각인현상'이라는 말도 거위들한테서 처음 생겼다. 포유류한테는 일반적인 현상이지만 거위의 각인현상은 유별난 데가 있다. 거위 새끼들은 세상에 태어나 처음 본 움직이는 대상에 대해서는 무조건적인 애착관계를 느낀다. 그 대상이 어미나 같이 태어난 새끼, 혹은 고양이나 개가 될 수도 있고 어떤 거위에게는 사람이나 오토바이, 혹은 트랙터 같은 게 될 수도 있다. 잘못된 대상일지라도 거위는 일평생 그 헛된 구애행동을 멈출 수가 없는 것이다."(191쪽) 이것이 바로 지원이 하고 있는 사랑이다.

평론가 김화영은 조경란의 소설을 "감각의 제국"이라 표현하였다. 한

마디로 『혀』는 미각의 향연이 성대히 이루어지고 있다. 지원이 이별을 받아들이기 시작하면서 미각은 다시 살아난다. "미각은 인간이 가진 모든 감각들 중에서 가장 많은 쾌락을 주는 감각이다. 먹는 즐거움은 시각이나 후각 같은 다른 감각들, 쾌락들과 뒤섞일 수 있으며 다른 쾌락들의 부재를 달래줄 수도 있다."(145쪽) 우리는 감각을 통해 쾌락을 느끼고, 사랑을 하는 것이다. 지원은 점차 자신이 품고 있던 사랑의 관념에 대한 각성을 하는 동시에 감각의 발달이 극대화된다. 그녀는 신체의 부분이자 미각의 매개체인 혀가 자신의 전체라는, 그러니까 자신의 모든 것이 싹 사라지고 "오직 한 개의 분홍빛 혀"로만 남아버린 것 같은 느낌을 받는다. "좋은 요리사가 되겠다면 지금이 적기다. 이런 감각은 아무 때나 찾아오지 않는다."(188쪽)

3. 배반의 기관

"우리가 그때 서로 사랑하고 사랑받은 것이 확실한가?"

이 소설에서 중심 소재가 되고 있는 혀는 신체의 한 기관으로서 하나의 주체가 된다. 혀는 신체의 제유이자 언어의 환유다. 그리고 먹는 것과 말하는 것은 생리학적으로 둘 다 입과 연결되어 있다. 지원의 요리를 맛보고 사랑한다고 말했던 그 입이 지금 사랑하는 사람은 이세연이라고 말한다. 사랑이 끝났을 때 사람을 가장 힘들게 하는 것은 믿기지 않는다는 것일 게다. 사랑이 끝나기 전에 했던 그의 말과 행동이 변할 수 있다는 것을 받아들이는 것은 끔찍한 일이다. 아마도 그것을 인정하는 순간 이별이 시작되는 것은 아닐까. 조경란은 이렇게 서술하고 있다. "말을 하거나 맛을 보는 일이 모두 입을 통해서 이루어지고 이 두 가지 모두 욕망을 나타내는 표현들이다. 말을 하는 것과 먹는 일은 혀에서 만나고 뒤섞인다. 입은 음식이 들어가는 입구인 동시에 내적인 어떤 것이 목소리로 새어나오면서 우리가 누구인지를 드러내주는 육체의 입구이다."(230쪽) 욕망이 담겨 있는 입은 하나의 주체로 활동한다. 그런데, "입은 기쁨이 들어오는 장소이기도 하지만 걸어나가는 장소이기도 하다."(232쪽) 그리고 자신이 한 말을 지키는 사람과 그렇지 않은 사람에게도 입은 있다. 자아와 타자 사이에 위치한 혀는 언어 사이를 무책임하게 미끄러져 나가는 죄 많은 기관이다. 이 작품에서 혀라는 기관은 생식기와 은유적인 관계에 놓여 있다. 혀와 생식기는 가장 배반적인 기관이라고 할 수 있다. 따라서 주인공은 혀를 이중적인 것으로 파악하며, 우리가 사랑하고 사랑받은 게 정말 확실한가 아닌가 하는 회의적인 질문을 던진다. 조경란의 소설은 주인공이 이러한 배반의 사실을 인정하고 자신의 사랑이 끝났음을 스스로 종결짓는 것이다. 사랑의 끝은 본인만이 낼 수 있기에. 따라서 지원이 소설의 발단부분인 1월에서 "민어의 계절이 오면 달라질지도 모르죠"(23쪽)라는 발언을 한 것과 이 소설이 민어의 산란기인 7월 여름에 끝이 나며 주인공의 태도도 변화한 점은 우연의 일치가 아니다.

『혀』는 주인공 지원이 이별의 고통을 치열하게 앓고 있는 모습들이 섬세하게 묘사되어 있다. 조경란은 이러한 사랑의 상처를 주인공이 극복하고 성숙하는 모습을 이 작품에 드러내고 있다. 그런데 이 작품은 이러한 성숙의 단계로 넘어가는 동력을 희생양 모티프에서 찾고 있다. 지원이 지하도에서 노숙자에게 자신을 강간하도록 방임해버리는 행위는 스스로를 희생양으로 삼는 것이다. "나는 나의 제물이 되고 싶"고 "새로 태어나고 싶”(209쪽)은 욕망은 끔찍한 사랑의 고통에서 기인한다.

사랑의 종결을 희생제의로 거두는 효과는 제물이 되는 음식이 곧 여성이라는 젠더역학적 관점과도 연결된다. 만드는 자와 먹는 자의 권력체계는 사랑에도 그대로 적용된다. 그리고 음식은 성별과도 결부된다. 한석주가 좋아하는 요리는 “핏기만 겨우 가실 정도로 살짝 익힌 연하고 육즙이 자르르 흐르는 로스트비프와 뜨거운 감자구이”라면 그녀는 “그냥 물에 씻은 야채를 식전요리로 아삭아삭 씹어먹는 걸” 좋아한다. 레스토랑 ‘노베(nove)’의 주방장은 동물로 치자면 황소같이 생겼다고 할 수 있고 물고기로 치자면 육식성의 ‘다금바리’다. 그리고 이세연은 복숭아로 표현된다. 이와 같은 젠더역학적인 관점은 지원이 해부학책을 사고 육류를 다루기 시작하면서 전도된다.

앞서 밝혔듯이 지원의 사랑은 유물론적인 각인 현상으로서, 변하지 않는 것이며 움직일 수 없는 사랑이다. 그녀가 사랑을 종결짓는 방법은 타자에 대한 상징적인 제의행위로 혀를 요리하는 것이다. 따라서 혀요리는 제의 때 사용되는 음식의 기능을 담당한다. 결국 이 작품에서 마지막 식탁의 공간은 연애의 끝을 위한 제의적 공간이 되는 것이다. 그래서 지원은 한석주가 혀요리를 먹기 전에 그의 머리에 속죄의 흰 천을 두르게 하고, 결별의 입맞춤을 한다. 이세연의 혀로 만든 요리일지도 모를 엽기적인 마지막 결말은 결코 움직이지 않는 사랑에 대한 조경란식 카니발리즘적 단락이 아닌가. 완전하고 충만한 것으로 믿었던 세계의 파열과 자신을 K라고 상정하며 거리화하는 주인공의 나르시즘적 망상 속에서, 어쩌면 그녀가 요리했던 혀요리는 “상상 속의 음식의 맛은 실제보다 강렬하고 구체적인 데가 있”(101쪽)는 것처럼 상상의 산물일 수도 있다.

4. 쾌락 안에서의 진정성

이 소설이 단순히 어떤 한 사랑의 집착과 파경을 담은 엽편 소설로 끝나지 않는 것은 작가가 한 개인의 내면을 다루는 존재론적 방식이 세련되었기 때문이다. 조경란식으로 보면 음식남녀의 유물론적 사랑과 21세기 에피쿠로스들의 사랑, 그리고 그들의 자기 정체성 확립에는 쾌락이 존재한다. 즉 쾌락이 자기 내면이 되는 사람들이 있다. 쾌락에의 의지는 후기 자본주의시대 자기규율방식이라 할 수 있다. "단순히 취미라기보다는 더 잘 먹는 것에 대한 관심이 커졌기 때문일 것이다. 요리를 잘한다는 건 남들보다 외국어 한 가지를 더 구사할 수 있거나 악기를 하나 더 연주할 수 있는 것과 비슷한 시대가 됐다."(106쪽) 요리사가 완벽한 요리를 만들고 싶어하는 욕망은 자기의 테크놀로지가 되는 것이다. 지원은 스무 살 때부터 이탈리안 요리 전문학교에서 요리를 배웠고 서른세 살 노베의 부주방장으로 승진하기까지 화려한 경력을 갖췄다. 그녀가 요리사가 된 계기는 대학시절 강의실에 들어온 꿩 한 마리에서 비롯한 우연한 자극이다. "취향에 맞는 것을 선택하고 선호하는 삶을 살아야 한다"는 판단은 그 다음날로 학교를 그만두고 국내 최초로 세워진 이탈리안 요리 전문학교에 원서를 넣게 했던 것이다.

이 작품의 주인공은 요리하는 쾌락을 통해 고통에서 벗어난다. 그리고 자기라는 삶의 주체를 만들어내는 방식이 요리이다. 즉, 요리는 자기의 존재감을 증명하는 방식이다. 자기의 세계에 빠져 자칭 고수의 경지에 오른 에피큐리언들은 고통의 부재로서 쾌락을 누리기에 쾌락이 곧 목적이 된다. 그들이 먹는 것은 음식이 아니라 쾌락이다. 쾌락으로 살아가는 것이고 자신의 내면을 키울 수 있는 방법 역시 쾌락에서 찾는다. 그러나 이들의 자기에 대한 관심집중은 타자와의 관계에 대한 부정과 고립이 아니다. 그것은 외적인 것에 대한 의존 없이 오직 자기 스스로의 내적 의지와 용기를 통해 자신을 거듭나게 함으로써 자기의 삶을 더욱 윤택하게 하며 진정한 주체로 서는 것이다.

중세의 수사들이 사과에 조물주의 모든 의지가 담겼다고 여기며 "달콤씁쓸한 사과의 맛"을 "이브가 유혹에 빠진 맛"(12쪽)이라 여겨 금기시했던 것에 비하여 이 작품은 미각적 경험을 추구하려는 육체적 욕망과 쾌락을 인정한다. 그러한 쾌락 가운데서도 조경란식 식사의 윤리라고 할 수 있는 부분은 할머니의 식탁으로 상징화된다. 할머니의 부엌과 식탁에는 자연 그대로가 존재한다. 그 속에서는 타자와의 소통 자체도 자연스러운 것이 된다. 그리고 진정한 에피큐리언의 쾌락은 할머니의 말과 같다. 즉, "모든 주방기구들이 있다고 해서 음식맛이 좋아지는 것도 아니며 요리하는 사람이 즐거워지는 것도 아니다. 그리고 부엌에서 가장 중요한 것은 얼마나 음식이 맛있는가가 아니라 거기 머무는 순간이 얼마나 행복한가이다. 그리고 언제나 그 행복한 상태로 부엌을 떠나야 했다."(14쪽) 이처럼 조경란은 진정한 행복과 쾌락에 대한 고민을 가볍지 않게 하고 있다. 소설에서는 헤어진 연인에게든 죽어가는 아내에게든 뭔가 먹고 싶은 것이 없는지 묻는다. 사랑을 보내는 마지막 행위는 정성껏 식탁을 차리는 길밖에 없기에.

그림자의 진실, 섹슈얼리티의 그림자

정찬주, 이인성, 전경린, 정찬, 박성원

1. 그림자 모티프

그간의 문학 연구는 무의식적 욕망의 법칙이 텍스트 재현 양식 속에서 어떻게 수행되는가를 증명해왔다. 이러한 연구는 글쓰기 주체의 욕망을 드러내는 비유적 전략의 지형도를 그리는 작업이 된다. 대개 욕망의 표현은 성적인 환상을 동원하여 주체의 다양한 권력 관계를 보여준다. 섹슈얼한 것은 단순히 생리적 충동으로만 간주할 수 없고, 텍스트가 표현한 것을 넘어서 욕망의 이동으로 명시된 환상의 산물을 포함한다. 이때의 환상은 주체가 대상에게 욕망을 투사하며 형성된다. 그래서 욕망하는 주체의 환상은 나르시스적 반성성의 형식을 취한다. 이와 같이 형성되는 성적 주체성은 섹슈얼리티의 수사적 효과라 할 수 있다. 이 글은 이러한 텍스트의 섹슈얼리티 구성과 '그림자' 모티프가 등장인물의 자의식을 드러내는 방식에 관여한다고 판단하는 데서 비롯한다.

원시인은 그림자 또는 거울이나 물에 비친 영상映像을 자신의 영혼이
라고 생각했다. 그래서 그들은 자신의 그림자를 누군가에게 밟히면 마
치 자기 자신의 몸에 상처를 입은 것처럼 고통을 느꼈다. 원시인들에게
그림자는 "영혼을 감싸기 위해 제공되는 신체의 형태와 자질을 지닌,
중간에 있는 어떤 것"으로 받아들여진 것이다. 이것은 "우울, 모호함,
죽음의 이미지"를 갖고 있기도 하다. 게다가 어떤 민족은 "환영이나 죽
은 영혼"을 그림자로 보는 경우도 있다. 이것이 "시간구조와 결합될 때
는 과거나 흔적의 이미지를 갖으며, 자아의 반영상反影像"으로 보기도
한다. 또 그림자는 "주술성과 마력 때문에 보호나 악마의 이미지"[1]로
읽히는 경우도 있다. 이처럼 그림자는 몸의 이미지를 반영하고 있는 동
시에, 정신성을 함유하고 있다.

그림자의 이미지가 섹슈얼리티의 형식과 묶여 논의될 수 있는 점은
둘 다 시각의 정치학이 반영되어 있다는 것이다. 그림자와 섹슈얼리티
는 시각적 이미지에 의해 형성된다. 이때 시각은 시선과 응시로 나뉘어
주체와 타자를 관계 짓는 매개가 된다. 따라서 그림자 모티프와 섹슈얼
리티를 구성하는 것은 시선과 응시의 권력 관계를 통해 이루어진다.

2. 그림자 모티프의 변형 모델

모티프, 상징, 그리고 문학 주제로서의 그림자는 민속학, 정신분석
학, 철학, 그리고 문학 해석에 관계해왔다. 따라서 문화 영역과 그 활용

---

1) Horst S, Ingrid Daemmrich ed, *Themes and Motifs in Western Literature*, Francke Verlag, 1987, 232쪽 참고.

범위에 따라 그림자의 범주는 상당히 다양하다.

　서구의 경우, 플라톤은 「국가론」에서 동굴의 벽에 비친 그림자의 허구성을 언급하고 있다. 그림자란 실체를 가린 것이라는 관념에서 비롯된 것이다. 이런 서구의 그림자에 대한 철학적 인식은 신화를 통해서도 살펴진다. 물에 비친 자기 그림자를 보고 반하는 나르시스의 자아도취 형국이 재현된 나르시스 신화가 바로 그것이다. 그리고 자신의 그림자와 유희하는 『피터팬』의 동화에서도 마찬가지로 그림자 모티프가 차용되고 있다. 뿐만 아니라 '그림자 팔기 모티프'는 행운, 사랑, 부를 얻기 위해 주인공의 필수적인 자질인 이름, 재능, 기억, 잠 등을 거래하거나 처분하는 서사와 병행하기도 한다. 그림자가 주체에게 필수적인 자질로 재현되기도 하지만 융(Jung)의 시형학에서는 이것이 빛에 대립되는 악마적 힘으로 나타난다. 그것은 악마적인 것을 상징하고 사악하거나 사탄 같은 것으로 의인화된다. 그리고 융의 그림자는 "동일한 성 속에 가지고 있는 그늘, 한 개인의 무의식이 갖는 어두운 측면"을 포함한다. 한 개인의 어두운, 원시적, 본능적 측면인 남성 속에 있는 여성인 '아니마'와 여성 속에 있는 남성인 '아니무스'는 어두운 그림자로, 인간의 원형이 된다. 그의 입장에서 보면, 집단적 무의식에서 그림자는 원형적인 악을 대표한다. 이러한 분석을 융은 기독교나 신과 사탄에게로 확장한다. "신화에서 적대자인 동생이나 쌍둥이는 그림자의 상징으로 볼 수 있다. 민담에서 이것은 뱀이나 용의 기능을 한다."[2] 이처럼 융의 이론을 통해 볼 때 인류학적인 측면에서 그림자는 빛과 어둠이라는 이진법으로 극단화된다. 이는 중국의 음과 양에 반영되어 있는 논리와 맞닿는다.

---

2) Marie Luise von Franz, *Shadow and Evil in Fairy Tales*, Spring Publications, 1974, 171쪽 참고.

　동양의 경우, 『장자』「제물론」에서는 그림자가 화자로 등장하는 우화가 있을 정도로 그림자에 대한 인식이 중요하게 취급된다. 안쪽 그림자(검은 그림자)는 바깥 그림자(희미한 그림자)가 시시각각 변화하는 모습을 비판한다. 이에 바깥 그림자는 고정적이지 않고 매순간 변화하는 것이 바로 도道임을 설파한다. 이러한 내용의 우화는 그림자의 세계를 통해 도의 깨달음을 이야기하는 것이다. 또 『금강경』의 「응화비진분應化非眞分」에도 그림자에 대한 내용이 나온다. 여기에서는 공空과 무상無常을 꿈과 환상 · 물거품 · 그림자 · 이슬 · 번개에 비유하여 그림자를 '참다운 것이 아'닌 것으로 보고 있다. 중국에는 "자기 그림자에 놀라서 죽은 남자 이야기"가 전해온다. 또 "죽은 사람은 그림자가 없다는 이야기"도 있다. 일본에는 '그림자의 병'에 관한 믿음이 있었다. 이것은 "병자의 모습이 둘로 쪼개져서 본래 몸과 분신 사이의 진위眞僞를 알 수 없게 되는 병이라는 것이다. 이 나라에서는 그림자를 취하는 연못이 여러 곳에 있어 물 속의 괴물이 그림자를 삼키면 죽는다는 전설도 내려오고 있다. 물 속의 요괴를 '가게도리'(影取 : 그림자 잡아먹는 자)라 했는데, 일본에서는 그 원혼을 위로하고자 가게도리야마[影取山]에 신사가 세워져 있다."3) 우리나라에서는 '스승의 그림자도 밟지 말라'는 말이 있을 정도로 그림자의 사회 · 문화적 위상이 높다. 민속놀이 중에는 '그림자 밟기'가 있으며, 나무 그림자의 길이로 점을 치는 '그림자 점'도 있었다. 이밖에도 『삼국유사』에는 부처의 그림자나 석탑의 그림자가 갖는 주술성과 보호성에 얽힌 설화들이 다수 등장한다. 〈흥덕왕과 앵무새〉에서 흥덕왕은 짝을 잃은 앵무새가 슬피 울기를 그치지 않자 새의 앞에

---

3) 이부영, 『우리 마음 속의 어두운 반려자 : 그림자』, 한길사, 1999, 66~68쪽.

거울을 걸어놓도록 한다. 새는 거울 속의 그림자를 보고 제 짝을 얻은 줄 알고 그 거울을 쪼다가 제 그림자인 것을 깨닫고 슬피 울다 죽었다. 〈처용랑과 망해사〉에서는 처용의 형상을 문에 그려 붙여 마귀를 물리친다. 또 〈남백월이성, 노힐부득과 달달박박〉에서는 영묘한 산 그림자의 전설을 서술하고 있다. 이밖에도 부처 영상이 비치는 산이나 그 그림자를 본 물고기들이 모두 흩어져 달아나 어부가 분한 마음을 이기지 못하고 그림자를 찾아가 발견한 탑의 이야기들은 그림자 모티프가 신화적인 환상성과 함께 개입해 있다. 이밖에도 영지影池의 물에 비치지 않는 무영탑의 그림자에 얽힌 석공 아사달과 그 아내 아사녀의 전설은 물 거울에 비친 그림자의 주술적 힘을 보여준다. 이로 볼 때, 그림자 모티프는 그 두사물에 의해서 형상화되는 경우들도 있음을 알 수 있다.

　"독일어의 '샤텐'(Schatten)은 한자로 영影이라 표현된다." "영影은 어떤 형체의 그림자뿐 아니라 거울이나 물에 비친 영상映像, 초상, 가상, 허깨비 등 다양한 뜻을 가지고 있다."4) 그림자의 투사물로는 거울, 물, 가면, 꿈, 사진, 초상肖像 같은 것들이 있다. 인류 문화에서 거울이 곧 영혼의 형식이라는 믿음은 그림자의 투사와 연결된다. "고대인에게는 맑은 수면이 최초의 거울로서의 기능을 했을 것이다. 거울의 존재성은 반사성이다. 이 반사성은 물의 영상 수용에서 비롯되는 것이다."5) 그리스의 나르시스 신화가 그림자 모티프의 반영으로 해석될 수 있는 여지도 이에서 비롯된 것이다. 이처럼 문화사적으로 그림자의 현시는 개인의 문화적 가치나 욕망의 표현으로 설명된다. 그림자는 고대의 주술적

---

4) 앞의 책, 66쪽.
5) 이재선, 『한국문학 주제론』, 서강대출판부, 1989, 80쪽.

인 매개물에서 분신이나 유혹적인 이미지, 환영 등과 같이 초자연적이
고 환상적인 매개물까지 다양한 스펙트럼 위에 펼쳐져 사용되고 있다.
문학 작품에 대한 특별한 해석은 이런 것들의 의미와 모티프들의 상호
작용에 의존한다.

3. '그림자'의 상실과 불모성의 알레고리

그림자 모티프는 전설뿐만 아니라 패러블, 우화, 알레고리 같은 교훈
적 문학 형식과 상호 조응하면서 사용된다. 정찬주의 「그림자와 칼」
(1987)은 문명비판의 성격을 띤 알레고리 형식을 취하고 있다. 이 소설
은 그림자가 사라진 현대 시점에서 그림자를 열망하는 한 남자의 이야
기이다. 따라서 주된 소재로 사용되는 그림자 상실 모티프가 작품의 구
조와 주제에 긴밀히 연결되어 있음을 알 수 있다. 앞서 살펴보았듯이
서구에서는 그림자를 악마와 거래하는 우화나 동화들이 다수 등장하고
있다. 「그림자와 칼」에서는 악마와의 직접 거래는 등장하지 않는다. 대
신에 등장인물들은 그림자의 상실을 문명의 진보와 진화의 현상으로
이해하고 있다. 이는 현대인들이 문명이란 악마와의 거래로 그림자를
상실한 것이다.

텍스트의 발단은 어느 날 사람들의 그림자가 사라진 것에서부터 시
작한다. 그림자의 사라짐은 사회 일반에서 진화로 설명되고 받아들여
지기 때문에 사람들은 곧 그에 적응한다. 그런데 이 작품은 그림자가
사라진 상황에 적응하지 못하는 두 인물을 제시한다. 공공 영역에서 조
성하는 진화담론을 수용하지 않거나 못하는 소수집단의 재현은 곧 사

회의 그림자가 되는 집단을 부각시키는 방식이기도 하다. 아래의 인용 문은 그림자의 상실에 적응하지 못하고 오히려 현실의 담론에 역행하 는 존재를 보여준다.

> 남무는 두 달 전쯤 그녀를 미행했었다. 그녀를 미행했다기보다는 그녀의 그림자를 뒤따라갔다는 고백이 더 옳을 것이었다. …… 남무는 그녀의 그림자를 보고서 황홀해하였다. …… 그때, 남무는 너무 바싹 다가가 그녀의 그림자를 슬쩍 밟고 말았다. 그림자도 밟히면 아픈 것일까. 어떤 통증이 그녀의 몸으로 건너간 듯 고통스런 표정을 지으면서 그녀가 고개를 돌리고 있었다. …… "전 아무런 욕심이 없습니다. 그림자가 그리울 뿐입니다." (98~99쪽)

이 소설의 주인공인 '남무'는 그림자가 없어지고서부터 무력해졌다. 그의 무력함은 곧 '발기불능'이라는 비생식적인 남성성으로 재현된다. 따라서 남무에게 있어서 그림자의 상실은 '거세'를 의미한다. 그림자를 상실한 남자가 그림자를 상실하지 않은 여자를 만나는 사건은 매우 상 징적이다. 여자는 그림자가 없어지지 않았기에 사회에서 '야만인' 취급 을 받는다. 진화담론이 팽배해 있는 현실에서 그림자는 문명과 야만의 기준이 되고 있기 때문이다. 남무가 처음 여자를 만났을 때, 그녀는 그 림자 없이도 잘 걸어 다니는 사람들을 부러워하고 있었다. 따라서 그림 자의 부재에 대한 두 사람의 인식도 다르게 나타난다. 즉, 남무가 그녀 의 그림자를 보고서 황홀해하며 사람들을 불행하다고 여기는 것과 달리 여자는 다른 사람들처럼 그림자의 사라짐을 당연하게 수용한다. 그런 그녀에게 그림자가 있다는 것은 치명적인 치부가 될 수밖에 없다. 그래 서 생물교사였던 여자는 "아직도 덜 진화한 야만인에게 자기 자식들을 맡길 수 없다는 학부형의 항의"로 학교에서 쫓겨나기까지 한다.

모든 사람들은 그림자를 '맹장'에 비유하며 "쓸모없는 그림자는 차라리 떼버리는 것"이 좋다고 생각한다. 그들에게 "그림자가 있다는 것은 고등동물의 수치"이기 때문이다. 유독 남무만이 이러한 현실의 담론을 믿지 않고 "사라진 그림자가 문득문득 그리워질 때마다 다리가 휘청거"리고, "땅이 곧 꺼져버릴 듯한 두려움에 휩싸"(103쪽)이는 거세된 인간의 모습을 하고 있다. 그래서 그림자를 쓸모없는 맹장처럼 취급하는 사람들의 생각을 받아들이지 못하는 남무는 그림자에 대한 향수로 허약해져만 간다. 그림자의 상실을 받아들일 수 없는 남무는 결국 사회 부적응자로 다른 사람들에게 비칠 수밖에 없다. 정상인과 비정상인을 구분하는 사회의 기준은 섹슈얼리티를 통해 작동하기도 한다. 따라서 그림자의 상실로 무기력해진 남무는 성적 기능마저 상실하게 되는 것이다.

이러한 현실의 극단을 보여주기 위해서 등장하는 것이 '그림자 대용품 판매자'이다. 그림자를 잃어버린 사람들에게 신종의 세일즈 업종이 출현한 것이다. 사라진 그림자는 세상 어디에서도 찾을 수 없고, 다른 사물의 그림자를 접목시켜서야 가능한 일이 되었다. 하지만 사람들은 그림자 대용품 판매자의 말을 비웃고 심각하게 생각하지 않는다. 이런 현실의 상황 속에서 남무와 여자는 문제적인 인물임이 분명하다. 이 작품은 이러한 현실 상황 속에서 탈주하려는 등장인물들의 저항의식을 그려내고 있다. 남무는 여자의 그림자를 '절영검切影劍'으로 끊고서 근심 없는 곳인 '무우산'으로 함께 떠나겠다는 결심을 한다. 그래서 그는 석수장이를 만나 '번뇌를 자른다'는 '반야도般若刀'를 부탁하고 여자를 만나려 한다. 하지만, 그녀는 이미 어디론가 떠나버림으로써 남무가 구한 '칼'은 목적을 달성하지 못한다. 그러나 이 영험한 칼의 주술성은 섹슈얼리티 구성에 관여하며 텍스트적인 환상성을 불러 일으킨다. 아래의 예문은 이를 확인할 수 있는 부분이다.

남무는 허둥지둥 계단을 내려갔다. 계단을 내딛을 때마다 바지 주머니 속의 반야도가 자꾸만 발기불능이던 남근을 건드렸다. 건물을 빠져나온 남무는 그녀와 오랫동안 앉아 있었던 벤치 쪽으로 걸어갔다. 그러나 남무는 몇걸음 못가서 멈추었다. 갑자기 커져버린 남근이 성을 내고 있었다. (113쪽)

인용문에서 볼 수 있듯이, 남무가 여자의 그림자를 자르는 일은 실패하였지만 그 칼로 인하여 남성의 생식성을 회복하고 있다. 그 칼은 남무의 남근을 건드려 발기하게 한 것이다. "반야도를 만들 때에는 삿된 번뇌를 자르고 청정한 마음으로 돌아가기 위해 승려의 그림자를 새겨 넣었다." 따라서 그 칼로 인한 발기는 남무의 마음에 그림자를 새겨 넣었음을 의미한다. 이는 곧 등장인물의 신체에 그림자를 새기면서 새로운 재생을 도모하는 것이 된다. 불모성과 그림자가 없는 사람의 테마는 재생의 욕망을 반영하고 있음을 확인할 수 있다. 이 작품에서 그림자는 인간과 유사하게 연결된 실체, 또는 자신의 삶의 본질, 의지, 영혼과 같다. 그림자는 인간에게 속해 있는 고유한 인간성을 상징하며, 이러한 그림자의 사라짐은 현대문명 속에서의 인간성 상실과 소외를 알레고리화한 것이다.

4. 다중적 분신의 '탈'과 육체적 카니발의 패러디

처용설화를 패러디한 이인성의 단편 「강 어귀에 섬 하나-처용환상」 (1998)은 욕망의 실현을 몽환적인 환상의 세계속에서 재현한다. 이 소설은 주인공 '나'를 '처용'이라고 부르는 '만희'와 '처용'인 '나'가 강 어귀에 있는 미로형 공간에서 다양한 탈을 바꿔 써가며 갖는 성적 만남을 그렸다. '탈'은 퍼소나로서 한 인간의 무의식적인 이중 자아 역할을 한다. 융은 의식의 이면에 한 쌍으로 늘 존재하고 있는 이것을 그림자로 설명하고 있다. 따라서 이 작품에서 '탈'은 등장인물들의 그림자 역할을 한다. 탈을 매개로 하여 등장인물들은 관계를 맺고, 의사소통할 뿐만 아니라 성적 유희가 가능해진다. 먼저 이 작품이 처용설화를 모티브로 차용하고 있음에 주의해야 할 것이다.

주인공 '나'가 가끔 찾아드는 장소는 한강 근처의 어느 가옥이다. 이 가옥은 점차 서사가 진행되면서 층수가 늘어나며 수직적인 상승을 하는 공간으로 재현된다. 이런 기이한 장소에서 만나는 '만희' 역시 신비감과 에로티시즘을 자아내는 여자이다. 그래서 그 집에서 '나'가 만희를 기다리는 시간은 극도의 조바심을 조성한다. 그녀는 "고체성이 아니라 기체성인 어둠", "어디선가 소리 없이 미끄러져 들어와 한 겹 바람결 같은 얇은 그림자의 형상으로 등을 휘감는 어둠"의 존재로 묘사된다. 이처럼 늘상 어둡고 기체성을 띤 '그림자'의 느낌으로 등장하는 만희의 그림자는 에로틱하면서도 신비스런 분위기를 자아낸다. 그런 느낌의 그녀가 "길게 흐르는 머릿결과 얼굴 문양의 그림자를 낙인처럼 뜨겁게 등허리에 찍으면", 주인공의 "몸이 푸르르 떨렸다."(274쪽) "그 뜨겁던 그림자에서 흘러나오는 가을 같은 목소리"나 "등허리에서 물러난 그림자는 그 집의 계절처럼 언제나 서늘하게 그녀를 나타냈다"는 서술에서 확인할 수 있듯이, '나'는 만희를 그림자로 파악하고 있는 것이다.

이렇게 만난 그녀와 '나'는 점점 더 관계가 깊어지면서 '처용'으로 언명된 '나'와 처용의 여자인 '만희'의 만남으로 변화된다. 소설의 발단에서부터 주인공은 '만희'라는 여자에 의해 '처용'으로 명명된다. 그리고 이들은 원텍스트의 처용설화에서 제시되었던 문제의 사건을 재구성한

다. 아래의 인용문은 이 작품에서 '처용'이라는 '이름'과 '탈'의 의미가
어떤 것인지를 잘 보여준다.

> "저 섬엔 이름이 없다 그랬었지?…… 나도 이름이 없고 싶었는데, 이름이 없
> 고 싶어서 너를 만났던 건데, 근데 넌, 거꾸로 이름을 붙여놓고 그 이름의 탈을
> 만들고…… 왜 이렇게 된 거지?" 사이. "왜 이렇게 됐지가 아니라, 어쩌면 이거
> 야말로 진정으로 이름을 지우는 길일지도 몰라. 지금은 너한테 처용이라는 이
> 름이 붙여져 있지만, 나중엔 그게 네 이름이 아니고 네 탈의 이름이 될 테니까.
> 머지않아 넌 탈을 벗게 될 거고, 그러면 이름도 내던질 수 있을 거야." 사이.
> "그럴 거라면, 애당초 이름 없이는 안 되나?" 사이. "글쎄. 이름이란 게 저리로
> 건너가선 필요없다 하더라도 여기선 필요한 거 아닐까? 뭐랄까, 저기로 가는
> 길을 찾는 이정표 같은 거랄까……." (136쪽)

　　상징계적 질서의 현실에서 상처 입은 '나'는 '이름'이 없는 공간을 열
망하며, 현실과는 동떨어진 그 집을 찾았던 것이다. 사물이나 주체는
이름이 부여되면서 현실의 언어 질서에 포섭되기 때문에 주체는 진정
한 자유로움이 부정된다고 생각할 수 있다. 그런데 그는 이 공간에서
오히려, 만희에 의해 이름이 명명된다. 만희는 그에게 처용이라는 이름
이 붙여지고, 그 탈을 쓰는 과정들이 진정으로 이름을 지우는 과정이
될 것이라고 말한다. 그래서 서사의 진행은 그녀가 탈을 만들어나가는
과정과 함께 전개된다. 그녀는 끊임없이 '나'에게 다른 탈을 씌운다.
'나'는 탈을 씀으로 인해, 자신의 그림자를 체험하는 것으로 볼 수 있
다. 여기에서의 그림자는 '나'의 무의식적 욕망의 서사와 연결된다. 만
희의 방 거실 면에 걸려 있는 가면들은 귀면화 같은 그로테스크함을 지
녔다. '나'는 처음엔 놀라지만 어느새 그 흡입력에 빨려든다. 그리고
'나' 역시 여러 탈과의 탈춤 놀이를 통해 카니발적인 축제의 장을 형성

한다. 아래의 인용문은 탈춤 놀이에서 구성되는 섹슈얼리티가 동성애
적인 것으로 재현되고 있음을 보여준다.

> 남자와 살을 나누기가 난생 처음이라 그랬는지, 아니면 백정 탈과 잔 그녀를
> 자학적인 몸으로 겪어보고 싶어 그랬는지, 아무튼 그 밤에, 미완의 처용 탈은
> 여자였다. 잠깐 동안 그녀를 먼저 만졌다는 게 께름칙했던 백정 탈의 손길은
> 백정답게 투박했지만, 남자 속에 숨겨진 여자의 성감을 어김없이 끄집어내 보
> 듬었고, 그러자 변성 이전의 살가운 음색으로 꿈틀대며 저를 가누지 못하는 가
> 느다란 신음이 새어나왔다. (297쪽)

인용문에서도 볼 수 있듯이, 어느새 처용 탈은 여자가 되어 '백정
탈'과 관계를 갖는다. "섹슈얼리티는 우리 신체적 삶의 자연스러운 부
분이기 때문에, 그것 역시 어두운 측면과 빛의 측면을 가지고 있다. 섹
슈얼리티의 악마적 측면은 마조히즘, 사디즘, 강간, 그리고 금기된 파
트너와의 섹스 등을 들 수 있다."[6] 이런 섹슈얼리티의 어두운 측면을
섹슈얼리티의 그림자라고 볼 수 있다. '자학적인 몸으로 겪어보고 싶'
은 백정 탈과의 관계는 남자인 '나'를 '여자'로 전이시킨다. '나'가 여
성화된다는 것은 아니마적 성향을 드러내는 것이다. 게다가 남자인
'나'가 '남자 속에 숨겨진 여자의 성감'을 느낀다는 것은 하나의 개체
속에 남성과 여성이 공존하고 있음을 보여주려 한 것이다. 이 카니발적
인 축제의 장에서는 '자웅동체'의 성이 존재할 수 있다는 것이다. 그리
고 만희는 처용의 탈이 "여러 얼굴이 쌓여 하나가" 되었기 때문에 여러
겹으로 이루어졌을 것이라 말한다. 이는 다중적인 주체의 모습을 보임

---

6) Jeremiah Abrams, Connie Zweig edited, *Meeting the shadow : the hidden power of the dark side of human nature*, Los Angeles : Jeremy P. Tarcher, 1991, 84쪽 참고.

과 동시에 다차원적인 욕망을 투사하고 있는 것이다.

미완의 처용 탈을 완성해나가는 마지막 단계에서 만희가 처용의 탈을 '제의적인 동작'으로 만들어내는 과정은 상당히 에로틱하게 묘사된다.

심각한 표정으로 곰곰이 그림을 살핀 후, 그녀는 손가락으로 귓구멍·콧구멍·입구멍을 하나하나 뚫어 나갔다. 그리고 매우 제의적인 동작으로 그것을 두 손으로 받쳐 다시 가슴 위에 얹어놓고 나서, 부드럽게 상체를 굽혀 얼굴을 핥아대는 것이었다. 이마 위에서부터 턱 끝까지, 뱀처럼 긴 그녀의 혀는 정성스럽게 얼굴 구석구석을 훑어내렸는데, 마치 샘물에 세수를 하는 것같이 그녀의 침은 맑았다. (297쪽)

만희는 자신의 혀로 꼼꼼하게 핥아가며 탈을 만든다. 이렇게 만들어진 탈은 '나'에게 씌워지고 다시 카니발적인 난교의 탈춤판이 벌어진다. 작품의 발단에서 그림자의 형상으로 표현되던 만희는 '나'의 무의식적 욕망의 반영물로 보이며, 그녀의 거실에 걸려 있던 가면들은 수많은 퍼소나로 이해될 수 있다. 결말에서 그녀 역시 새로운 탈을 쓰고, 정성스레 만든 처용의 탈을 '나'에게 씌운 뒤, 종국에는 원텍스트의 처용과 그의 아내가 만들었던 사건을 그대로 재현한다. 이 작품에서 그림자는 자아 안에 있는 무수한 무의식적 욕망들로 파악할 수 있다.

5. '거울' 단계와 이중자아의 시·공분할

전경린의 「거울이 거울을 볼 때」(1998)는 거울을 모티프로 하여 한 여성의 성장과 늙어감, 그리고 불륜을 통해 자신의 정체성 탐구로 나아가는 성장 소설적 면모를 지니고 있다. 전경린의 소설에 등장하는 여성들이 악녀적인 자질을 갖고 있는 것처럼, 이 소설에 등장하는 '나' 역시 순종적인 여자는 아니다. 그 점은 이 작품의 여성 주인공이 '거울'을 수용하는 태도에 있어 남들과 다른 방식으로 재현되는 데서 찾아질 수 있다. 그림자의 정신분석학적 측면의 중요성은 개인의 신체 이미지에 대한 아이의 발달 단계에서 취해져왔다. 자크 라캉은 '거울 단계'를 주장하면서 자아의 거울 이미지에 대한 인식이 자신의 그림자뿐만 아니라 거울에 비쳐진 것 속에 형성된다고 주장한다. 소설 속의 '나'가 유년기를 회상하면서 시작되는 서두는 이 소설이 거울 모티프로 구성되고 있음을 시사한다. 아래의 인용문은 주인공이 생각하는 거울의 의미를 파악할 수 있다.

> 누구에게나 거울 없는 시간이 있었다. 진실이면서 동시에 야만이며 형태도 없고, 흐름도 없고 목적도 결과도 없는 시간. …… 나는 불가능을 느낀다. 아이의 시간에 대해 더 이상 솔직할 수가 없다. 아이였을 때 …… 그것이야말로 되읽고 싶지 않은 기억의 묵시록이다. 그것은 *마술사의 시간*이며, 어린 창녀의 시간이며, 생명의 광기를 부려대는 초록 넝쿨의 시간이다. 신적인 시간이며 동시에 야만적인 시간, 고래이며 소이며 하마인, 모든 것이 분화되기 이전의 시간. 요컨대, 거울의 존재를 모르는 시간이다. (319~321쪽)

누구에게나 "거울 없는 시간"이 존재했었다는 것은 주인공의 유년기 회상을 통해 제시되고 있다. '나'가 기억해낸 유년기의 기억은 어린아이들의 성적 유희에 대한 것이었다. 남자아이들과 여자아이들은 자신들이 모방하는 성인의 행위가 무엇을 의미하는가에 대한 판단은 내릴 수 없고, 그저 행위의 모방을 통한 유희를 즐겼던 것이다. "그 거울 없는 시간"은 "진실이면서 동시에 야만이며 형태도 없고, 흐름도 없고 목적도 결과도 없는 시간"이다. 그리고, 그 시간은 아직 어른의 법, 즉 상징계의 질서를 제대로 이해하지 못했던 "아이의 시간"으로 이해된다. 따라서 거울은 상징계로의 진입을 위한 매개물인 것이다. 유년기의 아직 미분화된 상태, 즉 "고래이며 소이며 하마"인 시기에는 자기에 대한 인식도, 반성이나 회의도 필요 없다. 이처럼 "야만적인 시간"에서 어린 소녀가 상징계로 진입하게 되는 근원장면은 여성적인 신체 성징의 발달이다. 아래의 인용문은 이 근원장면의 일부이다.

> 열세 살의 3월 나는 갑자기 거울 속에서 나를 발견했다 …… 거울 속에서 내가 발견한 것은 상의를 들어올리며 뾰족하게 돌출된 젖망울이었다. 나는 그것이 내 것이라는 것을 믿을 수가 없었다. 나는 내 몸에서 가슴의 존재를 본 적이 없었다. 그러나 내가 오른손을 들어올려 망울이 선 왼쪽 가슴을 막았을 때 거울 속의 존재는 거울 속의 왼손을 들어 오른쪽 가슴을 막았다. 거울 속의 두 눈은 웅덩이에 빠져 죽은 채로 떠오른 아이의 눈빛을 하고 있었다. 그럴 때 비명을 지를 수 있는 사람은 없을 것이다. 공포도 아닌 슬픔도 아닌, 생이 검은 입을 활짝 벌리고 단말마적으로 제 비밀을 드러내는 위악적인 순간에. …… 나는 신발을 벗고 마루를 딛고, 거울 앞으로 끝까지 다가갔다. 그리고 세계의 표면에 부딪쳤다. 위험하고 차가웠으며 딱딱했다. 그 속에서는 연속 촬영되는 사진처럼, 주제를 잃은 다큐멘터리 영화관처럼 편집증 환자의 셔터처럼, 여분에 불과한 무미건조한 세계가 끊임없이 찍히고 있었다. 나는 그 안으로 집어넣으려는 듯이 손을 벌려 거울의 표면을 심각하게 눌렀다. (322~328쪽)

'가슴'이 생긴다는 것은 소녀인 '나'가 여성으로서 세계에 진입하는 순간이다. 그러나 소녀에게 거울 속 어른 여자인 자신의 모습은 낯설고, 공포스럽기만 하다. "생이 검은 입을" 벌리고 있음을 '나'는 이미 간파하고 있었던 것이다. 이처럼 세계와 주체 사이의 간극은 거울로 나타나고 있다. 주인공에게 세계는 진실 그 자체로서가 아니라 또 하나의 피사체로서 받아들여지고 있다. 그런데 이 피사체만이 '나' 자신이 자기임을 의식할 수 있는 유일한 근거이다. 그 근거인 거울은 세계의 표면으로서 나와 세계 '사이'에 서 있다. 그 속에 비친 모습은 "연속 촬영되는 사진처럼, 주제를 읽은 다큐멘터리 영화관처럼, 편집증 환자의 셔터처럼", 똑같이 찍혀 나오는 복제물들의 삶을 재현한다.

이제 25살로 성장한 '나'는 결혼을 하게 되고, 거울 속에서 보았던 그 반복된 일상을 스스로 답습하며, "관 속의 여자처럼 잠에 빠져" 낮잠을 즐긴다. 자신 역시 다른 사람들의 삶과 마찬가지로 거울 안 감옥 속에서 생활하고 있는 것이다. 이런 '나'에게 거울은 "잠에서 깨어나라고, 그리고 거울을 보라고, 꿈틀거리며 살라고" 말한다. 거울 감옥에 빠져 있던 주체에게 거울의 반사성은 이중적인 자아의 상을 만들어내는 것이다. 하지만 '나'는 거울 감옥의 중독성이 심한 상태이기 때문에 문제를 타개하지 못한다. 주인공 '나'는 개개의 사람이 하나의 존재가 아니라, "거울이 거울을 볼 때, 그 무수히 부딪치는 연속적인 반영이며 환영이며 허구의 허구"라는 것을 인식할 수 있을 뿐 적극적인 행위는 시도하지 못한다. 이러한 '나'가 고래와 소와 하마와 한 몸이었고, 미분화된 생태의 '나'로 회귀하려는 열망을 품는 것은 상상계로의 회귀 욕망인 것이다.

6. 무의식적 '영혼'과 정신분석적 서술

정찬의 『그림자 영혼』(2000)은 융의 무의식 이론을 토대로 쓰여진 작품이라 할 수 있을 만큼 '무의식적 영혼'으로서의 '그림자'를 잘 적용하고 있다. 융은 인간의 내면 속에 자아로부터 외면당하는 '어두운 자아'가 있다고 주장한다. 그래서 정신분석가들은 이러한 자아가 내면 속에 갇혀서 억압되어 있기에 주체가 삶을 공허하고 불만족스럽게 받아들인다고 주장한다. 인간은 무의식 가운데서 이 어두운 자아를 만날 수 있다. 이 과정을 정신분석에서는 자아의 분열이라고 지칭한다. 『그림자 영혼』은 분열된 인격이 어떻게 자신의 또 다른 모습을 바라보고 있는가에 대해 재현하고 있다. 정찬은 『그림자 영혼』의 첫 문장에서 "이 지면을 통해 공개하는 글은 임상보고서"라는 규정을 하고 있다. 이는 정신분석학과 연계되어 있음을 분명히 지시하고 있는 것이다. 그러다 보니 서술자인 '나'의 직업은 정신과 의사이다. 그리고 사건의 발단은 프로이트의 논문인 「도스토예프스키와 아버지 살해」에서 비롯된다. 따라서 이 소설의 중심 모티프는 도스토예프스키의 부친 살해에 대한 죄의식이나. 이 죄의식이 어두운 자아를 형성하고 있는 것이다.

정신과 의사인 서술자에게 전화를 걸어온 '김일우'라는 인물은 도스토예프스키의 소설에 나오는 인물들이 허구의 존재가 아니라 현실의 존재라는 엉뚱한 주장을 제기한다. 그리고 그는 인간이 의식과 무의식으로 양분된 의식 구조를 가지고 있다는 주장을 다양한 사건과 비유로 반복해서 말한다. 서술자가 분석가라고 한다면, 김일우는 정신과 의사에게 상담을 받고 있는 피분석가라고 할 수 있다. 따라서 김일우의 이야기를 듣고 있는 서술자는 아버지 살해의 죄의식이 지배하는 스타브로긴의 무의식과 김일우의 무의식을 동일하게 조명한다. 이 소설에서는 '그림자 영혼'과 '밝은 영혼'의 이분법이 등장한다. 아래의 인용문은 자아의 이분을 성서의 원죄의식과 연결짓고 있다.

> 신이 먹어서는 안 된다고 이른 나무의 열매를 먹은 것이 인간이거늘, 그리하여 저주를 받았고, 그 영원한 저주에 의해 빛과 어둠이 분리되었고, 꿈과 실재

가 분리되었으며, 나와 그가 분리되었다. 그가 나의 일부였듯 나는 그의 일부
였지만, 나와 그는 다른 존재였다. (133쪽)

에덴의 동산에서 선악과를 따먹은 아담과 이브의 이야기는 '빛과 어
둠이 분리'되고, '꿈과 실재가 분리'되는 순간이자 '나와 그가 분리'되
는 지점이 되고 있다. 이러한 분리는 신의 '저주'를 통해 이루어진 것이
다. 따라서 '그림자 영혼'은 죄의식으로 얼룩진 악마성의 자질을 함유
하고 있다. 김일우라는 인물이 이런 그림자를 만들어내게 된 최초의 경
험은 유년 시절에 겪은 어머니의 죽음으로 제시된다. "어머니는 나에게
친숙하고 편안한 존재였다. 그녀가 죽었다는 것은 친숙하고 편안한 것
이 나로부터 빠져나갔음을 뜻했다. 그녀가 빠져나간 텅빈 공간은 낯설
고, 어두웠다."(80쪽) 이 죽음은 어머니와 김일우의 이자적인 관계가 깨
지고 아버지와의 관계를 형성해야 하는 순간을 의미한다. 그러나 김일
우가 사춘기를 맞이할 무렵 그의 과수원집을 찾아온 한 소녀에게서 그
는 어머니를 대체할 만한 모습을 찾아낸다.

학교에서 돌아올 헐벗은 배나무 사이로 희끗거리는 영희의 옷을 보곤 했는
데, 그것이 간혹 나를 소스라치도록 놀라게 했다. 어머니의 옷으로 보였던 것이
다. 나는 영희를 그리워하면서도 두려워했고, 두려워하면서도 그리워했다. 이
이중적 감정은 죄의식과 쾌락의 두 수레바퀴와 정확히 맞물려 있었다. (85쪽)

영희라는 인물은 "어머니의 하얀 손"에 대한 무의식 속의 기억을 들
추어낸다. 그 기억은 '아버지의 이름'으로 억압되었던 아들의 어머니에
대한 욕망을 환기시킨다. 아버지의 개입으로 좌절되었던 욕망은 또다
시 반복되는 것이다. 김일우에게 '영희의 옷'이 '어머니의 옷'으로 보이

는 것은 대상을 동일하게 이해하고 있다는 것을 의미한다. 그래서 "영희를 그리워하면서도 두려워했고, 두려워하면서도 그리워"하는 '이중적 감정'은 어머니를 사랑하는 아들의 "죄의식과 쾌락"이 되는 것이다. 그러나 이 욕망 역시 또 다시 좌절된다. 김일우의 아버지가 영희를 성적 대상으로 삼았기 때문이다. 이 사건은 소년인 김일우가 부친살해의 충동과 그에 대한 죄의식에 지배되도록 만드는 계기가 된다. 부친살해의 원죄의식에 시달리는 스타브로긴과 자신을 동일시하려는 김일우의 환상은 사실 자신이 행한 부친살해에 대한 죄의식을 정당화하기 위한 제스처였음이 밝혀진다. 결국 이 작품은 "악의 힘을 아는", 즉 악마적인 인간의 욕망이 무의식 속에서 '어두운 그림자'로 자리하고 있음을 오이디푸스 콤플렉스로 설명하며 인간의 근원적 욕망을 문제 삼고 있는 것이다.

7. 영影을 투사하는 '창'과 관음증의 미장아빔

박성원의 「댈러웨이의 창」(2001)은 아마추어 사진작가인 '나'의 집 2층에 한 사내가 세를 얻어 들어오는 데서부터 시작한다. 컴퓨터로 광고 사진을 편집하는 일을 하는 그는 자신을 "진실을 외면하고 거짓을 만들어내는 게 직업"이라고 말하는 사람이다. '나'는 그를 통해 '댈러웨이'라는 사진작가를 처음으로 알게 된다. 댈러웨이의 사진은 사진 자체보다는 숟가락이나 유리병, 안경, 눈동자 등 사진 속의 사물에 비친 또 다른 모습을 통해 세상을 보여준다. 이미지의 반영은 매개물을 필요로 한다. 가령 사람의 이미지 같은 것은 물 속에서나 거울 같은 광택나는 표

면 위에 반영되든지, 예술적으로 그림, 조각, 인형, 또는 꼭두각시 인형
처럼 3차원적 형태 속에서 반영된다. 이 작품에서는 그 매개물로서
'창'과 '사진'이 역할을 담당하고 있다. 거울과 마찬가지로 우리 문화에
서 창은 '마음의 창'이라는 말처럼 내적 영역을 들여다볼 수 있는 통로
가 되며, 사진 역시 이중복제술에 의한 그림자의 실체물로 생각할 수
있다. 아래의 인용문은 이미지의 매개물로서의 '창'이 그림자를 반영하
면서 지적 호기심뿐만 아니라 성적 호기심마저 불러일으키고 있음을
보여준다.

> 나는 그때 암갈색의 벽돌 사이에서 시원하게 빛을 내뿜고 있는 창을 보면서,
> 창이란 게 사진기의 뷰파인더와 비슷한 것이라고 생각했다. 만일 창이 없다면
> 벽돌의 사각 속에 갇힌 실제의 모습을 어떻게 볼 수 있을까. 어쨌든 그날 나는
> 이유 모를 외로움 속에서 한동안 창을 보고 있었는데, 창을 통해 그들의 그림
> 자가 보였다. 한 그림자는 다른 그림자의 머리카락을 만지고 있었고, 이어 다
> 른 그림자는 옷을 벗고 있었다. 신체적 특징이 그림자를 통해 한껏 드러났기
> 때문에 나는 옷을 벗고 있는 그림자가 내 엉덩이를 털어주던 여인임을 알 수
> 있었다. ……그날 밤 이후 내게는 좋지 못한 버릇이 생겼다. 그것은 사내가 사
> 는 이층의 불 켜진 창을 몇 시간이고 지켜보는 것이었다. 특히 제대로 얼굴을
> 보지 못한 사내의 여자 친구가 온 밤이면 더욱 그러했다. 혹시 사내가 창문을
> 세차게 열고는, 어둠 속에서 숨죽이며 지켜보고 있는 나를 보면 어찌하나 하는
> 두려움도 가끔씩 들었다. 하지만 그런 두려움이 클수록 나는 창이 보이는 어둠
> 속에서 벗어날 수가 없었다. (255~256쪽)

'나'는 창이란 '사진기의 뷰파인더'처럼 실제의 모습을 담아내어 보
여준다고 생각한다. 그러면서 어느 순간부터 사내의 방에 나 있는 창을
보는 습관을 갖게 된다. 그 방에 찾아드는 여인의 실루엣을 반영하는
창의 그림자는 '나'에게 에로틱함을 자아낸다. 그리고 주인공은 예술가

로서의 자신에게 새로운 자극이 필요할 때마다 이층의 창을 바라보게 된다. 그것은 엿보기의 형식을 띠고, 들킬지 모르는 공포를 자아내면서 에로티즘을 배가하는 행위가 된다. 그림자의 실루엣은 관음증과 연결되면서 섹슈얼리티를 구성하고 있는 것이다. 이때 섹슈얼리티는 '나'의 호기심을 통해 구성된다. 왜냐하면 그는 반복되는 엿보기 행위 속에서 그림자의 주인이 누구인지 궁금해하기 때문이다.

결국 '나'는 호기심에 이끌려 사내의 방을 찾게 되고, 그와의 교섭 과정에서 '댈러웨이'를 알게 된다. 댈러웨이의 사진이 유명해진 것은 그가 죽기 바로 전, 매우 눈이 나쁜 한 아마추어 사진작가에 의해서였다. 눈이 나쁜 사진작가는 사진을 관찰할 때면 언제나 돋보기를 가지고 관찰해야 했다. 그러던 어느 날 확대경을 통해서 밀러웨이의 사진 속에 있는 피사체에서 어떤 모습이 반사되고 있는 것을 발견한다. 그것이 댈러웨이 사진에 대한 첫 발견이었다. 아래의 인용문은 댈러웨이의 사진을 설명하고 있는 부분이다.

> 가령 정물화 같은 「식탁 위의 세상」이라는 사진을 보면 어느 한가한 농가의 식탁을 그대로 찍은 듯하다. …… 하지만 식탁 위에 놓여 있는 스푼을 자세히 보면 무언가 희미하게 보인다. 그것을 확대하면 그 안에는 한 군인이 농부를 총으로 살해하는 모습이 담겨 있다. …그의 사진은 대부분 그런 것이다. 사진 자체보다는 스푼이나 병, 그리고 안경이나 눈동자처럼 사진 속에서 반사되는 또 다른 눈을 통해서 찍는다. …… 댈러웨이의 사진을 볼 때면 가장 먼저 작품 전체를 보고 다음에는 항상 반사되는 물체를 찾아야 한다. 그것도 마치 숨겨져 있는 듯한 반사체를, 가령 안경알이라든지 유리라든지 아니면 스푼 같은. 댈러웨이는 그렇게 간접적으로 그리고 의미를 찾으려는 사람에게만 말하는 것이다. (259쪽)

댈러웨이의 사진 기법은 거울 속에 또 거울이 있는 형국으로서 '미장아빔' 기법을 사용한 것이다. 미장아빔은 하나의 반사 상이 또 다른 반사 상을 낳는 식으로 반복되며 심연으로 들어가는 장치이다. "안경알이라든지, 유리라든지", "스푼 같은" 반사체를 찾아 그 안에 반사되어 있는 실체를 찾아내는 사진 해독방식은 댈러웨이가 "의미를 찾으려는 사람"에게만 말하는 방식인 것이다. '나'는 이런 댈러웨이의 작품세계에 매혹돼 자신의 사진작업이 보잘 것 없다고 생각하고 절망한다. 그래서 그는 댈러웨이의 수수께끼 같은 삶을 추적하는데 몰두하게 된다. 하지만 '나'는 댈러웨이가 사내에 의해 꾸며진 가공의 인물이며, 그 사진은 사내가 컴퓨터 합성작업으로 조작한 것임을 알게 된다. 사내는 "진실을 외면하여 거짓을 만들어내는 게" 자신의 직업이라고 말하며 부끄러워했다. 이를 계기로 '나'는 거짓과 진실에 대한 사유를 다시 하게 된다. 아래의 인용문은 창과 그림자에 대한 주인공의 사유가 플라톤의 동굴우화를 반영하고 있음을 보여준다.

> 창을 통해서 사각의 벽 속에 있는 실제를 엿볼 수 있다고 했지만 그것은 실제가 아닌 그림자일 뿐이다. 바로 빛이 만들어낸 그림자. 진실이 창을 향해 스스로 움직이지 않는 한, 우리는 그림자를 보고 생각할 수밖에 없다. 실제는 아직도 사각의 벽안에 웅크리고 있는데 말이다. 결국 창은 진실을 보여주지 않는다. 실제는 사각의 벽 속에 온전히 있을 뿐이고, 창은 다만 진실을 향한 허망한 갈망일 뿐이다. …… 세상은 거짓을 진실로 알고 있고, 그것만이 우리가 알 수 있는 실제인 것을. (271쪽)

창으로 사내의 그림자가 오가고 있지만 창으로 비친 그림자가 사내라고 단정할 지표는 아무것도 없다. 따라서 처음에 창을 통해 실제에 다가갈 수 있다던 주인공의 관념은 깨질 수밖에 없다. 창을 통해서 볼 수 있는 것은 실제가 아닌 그림자일 뿐인 것이다. 지올코우스키는 거울의 은유를 셋으로 나누고 있는데, 그 중 플라톤적 거울은 현상적 세계를 반영하는 것이라고 말한다.[7] 이 작품에서 사내가 꾸며낸 '댈러웨이 증후군'처럼, 현실은 가짜가 진짜가 되어 멋진 도시의 야경처럼 "감실거리는" 세상이다. 이러한 세상에서는 가짜가 진짜인 양 주인공에게 성적 흥분과 긴장을 안겨줄 수도 있다. 미장아빔을 통해서 이루어진 거울빛의 현란한 프리즘은 어느 것이 진실인지 판단하지 못하도록 인간을 중독시키고 있는 것이다. 그래서 이 가상의 빛은 주체를 분해시키고 파편화시킬 수 있는 위험이 있다. 텍스트에서 사내의 컴퓨터 세계는 하이퍼 리얼한 세계의 이데올로기를 비판하고 있다. 가상이 너무도 현실적이어서 진짜 현실과 구분이 안 되는 하이퍼 리얼한 세계에서의 그림자는 진실을 기리우는 거짓성을 의미하고 있는 것이나.

8. 섹슈얼리티의 그림자

지금까지 살펴본 현대 소설에서의 그림자 모티프는 주체, 욕망, 시선과 결합한 섹슈얼리티의 수사와 결합하여 서사를 구성해나가고 있다. 그림자 모티프는 정신분석학적 자아의 분열상과 '창', '거울', '탈' 등의 매개물을 통해 다양하게 변주되어 사용되고 있다. 게다가 인간의 본성이자 육체적 작인인 섹슈얼리티의 그림자적인 측면이 서사를 구성해

---

7) 지올코우스키는 거울 은유를 셋으로 나누고 있다. 플라톤적 거울의 현상 세계 반영, 그리고 영혼과 관련하는 기독교적 거울의 신 반영, 그리고 자아에 대한 거울은 분신인 인간 존재의 반영을 하고 있다는 것이다(Theodore Ziolkowski, *Disenchanted Images—A Literary Iconology*, Princeton UP, 1977, 157쪽 참고).

나가면서 알레고리, 패러디, 미장아빔 등의 수사적 기법과 결합하고 있다. 고대의 주술적, 보호성을 지닌 그림자의 모습이 과잉된 현실 즉, 하이퍼 리얼한 세계 속에서 재현될 때는 인간을 소모품화하고 기계적 도식성을 낳는 현실을 드러내는 매개물이 될 수밖에 없다. 따라서 그것은 거짓과 진실의 판가름이 되고, 문명의 발달 속에서 퇴화되는 영혼의 형식이 된다. 현대 문학에서 나타나는 그림자의 속성은 악마적인 것이 아닌 현상 너머에서나 존재 가능한 진실된 것임에도 불구하고 현실에서는 융이 말한 것처럼 '어두운 측면'으로 웅크리고 있다. 악마적인 것이 비악마적인 것이고, 자기가 비자기인, 실체와 허구를 구분지을 수 없는 시대 속에서의 그림자는 에로틱하면서도 환상적인, 그리고 공포와 위악의 태도로 자리하고 있는 것이다. 융의 그림자는 동일한 성 속에 가지고 있는 그늘, 한 개인의 무의식이 갖는 어두운 측면을 포함한다. 한 개인의 어두운, 원시적, 본능적 측면인 남성 속에 있는 여성인 '아니마'와 여성 속에 있는 남성인 '아니무스'는 어두운 그림자로서 인간의 원형이 된다. 원시적 원형으로 자리하는 그림자가 문명화되고 이성적인 세계에서는 악이 될 수밖에 없다. 이러한 특성이 서사로 구현될 때는 섹슈얼리티의 수사적 동인이 작동한다. 성적 충동은 인간 내적 삶의 한 양상이자 통제 불가능한 영역으로 자리하고 있다. 이렇게 볼 때 문명사에서 구성되는 섹슈얼리티는 어두운 그림자의 자질을 갖추는 것이다. 따라서 섹슈얼리티와 그림자 모티프는 문명화 과정의 한 한계 영역이 된다. 현대 소설들은 문명화된 사회의 한계지점에서 그림자 모티프를 통해 구성되는 섹슈얼리티를 보여주며, 현대인으로서의 주체성을 문제 삼고 있는 것이다.

사티로스의 떨림, 심리적 나르시즘의 광기

마르시아스 심 론

1. 심미적 교육에 관한 포르노그래피

모니터 화면을 가득 채운 검은색의 레이스와 우유빛 살결. 여자의 얼굴은 보이지 않는다. 그렇지만 여자의 풍성한 허벅지와 검은 망사스타킹의 은밀하고 고혹적인 조화! 때문에 그 사이를 거칠면서도 부드럽게 유희하는 남자의 일그러진 얼굴은 행복해 보인다. 이 같은 포르노의 한 장면이 누구나 쉽게 접할 수 있는 일상의 범주에 포함된지도 꽤 시간이 흘렀다. 우리의 몸이 언제부터 억압을 받아왔는가에 대한 고민은 더 이상 문제적이지 않다. 자유주의 시대의 개성에 발맞추어 성적 사유의 중심도 어떤 방식으로 쾌락에 도달할 수 있고, 어떻게 쾌락의 정도를 무한히 끌어올릴 수 있는가, 또 어떻게 마지막 한 방울의 쾌락까지 다 길어낼 수 있는가를 고민하는 데로 옮겨졌다. 성적 자유와 방임도 하나의 문화로 인해 문명화가 된다고 할까. 그렇다면 예술가들은 성적 욕망과 문명 사이의 거리를 어떻게 사유하고 조정해야 할까. 숙명론적 예술관을 지닌 예술가에게는 이 역시 해결하고 싶은 또 하나의 욕망이 된다. "문학의 본질에 대해 능멸하는 사람, 그는 도저히 용서할 수 없다"고 부르짖는 작가. 마르시아스 심(본명 심상대)의 그러한 발언은 세상 만물에 회의적이라고 할 수 있는 이 시대에 홀로 오만과 독선의 냄새를 물신 풍긴다. 그래서 소설, 즉 예술을 숭배하는 그의 모습은 거울을 몸에 품고 다니는 댄디적인 제스처를 취하는 것처럼 보인다. 작가가 생각하는 창조자의 예술행위는 '지금 우리는 과연 행복한가?'라는 질문으로부터 비롯된다. 창조자의 그러한 질문은 바로 '현재 인간의 문명과 제도, 관습, 가치관에 대한 저항'이 되는 것이다. 따라서 행복을 운운한다는 것은 이미 이단자의 함수들을 지닌다고 할 수 있다.

마르시아스 심의 말대로라면, "소설가를 비롯한 모든 예술가는 인간 가운데서 신의 역할을 연기하도록 배정 받은 사람이다. 그들은 신의 전지전능을 빌려 인간을 끊임없는 질문 속으로 몰아넣으며 인간을 위해 인간의 입장에서 신의 절대성에 도전한다."(「마르시아스」) 따라서 참다운 예술가가 된다는 것은 신에게 도전하는 것이며 그러한 존재가 되기 위해선 외로움과 고통을 감수할 줄 알아야 한다. 작가의 이러한 의식은 소설 속 인물들을 고독한 존재로 재현한다. 그런데 소설가를 고독한 존재로 숙명 짓고, 그로 인해 탄생한 소설을 고독의 산물로 취급하는 보편적 작가주의 의식이 마르시아스 심을 개성 있고 독특한 작가로 자리매김하는 특성이 된다. 그것은 그가 추구하는 작가적 고고함이 형이상학이 아닌 형이하학적 세계를 지향하는 데서 차이를 얻기 때문이다. 그래서 그는 형이하학적, 유물적 매개인 육체에 관심을 갖고, 작가가 창조하는 '글'을 인간의 '생리작용'으로 인식한다. 이러한 사유는 단편

「마르시아스」의 ‘사티로스’인 ‘마르시아스’를 통해 서술자가 밝히는 예술가의 자질에서 뚜렷이 드러난다. 왜 ‘심상대’는 ‘마르시아스 심’으로 이름을 바꿔가며 작가활동을 하는가? 이러한 의문은 이 작품을 통해 설명이 가능하다.

> “너는 승리자인 천상의 신이지만 나는 지상의 신인 디오니소스의 친구이자 숲과 들판의 정령이며, 농부의 신이고, 사랑에 빠진 여자들의 애인이며, 패배자인 마르시아스다!” 마르시아스는 산양의 두 발로 걸어나와 인간의 가슴을 내밀고 소리쳤다. “네가 신이라면 나는 예술가다!” (「마르시아스」, 39쪽)

작가가 지향하는 예술가적 초상이란 패배한 신과 인간의 모습을 하고 있다. 그래서 “하체의 동물적 본능성과 인간의 가슴”을 지닌 마르시아스, 즉 예술가는 “치기와 오만”이라는 “가장 숭고한 에너지”와 “방종으로 보이는 일탈과 파격”을 일삼는 예술관과 삶의 태도를 갖고 있다.

나르키소스의 눈물. 그것은 이 작가의 소설 세계 전체를 타고 흐르는 관념이자 관능이다. 마르시아스 심에게 “‘아름답다’라는 말의 어원은 ‘나답다’”(「나팔꽃」, 107쪽)이다. 따라서 그의 심미관은 나르시시즘 이미지와 긴밀히 연관된다. 나르키소스는 자신의 존재와 자연을 떼어낼 수 없어 결합하며, 자신의 에로스적 충동을 아름다움에 복종시킨 존재이다. 이로 인해, 주체의 세계와 객체의 세계, 인간과 자연이 조화되는 억압 없는 질서의 조망이 가능해진다. 우리를 애태우는 욕망의 대상은 소유가 불가능하다. 그러나 우리는 죽지 않은 채 극단에 이른 느낌을 얻기 위해 욕망의 대상을 소유하려 든다. 바타이유는 아름다움이란 그러한 간절한 소유의 대상에게서 솟아오르는 것이라고 말한다. 따라서 어떤 대상이 아름답다고 한다면, 그것은 간절한 욕망의 표적이라는 말과 다르지 않다. 마르시아스 심은 극도의, 그래서 죽을 것만 같은 성적 욕망과 미를 예술 작품화한다. 그 속에서 작가가 재현하는 여성의 아름다움과 자기애의 미는 소설을 섹시(sexy)하게 한다.

소설이 섹시해지는 것은 억압으로부터의 자유, 즉 쾌락원칙의 언어를 반복하며 작가 자신의 성적 체험담 형식으로 이야기하는 서술자의 고백체에서이다. "먼 옛날 내가 아주 젊고 자유로웠을 때, 나는 장차 소설가가 되기를 꿈꾸면서, 그래서 언젠가 소설가가 된다면 무엇보다 우선 내가 사랑했던 여자들의 이야기를 소설로 쓰리라 작심했었다"(「딸기」, 11쪽)와 같은 방식으로. 그래서 그 이야기들은 "시큼한 성욕을 이길 수 없어 헉헉대던 늦은 봄날의 무더위를, 한없이 이어지던 보리밭 가에서의 수음을, 분수처럼 솟구치던 정액을, 빠이롯트 잉크병에 가득 모아두었던 정액의 냄새를, 이제는 두 번 다시 돌이킬 수 없는 그 갈증의 계절을 노래"한다.

작가 마르시아스 심은 섹슈얼리티에서 미의 역할에 대해 소설을 통해 규명하고자 한다. 그렇다면 섹슈얼리티가 미학으로 바뀌는 지점은 어디인가. 이러한 의문의 해결은 미가 죽음 충동과 닮아 있다는 점에서 시작해야 할 것이다. 그러니까, 모든 미가 죽음과 유사한 것은 예술 속에서 소멸하는 생명체의 다양성에 대해 예술이 부여하는 순수한 형식의 이념에 기인한다. 에로스와 타나토스의 길항작용으로 형성되는 섹슈얼리티의 자장에서 미적 대상은 아름다움을 발산한다. 칸트는 『판단력 비판』에서 미학적 지각이 쾌락을 수반하고 있음을 주장한다. 쾌락은 대상의 순수한 형식의 지각으로부터 도출된다. 순수한 형식으로 표상되는 대상은 아름답다. 그러므로 미학적 지각은 쾌락을 주며 본질적으로 주체적이다. 그 자신의 자유로운 종합 속에서 미학적 상상력은 아름다움을 구성하기 때문이다. 더 나아가 쉴러의 『심미적 교육에 관한 서한』에서는 미학적 기능의 본능적이고 충동적인 성격이 강조되어 있다. 감각은 에로스적이고 쾌락원칙의 지배를 받는다. 미학적 형식은 감성의 질서에 의하여 구성된 감성적 형식이다. 감성을 이성화하고, 이성을 감성화하여 두 충동을 화해시키는 대신에 문명은 감성을 이성에 예속시켰다. 이 두 충동들의 화해에는 제3의 충동의 활동이 필요하다. 쉴러는 이러한 제3의 매개충동을 놀이충동으로 규정하고 놀이충동의 대상을 아름다움으로, 놀이충동의 목표를 자유로 규정하였다. 따라서 인간적인 현존재의 조건으로부터 인간을 해방시키기 위해서는 미학을 경유해야 한다.

> 언젠가 나는 사람들이 미美라고 부르는, 그것이 무엇인가 하고 곰곰이 생각해본 적이 있다. 그리하여 나는 그것이 인간의 원초적인 본능과 그 본능으로 빚어지는 욕구로부터 출발한다는 사실을 알았고, 그와 함께 그것은 종국에 모호함이라는 벽을 짚어보고서야 그 막다른 골목을 되돌아 나온다는 사실을 알았다. 이러한, 말할 수는 없지만 있는, 이러한 어떤 것이 그것이 아닐까 하고 나는 생각하였다. 어쩌면 누군가도 나처럼, 이 모호함의 가치에 대하여 생각해본 사람은 없을까 궁금하다. (「샌드위치」, 『떨림』, 71쪽)

현대 소설의 존재론적 물음에 있어, 마르시아스 심만큼 예술을 미적 탐구로 규정지으려는 이도 드물다. 그렇다면 '미'를 어떻게 규정지을 수 있을까. 그에게 있어 미란 "인간의 원초적인 본능과 그 본능으로 빚어지는 욕구로부터 출발"하고 있다. 아름다움을 추구하는 행위는 삶의 연속성에 이르기 위한 노력이며, 동시에 그것을 모면하기 위한 노력이다. 그래서 심미주의는 생의 욕구와 동시에 죽음 충동에 닿아 있다. 아름다움의 모호함, 그리고 그 "모호함의 가치"를 깨닫는 순간은 삶이자 곧 죽음 충동의 막다른 골목에 이른 것이기도 하다.

2. 죽음까지 파고드는 심미주의자의 욕망

그렇다면 마르시아스 심의 미적 대상은 무엇인가? 작가는 자신이 사랑한 여자의 몸이 갖는 아름다움으로 우리를 유혹한다. "나를 위해 울던 여자, 나를 위해 나를 미워하던 여자, 자존심 때문에 끝끝내 사랑해 보지 못하고 헤어져버린 여자, 죽어도 팬티만은 벗지 않으려 하여 나를 애타게 하던 여자, 더러워서 따먹기를 포기했던 여자, 사랑하면서 웃던 여자, 아무 일도 없었다는 듯이 태연한 얼굴로 침대에서 일어나던 여자, 나를 비웃던 여자, 나를 거들떠보지도 않던 여자."(『떨림』, 16쪽) 1인칭 화자의 성적 대상이자 심미적 대상인 여성과 화자의 유일한 소통 관계는 신체적 접촉으로 이뤄졌다. 이때 1인칭 화자는 작가와 쉽게 분리되지 않는다. 미학과 신체, 섹슈얼리티의 연결 접점을 이해하는 것은 작품 이해에 매우 중요하다. 마르시아스 심의 경우 글쓰기에 대한 작가의 창조적 몽상과 섹슈얼리티의 관계, 그리고 신체를 통한 재현은 서로 긴밀하게 연결되어 있다.

현대인의 인식적 변화 가운데 가장 큰 것은 인간의 사회적 상호작용에서 몸이 갖는 상징적 의미와 중요성일 것이다. 그래서 현대 사회의 사람들은 자아의 구성요소인 몸에 그 어느 때보다도 더 큰 중요성을 부여하는 경향이 있다. 종교나 정치 같은 거대서사에 대한 믿음을 상실하고 개인의 자아 정체성을 확인할 만한 의미구조를 제공받지 못하는 사람들에게는 적어도 자신의 몸이 신뢰할 만한 자아감을 재구성할 수 있는 토대를 제공하는 것처럼 보이기 시작했다. 뿐만 아니라 현대인은 지각하고, 운동하고, 작용하고 사용하는 유물론적 토대로써의 신체 작용을 인간의 한 존재양상이라고 생각한다. 사실은 몸이 하나의 이론적 영역으로 지칭되면서도 실제로는 너무나 탐구되지 않은 영역으로 남아 있었다. 몸 자체를 마치 존재하지 않는 것처럼 간주하거나 다른 현상에만 초점을 맞춘 채 계속해서 등한시하고 있었다는 것이다. 이러한 토대 위에서 마르시아스 심은 "인간세상에서 인간의 나신 만한 경이의 아름다움은 없으리라"(「샌드위치」, 60쪽) 주장한다.

> 신이 인간에게 베푼 모든 아름다움은 당연히 인간의 신체를 매개로 하고 있다. 사랑이라는 아름다움도, 성이라는 아름다움도 마찬가지다. 사랑의 뿌리가 성은 아닐지라도, 그러나 사랑은 그 주체인 인간 개체간의 유대를 강화하기 위하여 부차적으로 성을 사용한다. 개체의 불연속성과 소외, 고독을 연속성과 합일성으로 변화시키며 개체간의 유대를 이끌어내고자 하는 사랑이라는 인간의 행위는 비록 상상이나 제삼의 매개를 통해서라도 성이라는 육체적 결합을 거치지 아니할 수 없다는 사실이다. (「우산」, 133쪽)

작가는 자신의 소설을 통해 여성의 신체와 성을 자유롭게 풀어놓는다. 이 와중에 여성을 사랑의 대상이 아닌 주체로 세운다. 그간 여성의 욕망은 제도화된 사회 속에서 암묵적으로 침묵을 강요당하거나, 왜곡되고 일그러진 욕망의 모습이 되어왔다. 이에 따라 여성은 자기 육체를 자기 소유로 볼 수 없었으며 육체에 대한 애정을 가질 겨를 없이 부정하게 되었고 성욕이나 오르가즘을 오히려 불결한 욕망으로 억압해왔다. 따라서 일상적인 제도의 폭력은 여성에게서 여성 자신의 신체에 대한 자격을 박탈해왔던 것이다. 그러나 "성욕이라는 감정은 내 스스로가 억누르고 있던 아름다움에 대한 본능적인 희구"(「샌드위치」, 47쪽)이기에 제도의 억압이 완전히 은폐시킬 수 없다. 게다가 그 성욕이란 신체를 매개로 하여 사랑과 긴밀히 공조하고 고독한 개인의 유대를 이끌어내는 인류애의 모티브가 된다. 작가 식으로 말하면, "개체의 불연속성과 소외, 고독을 연속성과 합일성으로 변화시키며 개체간의 유대를 이끌어내고자 하는 사랑이라는 인간의 행위"는 성이라는 육체적 결합을 거치지 않을 수 없다. 따라서 성욕은 개인을 넘어 확장되고 개인과 인류의 관계를 보장하는 살아 있는 유기체의 유일한 기능이다.

초기작인 「강」이나 「묘사총」에서 이미 그 뿌리를 찾아볼 수 있는 마르시아스 심의 미의식은 절대주의적이다. 그에게 있어 절대주의적인 미의 세계는 논리와 이성, 윤리적 판단을 떠나 존재하는 아름다움이다. 극도로 강렬하게 추구되는 절대미의 세계는 금기와 닿아 있다. 금기의 지표가 되는 경계선은 사실 존재하는 모든 것에 주어지게 마련이다. 이러한 경계선은 두려움을 주는데 그치지 않는다. 그것은 오히려 그 경계선을 뛰어넘어 보라고 유혹한다. 그래서 인간은 지나침과 극단에 이르고자 한다. 두려움을 주는 동시에 매력적인 폭력 충동이 이에 해당할 것이다. 인간은 그를 죽음으로 이끄는 어떤 충동에 자신을 맡긴다. 죽음의 극단을 달리는 이러한 절대주의적 미의식을 가장 압축적으로 그리고 인상적으로 보여주는 작품은 「미」일 것이다.

검은색과 흰색으로 이루어진 대지에 시린 발을 딛고 선 사람들은 자신의 피폐한 영혼을 두드려대는 뱃고동 소리와 찬 바닷바람에 진저리쳤다. 흑백으로 이루어진 세상은 본능을 가진 인간으로서는 공포 자체였다. 그러던 어느 날 그 무채색의 세상을 진하디 진한 유채색의 범벅으로 물들이는 한 사건이 일어났다. 실로 사건은 자멸의 욕구에 허덕이고 있던 사람들의 충혈된 영혼을 숙연하게 한 카타르시스와도 같은 상징적 사건이었다. (「미」, 122쪽)

이 작품에서 일어나는 상징적 사건이라 함은 미장원에서 일어난 살인 사건을 말한다. 미용사가 한 여인의 아름다움에 매혹되어 그녀를 가위로 살해하는 이 사건은 살인 사건의 잔인함이 살해자의 절대주의적인 미의식 때문에 한편으로 정당화되는 엽기성을 띤다. "마을에서 보자면 미장원은 언제나 다른 모든 단조로운 풍경에 항거하는 도발적인 장식이었고, 또한 암울한 세상에 억압당하고 있는 육신의 충동을 어디론가 이끌고자 하는 한 점의 등대불과 같은 의미로 존재하고 있었다."(12쪽) 이러한 미적 충동을 통해 마을 사람들이 '카타르시스'를 얻는다는 발상은 범상치 않다. 때문에 이런 미장원을 서술자는 "진정 아름다움을 위한 성지"라고 명명하고 있다. 죽이고 싶을 만큼 아름다운, 혹은 아름다워서 죽이고 싶은 충동들을 작가는 '미'라고 말하고 있는 것이다. 그런데 작품 「미」에서 심미의 세계를 더욱 성스럽고 심오하게 만드는 지점은 절대미와 인간의 거리감 형성이라 할 것이다.그래서 미장원 안, 즉 심미의 세계를 목격한 동생의 눈은 멀게 된다. 눈이 멀었다는 것은 더 이상 인간의 눈을 통한 지각이 불가능해지는 것이지만 오히려 인간의 기준을 넘어설 수 있는 특권이 부여되는 것이기도 하다. 그래서 눈이 먼 동생만이 엄마의 성행위를 관전할 수 있는 것이다. 이처럼 마르시아스 심의 작품에서 참여할 수 없는 미의 세계와 성적 금기의 세계는 동궤에 놓여 있다.

성적 환상에는 항상 죽음의 유혹이 있다. 죽음이 어떻게 성적 욕망과 붙어 다니는가. 에로티즘은, 인간이 불연속적인 존재이면서 자신의 그러한 존재양식을 뛰어 넘으려는 도전을 추구하는 곳에서 출발한다. 그러므로 역설적으로 그것은 죽음과 연결되어 있다. 바타이유의 '에로티즘은 죽음까지 파고드는 삶이다'라는 표현은 그러한 역설을 요약한 것이다. 금기의 현실과 그를 뛰어 넘으려는 격한 죽음 충동 간에 벌어지는 싸움의 순환 체계. 따라서 에로티시즘은 상징적 죽음이 역설적으로 삶의 존속을 보장하게 된다. 성행위는 인간 주체들이 자신들의 삶의 다른 곳에서 거부되는 경험, 즉 자아의 상실을 경험할 때 죽음의 순간을 극적으로 만든다. 우리는 '불연속적인' 개인이기 때문에 우리 개개인과 모두 사이에는 피할 수 없는 틈이 존재한다. 섹스는 바로 그런 틈, 즉 삶과 죽음을 함께 묶어준다. 「묵호를 아는가」에서 사람들은 해안에 모여 끊임없이 술을 마시고 싸움박질한다. 그들은 "원시의 포악성"을 지니고 있으며, 서로들 "잠자는 본능을 휘둘러 깨워 미친 듯이 달라붙"는다. 서술자는 이것을 그들이 단지 "심심해서 그러"는 것이라고 진술하며 일상을 전복시킬 만한 원시적, 성적 에네지의 욕망이 그들에게 잠재되어 있음을 시사한다. 이처럼 작가는 반복적으로 신체적 폭력과 성을 미와 연결시키며 강간과 훼손, 절단된 신체를 노래한다.

성과 신체는 미학과 폭력이 수렴되는 장소로 기능하고 있는 것이다. 작가가 재현하고 있는 성과 신체의 카니발리즘은 원시적 본능에의 충실성과 연결되고 있다. 이것을 문학적으로 승화시킬 수 있는 것은 제의성을 다루는 작가적 묘안에 있다. 「묵호를 아는가」에서, 주인공과 '연희'의 정사는 '넋건지기'와 함께 행해지는 '오구굿'과 병행하고 있다. 이는 작가가 주인공으로 대표되는 묵호의 사람들, 그러니까 나아가서 묵호라는 삶의 터에 살도록 운명지어진 사람들의 온갖 상처들을 문화적인 제의의 힘에 기대어 풀어내고 치유하고자 한다는 것을 분명하게 보여준다. 그것은 애초부터 묵호란 곳이 죽음과 재생의 원형적 공간이기 때문에 가능했던 것이다. 한편 「강」에서는 세 사미니가 자발적으로 제의적인 의식과 함께 강으로 들어가 죽음의 길로 나아가는 찰나를 강

렬한 이미지로 재현하고 있다.「묵호를 아는가」,「강」,「묘사총」에 드러
난 이런 서사적 특성은 생명과 죽음의 경계 혹은 유한한 삶과 광대한
자연의 힘 사이에서 생성되는 근원적인 긴장에 관한 작가 특유의 인식
론이 작동한다.

3. 낭만적 사랑은 파시즘이다[1]

> 지금 세상에 살고 있는 사람들은 아직 태어나기도 전의 일입니다. 그 시대에
> 는 대부분의 사람이 사랑이라는 인간의 감정을 오해하고 있었습니다. 사랑을
> 헌신과 관용, 인내와 희생으로 이루어진 숭고한 정신적 결정이라고만 여겼던
> 것입니다. 사랑만이 아니라 모든 아름다움이 소위 이성이라는 바탕 위에서 찬
> 양되던 그 시대. (「슬픈 사랑의 전설」, 263쪽)

마르시아스 심은 성욕과 사랑, 그 밖의 모든 아름다움이 거칠고 파괴
적이라고 말한다. 그리고 그 거칠거나 혹은 파괴적인 성욕과 사랑이 지
닌 절대적 심미의 세계는 인간의 자유와 해방의 길로 인도한다고 주장
하고 있다. 그런데 그러한 진실의 눈을 가린 것이 "이성"이다. 이성적
숭고함은 사랑의 방식 자체를 억압해왔다. 누구나 일생에 한 번쯤 낭만
적 사랑에 대해 깊은 관심을 갖는다. 마르시아스 심은 이러한 낭만적 사
랑에 문제를 제기한다. 일반적으로 낭만적 사랑은 자본주의 이데올로기
아래, 여성을 귀속시키기 위한 하나의 전략으로 자리해왔다. 앤소니 기

---

1) 이 제목은 서동진의『누가 성정치학을 두려워하랴』에서 차용한 것이다. 서동진은 이성애주
   의를 낭만적 사랑이란 이름으로 진행되는 파시즘이라고 보고 있다. 이는 낭만적 사랑의 이데
   올로기로 온갖 사회적 권력 관계를 교직하고 그것을 체제 내부의 여러 사회적 관계 내로 편
   재시키기 때문이다(서동진,『누가 성적치학을 두려워하랴』, 문예마당, 1996, 46쪽 참고).

뜯슨은 산업화 속에서 여성이 규율적인 체계에 순종적으로 복속하기 위한 제도로서의 사랑이 낭만적 사랑이었다고 말한다. 지금껏 몸에 대한 사랑을 얘기했던 것이 아닌가. 갑자기 낭만적 사랑이라니. 그러나 이런 의문과는 상관없이 작가는 거칠게 낭만적 사랑의 이데올로기에 갇혀 있는 여성성의 해방을 재현하며 아름다움을 추구한다.

그러한 작업은 여성성의 원형을 근본적으로 탐구하여 낭만적 사랑의 존립 여부를 따지는 것에서 시작한다. 「늑대와의 인터뷰」에서 '나'는 아내의 조카와 불륜을 저지르며 '하은영'이란 여배우와 인터뷰를 한다. 이 작품에서 '나'는 조카와 하은영을 통해 억압당하고 왜곡된 여성상을 제시하고, 아울러 건강하고 자유로운 여성성의 원형을 추적한다. 이때 규명된 여성성의 원형은 야생 늑대와 같은 것이다. 그런 여성의 성은 "긴 머리카락을 흰 시트 위에 활짝 펼쳐서는 통째 뒤흔들면서, 낮고 숨 가쁜 교성을 지르고, 어깨에서부터 엉덩이까지 몸통을 마구 떨어대고 있었다. 그녀의 저 육신 밑바닥에서 터져 나오는 이런 거친 떨림이 나를 광기에 몰아"(172쪽)간다. '나'를 가장 '나'이게 해주는 것은 바로 여성의 그러한 야수성이다. 따라서 마르시아스 심에게 있어서의 사랑이란 누구도 거부할 수 없는 애욕이고 존재를 밑바닥에서부터 충동질하는 거친 에너지이다. 이렇게 성충동과 연결되어 있는 그의 사랑과 심미의식은 기존의 체계를 전복시키려는 힘이 있다. 체계의 질서는 인간으로 하여금 욕망을 지배하도록 도덕과 문명의 기제를 창조하고 본능을 내면화하도록 한다. 체계가 스스로를 지키기 위해 구축해놓은 장벽에 의해 인간의 거칠고 자유롭고 방랑적인 본능은 밖으로 발산되지 못하고 이제 안으로 향한다. 체계의 질서가 세워놓은 일상적 도덕의 장벽을 뚫고, 인간의 본원적 욕망의 세계를 그려내는 것은 실상 문학의 본래적 존재 방식에 속한다. 본능의 억제를 벗어버린 인간이 보이는 공격성은 자신 속에 내재해 있던 무의식적 본능의 표출이다. 인간이 야만성을 충동적으로 표출하지 않는다고 해서, 그것이 문명 속에서 완전히 사라진 것은 아니다.

> "그래요. 침실로 들어오면서 날마다 꽃을 들고 올 남자가 어디 있겠어요? 여자는 자극이나 기교 따위에 열리는 그런 쇠자물통이 아니라구요. 그런데, 누구도, 다들 남자들은 아는 척은 하지만, 그 누구도 여자를 몰라요. 중요한 건 감정이죠. 정서예요. 공감할 수 있는 그런 거." (「늑대와의 인터뷰」, 199쪽)

여성이 진정 원하는 것은 무엇인가? "산다고 다 사는 게 아니예요. 인생을 살면서 난 한 번도 사랑을 해보지 않는다면 그건 인생을 산 게 아니야"(192쪽)라는 말이나 "불륜이라는 것도 사실은 깊이 들여다보면 지고한 사랑일 수 있지 않겠어요."(180쪽)라고 말하는 여배우의 말은 낭만적 사랑의 주위를 배회한다. 그리하여 산업화시기의 작가들은 가정에서는 이룩할 수 없는 낭만적 사랑을 가정 밖의 절대적이고 열정적이며 도피적인 사랑으로 변형시켜 추구하게 된다. 이처럼 현대 사회의 지배구조는 국가적, 기업적 통제를 통하여, 그리고 낭만적 사랑과 성, 결혼이라는 제도적 틀을 통하여 여성의 삶을 규제해왔다. 그러나 영혼의 만남을 가정하는 낭만적 사랑이란 실제적으로 현실화되기 어렵다. 그래서 낭만적 사랑의 주요 작인인 결혼제도에 대한 회의가 소설 곳곳에 범람하고 있다.

> "결혼이라는 것도 날씨나 감기처럼 일시적이고, 영원하지는 않은 거라는 생각이 들 때가 있어요. 살다가 보면. 잠깐, 한 번, 일시적인 약속이다, 그런 생각

요?"(195쪽)

"우리는 평소에 이성이라 부르는 벗어 던져야 할 외투를 너무 여며 입고 있기 때문"(「슬픈 사랑의 전설」, 60쪽)에 아름다움을 제대로 감상할 수 없는 것이다. 이성이라는 이름으로 결혼이나 낭만적 사랑은 여성의 성을 억압한다. 그러나 그 억압의 기제들이 더욱 위험스럽게 성담론을 만들어내었다. 사랑은 공적이며 동시에 사적인 세계에 속한다. 아침 멜로드라마나 대중가요는 사랑이라는 영원한 주제를 노래한다. 그리고 광고들도 모두 성적 자극을 그 이미지 모델링으로 삼고 있다. 기업체와 광고회사에서는 소비자에게 섹시하면서도 수줍게 사랑의 달콤한 숨결을 불어넣는다. 남편에게 얻어맞은 부인들은 사랑의 이름으로 야만적인 결혼생활을 견뎌나가고, 사랑의 열정 때문에 저지른 범죄는 아직도 언론매체를 화려하게 장식한다. 이처럼 사랑은 아직까지도 현대 사회를 이끌어나가는 중심매개항이다. 그러나 마르시아스 심이 말하는 사랑은 "헌신과 관용, 인내와 희생으로 이루어진 숭고한 정신적 결정"이 아니다. 그래서 「맹춘」에서 '수경'의 성적 일탈을 불가항력적인 것으로 재현하고 있는 것이며, 「슬픈 사랑의 전설」에서 '이보'의 관념적 사랑이 평생 스스로에게 억압과 인내를 강요해 진정한 사랑을 나중에야 깨닫게 된다는 플롯 구성을 강행하게 되는 것이다. "자유롭고 동물적이며 동시에 인간적인 삶의 모든 즐거움을 누리는" 것은 이보가 "인위적인 가치로 고통스러워하던 그 많은 시간"과 대조적으로 재현된다. 결국, 낭만적 사랑과 결혼제도, 성 억압 이데올로기 등을 전복시키려는 마르시아스 심의 서사들은 낯설고 이단적일 수밖에 없다.

그렇다면 이상적인 성의 세계는 어떠한 것인가. 「밀림」에서 '보노보'라는 유인원들은 인간과 달리 성의 자유 방임과 공유화를 이루고, 그러한 성을 통해 집단의 평화를 이룩해냈다. 그에 비해 인간은 "환상으로 성을 장식"하며 오락과 예술의 힘을 빌려 "성의 자유 방임과 공유화를 끊임없이 추구하고, 그러한 결과를 통해 집단의 평화와 질서를 이룩하려 애쓴다." 마르시아스 심은 이러한 예술가들이 "인류가 나아가고 있는 진화의 방향을 뒤틀어보려고 애쓰는 사람"이라 생각한다. 결국 그는 길들여지지 않는 순수한 성을 심미의 결정체로 볼 뿐만 아니라 성의 공유화가 성적 진화의 올바른 방향인지의 여부를 독자 스스로 판가름해 보도록 자극하며 소설을 감각의 향연으로 장식하고 있다.

4. 감각의 논리, 존재의 떨림

이토록 숭고한 성욕의 세계를 소설로 만나기는 쉽지 않다. 섹스는 문명화 과정의 한 한계로 남는다. 그래서 그것을 문명의 관점에서 보자면 이단적이고 추한 혐오감의 산물로 취급될 수 있다. 그렇다 보니 그것은 또 존재론적이자 미학적인 공간이 된다. 마르시아스 심에게 있어 성은 단순히 쾌락만으로 설명될 것이 아니다. 그것은 미학, 그리고 한 성적 주체의 정체성과도 연결되어 있는 것이다. 마르시아스 심이 신체의 감각적 논리에 대해 이야기하고 있는 것처럼, '감각'이란 인식론적 차원의 몸이 아니라 감관에 의해 직접 몸에 주어진 리얼리티가 되는 것이다. 게다가 재현된 신체는 대상으로 재현된 것이 아니다. 그것은 재현

이전의 감각을 일깨우며 감각을 느끼는 순간의 순수 형상이라 해야 할 것이다.

여자의 무릎 아래 몸을 굽히고서 그 모든 우주의 떨림에 나를 맡기고 있었던 것이다. 다른 모든 것은 그만두더라도, 참으로 그녀의 모든 자연이 그려내는 진정한 조화를 빛 속에서 극명하게 드러내 보여주고 있었다. …… 본다는 것, 만진다는 것, 냄새 맡는다는 것. 그리고 그러한 것이 서로 뒤엉킨 어우러짐 속에서 몸부림칠 때 우리는 아아, 이게 내가 굴복해야 할 대상이로구나, 세상의 끝이로구나, 나로서는 말할 수 없는 것이로구나, 하는 겸허한 마음에 이르게 되는 모양이다. (「나팔꽃」, 82쪽)

오감으로 느껴지는 신체의 유희는 "자연이 그려내는 진정한 조화"이다. 그것은 숭고한 대상이 세운 감각의 제국이다. "굴복해야 할 대상"에게서 맛보는 "세상의 끝." 그래서 존재의 근본적인 불안은 극단에 닿아 있다. 그 극단을 향한 존재의 물음을 '우주의 떨림'으로 설명하는 작가의 상상력은 성이 지닌 미의식을 창조주의 선으로까지 승화시킨다고 볼 수 있다. "내 절망의 근원인 고독으로부터 벗어나고 있다는 느낌", "우주가 통째로 나를 이해하고 있다는 느낌"(「나팔꽃」, 91쪽)은 존재의 끝을 통한 존재의 확인이다. 온몸으로 지각하는 '우주의 떨림'은 존재의 떨림이며 가장 아름다운 것이다. 성적 판타지를 이렇게 숭고하게 그려내며 심미화할 수 있을까. 작가 마르시아스 심이 글을 쓰기 위해 있던 곳인 '명옥헌'에서 들리던 그 "우주음", 묵호의 "작고 보잘 것 없는 것을 사랑하라는, 그러한 사랑으로 참고 견디라는, 그리하여 언젠가 손끝만 대어도 오르가슴에 이르는 그러한 대상을 만날 때까지 아름다움을 잃지 말라"(306쪽)는 다독임은 작가의 심미의식이 우주, 자연과 인간의 조화적인 삶으로까지 확대되어 나가고 있음을 간파할 수 있게 한다. 그러므로 그에게 미학은 단순히 예술을 대상으로 삼는 학문 영역이 아니라 인간의 삶의 영역, 즉 삶의 예술로서의 감각론이자 우주적 존재론이다. 그 가운데서 신체의 감각적 체험은 유물론적 숭고 미학의 영역을 창조하는 것이다.

그런데 우주적 상상력으로 성의 본연성이 지닌 미학을 설명해내는 작가일지라도 남근 숭배적 섹슈얼리티의 권력을 등에 지고 있다. '아름다움'은 그 자체로 자족적이지 못하다. 왜냐하면 아름다움은 욕망의 시선 속에 형성되기 때문이다. 르네 지라르의 직관처럼 모든 욕망은 타자에 의해 매개되고 촉발된 욕망이다. 욕망이 궁극적으로 하나됨을 지향하는 심리적 에너지이기 때문에 그것은 자기에게는 자기 동일시를 지향하게 되고, 내상을 향하게 될 때는 사랑이라는 이름으로 대상과의 육체적, 정신적 합일을 꿈꾸게 된다. 사정이 이렇다 보니 그에게 있어 여자 주인공의 이야기는 언제나 남성적 욕망의 문제로 존재한다. 겉보기에 그는 여성성과 미를 동일선상에 놓고 절대미를 추구하는 심미주의자처럼 보이지만 그에게 있어 섹슈얼리티는 역시나 남근적 질서로 존재한다.

마르시아스 심의 예술지상주의와 절대미에 대한 탐구는 그만의 현대예술에 대한 심미화 욕망과 파시즘 미학의 결합을 보여준다. 파시스트 예술가들에게 예술이라는 '표현' 형식은 정치적 형식보다도 더 이상화되고 더 급진적이며 절대적인 세계상을 담아내기에 적절한 장소로 여겨져왔다. 마르시아스 심의 경우는 섹슈얼리티를 통하여 예술의 '아우라' 회복이 가능한 것처럼 보인다. 또, 그에게 예술은 동시대 문명을 비판하는 매체이자 완전한 해방으로 이루어내는 매체인 것이다. 그런데, 예술에 대한, 예술을 통한 그의 절대적인 심미적 기획은 더 이상 진척을 보이지 못하고 있다. 현대는 자본주의의 위기를 거쳐, 후기 자본주의 사회로 이른 시기이며, 모더니즘을 거쳐 포스트 모더니즘적인 특성을 함유하고 있는 시기다. 더 이상 통합적이고 절대적인 기의에 대한 사유가 불가능하다는 현대의 비관적 인식 속에서, 파시스트 예술가의 심미적 기획은 하나의 절망적 포즈로 비칠 수 있다. 파시스트 예술가들에게 예술이 하나의 절대적인 범주로서 자리 잡게 된 것은 파편화된 경험에 대한 하나의 반응이지만, 그것은 역설적으로 예술의 자율성 자체를 억압하고 자기비판 기능을 상실해버리는 결과를 낳는다. 이후 작가의 작품 활동이 진척을 보이지 못하고 있는 것도 이러한 이유가 아닐까 싶다. 작가가 재현한 카니발적 신체 수사학과 섹슈얼리티는 사랑의 도착 너머에 남성 판타지로 구축한 심미의 세계를 낳는다.

신과 인간의 중간적 위치에 있는 사티로스는 성욕과 생명력을 통해 인간의 한계와 고통을 넘어서려는 상상의 산물이다. 그러나 신과 짐승의 사이에 놓인 반인반수의 운명을 짊어진 채 인간을 넘어서보려는, 우주를 향한 사티로스의 존재론적 떨림은 고독한 운명이다. 마찬가지로 그것은 고독한 예술가의 운명이기도 하다. 마르시아스 심의 소설을 읽고 있는 밤이면 고독한 그/녀의 몸 안에 수선화가 핀다. "방안의 모든 소리가 잠을 잘 무렵이면, 내 몸에 꽃씨 앉는 소리가 들린다, 간지러워, 암술과 수술이 살 부비는 소리가 사물거리며 온몸에 둥지를 틀고, 어머 꽃피네, 마른버짐처럼, 간지러운 꽃이 속옷 새로 피어나네, 내 몸에 피는 꽃, 어머 내 몸에 핀 꽃, 나르키소스의 영혼이 노랗게 물든, 수선화가 핀다."(이재훈, 「수선화」)

고결함을 둘러싸고 창조된 젠더와 아웃사이더의 위계

조지 모스의 『내셔널리즘과 섹슈얼리티』, 『남자의 이미지』

1. 모더니티의 고안물들과 남성다움의 결탁

고결한 것들은 순결을 강조한다. 순결함과 순수성은 배타성과 차이를 통해 의미를 얻기 때문에, 불순한 것과 공존하면서 그것들을 관리하려 든다. 이러한 길들이기의 과정은 이분법적 구조를 띠고 있다. 서구/동양, 문명/야만, 남성/여성, 이성/감성으로 변형되며 다양하게 복제되고 있는 이분법적 구조는 근대 시스템이 작동하는 가운데 이루어진 문화적 기획이다. 근대 시스템이 개인에게 가장 위협적인 것으로 받아들여지는 것은 이분법적 구조를 가능하게 한 빗금(경계)의 창조라 할 수 있다. 시스템에서 배제당하고 억압받는 자들은 이러한 현상을 보편타당한 것으로 내면화시켜왔다. 억압을 자연스럽게 내면화하도록 만드는 기제는 다양하지만, 조지 모스(George L. Mosse)의 『내셔널리즘과 섹슈얼리티』(1985)와 『남자의 이미지』(1996)는 '고결함(respectability)'을 하나의 억압 기제로 제시하고 있다. 두 저서는 고결함이 민족주의·섹슈얼리티와 교호하면서 보편적인 것으로 받아들여져온 근대사에 대한 통찰을 보여주며 남성성이 어떻게 정립되어왔는가를 설명하고 있다. '점잖고 올바른' 예절과 도덕을 가리키는 고결함은 정숙함·순결·덕행뿐만 아니라 식탁 예절과 에티켓 등에 모두 적용되었다. 이 과정에서 예절과 도덕은 분리할 수 없는 것이 되었으며 동시에 성적 정념을 조절하는 내면적 요소가 되었다. 조지 모스는 이러한 고결함이 근대시민국가의 탄생을 통한 시민 계급의 형성과 남성성을 구성하는 중심 요소였음을 규명해준다.

고결함은 부르주아 계급의 욕구나 두려움과 함께 발현되었다. 부르주아 계급은 고결함을 통해서 하층 계급과 귀족 계급 모두에 맞서는 사회적 지위와 자기 존중을 견지하려고 했던 것이다. 부르주아 계급은 "검약과 의무에 대한 헌신, 그리고 정념의 억제에 기반한 생활 양식을 '게으른' 하층 계급과 방탕한 귀족 계급에 대한 우월성의 증거로 삼았다." 이러한 고결함은 부르주아 계급뿐만 아니라 안정되고 질서 바른 사회 전체에 적용되는 생활양식을 창조했던 것이다. 즉, 국가의 차원에서 고결함은 질서 수호를 가능케 해주는 것이 되었다. 이러한 고결함이 현대 남성미의 기준을 정하는 데 있어 중요한 요소인데, 조지 모스는 이에 대한 기원을 기사도와 결투 장면에서 찾고 있다. 놀라운 것은 남자다움, 영웅주의, 대범함을 중시 여겼던 기사도의 이상형이 쇠퇴기에 접어든 봉건사회의 산물이었다는 것이다. 쇠락하던 귀족들은 자율성의 상징으로서 명예라는 규범에 집착했던 것이다. "결투는 자율성과 개성에 대한 감수성뿐만 아니라 계급과 신분에 대한 인식을 강화시켰는데, 19세기 들어 결투는 장교와 학생, 정치인과 기업가들에게 있어 삶의 한 부분이 되었다. 유대인들은 자신들에게 부여된 남자답지 못하고 비겁한 스테레오타입을 벗어버리기 위해 결투를 이용"(35쪽)했을 정도로, 결투가 비천함의 자질을 고결함으로 바꿔줄 수 있는 매개가 되기도 했다. 사회적 구분이 결투 상대를 결정하는 기준이 되면서부터 결투할 만한 가치가 있다는 것은 적으로서 동등한 지위를 부여받는 것을 의미했던 것이다.

"현대에서 기사도와 남성의 명예는 도덕적인 강인함뿐만 아니라 육체적인 강인함을 의미하게 되었다."(41쪽) 중세 기사도에 있어 중요하게 여겨졌던 것이 남자다운 태도와 몸가짐이었다면 현대는 남자의 육체 자체가 관심의 초점이 되었다. 그리고 민족주의는 남성 스테레오타입을 장조하고 교육하는 중요한 역할을 담당하게 되었다. 이 가운데서 남성은 고결한 삶을 살면서 항상 스스로를 통제하는 것이 진정한 남자다움의 일부라고 생각했다.

조지 모스는 여기서 더 나아가 민족주의와 부르주아 도덕의 결합을 제시한다. "민족주의는 중간 계급의 예절과 도덕을 흡수 통합하였으며 지금까지 서로 적대했던 제 계급들에 고결함이 확산되는 데 중요한 역할을 했다."(22쪽) 민족주의의 불변성과 순수성은 성에 대한 태도도 고결함으로 흡수시켜 길들이도록 하는 기반이 되었다. 고결함과 민족주의는 사회 단결을 의미하였으며, 그에서 벗어난 행동을 하는 사람들을 비정상적인 것으로 간주하며 고독한 아웃사이더로 배제시켰던 것이다. 이처럼 근대 민족주의가 성을 통제하는 방식을 '고결함'의 작용에서 찾고 있는 점은 조지 모스의 연구 작업 가운데 빛나는 부분이라 할 수 있다.

조지 모스는 이후로도 『파시스트 혁명』(1999)을 집필하며, 파시즘, 민족주의와 섹슈얼리티의 관계에 대한 지속적인 탐구의 열의를 보이고 있다. 유대인 태생으로서 그가 경험했던 민족주의와 파시즘은 전체주의적 경향에 기반해 있는 근대적 산물이다. 근대 국가주의 사회가 형성되면서 보다 효율적인 통제와 관리는 개인보다 집단을 강조하는 전체주의적 이데올로기를 강조하게 된다. 이러한 집합적 개념인 전체주의, 파시즘, 민족주의는 남성의 얼굴을 가지고 있다. 그래서 조지 모스는 두 저서에서 남성성의 형성에 주목하고 있는 것이다.

『남자의 이미지―현대 남성성의 창조』는 현대 사회의 규범이 된 남성 스테레오타입이 어떻게 발전해왔는지를 조명함과 동시에 국가의 젠더화 작업이 어떻게 출현했는지를 살피고 있다. 특정한 시기에 남자다움이 어떻게 인식되었는가에 대한 탐구는 현대 남성성의 역사를 총체적으로 바라보는 데 중요한 지점이다. 조지 모스는 남성성이 그 기원에서부터 확고부동하고 단일한 것, 안정적인 것 등 사회 가치의 준거점으로 간주되어왔음을 보여준다. 다시 말해 육체와 정신, 외모와 내면의 미덕이 하나의 조화로운 전체를 형성"(12쪽)하고 있는 실체로서 남성성을 정의해왔다는 것이다. 오래전부터 각 문화는 '남자답다'고 여기는 모습을 창조하면서 남성성의 이상을 내세웠다. 그리고 이런 "남성성의 이상적인 모델은 개인과 민족을 쇄신하는 데 있어 하나의 상징으로, 또 현대 사회를 정의하는 기초로 이용되었다."(10쪽) 남자다움은 근대성이 지닌 위험으로부터 기존 질서를 보호하는 안전장치로 간주되기도 하였지만 또한 변화를 원하는 사람들에게 없어서는 안 될 속성으로 간주되기도 했다. 따라서 저자는 현대사의 중심축으로 남성성의 구축 과정을 설정하고 있으면서, 현대 남성성을 역사적 현상으로 분석되어야 함을 강조하고 있는 것이다. "남성적인 이상형을 고찰하는 것은 통상 남성적인 것으로 간주되는 민족주의와 파시즘뿐 아니라 사회주의와 공산주

의, 특히 규범적인 사회의 이상과 작동에 대해 다루는 것이다."(11쪽)
『내셔널리즘과 섹슈얼리티』에서 중요하게 다루어지고 있는 '고결함'은
현대 남성성의 구축과정에도 중요하게 영향을 주고 있다.

　조지 모스가 다루고 있는 민족주의, 섹슈얼리티, 남성성, 고결함의
개념은 '모더니티'와 관련된 산물이다. 근대성에 대한 불안과 안정 추
구의 열망은 민족주의와 부르주아 계급, 그리고 남성의 '열망'(anxiety)
에 맞닿아 있다. 친족 관념을 대체시켰던 근대의 핵가족은 민족주의 ·
고결함의 발흥과 조응했다. 핵가족화는 산업화와 노동 분업화로 인해
가정과 노동을 분명히 구분하였다. 그러면서 핵가족은 각각의 가족 성
원에게 적합한 위치를 부여함으로써 질서를 유지하였다. 남성과 여성
의 성서적 유대를 고무시켰던 핵가족의 "화목함은 외부세계의 압박으
로부터 피신할 수 있는 '포근한 둥지'로서의 이상적인 근대 가족을 특
징"짓는다. 그러나 국가가 가족생활의 사적 영역까지 개입하고, "아버
지의 훈육 기능은 가족 내 위계 질서와 고결함의 유지에 핵심적인 부분
을 차지"(38쪽)하게 되었다. 가족에까지 침투한 민족 관념은 가부장을
통해 가족 내 위계 질서를 주장하며 질서 유지에 힘썼던 것이다. 따라
서 가족의 존속을 위협하는 모든 것은 또한 민족의 미래를 위태롭게 만
드는 것으로 받아들여졌다. 조지 모스는 위협으로 받아들여지는 것들
을 사회가 통제하기 위해 만들어내는 시스템으로 '스테레오타입'을 강
조하고 있다.

　남성 스테레오타입의 구축은 남자다움에 대한 현대적인 인식의 등장
을 알 수 있게 해주는 것이다. 그런데 스테레오타입이란 용어는 '유대
인'이나 '흑인'처럼 사회에서 주변화된 부류들을 분류하는데 사용되고
있기에 부정적으로 받아들여지고 있다. 이처럼 스테레오타입을 만드는

과정에는 배제와 포섭의 원리가 개입하고 있다. 따라서 "안정되고 품격 있는 사회에 적합하지 않은 것으로 분류된 사람들은, 그 사회가 소중하게 여기는 남자다움을 표현하는 이상형에 반대되는 것으로 변형"(15쪽)되고, 고결함을 위협하는 적대자로 배치된다.

혁명과 전쟁시기에 창조된 남성 스테레오타입은 규율을 강조하게 되었으며, 군대 생활의 연장선상에서 학교 교과에 체육을 도입하도록 만들었다. 따라서 스포츠와 체조는 남성 이상형을 발달시키는 역할을 담당하였다. 스테레오타입 창조에 있어 가장 두드러지는 요소는 '육체'이다. 육체와 정신의 연결은 아름다운 이상형과 그것이 투사하는 스테레오타입에 기초적인 것이었다. "고결할수록 인간의 아름다움은 커지고 비천할수록 인간의 외모는 추해진다"(47쪽)는 사유는 '건강한 육체에 건강한 정신'이라는 구호 아래 도덕적 잣대를 댄다. 남성의 육체가 진정한 남성성의 상징으로서 점점 중요성을 띠게 되었던 것이다.

2. 남자답지 않아 소외되는 것들

우리는 자주, 본능적으로 거부감을 느끼게 되는 존재들을 혐오스러운 형상물로 만든다. 그래서 이질성을 참아내지 못하고, 스스로를 우월하다고 자만하는 가운데 이미 이분법의 도식 속에 빠져 있는 자신을 발견할 수 있다. 앞서 살펴보았듯이 사회의 통제를 강화하고 안전을 보장하는 메커니즘을 제공한 고결함은 정상과 비정상을 나누는 구분점이 되었다. "민족주의와 고결함은 모든 사람들에게 각각의 삶의 위치, 즉 남성과 여성, 정상과 비정상, 토착과 이국의 위치를 부여했다. 이 범주

들이 뒤섞인 것은 곧 혼돈과 혼란을 가져오는 것으로 여겨졌다.”(34쪽)
민족주의와 고결함은 여성과 남성에게 부여된 변별적 역할을 무엇보다
도 중요하게 여겼다. 그런데 남성이 항상 숭고의 대상으로 존재해 있을
지라도 “남성의 자기 이미지 속에 늘 여성이 있다”는 것은 간과할 수
없는 부분이다. 남자다운 것 이외의 것으로 존재하는 아웃사이더들에
대한 통제 방식은 근·현대사에서 여성이 갇혀 있는 도그마를 이해하
고 뛰어넘을 수 있게 하는 탈주선의 생성 작업이 될 수 있기 때문이다.

저자는 여성에 관한 스테레오타입이 사회의 질서 유지를 위한 방향
에 따라 변형되어왔음을 보여준다. 남성성의 이상화가 국가와 사회의
토대로 인식된 것과 나란히 천박하다고 비난받던 여성이 다른 한편으
로 공석·사석 도덕 질서의 수호자로 이상화되었다. 내셔널리즘이 강
조될 때는 국가와 민족, 그리고 가정이 강조된다. 19세기말쯤 되면 민
족 표상으로서의 여성은 전통 질서의 수호자가 된다. “민족적 상징으로
서의 여성은 영원 불변하는 국가의 수호자이며 고결함의 구현체”(35쪽)
였던 것이다. 그리고 여성은 ‘꽃’으로 비유되며 낭만주의 시대 상징주
의자들에게 중요하게 다루어지기도 했다. 낭만주의자 노발리스가 말했
던 ‘푸른꽃’으로 비유되고 있는 여성은 ‘절대의 미’ ‘순수의 미’로 상징
화되면서 관능성이 제거되고 순결한 여성으로 표현되었다. 이처럼 “남
성과 여성은 같은 시기에 민족을 대표하는 공적인 상징이 되었다. 하지
만 국가적 상징으로서의 여성은 남성성이 대변하는 것과 같은 보편적
인 규범을 구현하지는 않았다. 남성성이 미덕으로서의 보편적인 규범
을 구현한 데 비해 여성성은 국가의 모성적인 성격을 대변하고 국가의
전통과 역사를 가리켰다.”(19쪽)

여성에게 부과된 역할을 벗어난 여성은 카운터타입으로 분류되었다.

그들은 남성성이 만들어낸 여성성의 이미지에 대항하는 적으로 간주되었다. 제1차 세계대전 후 출현한 '신여성'은 남성적인 이상형을 강화하고 지탱하게 하는 대립항으로 존재했던 예가 되고 있다. 현대 남성성은 남성성에 적대적인 대립항을 통해 스스로를 규정했고, 이는 성적인 구분과도 연관되어 있었던 것이다. 따라서 방탕한 여성과 정념을 통제할 수 없는 유대인이나 비정상적인 성행위자로 낙인찍힌 동성애자들은 아웃사이더로 취급되었다. "현대 남성성은 사회의 이상형과 희망을 반영하는 까닭에 남성성의 적은 곧 사회의 적"(24쪽)이 되면서, 이방인, 아웃사이더, 괴물적인 존재로 분리되는 것이다. 이처럼 남성성은 적과의 대립을 통해 자신의 이미지를 재확인하고 강화해왔다. 인종주의와 반유대주의가 지닌 편견 속에서 아웃사이더들을 판단한 기준은 아웃사이더들이 남성성의 미학적 이상형에 따라 자신의 육체를 개조하고 태도를 조정하여 내부자가 되려고 노력하는 현상을 낳았다

사회의 정해진 양식에 맞지 않는 사람들은 버림받거나 적이 된다. 이러한 아웃사이더들은 진정한 남성성을 돋보이게 만드는 존재이다. 남성성은 여성이나 인종주의를 통해 강화되면서 끊임없이 '우리'와 '그들'로 나누고 '적'을 창조해오면서 유지되었다. 조지 모스의 저서들은 남성성의 이러한 측면이 사실은 사회의 요구를 반영하고 있었다는 것을 보여주고 있다. "적의 존재는 사회에 중심과 응집력을 부여"했기에 "현대 사회 또한 스스로를 지탱하기 위해 적을 필요"(96쪽)로 했던 것이다. 따라서 남성성의 적들은 현대 사회의 적으로 받아져왔던 것이다.

중심과 주변, 내부와 외부를 사유하고 폭로하는 방식은 다양할 수 있다. 조지 모스는 현대의 막강한 이데올로기인 내셔널리즘을 해부한다. 그런데 이 과정에서 그 해부의 도구로 사용된 섹슈얼리티 역시 해부하

고, 해부되는 이중의 해부과정을 통해 차이의 정치학 그 중심에 남성성에 대한 환상이 자리하고 있음을 보여주고 있다. 그래서 조지 모스의 논의를 좇다 보면 국가, 혹은 가족이라는 공동체의 질서 유지를 위한 '희생양'은 늘상 주변부에 비천한 몸으로 존재하고 있는 낯익은 군상들임을 알 수 있다. 그것들은 남자답지 못하다. 따라서 질서가 남자다움의 변형을 통해 지속적으로 유지되어오고 있다는 점은 역사가 진보를 가장한 보수주의의 끊임없는 변형 놀이로 진행되고 있음을 시사한다. 신나치주의의 귀환으로 해석되고 있는 '스킨헤드'의 폭력성은 작금의 세계 문제로 부각되고 있는 현상이다. 민족주의와 인종주의를 주장하는 보수적 세력의 출현은 젊은이들의 새로운 하위 문화처럼 다루어지고 있나. 빡빡 빌어버린 머리, 낡은 청바지, 검은색 짧은 재킷, 굽 높은 군화로 통일된 복장의 젊은 남성들은 외국인에게 아무 이유 없이 무차별 테러를 가한다. 이 현상을 유럽의 또 다른 새로운 남성 이상형이라 볼 수 있을까(?). 이는 파시스트적 남성성의 새로운 창조라기보다는 자민족의 고결함을 고수하려는 보수주의자들의 인종적 차별이 남성 이상형의 문화형태를 흉내 내며 폭력을 정당화하고 있는 것으로 보인다. 조지 모스의 저서들은 이러한 역사를 추적하고 있는 것이다.

기억

청춘의 시학, 기억의 윤리학

박상우 론

1. 뱀파이어적 청춘의 발견

인위적인 사고가 아니고서야 어떤 사건에 대한 선명한 기억을 지울 수 있는 방법은 없다. 문승욱의 영화 〈나비〉에서 여주인공 '안나'는 자신의 몸에 수술 흉터로 각인된 상처의 기억을 지우기 위해 '망각의 바이러스'를 찾아 떠난다. 영화대로라면 나비가 있는 곳엔 망각의 바이러스가 존재한다. 하지만 현실엔 망각의 바이러스가 존재하지 않으며, 이를 안내해줄 나비 역시 없다. 현실 속 인간은 그저 자신의 머리 속에 있는 기억의 재생 버튼을 무의식적으로 끊임없이 작동시킬 뿐이다. 기억과 의식에서 망각되어버린 것이 결코 아닌 트로마(trauma)는 "백일몽이나 악몽, 회상과 환각 속에서 그리고 강박적인 탐색에서 상처 난 경험을 계속적으로 재생시킨다."[1] 강박적인 기억은 어떤 한 시기, 한 사건에 고착되어 있기 때문이다. 청춘이 트로마로 고착화된다면 문제는 어떠한가.

인생의 한 시절로서의 '청춘'은 끊임없는 반추의 형식을 띤 채 영원 불변의 결정체가 되어 존재의 내면에서 영생한다. 뱀파이어는 젊음의 상태에 고정되어 있는 채로 죽지 않고 영생을 살아간다. 그래서 뱀파이어적 청춘은 죽음이라는 숙명론적 시간을 받아들이지 않는다. 생명력의 충만으로 비유되는 청춘과 젊음에 대한 담론은 민족과 국가의 재구성을 서사화하는 데 중요한 수단이 되어왔다. 젊은 세대에 대한 담론은 그것이 어떤 사회의 문화적·사회적 재생산의 중심 역할을 하며 문화를 재형성할 수 있기 때문이다. 작가 박상우는 다양한 방식으로 '청춘'을 호출하면서 한 세대를 추억하고 재구성한다. 지금껏, 그의 소설에 대한 평가는 '기억과 기록', '환멸의 낭만주의', '종말의식', '정치적 부채의식', '세기말의 악마성' 등으로 이루어져왔다. 기존의 논의에서도 주목하고 있듯이 정치성과 낭만성, 악마성은 그의 소설을 이루는 주요 성분이라 할 수 있다. 그런데 이런 특성들은 '청춘'과의 결합을 통해 표상되고 있다. 박상우에 대한 타이틀이 '80년대와 90년대적 소설가'인 것처럼, 그의 소설들을 읽다 보면 한 시기의 정치, 사회적 문제 속에 존재하는 '청춘'을 쉽게 발견할 수 있다.

1980년대 학생운동과 이를 통한 문화운동은 현대 정신사의 중요한 전환점이라 할 수 있다. 80년대의 민주화운동은 군부독재정권으로 인한 국가권력의 야만성과 폭력성을 인식한 학생들의 변혁운동이었다. 이것이 한 세대의 시대정신을 형성하면서, 운동의 주체였던 '청춘 세대'의 소설적 재현 동기가 된다. 하나의 역사적 사건을 다시 재평가하

---

1) 이재선, 「재난과 트로마의 시학」, 『소설과 사상』, 고려원, 1998, 188쪽.

기 위해 구성해내는 방식 역시 역사적 산물이다. 박상우의 소설에서 '청춘'은 영원히 정체되어 있는 순수의 시간이다. 이것은 끊임없이 현재로 불러올 수 있는 시간이며, 죽지 않는 시간이기에 무시간성의 개념이다. 따라서 그에게 청춘은 시간 밖에 존재하는 영원성의 관념이다. 청춘을 노래하는 텍스트들에서 청춘은 비어 있는 기표로 텍스트와 텍스트를 부유하고 있다. 이 기표는 투명하게 비어 있기에 투영되는 색깔에 따라 다양한 청춘 빛의 산란을 보여준다. 따라서 어떤 텍스트에서 청춘은 '푸른 청춘'이 되고, 어떤 텍스트에서는 '어둠'에 물든 청춘이 되기도 한다.

영원히 죽지 않는, 죽을 수 없는 청춘의 비가悲歌가 서사화되는 방식은 현존재를 규명하는 방식이기도 하다. 청춘의 시간성이 기억과 향수를 통해 현재형으로 재구성되기 때문이다. 박상우에게 있어 "청춘에 대한 기억은 회고조가 되지 않는다. 그는 시간적으로 과거이지만 그것 자체로는 영원히 현재인 상태"(「幻他知我」, 『내 영혼은 길 위에 있다』, 263쪽)를 '청춘'이라고 믿고 있다. 그래서 청춘의 시간성은 과거의 현재화가 된다. 게다가 시대와 미래, 사랑과 인생 같은 것들을 문제 삼는 '청춘의 주제의식'은 곧 '인생의 주제의식'이 된다. 박상우의 소설 속에는 '청춘의 잔해'와 '시대의 잔해' 속에서 '청춘의 이름으로 악마를 흉내 내고, 악마를 흉내 내며 청춘을 확인받고 싶어한 존재들'에 대한 기억과 존재의식이 중요하게 다루어진다. 이 글은 청춘의 재현 방식과 그 의미의 탐구를 통해 작가의 세계관과 창작관의 변이 과정을 살피려 한다. 서술자가 청춘의 자아를 서술하는 가운데는 "어둠에 물들었던" 타인의 청춘이 자신의 경험의 '개기대에 착색'되는 순간도 있고, "청춘의 묵정밭이라고 여겼던 풍경 속으로 낯선 이정표가 떠오르기 시작"(『청춘의 동쪽』, 341쪽)한 때도 있다. 이처럼 절망과 희망이 동시적으로 존재하는 청춘의 이율배반은 동시대적인 시대정신을 공유했던 세대의 문제임을 확인할 수 있다.

2. 청춘의 감각론, 기억과 망각의 서사

청춘은 모두 동일하게 거쳐가는 시기임에 분명하지만 세대마다 그 청춘을 구성하는 방식은 달라진다. 박상우는 청춘의 정체성 문제를 다루기 위해 청춘의 윤리성을 반추하고 있다. 이때 청춘은 죄의식과 물질주의의 사물화로 구분되어 기억과 망각의 서사로 재현된다. 여기에서 '연대'의식은 하나의 전환점이 되고 있다. 세대는 신세대, 전후 세대, 4·19세대 등에서 사용되는 개념으로 '동시성'에 의해서 형성된다. 즉, 일정한 역사적 시기에 각 개인의 공통된 감수성 또는 공통된 생활태도에서 생겨지는 것이다. 한 세대의 감수성을 자극할 만한 큰 사건과 변화는 동일 세대에게 공통된 영향을 미친다. 연대의 변화는 의식과 가치관의 변화를 의미하기도 한다. 한 연대가 허망하게 막을 내리는 순간에 "묵계적인 공감대"를 형성하며 만남을 회피하는 세대의 재현은 정치적 세대의 종결을 의미한다. 그리고 "정치적인 관심사로 한때 내남없이 침을 튀기고 핏대를 올리던" 사람들이 "이제는 정치 대신 증권과 부동산, 고스톱과 포커, 그리고 방중술과 포르노에 관한 얘기로 시간의 공백을 메꿔나가는 걸 목도"(「샤갈의 마을에 내리는 눈」, 18쪽)할 수 있는 변화이기도 하다. 시대에 대한 열정과 정치에 대한 기대감, 그리고 변혁에 대한 희망이 환상이었다는 것을 각성하게 되는 순간은 "막을 내리는 연

대와 막을 올리는 연대"에 대한 무상관성이라는 허무주의를 배태시킨
다. 이 허무주의가 80년대적 청춘의 자아들이 지닌 합의점이자 묵시적
동의였던 것이다. 이것은 공통의 '묵시적 동의'를 통해 상처를 은폐시
킨다.

'지난 연대'의 상기에는 반드시 수치와 모멸, 자괴가 동반된다. 죄책
감과 수치심이 청춘의 산물이었던 것이다. 이러한 세대 정신을 지닌 인
물들에게 남겨진 것은 '극단적인 허무'뿐이며, 이 인물들이 그 허무 속
에서 끝끝내 되찾고 싶은 건 "인간적인 낭만"뿐이다. 극단적인 허무와
낭만은 맞닿아 있다. 이처럼 박상우의 낭만주의는 기본적으로 근원적
인 상처를 갖고 있는 운동권에 대한 향수에서 비롯되고 있다. "광기로
얼룩진 지난 연대"를 보내고 "만나지 않으면서도 서로를 강렬하게 의식
한다는 것", "이제 〈우리〉라는 그 무형의 집단의식 자체를 부담스러워
하는 아주 이상스런 존재들"이 되어버린 주체들에게는 원죄 의식처럼
자리하고 있는 시대의 아픔이 상징적으로 자리하고 있다. "〈흩어졌다〉
는 결과보다도, 우리 모두가 뿔뿔이 〈흩어져가고 있다〉"(「샤갈의 마을
에 내리는 눈」, 20쪽)는 과정 때문에 수다한 사람들이 괴로워하는 허망
한 연대의 시작은 출발이 아니라 체념이 된다.

'계엄령'이 발효되고 해제되기까지의 기간 동안 "무미건조한 나날"은
"무능을 자처하며 청춘을 보낼 심산"이 아닌 청춘 세대에게는 자신의
생활에 분노를 느끼게 한다. "아무 일도 일어나지 않는다는 사실"은 변
혁의 주체가 되지 못할 뿐만 아니라 무능력한 자신을 방치할 수밖에 없
는 현실 순응이기 때문이다. 지난 연대에 대한 환상은 깨지고, 산출된
허무는 무기력감과 지리멸렬한 일상으로 청춘을 귀환케 한다. 따라서
이런 상황 속 청춘들은 "때때로 허벅지를 바늘로 찔러대거나 면도칼로

팔목을 그어버리고 싶다는 섬뜩한 자해 충동으로 온몸에 푸른 소름이 돋아날 때도 있었다.”(『청춘의 동쪽』, 19~20쪽) 그들은 이런 방식으로라도 자신이 아직 살아 있으며, 변함없이 청춘이라는 것을 확인받고 싶어하는 것이다.

살아 있음을 확인받고 싶던 청춘은 자연스레 악마성을 띤다. “악마처럼 살고 싶다는 꿈마저 지니지 못한 청춘”이 ‘타락한 청춘’이라는 논리는 “청춘의 푸른 서슬”로 연결된다. 작가는 청춘의 살아 있는 의지와 의욕의 존재 여부를 ‘서느런’, ‘푸르른’이라는 감각 이미지로 재현한다. 이러한 감각 이미지는 우선, 정치적인 포기와 폭력, 허무의 청춘에 대한 공포로서의 서늘함을 의미한다. 그리고 동시에 열정적이면서 살아 있어 푸르렀던 청춘을 의미한다. 이러한 청춘의 이율배반성은 한 청춘 세대를 형성하는 ‘공감대의 문제’이다. 그래서 주체의 “기억 속 모든 여름에는 한결같이 서늘한 냉기가 서려” 있으며, “그 연대의 모든 사람들이 서늘한 기운에 사로잡”(「백야」, 44쪽)혀 있게 된다. 이처럼 서늘하다는 감각적 이미지는 타락하지 않은 채 살아 있던 청춘에 대한 향수의 매개가 되고 있다. 이것이 텍스트에서 서사화될 때는 기억과 망각의 서사로 변주된다.

“망각이란 결국 역사를 변형시키기 위한 한계 이상의 에너지가 만들어낸 집단적인 기억상실”(「독산동 천사의 시」, 85쪽)을 의미한다. ‘집단적인 기억상실’을 초래하는 망각은 상처를 지닌 역사의 흔적들을 지워나가면서 균열 없는 역사를 만들어나간다. 역사의 진행에 있어 상처를 기억하는 것은 역사의 원시성으로 되돌아가는 것이다. 집단적인 망각을 기억해내려는 몸짓은 역사라는 거대서사에서 탈주적인 존재가 된다. 따라서 주체는 “출구 없던 시절의 어둠”이 불현듯 되살아나면 우울해지고, "견딜 수 없는 자기모순의 간극"으로 괴로워하며, 종내는 "악마가 되고 싶다는 생각"(「사하라」, 136쪽)을 한다. 이들을 하나로 묶어놓는 것은 '정서적인 동변상련'이다. 이것은 "시대적인 상처가 있건 없건, 그 시대 속에 동일하게 던져졌다는 이유 하나만으로, 단지 그것 하나만으로도 묵계적인 동지감을 형성할 수 있는 것"이다. 이런 것들은 "언어가 아니라 분위기로 남겨지는 기억" 즉, "시간과 장소에 대한 기억이 뚜렷해서가 아니라"(「사하라」, 137쪽), 서로의 처지에 대한 비관에서 품어져 나오는 정서적인 분위기의 각인을 말한다.

"복원되어야 할 기억의 공간"과 "복원되어야 할 시간"을 꿈꾸는 것은 이제 "시의 세계"(「백마, 그 폐허」, 211쪽)일 뿐이다. 이러한 청춘기의 회고적 배치 가운데 자리한 '이율배반적인 감정체계'에는 죄책감이 자리하고 있다. "죄의식은 인간의 영혼을 부패시킨다. 그러나 부패된 영혼은 죄의식을 느끼지 못한다. 죄의식은 숭고한 것이다."(「아흔아홉 개의 단상」, 『내 영혼은 길 위에 있다』, 207쪽)라는 작가의 생각은 그대로 작중인물들의 의식에 녹아 있다. 죄의식은 자아를 자학하게도 하고, 누군가를 대속하게도 한다. 터무니없는 희생이 두 번 다시 자행되지 않게 하기 위해서는 힘겨운 길을 가지 않을 수 없다는 인물들의 자기 단정은 바로 양심에서 비롯되는 극렬한 시달림이기도 하다. 따라서 상처를 통한 기억과 자위적인 망각의 서사는 서사 진행 내내 고통을 볼모로 삼고 있다.

「1989년 겨울, 代役人間」에서는 광주에서 있었던 사건으로 고통 받다 죽은 친구와 그 친구의 삶을 대역代役하며 살아가는 불안정한 주체가 무화無化되고 해체되는 모습을 보여준다. 희생자의 죽음과 살아 있는 자의 삶은 어떤 상관관계로 여전히 지속되고 있는 것이다. 따라서 "역

사의 변방에 서서 소박하고 온전한 삶을 꿈꾸는 자들에게마저도 고춧
가루 탄 물을 무시로 들이키게 만드는 이런 기막힌 시대"(242~243쪽)에
존재하는 주체들은 모두 그런 '불운한 희생의 연결고리'에 연결되어 서
로를 끊임없이 대속하는 관계가 된다. 「스러지지 않는 빛」에서 "영원히
내 속에 살아남게 될 거라는 공포"와 "내 속에 살면서 내가 죽기 전까지
끊임없이 나를 물어뜯게 될 거라는 참혹한 상상"(251쪽)은 동료 병사의
죽음에 대한 특별한 죄의식과 압박감으로 반복 출현하며 '나'를 각성시
킨다. 그리고 「아틀리에, 비 내리는 면목동」에서는 역사적 사건으로 죽
음을 맞이한 한 인물에 대한 죄의식이 살아남은 자들을 버티게 하는 힘
이 되고 있다. 죽거나 사라진 자들은 소멸하지 않고 주체의 육체에 문
신처럼 각인되어 함께 공존하는 것이다. 이처럼 살아남은 자이면서 죽
은 자들의 복화술사가 될 수 있는 '청춘'은 경계선적 존재이다.

"내 속에 그들이 있고, 그들 속에 내가 있었던 계절", "빛과 어둠의 틈
바구니에서 저마다 병들고 아파했지만, 바로 그것으로 또 다른 결실을 꿈
꾸게 하는 청춘의 계절"이 막을 내리는 것은 "청춘의 환절기"이자 "푸르
디푸른 영혼들이 비로소 지리멸렬하고 혹독한 악마의 계절과 결별하는
시간"(『청춘의 동쪽』, 340쪽)이 된다. 경계선상에 머무는 존재의 표상으로
서의 '청춘'은 그들의 정체성을 경계선 해체의 과정으로 구성해나간다.

3. '안개'의 정치학

경계선적 존재로서의 청춘 세대가 등장하는 배경은 항상 자욱한 '안
개'의 풍경으로 재현된다. 그러나 이 안개는 단순히 배경에 그치지 않

고, 인물의 의식에 밀접하게 개입하는 부차적 인물의 특성을 띤다. 그
것은 안개라는 경계선적 배경이 이데올로기의 성격을 띠고 있기 때문
이다. 사방을 분간하기 어려운 안개가 세상을 뒤덮을 때, 사물의 경계
는 지워진다. 이런 농무 속에 갇혀 있는 처지를 달가워할 사람은 별로
없다. "상존하던 모든 질서를 무시해버리는 안개, 그것은 언제나 새로
운 질서가 아니라 무자비한 미봉책"(『청춘의 동쪽』, 220쪽)을 떠올리게
하기 때문이다. 이러한 안개가 박상우의 소설에서는 이중적인 의미를
지닌다. 그것은 권력이 되기도 하고 사랑을 소생시키는 공간이 되기도
하며, 시야를 가리기도 하지만 경계를 지우는 매개물이 되기도 한다.
등장인물들이 이를 깨닫게 되는 순간은 "이율배반성"(「적도기단」, 72
쏙)에 대한 자각에서 시작된다.

　「적도기단」에서 일병이 현실의 정체를 파악해나가는 과정 속에서 안
개의 역할은 매우 상징적이다. 안개는 분노의 모습을 닮아 있는 동시에
불합리를 각성하게도 한다. 이율배반적인 평화의 음모를 깨달았을 때
내면에서 끓어오르는 분노는 '안개'의 정체를 파악하게 한다. 이 안개
역시 동경과 열정을 소멸시키는 "부드러우면서도 싸늘한" 안개로서 이
율배반적이다. "비상이 발령된 그날 새벽의 안개는 참으로 황홀한 것"
이었기에, "작전을 수행하기엔 가장 불리한 기상 조건이었지만, 어느
누구도 그 환상적인 안개를 원망하는 사람"이 없을 정도로 안개는 매혹
적이다. 그러나 "첩첩한 안개 때문에 그것은 또한 귀기가 잔뜩 서린 악
령의 소굴처럼 보이기도"(74~75쪽)할 만큼 공포스런 대상이기도 하다.
일반적으로, 안개는 형체가 잡히지 않고 오히려 모든 것을 파묻어버리
는 특성을 지니고 있다. 그래서 그것은 모든 것을 잊게 하는 망각의 기
제가 될 뿐만 아니라, '힘을 잘 못 쓰는 인간들'의 권력 남용을 은폐시

키는 기제가 되기도 한다.

　그런데 작가 박상우가 안개의 의미를 달리 파악하는 지점에서 청춘의 의미도 달라진다. 이제, 삶의 "불가해한 연결과 단절, 그리고 그 사이의 형언한 길 없는 공허로움" 가운데서 청춘의 존재가 "연결과 단절에 집착한다는 게 얼마나 어리석은 짓인가를 깨닫는 것", "그게 바로 안개라는 것"(『나는 인간의 빙하기로 간다』, 140쪽)이다. 안개는 "그 공허 속에서 상처가 짓물러 터지고, 기억이 썩으며" 피어올랐던 여러 기체들이 결국은 모두 한 뿌리에서 시작되는 것이다. 청춘에서 작가는 어느 정도 거리화되고 있다. 「집시의 시간」에서 소설가는 무영시霧泳市를 자신의 소설 소재로 삼고 있다. 그리고 그는 술을 마시고 집으로 귀가하기 위해 택시를 타면 그 다음날 무영시에서 눈을 뜨게 되는 상황을 되풀이한다. 수평과 수직의 상상력이 교차하는 '십자로'를 은폐하고 현시하는 안개는 망각과 기억의 이중성을 지니고 있다. 그래서 이 작품에서 무영시는 '소설과 현실의 경계'가 된다. 소설가는 어린 시절 현실의 무영시를 떠났으나 여전히 소설 속의 무영시에서 살고 있다. "현실의 무영시에서 만났던 인물들이 소설 속의 무영시에서 되살아났고, 적당한 변형 과정을 통해"(258쪽) 그들은 소설 세계에 부합되는 인물로 재창조되었던 것이다. 안개의 정체를 각성하지 못하는 인물에게 모든 길은 안개에 파묻혀 어느 방향으로도 열리지 않는다. 인생의 통찰과 함께 안개의 의미에 대한 자각은 주체에게 새로운 삶의 이정표를 제시해준다.

　안개의 윤무 속에 물아일체가 된 주체는 '사랑의 기억'이 온몸을 감싸안는 것 같은 느낌을 갖는다. 이제 현실과 허구의 경계는 전혀 문제가 되지 않는다. 그런 것엔 애초부터 경계가 존재하지 않았던 것이다. 무영시에서의 체험을 통해 박상우는 "신념의 그늘에서 고사되는 게 언제나 인간에 대한 애정"(272쪽)이라는 생각을 표방한다. 걷혀가는 안개 속에서 찾아진 것은 '따뜻한 사랑의 시간'을 꿈꾸며 무영시를 떠나라는 말이었다. 여기서 따뜻함은 서늘했던 기억과는 대조적인 자리에 위치해 있다. 이제 박상우가 찾아낸 것은 '사랑'임을 알 수 있다. 수직과 수평이 만나는 '십자로의 중심점'은 사랑을 향한 '새로운 출발점'이 되고 있다. '빛을 향한, 빛에 의한, 빛의 욕망'으로 이루어진 자기 자신의 내부에서 일어난 욕망의 난투극은 빛과 어둠이라는 이분법적 대립에 의한 경계선적 욕망이다. 안개는 경계를 지운다.

경계지우기의 과정은 박상우 소설에서 매우 중요하다. "어떤 사물도 제 모습을 드러내지 못한 채 윤곽선이 지워진 세계. 하지만 윤곽선을 찾기 위해선 윤곽선이 지워진 세계로 들어가야 한다는 생각"(「말무리반도」, 258쪽)은 경계의 지각과 소멸을 문제 삼는다. 사물의 윤곽선뿐 아니라 현실과 환상의 경계까지 고스란히 무너져버린 세상은 환상의 핵을 이루는 공간이기도 하다. 안개는 수평과 수직의 경계를 지우며 이 환상의 핵을 실현할 수 있는 매개이다. 경계선적 존재로서의 청춘이 머무는 공간에는 반드시 '십자로'가 등장한다. 수직의 상처받은 인물들이 존재할 수 있는 공간은 수직과 수평이 만나는 지점뿐이라는 상징적 표현이다. 그렇다면 안개를 통해 은폐하고 현시하려 했던 수평과 수직의 상상력은 무엇인가.

수직은 파시스트 규율과 욕망을 의미한다. 박상우는 초기 소설에서 군대 생활을 자주 그리고 있다. 「적도기단」은 군대의 규율체계에 대한 비판적 시각이 잘 드러난 작품이다. 군대는 명령의 힘에 의존한다. 명령이 "획일화된 제복사회를 지탱케해주는 요지부동의 핵"이라는 사실은 「스러지지 않는 빛」에서도 재현된다. 수직을 지향하는 인간의 욕망은 권력과 힘에 관계한다. 이런 수직적 인간의 욕망은 “수평에 뿌리내린 자연으로 귀의”해야 한다는 것이 박상우의 생각이다. 그래서 그는 인간이 “수평과 수직이 만나는 지점을 겸허한 자기 반성의 공간”으로 삼아야 한다고 주장한다. 왜냐하면 “수평과 수직이 교차하는 지점, 그곳이 바로 구원의 출발점”(『내 영혼은 길 위에 있다』, 222쪽)이라 생각하기 때문이다.

이러한 수직과 수평의 상상력이 세기말의 풍경을 다루는 소설들에 와서는 멸망의 불길함에서 구원되기 위한 메시아적 상상력으로 변화된다. 『카시오페아』에서 물질적 욕망의 주체는 신세대로 그려지고 있다. 이들은 지칠 줄 모르고 사그라들지 않는 자신의 욕망 때문에 슬퍼하지만 욕망의 전차에서 내려서지 못한다. 자본주의적 소비의지와 세기말적 의식은 안개의 성격을 변화시켜 재현하고 있다. 흰 안개는 ‘검은 연기’로 변해 있다. 이는 반反정치성에서 반자본주의성으로 변화되는 것을 의미하기도 한다. 「내 마음의 옥탑방」에서는 “불완전한 지상의 주민”에서 완전한 지상의 주민으로의 편입을 욕망하는 한 여자의 물질적 신분 상승 욕구를 다루고 있다. 세속화된 자본주의적 인간형들은 “인간에 의한, 인간을 위한, 인간의 멸시가 범람하는 세상”에서 노동의 신성성을 부정하고, 존재의 의미를 지운다. 「사탄의 마을에 내리는 비」에서 등장인물들은 더 이상 이름이 없다. 그들은 ‘선글라스’, ‘물빛 원피스’, ‘보랏빛 립스틱’, ‘헤어밴드’, ‘UCLA’처럼 부분적 특성을 통해 존재하는 환유적 기호로 위치할 뿐이다. 이러한 대상들이 꿈꾸는 세계는 악마가 배경이 되는 ‘카타콤’의 세계이다. “어둠과 빛을 등지고, 희망과 절망을 망각하고, 저주와 구원에 초연해질 수 있는” 마지막 안식처인 카타콤은 “구원을 포기한 영혼이 안주할 수 있는”(「사탄의 마을에 내리는 비」, 24쪽) 공간이다. 이러한 세기말적 재앙의 징조는 "근원을 알 수 없는 곳에서 피어오르는 검은 연기 기둥"을 통해 재현되고 있다. 도시의 상공으로 서사 진행 내내 피어오르는 '검은 연기'의 정체는 "가공할 재앙의 전조"(『까마귀떼그림자』, 92쪽)로서 폐허가 된 세기말의 징조를 나타내며 음습하고 우울한 분위기를 연출한다. '검은 연기'는 '악의를 품은 풍만한 육체', '풍만한 여체'로 여성화되며 자본주의적 세계의 극단을 재현한다. '가욱'이라는 이름에서 까마귀의 에펠레이션을 통해 인물의 비정상적 생태를 알레고리화한 지점은 벤야민의 폐허화된 세계 인식의 알레고리를 상기하게 한다. "오래잖아 검은 연기 기둥이 달을 가릴 것"이기에 "지상의 모든 길이 사라지기 전에 서둘러 길을 택해야 하리라"(173쪽)는 재앙의 예고는 인간 존재의 구원을 문제 삼게 한다.

4. 구원의 여상女像과 희생양

'청춘의 흔적'을 되새김질하는 박상우의 소설들에서 망각하고자 했던 것을 기억하는 자리에는 항상 청춘의 여자들이 등장한다. 그녀들은 때로 "연민의 정처럼 느껴지기도 하고, 때로는 살해욕구처럼 느껴지기도 하고, 때로는 동반자살 욕구처럼 느껴지기도"(「사하라」, 141쪽) 한 이율배반적인 감정 체계의 대상이다. 그녀들은 남성 주체의 시대의식을 함께 공유했던 여성들이다. 그래서 그녀들을 떠올리는 순간 "시대에 대한 거친 욕지기"가 일어난다. 『나는 인간의 빙하기로 간다』는 '루시아'를 찾아가는 여정을 그리고 있다. 루시아는 청춘과 청년 시절의 꿈과 이상이자, 운동권 시절의 정체성의 핵이다. '사막, 111통제구역'에서부터 '사막 000사각지대'로 나아가는 사막화된 지구의 미래상을 그리고 있는 이 소설에서 루시아는 유일한 인류 재생 공간이다. 그녀는 환상과 현실의 어느 곳에도 '뿌리를 내리지 못한 채 개구리밥처럼 떠서 흐르던' 남자의 마음에 '길'처럼 나타난 존재이자, "세상이 사막으로 변해 가는 동안에도" '나'가 포기하지 않은 인간에 대한 기대감과 희망의 결정체이다. 루시아는 "자신에게 주어졌던 모든 인간적 감정을 사랑으로 잠재우러 가는 성녀"이며, "참다운 인간 진화의 모태"(310쪽)가 될 수 있는 '순교'자적 존재이다.

이러한 숭고한 대상으로서의 여성 모두는 남성 주체의 청춘과 함께 공존하는 인물들이다. 「백야」는 1989년 여름, 망월동 묘비 앞에 놓인 편지를 매개로 '프란체스카'라는 여인과 '나'의 만남을 다루는 소설이다. '형제의 서늘한 피, 내 피 되어 흐르는 날까지'라는 편지의 마지막 구절을 주술처럼 되뇌이며 '나'는 편지지에 인쇄된 성당을 찾아간다. 그리고 프란체스카라는 여자를 만나 함께 술을 마신다. 여기서 '서늘한 기운'은 상당히 중요하다. 앞에서 죄의식을 느끼면서도, 타락하지 않은 청춘의 감각적 이미지가 서늘함으로 재현되었던 점을 상기해볼 수 있다. 이 서늘함은 그 청춘의 자리를 함께 했던 여성들의 몸에도 각인되어 있는 이미지이다. 그녀들은 청춘의 "서늘했던 기억의 주마등" 속에서 "서늘했던 연대의 마지막 기억"(45쪽) 대상이기 때문이다. 그래서 「백야」의 '프란체스카'와 내가 '온몸에 축축하게 땀이 배어나는데도' 온몸이 서늘해지는 오한을 느끼는 것이다. "목과 등줄기, 그리고 팔을 타고 번져나가는 냉랭한 기운", 그것은 "오한은 아니었지만, 그것보다 훨씬 더 깊고 저린 그 무엇"(「백야」, 48쪽)이다. '나'는 "어쩌면 그녀의 몸 속에 이미 사자死者의 피가 흐르고 있을는지도 모르겠다는 생각"을 하며 "산 자의 피

속에 죽은 자의 피가 흐르는 시대"임을 통감한다. 청춘과 함께 과거에 존재하는 여인들은 망각의 잠에서 기억으로 되살아나곤 한다. 연대를 달리하고, 시대를 망각하면서, 그 자리에 함께하던 여자들도 "망각의 형장에 비정하게 처단당한 어제의 무명씨"(85쪽)가 된다. 언론 개혁으로 강제 퇴직된 아버지와 어렵게 살고 있는 '나미수'라는 여자와의 만남을 통해, 80년대를 상기하는 「독산동 천사의 시」는 여자를 '천사'로 지칭하고 있다. 박상우는 "타인에 대해 우리 모두는 천사"일 수 있지만 "천사에 대해 우리 모두는 타인일 수 있다"고 말한다. 인간을 위해 아무것도 해주지 못하는 천사와 천사를 위해 아무것도 해주지 못하는 인간의 괴리는 "역사 속에 던져졌던"(〈작가의 말〉, 『독산동 천사의 시』) 존재들의 형편이다.

그런네 「백야」나 「녹산농 전사의 시」에서 볼 수 있듯 , 이제 그와 80년대를 함께 했던 그의 여자들, 즉, 향수의 대상이자 바로 그였던 그녀들은 더 이상 과거의 그녀들이 아니다. 87년 그 해 겨울 이후, 이 땅의 어느 곳에서도 '나'는 '나미수'를 발견할 수 없었다. 나미수 대신 아주 가끔 그녀를 닮은 여자들을 발견할 수 있었을 뿐이다. "도심의 밝은 불빛 속에서, 어두운 골목 어귀에서, 이른 새벽의 시장 바닥에서, 혹은 쾌락의 그림자가 얼룩진 술집의 구석진 자리에서, 얼핏얼핏 나미수의 환영"(127쪽)이 눈앞을 스쳐갈 뿐이다. 그런데 90년대적 욕망의 주체가 된 '나'는 그녀들을 망각하려 애쓴다. "완벽한 몰각의 시대"이자 새로운 시대가 제공해준 "욕망의 에스컬레이터"에 몸을 싣고 정신없이 상승의 쾌감을 만끽하는 욕망의 주체에게 더 이상 나미수는 기억 속에서 천사일 수 없다. 이와 반대로 욕망의 주체가 되지 못한 '나'는 새로운 시대에 대한 기대감이란 게 얼마나 부질없는 것이었는지를 깨닫고 허무주의적인 망각의 상태에 빠져든다. 이 망각의 상태가 박상우의 소설을 세기말적 경향으로 흐르게 하는 지점이 된다.

세기말적 경향에서 구원의 여성상 역시 '희생양'으로 변화한다. 여자는 「어느 지하 생활자의 수기」에 이르면 이제 '팔부 능선의 마녀'로 변해 있다. 『가시면류관 초상』에서는 카인과 아벨의 모티프가 차용되면서 '세이턴'이라는 '사탄'으로 여성이 등장한다. 그런데, 이 악마와 마녀의 탄생은 자신들의 죄의식을 속죄하기 위해 희생양을 필요로 했던 인간의 음모로 이루어진 것이다. 악마란 "인간들이 자신들의 사악함을 위장하기 위해 만들어낸 술수의 산물"(『가시면류관 초상』, 59쪽)이라는 생각은 거침없이 90년 세대에게 악마적 행위를 모방하도록 한다. "저주받은 인간의 대지"에서 "구원에 대한 가증스런 기대감"을 저버리고, 악마로 탄생하겠다는 신세대적 청춘은 세기말적 혼돈의 주체상이다. 청춘의 영원성은 악마성, 종말의식으로 변할 수밖에 없는 필연성을 지니고 있다. 종말이나 악마적인 미의식은 '청춘'의 낭만화와 영원성에 내재되어 있다. 청춘의 삶을 송두리째 빨아들이는 '거대한 블랙홀'로서의 '카오스', 그 카오스의 중심에 자리 잡은 인물들은 재앙을 반복적으로 모방하면서 청춘의 존재를 증명했던 것이다.

5. 청춘 이후, 우주수宇宙樹적 사랑

80년대 청춘세대였던 작가들의 후일담 소설을 보면, 애도와 멜랑콜리의 정조로 양분되어 유령처럼 반복적으로 귀환하고 있는 청춘의 산물을 볼 수 있다. 그러나 기억에 대한 애도를 끝낸 자들의 소설은 이제 더 이상 청춘을 정치적 낭만이나 서늘함이란 감각으로 서사화하지 않는다. 사실, 박상우의 청춘의 존재증명에는 항상 사랑이 연결되어 있다. 현실의 벽 앞에서 여전히 "가능성의 텃밭"으로 남아 있는 '사랑'(「아틀리에, 비 내리는 면목동」, 76쪽)은 지난 연대의 상처를 극복할 수 있는 유일한 것으로 제시된다. 그러나 박상우에게 사랑은 낯선 얼굴을 하고 있다. 그는 어둠 속에서 시종 에돌아 말하고 싶어했던 게 바로 사랑이었다는 깨달음을 얻기까지 시간의 간격을 두고 허무에 익숙해져 있었기 때문이다. 세상에서 자행되는 패악과 패덕보다 더욱 그를 절망스럽게 했던 것이 '사랑에 대한 결핍감'이라는 끔찍스런 자각은 상처로 글을 쓰는 작가나 그에 의해 재현된 인물들을 외로움에 시달리게 했다. 사랑은 "의지나 행동의 결과가 아니라 순리나 섭리처럼 형성"되기 때문에, 상처로 각인된 사에게는 쉽게 접근하기 어려운 관념물이 된다. "그래서 햇살이 눈부신 세상을 두려워했고, 그래서 사랑의 감정으로 순화되거나 고양된 사람들을 기피하고 싶어했던 것이다."(『청춘의 동쪽』, 325쪽) 박상우의 최근 소설들은 사랑의 순리를 깨닫고 새롭게 형성해나가는 과정을 그리기 시작했다. 낯설지만, 따뜻한 사랑에 대한 작가의 전경화 작업은 '청춘'에 대한 성찰에서 비롯한다. 실패한 자신의 청춘을 밑거름 삼아 새로 오는 것들에 대한 희망을 언급하고, 이러한 자신의 행위가 "인간에 대한 깊은 이해와 더 깊은 사랑의 밑거름이 되었으면 좋겠다는 생각"(『청춘의 동쪽』, 331쪽)은 작가의 작품 세계에서 청춘과의 결별을 선언하는 것과도 같다. 『호텔 캘리포니아』를 탈고하고 박상우는 청춘과 세월에 대해 더 이상 해야 할 말이 없음을 자각하게 된다. 그래서 "잘 가라, 내 청춘!"(『내 영혼은 길 위에 있다』, 59쪽)이라고 말하면서 자신의 청춘과 결별을 선언한다.

항상 서른 살이 될 때까지만 살 거라고 말하다 정말 서른 살이 되는 해에 자살한 여자의 이야기가 있다. 서술자는 "서른에 세상 버린 어린 영혼아, 인생은 서른한 살부터 다시 한 살이다. 비로소 한 살이고, 이윽고 한 살이고, 드디어 한 살이다."(「삼십 세 비망록」, 32쪽)라며 '서른의 인생'의 시작을 말하고 있다. '서른'이라는 나이의 지표를 통해 박상우의 소설 세계 역시 다시 태어난다. 그래서 청춘을 함께 했던 여인들에 대한 위악적 시선도 사랑을 수용하는 시선으로 변해 있다. 「길모퉁이 추락천사」에는 사랑하는 사람을 잃고 배속에 있던 아이마저 잃은 한 여자의 상처를 관찰한다. '나무 소년'을 키우며 매일 자신의 남편을 기다리는 그녀에 대한 연민의 시선을 느낄 수 있다. 그리고 일상적 사랑을 의미화하는 것은 「사랑보다 낯선」에서 잘 드러난다. 비록 '낯선 시선'이기는 하지만 박상우가 새롭게 발견한 여인의 실체는 "사랑보다 낯선" "몰입한 삶에서 느껴지는 은은한 감동"(164쪽)의 발현체이다. 진정한 사랑의 정체는 삶에의 감동과 인정인 것이다.

　이러한 사랑은 경계 해체를 통해 얻어진 것이다. 박상우는 자신이 청춘과 결별하고 얻어낸 사랑을 우주적 상상력과 연결 짓고 있다.

　엔저부터인가 내 마음 깊은 곳에는 바오밥나무 한 그루가 살고 있었어. 따뜻한 마음으로 사랑을 시작하게 될 때 …… 하늘을 뒤덮을 듯한 그 거대한 나무를 올려다보노라면, 사랑으로 충만한 내가 비로소 하나의 존재가 되는 것 같았어 …… 바오밥나무, 그 거대한 잎새 사이에서 시렵도록 영롱한 별들이 하나씩 저마다 눈을 뜨며 반짝이는 거였어. 기도는 언제나 마찬가지였지만 …… 이것이 나의 사랑, 나의 마지막 바오밥나무가 되길 빌면서 …… 들판 한가운데 우뚝 선 따뜻한 우주를 향하여 …… 그때부터 내가 하나의 우주가 되어 또다시 걸어가기 시작한 거였어. 언제나 기도는 마찬가지였지만 …… 참으로 이것이 마지막 사랑, 마지막 사랑의 바오밥나무가 되길 빌면서 ……. (『나는 인간의 빙하기로 간다』, 78쪽)

인간의 마음 속에는 영원한 사랑의 대상인 '바오밥나무'가 한 그루 존재하고 있다. 바오밥나무 곁에서 인간은 비로소 사랑으로 충만한 하나의 존재가 될 수 있다. 바오밥나무가 되는 것은 '나'가 우주적인 존재가 되는 것이다. 그러나 이러한 우주수樹적 존재의 상상은 '청춘'의 유기체적 사유와 결별하지 못하고 있다. 따라서 박상우의 경계해체와 우주적 상상력은 역사적 트로마뿐만 아니라 근원적 트로마와의 조우 속에 자신의 영혼을 길 위에 서 있도록 한다.

길 위에 있는 존재는 물과 같이 끝없이 흘러간다. '내 영혼은 길 위에 있다', '나는 인간의 빙하기로 간다', '청춘의 동쪽', '말무리 반도' 등의 제목을 통해서도 알 수 있듯이, '한 곳에 머물지 말고 거침없이 흘러가라는 뜻'의 '뷰流'(『카시오페아』, 31~32쪽)라는 이름을 가진 작중인물처럼 작가의 영혼은 길 위에서 흐름의 다양한 변주를 보이며 여행을 계속하고 있다. "작가 생활 10년과 『청춘의 동쪽』—길이 끝나는 지점에서 또 다른 여행이 시작될 것이다. 시간의 폐허를 지나, 이정표 없는 인간의 광야로 나아가는 길. 만날 수 없는 그대를 향하여, 만날 수 없다는 걸 알면서도 끝끝내 포기할 수 없는 여행은 또 얼마나 고적할 것인가"(〈작가의 말〉, 『청춘의 동쪽』)라는 그의 여행자적 의식은 80년대라는 역사적 트로마가 원인이 되고 있음을 알 수 있다. "독재로 일관하던 한 시대의 종말, 어느 날 갑자기 나에게 밀어닥친 한 사람의 자살, 그리고 또 다른 시대의 불행한 개막은 세상의 변경을 떠돌며 오래오래 방황하게 될 거라는 불길한 예감"(『내 영혼은 길 위에 있다』, 33쪽)을 실현시켰던 것이다. 박상우에게 트로마의 구조로서 '방황'하는 행위는 속죄의식과도 같은 대속 행위처럼 보인다. 생존자의 의식에 빈번하게 출몰하는 죄의식과 자책은 자기 자신을 공격할 수밖에 없다. 어떤 사람의 상처를 둘러싼 죄의식의 경험은 도덕적 윤리의식을 사고하게 한다. 정신적 상처의 각성과 기억의 윤리학은 작가에게 트로마적 떠남의 행위 재현 가운데서 지속적인 구원의 미학을 탐색하게 한다. 상처의 응결체였던 청춘의 주체는 떠남을 지속하는 순례자의 노래를 통해 이제 정치도, 자본주의적 물질주의도 아닌 '인생의 섭리'에서 낯설지만 따뜻한 사랑의 순리를 따르려 하고 있다.

고통의 윤리학 : 네가 얼마나 외롭든, 네가 누구를 사랑하든

김연수의 『세계의 끝 여자친구』

"두 눈을 감고 가만히 들어본다."(「모두에게 복된 새해—레이먼드 카버에게」, 141쪽) 순정을 다 받쳐 사랑했던 여자친구를 잃은 한 남자의 고통을. 어둠과 침묵 속에서 그가 듣고 있는 야상곡夜想曲이 들릴 때까지, 하늘의 파란색하고도 부딪치는 그의 착한 미간眉間이 보일 때까지, 그리하여 내 가슴에 그의 고통이 저미고 비로소 나의 고통이 될 때까지. 두 눈을 감고 그의 고통을 듣는 일은 그에 대한 나의 책임이다. 어쩌면 내가 그의 고통에 관련되어 있을지도 모를 일이기 때문이다. 김연수의 소설집 『세계의 끝 여자친구』(문학동네, 2009. 9)에 대한 감상은 이처럼 실연의 고통에 대한 소묘에서 시작해야 할 것 같다.

1. 고통

마치 사랑처럼, 고통은 우리가 누구인가를 만들어내는 인간의 가장 기본적인 경험에 속한다. 김연수는 이별이나 폭력적인 장면, 단조로운 삶에 대한 지루함이나 권태 같은 것에서 고통의 사유를 시작한다. 고통은 주체의 주체성에 핵심적인 요소로 자리 잡고 있다. 현대 사회는 우리가 고통을 의학의 문제로 바라보도록 교육시켜왔다. 의학의 과학적 세계관이 고통의 문화적 구성에 관여하고 있는 것이다. 그러나 고통의 이야기는 의학 발전의 간단한 우화로 환원될 수 없다. 김연수는 소설이란 "작가가 아는 고통을 이야기로 만드는 행위"(「달로 간 코미디언」, 232쪽)라 생각한다. 그래서 그는 침묵하거나 말로 표현되지 않는 고통에 목소리를 부여하고 표면으로 끌어올리는 시적 행위들을 이번 소설집에서 보여주고 있다. 폭력이나 잔혹함의 이미지에 무감각해진 사회에서는 타인의 고통을 이미지로 소비해버린다. 그러한 사회에서 타인의 고통은 도덕적으로 이해되어야 할 지적인 산물로 자리한다. 『세계의 끝 여자친구』는 이러한 세상 속에서 우리가 타인의 고통을 왜 바라봐야 하는지, 또한 우리가 그 고통을 어떻게 위로할 수 있는지에 대한 고민들이 녹아 있다. 그래서 이 소설집에 묶인 소설들을 읽고 있으면 누군가의 연약한 속살을, 혹은 벌어진 상처의 틈을 어루만지고 있는 기분이다.

고통, 그것은 "한 여자와 사랑에 빠지는 일과 비슷하다."(233쪽) 사랑하는 여자가 아무리 "신뢰가 가지 않고, 야비하고, 잔인하기까지 한 여자라고 해도", "그 여자 때문에 상처란 상처는 다 받고 있는데도 그녀를 사랑하고 또 원"하는 일. 김연수는 우리의 삶에서 고통을 떼내어 생각할 수 없다고 말한다. 아마도 모든 사랑, 소설, 삶은 고통을 필연적으로 수반하고 있을 것이다. 사랑하는 여자와 헤어져 있는 일은 고통스럽다. 서로 간의 불소통이 곧 고통이기 때문이다. 그러므로 소통하면 고통은 없다. 그러나 일단 소통하지 못하면 그 고통의 파장은 연쇄적으로 "바람소리하고도, 통닭 튀기는 냄새하고도, 하늘의 파란색하고도. 세상 모든 것하고 다 부딪"(247쪽)친다. 사랑을 잃은 후 세상에 아프지 않은 것이 있던가. 세상에 단 한 사람 남아 있는 '에야크 인디언'처럼 소통이 부재하는 세계란 침묵과 암흑의 세계이다. 또한 소통하지 않는 한 '나'라는 주체는 더 이상 존재할 수 없다. "소통할 다른 대상을 잃어버렸다는 건 자신을 표현할 방법을 상실했다는 것이나 마찬가지"(252쪽)이기 때문이다. 이처럼 고통의 이야기는 곧 소통에 대한 이야기가 된다. 그 소통과 고통의 중심에는 '이해'가 있다. 우리는 이해하지 못하기 때문에 소통할 수도 없고 그래서 외롭고, 고통스럽다.

김연수는 이번 소설집에서 연인, 가족, 외국인과의 소통을 다룬다. 그리고 그러한 소통의 대상은 나와 직접적인 관계가 없는 듯 보이는 타인에게로 확장된다. 「달로 간 코미디언」은 1982년 라스베이거스에서 사투를 벌인 끝에 뇌사 판정으로 죽은 한 권투선수의 고통을 이야기한다. 그 권투선수가 라스베이거스까지 가서 목숨을 걸고 싸웠던 시합은 카지노를 즐기는 미국인들에게 한낱 여흥거리에 불과했다. 인간의 삶은 이렇게 서로 엇갈리고 오해 투성이다. 이 소설은 자신을 이해받지 못한 채 죽음을 예감했을 한 권투선수의 외로움을 이해하는 지점에서부터 고통의 이야기를 시작한다. 게다가 뉴스거리에 지나지 않을 그 선수의 고통은 다른 작중인물들과 전혀 무관하지 않다. 그 권투선수의 고통을 이해하는 일에서 연인의 사랑은 시작되었고, 여자친구인 '안미선'이 가출했던 아버지를 이해하는 매개가 된다. 게다가 소설가인 주인공은 그러한 고통의 이해들을 소설로 형상화하고 있다. 그렇다면 우리는 타인의 고통을 어떻게 바라봐야 할까. 김연수는 이번 소설집에서 "수전 손택이라고, 타인의 고통을 바라볼 때는 '우리'라는 말을 사용해서는 안 된다고 말한 여자"(246쪽)에게 많은 영향을 받고 있다. 그녀는 타인의 고통에 대한 '연민'을 비판한다. 우리가 보여주는 연민은 "우리의 무능력함뿐만 아니라 우리의 무고함도 증명해주는 셈"이기 때문이다. 수전 손택은 "우리의 특권이 그들의 고통과 연결되어 있을지도 모른다는 사실을 숙고해보는 것," "타인에게 연민만을 베풀기를 그만둔다는 것,"(『타인의 고통』, 154쪽) 바로 이것이야말로 우리가 타인의 고통을 이해하고 공유하기 위한 과제라고 주장한다. 때문에, 작가인 김연수는 타인의 고통과 우리가 어떻게 연결되고 있는지를 소설로 형상화해보려 한다.

2. 소통

『세계의 끝 여자친구』에서는 등장인물들에게 고통의 스펙터클로 작용할 수 있는 장면들이 등장한다. 소설 속 주인공들은 어떤 사건현장을 목격하고 응시한다. 「달로 간 코미디언」에서는 권투선수의 죽음을, 「케이케이의 이름을 불러봤어」에서는 폭동으로 일어난 불을, 「모두에게 복된 새해」에서는 아이의 고통스럽게 죽어가는 모습을, 「내겐 휴가가 필요해」에서는 형사 자신이 죽이는 대학생의 눈빛을, 「당신들 모두 서른 살이 됐을 때」에서는 용산 참사의 불길을. 김연수의 소설에서 고통은 질병처럼 살아 움직이며 등장인물들의 삶에 영향을 미친다. 가령, 「케이케이의 이름을 불러봤어」에서 주인공은 연인의 돌연한 죽음의 이유를 함께 목격했던 '불'의 영향 때문이라고 생각한다. "죽기 이 년 전 창가에 서서 바라봤던 폭동의 불들. 벌거벗은 채 혼자서 바라봤던 불들. 무섭다면서도 눈을 떼지 못했던 불들."(24쪽) 그러한 불길은 마찬가지로 그녀의 삶에도 영향을 미친다. 이처럼 등장인물들이 바라보는 고통의 대상은 하나의 광경이 되고, 그들의 삶에 녹아 함께 유동한다. 따라서 김연수는 고통에 대한 새로운 이해가 필요하다고 주장한다. 그것은 곧 소통에의 길로 향하는 첫걸음이므로.

몇몇의 아름다운 작품도 있지만, 이번 소설집이 매혹적인 가장 큰 이유는 김연수가 소통에 대한 새로운 차원을 탐구하고 있다는 점이다. 그는 주체 내부의 울림과 침묵의 소리에 가만히 눈을 감고 귀 기울인다. 그것은 언어의 차이노 넘어설 수 있는 완벽한 소통의 세계를 꿈꾸는 작가만의 멋진 기획이다. 「케이케이의 이름을 불러봤어」와 「모두에게 복된 새해」는 언어의 차이를 넘어서는 소통을 시적으로 그리고 있는 탁월한 작품이다. 언어는 단순한 음성적 신호에 불과하다. "다른 사람들이 하는 말들의 의미는 바깥에서 오는 게 아니라" 듣는 이의 "내부에서 생성"(28쪽)되는 것이다. 그러므로 소통은 우리의 마음과 마음에서 비롯될 때, 비로소 이루어질 수 있다.

작가는 또한 '흔적'의 서사적 재현에 공을 많이 들였다. '공백', '틈', '균열', '오해' 이런 것들처럼 벌어진 '사이'의 진실을 이해하는 일 역시 소통의 길로 나아가는 것이기 때문이다. "어쩌면 '우리 인생의 이야기'란 목소리와 목소리 사이, 기침이나 한숨 소리, 혹은 침 삼키는 소리 같은 데 담겨 있는 것"(「달로 간 코미디언」, 237쪽)이다. 이러한 공백과 그 사이의 외로움, 고독에 대한 관심은 「웃는 듯 우는 듯, 알렉스, 알렉스」의 '틈새'나 「케이케이의 이름을 불러봤어」에서 '암흑물질'을 통해서도 형상화된다. 우주의 90퍼센트를 차지하지만 "우리에게는 존재하지 않는 것임에 틀림없는, 이 어둡고 비밀스럽고 거무스름한 물질"(11쪽)은 우리의 과거와 고통의 형상물이자 잔여물이다. 김연수는 우리의 지나간 모든 것이 이 우주 안에 여전히 존재한다고 말한다. 우리는 우리의 흔적들과 함께 살고 있는 것이다. 김연수는 비록 그것들이 우리 눈에 보이지 않으나 우리의 존재 지반이 되고 있음을 재현한다. '사이'에 대한 이해는 그녀와 나 사이, 인간과 인간 사이, 더 나아가선 인생에 대한 이해로 나아간다. "어쨌든 인생은 서로 물고 물리는 톱니바퀴 장치와 같으니까. 모든 일에는 흔적이 남게 마련이고, 그러므로 우리는 조금 시간이 지난 뒤에야 최초의 톱니바퀴가 무엇인지 알게 된다."(「세계의 끝 여자친구」, 63쪽) 인생이란 그 남긴 흔적들을 따라가다 보면, 또는 톱니바퀴처럼 맞추다 보면 모든 것이 하나의 실로 꿰어지듯 연결된다. 그 실을 잡고 가다 보면 '나'와 '너'가, 또 '우리' 모두가 연결되어 있음을 발견할 수 있다.

우리가 겪은 고통이나 기억들이 "우주 저편으로"(237쪽) 날아갔다는 사실. 그것은 '나'가 고통과 인생을 견딜 수 있는 방편이 된다. 실연한 그는 "그나마 그녀와 나 사이에 존재했던 온기가 아주 없어진 게 아니라 우주 어딘가로 날아갔다고 생각할 수 있어서 다행이었다. 그렇지 않았더라면 나는 실연의 고통으로 이미 오래 전에 죽었어야만 했을 테니까."(238쪽) 이런 식의 자기 정당화 방식은 이번 소설집에 등장하는 인물들이 자신의 삶을 위로하고 견딜 수 있는 사유가 된다. "우리가 살면서 겪는 우연한 일들은 언제나 징후를 드러내는 오랜 기간을 전제한다는 점에서 필연적이라고도 볼 수 있었다. 설사 그게 사실이 아니라고 해도 내가 실연의 고통에 잠겨서 죽지 않고 살아나기 위해서는 그렇다

고 인정해야만 했다.”(239쪽)

　김연수의 소설에서 고독한 인간들이 살아가는 삶이라는 것은 이야기를 만드는 과정이다. 고통과 필연적인 관계에 놓여 있는 삶, 거기에서부터 이야기는 시작된다. 그것은 김연수가 생각하는 이야기가 고통을 애도하는 작업의 산물이기 때문일 것이다. “제아무리 인생을 깊이 들여다본다고 해도 모두에게 이해받을 수 있는 인생을 사는 사람은 없다. 인생은 누구에게나 불가항력적인 우연의 연속이다.”(「웃는 듯 우는 듯, 알렉스, 알렉스」, 231쪽) 그러하므로 김연수에게 있어 이해 못할 사람은 없다. 단지 사랑하지 않는 사람이 있을 뿐. 소설 속 억지스런 용서와 이해는 이런 식으로 이해하면 될 것 같다. “아마도 전염된 각자의 불꽃들이 외롭게 타오르던 한 시기”(318쪽) 작가 김연수에게도 ‘불꽃’의 영향이 컸던 게다. 그가 외롭게 바라봤을 그 불꽃을 우리도 보았으니, 서로의 고통은 연결되어 있는 것이다.

사랑21, 유물론적 사랑의 성좌

김애란의 『침이 고인다』, 김연수의 『네가 누구든, 얼마나 외롭든』,
백가흠의 『조대리의 트렁크』, 안성호의 『마리, 사육사 그리고 신부』

1. 경계를 가로지르는 사랑들

나···너

"멀리 떨어져 만나지 못하게 된 '나'와 '너', 그 사이를 이어줄 동사
는 오직 '사랑해' 뿐이라는 사실."(김연수, 『네가 누구든, 얼마나 외롭
든』, 262쪽) 그러니 이 글을 읽는 당신과 나 사이의 공간을 메울 수 있
는 말도 사랑에 관한 것이었으면 좋겠다.

2007년 한국소설에서도 타자를 사랑하는 방식에 대한 고민의 흔적들
이 있었다. 이웃과 이방인, 외국인 노동자들, 그리고 성적 소수자들에
대한 이해와 환대의 방식들은 많은 소설들의 주요 테마였다. 여기에 더
부가되어야 할 관심의 세목은 개인적인 사랑의 소통방식이 아닐까 싶
다. 사랑을 허구라고 말하는 시대에도 우리는 여전히 사랑을 말한다.
사실 '사랑이 없는 삶도 있을까?'(김연수), '사랑이라도 하는 거니?'(백

가흠), '아직도 날 사랑하니?'(안성호)라는 발언들은 사랑하는 주체의 존재론적 물음이자 정언명령이 된다. 비록 '지금이야, 지금이어야만 하는, 지금이 아니면 안 되는 그런 순간'을 참지 못하고 한 "사랑해"라는 말이 "씹탱아! 그게 아니잖아! 저 새낀 항상 저래."(김애란, 『침이 고인다』, 87쪽)라는 외계의 소음에 찢겨 초라하게 쪼그라들지라도 우리는 사랑을 말할 수밖에 없는 운명에 처해 있다.

그렇다면 어떠한 사랑인가? '나'와 '너'의 '사이'를 잇는 '사랑'은 항상 '사이'로 인해 오해와 폭력이 난무하고 또 남루해진다. 이때 '사이'라는 분류지표는 자기중심에서 상대를 이해하는 나르시시즘적 사랑의 동일시 폭력을 낳는다. 레비나스는 나와 너, 주체와 타자의 윤리적 관계 형성에 주목하면서 주체의 일방적인 타자 이해를 문제시한다. 그의 말에 따르면 타자의 절대적인 타자성을 인정하고 타자와 얼굴을 마주하는 것이 타자에 대한 윤리이자 사랑의 윤리인 것이다. 이 글은 주체와 타자의 '사이'라는 경계를 사랑으로 가로지르려는 문학적 상상력의 성좌를 살펴보고자 한다.

2. 인간과 사물의 기원을 묻는 우주의 윤리

김애란은 사랑에도 돈이 필요하다고 말한다. 가령 사랑하는 두 남녀가 크리스마스를 함께 보내기 위한 절차로 '저녁도 먹고, 선물도 주고, 와인이나 칵테일도 마시고, 평소 가던 곳보다 조금쯤 더 비싼 모텔에서 근사한 섹스도 하고' 싶을 때 이를 가능하게 하는 것은 돈이다. 그러나 돈을 구할 수 없을 때 가난한 연인이 서로에게 줄 수 있는 '유일한 크리스마스 선물'은 '입을 옷이 변변찮다' 나 '어머님이 편찮으시다' 는 등의 거짓말이다. 이들에게 이러한 거짓말을 강요하는 것은 다름 아닌 '남들처럼'(「성탄특선」, 94쪽) 살기 위해서나 혹은 '보통의 기준'(「도도한 생활」, 14쪽)에 가까워지려는 소시민적 욕망 때문이다. 김애란의 소설에 등장하는 인물들은 이러한 기준에 환상을 품고 도달하려 한다. 작가는 자본주의 소비사회 어디에서나 볼 수 있는 이러한 부류들을 비난하지 않고, 오히려 그들이 짐 진 현실의 무게만큼 상대적인 사랑을 쏟아 붓는다. 왜냐하면, 그녀가 감싸고도는 소시민들의 환상과 열망은 그리 대단한 것이 못 되기 때문이다.

그들은 어려운 형편에도 불구하고 딸에게 피아노를 가르치는 것, '소독한 델몬트 주스 유리병에 보리차를 담아, 냉장고에 넣어두었다가 시원하게 마시는 것,' '아무리 돈이 없어도 화장실 세정제만은 반드시 사넣는 것', '요즘 세상에 배는 곯아도 인터넷은 좀 하고 살아야 하는 것' 같은 행위 하나가 자기 삶을 어떤 보통의 기준에 가깝게 해주는 것으로 여기는 사람들이다. 자본주의 사회는 생활의 기준을 만들어 그에 도달할 수 있다는 환상을 상품처럼 생산한다. 이러한 가운데 생산되는 주체는 상품을 선택하는 주체이다. 김애란은 여기에서 더 나아가 '그 모든 것을 자신이 선택하고 있다'(「침이 고인다」, 77쪽)는 주체의 거짓 믿음이 소비 주체의 능동성과 자발성을 인정하는 것같이 짜여진 자본주의 체제의 전략에 불과함을 드러내고 있다. 자본주의 사회에서 선택이 자유로운 주체는 돈을 소유한 자이다. 그러다 보니 돈의 소유여부에 따라 계급은 여전히 나뉘고 있다.

김애란의 소설에서는 새로운 계급론을 펼치고 있다. 그것은 단순히 소비의 유무有無로 나뉘는 것이 아니다. 즉, "요즘 계급을 나누는 건 집이나 자동차 이런 게 아니라 피부하고 치아"(「도도한 생활」) 같은 것, 또는 "내가 쓰는 화장실이 나를 말해주"(「자오선을 지나갈 때」, 119쪽)는 식의 계급분류 방식. 그녀가 말하는 신계급론에서는 이제 '나'를 말하는 것이 사물로 대체될 뿐만 아니라, 피부나 치아처럼 신체의 일부분을 등급화한다. 게다가 이러한 차이는 각자에게 주어진 '콘텐츠'가 근본적으로 다르기 때문에 넘어설 수 없는 것이다.

김애란은 유머를 통해 이러한 현실의 구조를 초극해 보려는 의지들을 소설 곳곳에서 보인다. 언니가 산 밑에 방을 구했다는 소식을 처음 들었을 때 나는 아무렇지 않게 "언니 산 좋아하잖아."라고 대꾸한다. 마찬가지로 아빠가 구치소에 있었을 때도 "아빠 콩 좋아하잖아."(「기도」, 187쪽)라는 식 유머를 구사한다. 그러나 사회문제인식에 대한 김애란의 탁월함이 돋보이는 부분은 이 계급성을 우연의 산물로 취급하는 것일 게다. 그녀의 소설 속 등장인물이 방을 가질 수 없는 이유는 "올해 카시오페이아좌에 있는 7789베타별이 자오선을 지나갈 때 반짝거렸기 때문"(「자오선을 지나갈 때」, 125쪽)이다와 같은 형식처럼 우연적인 일인 것이다. 김애란은 이렇게 우연히 얻어진 산물들에게 화해와 이해를 요구한다. 이미 물질화된 사회에서 계급 간의 화해라니, 시기적절치 못하다고 생각될 여지가 있다. 그래서 김애란은 그 황당함을 인간과 사물의 기원을 묻는 상상력으로 대체한다.

먼저, 김애란은 인간도 물리적 속성을 지닌 동물임을 주장한다. 이러한 특징이 잘 보이는 작품은 「칼자국」이다. 이 작품에서 여주인공은 자신이 "어머니가 해주는 음식과 함께 그 재료에 난 칼자국도 함께 삼켰다."는 말을 한다. 주인공의 이러한 발언은 인간의 성장에 있어서 물리적 감각과 지각이 중요한 요소로 작용하고 있음을 뜻한다. 그래서 그녀의 등장인물들은 '가슴이 아프다'는 말을 물리적으로 이해하는 것이 가능하다. 그리고 사랑한다, 아프다, 그립다와 같은 정서적 표현들은 마음으로부터 오는 것이 아니라 먼저 물질에서 비롯됨을 찾아볼 수 있다. 「침이 고인다」의 도서관에서 엄마에게 버림을 받은 후배는 "그날 이후로 사라진 어머니를 생각하거나, 깊이 사랑했던 사람들과 헤어져야 했을 때"(61쪽) 같은 순간들을 떠올려볼 때면 지금도 입에 침이 고이는 현상이 일어난다. 이처럼 정감적인 차원을 물질적으로 이해하게 하는 어머니의 칼끝은 '어머니의 말'과 같은 것이다.

언어에로의 회귀는 처음, 분류가 되기 이전의 세계로의 회귀다. '어머니의 말'은 바람 풍風자의 바람소리처럼 사라진 말과 사라진 기억, 그러나 막연하게 근원을 헤아릴 수 있는 말이다. 이러한 사유를 확장시킨 소설이 「플라이데이터리코더」이다. 이 소설에서는 수천 년이 지난 지금 사라지고 없는 '상형문자'에 대해서 언급한다. '스스로 어떤 질서를 가지고 있다는 사실만으로도 아름다운 고대 상형문자'(250쪽) 그것이 '플라이데이터리코더'였던 것이다. 김애란의 소설 속에는 체르니―하면 다른 세계가 떠오르고, 신림―하면 푸른 숲이 떠오르며, '구파발이라 읊조리면 내 가슴 어딘가에 꽂힌 붉은 깃발이 마구 펄럭'(「기도」, 183쪽)이는 것처럼 상형문자에 대한 언어적 인식이 강하게 자리하고 있다. 구체적인 사물의 형태를 통해 의미가 자연스레 떠오를 수 있는 상형문자의 세계에서 기호와 기의는 일치한다. 이러한 사라진 상형문자의 세계를 추억하는 작가의 상상력은 인간과 사물을 하나의 기원으로 살피는 데까지 확장된다. 블랙박스를 엄마로 알고 있는 소년과 인류의 기원과 진화를 메탄과 타이탄, 질소 등의 기체에서 비롯된 것으로 알고 있는 그의 삼촌. 김애란은 이들을 통하여, 인간의 조상을 "남태평양 참

치일 수도 있고, 의자일 수 있고, 스테인리스 압력 밥솥"일 수도 있다고 상상한다. 김애란은 이렇게 다양한 종들에 대한 이해가 주체와 타자, 계급 간의 차이를 해소할 수 있는 길이라고 생각한다. 그래서 그녀는 서로 다른 종, 즉 타자에 대한 이해의 방법을 발견해내는 것이 곧 '우주의 윤리'(266쪽)라고 주장한다.

3. 기억을 갖은 사물들

김연수 소설의 주인공들은 고독한 존재들이다. 그는 개인이 고독을 견뎌내는 방법은 '네가 누구든, 얼마나 외롭든' 어떠한 위계도 없이 서로 연결되는 것뿐이라고 말하고 있다. 김연수의 소설을 읽다 보면 벤야민의 성좌(constellation) 개념이 떠오른다. 변증법적 소통에 대한 작가의 갈망은 우주의 모든 것들이 서로 연결돼 있으며, 그 연결된 존재들의 변증법적 상충相衝에서 진실이 드러난다는 주제로 소설을 진행해나간다. 따라서 그는 거대서사가 아닌 작은 이야기들의 가치에 주목한다. "이 세상을 가득 메운 수많은 이야기(Story)"들은 "이 세상에 그 만큼 많은 '나(Self)'가 존재한다는 애절한 신호(Signal)"이기 때문이다. 사정이 이렇다 보니 김연수의 소설 역시 작은 이야기들의 성좌를 이루고 있다.

『네가 누구든, 얼마나 외롭든』은 90년대 초반 학생운동에 대한 회고를 통해 개인의 내면 풍경을 재현하고 있다. 고난에 찬 한국현대사는 개인의 삶을 모두 똑같게 만들어버렸다는 것이 작가의 생각이다. 거대서사의 세계에서는 공적 욕망만이 인정된다. 김연수는 거대서사에서의 탈출을 그의 전작들에서 이미 사유된 '필연/우연'의 원리로부터 찾으려

한다. 한 개인의 삶이 한 나라의 역사를 온전하게 담고 있었던 시대에는 그 어떤 우연적인 요소도 개입할 수 없다. 이때 개인적인 삶은 모두 시대와 연결돼 있었기 때문이다. 따라서 한 개인이 이러한 필연의 세계에서 자발적으로 우연한 존재가 되는 것은 '자기에게로 돌아가는 길'이다.

이 소설은 우연히 얻은 사진 한 장을 통하여 각각의 이야기들이 되기도 하고 서로 연결되어 전체적인 하나의 이야기가 되기도 하는 서사구조를 지닌다. 그 입체 누드사진은 서술자 '나'의 할아버지가 남양군도에서 가져왔고, 암스테르담의 담 광장에서 우연히 목격하며, 이길용이 죽은 아버지에게서 받았고, 강시우와 서술자가 함께 확인한 것이다. 한 장의 사진이 우연히도 이들을 연결시켜주고 있었던 것이다. 그리고 하나의 사물에 대한 우연한 마주침을 이길용이 외웠던 '섭동'이라는 개념으로도 설명하고 있다. 별들의 "조우가 일어날 때는 섭동을 통해 서로 간에 에너지의 주고받음이 일어나고, 이에 따라 진행경로와 속도가 변하게 된다. 그게 바로 섭동이다."(352쪽) 별들은 어떠한 위계도 없이 평행으로 모여 별자리를 만든다. 김연수는 별들의 이야기를 통해 정작 유물론을 말하고 싶었던 것이라 판단된다. "물질세계의 모든 대상들과 현상들은 자력으로 또는 따로따로 발전하는 것이 아니라, 떼려야 뗄 수 없는 연관 속에서 또는 다른 대상들 및 현상들과의 통일 속에서 발전한다. 이들의 각각은 다른 대상들과 현상들에 작용을 가하며, 스스로도 이 상호작용의 영향을 받는다."(353쪽) 김연수가 말하는 마주침의 유물론은 사랑에 대한 의미 규정으로 전개되어나간다.

김연수는 유대인 '헬무트 베르크'를 통해 사랑의 폭력성에 대하여 언급한다. 헬무트 베르크는 인간이 이 세상을 완전히 이해할 수 없는 까닭을 모두 사랑 때문이라고 말했다. 폭력의 주체와 폭력의 대상이 말하는 사랑은 저마다 다르다. 예컨대 광주학살을 명령한 사람이 가족을 아끼는 감정도 사랑이었고, 그 순간 정민의 몸을 껴안고 한없이 만지려고 드는 서술자의 마음도 사랑이기 때문이다. "사랑은 그 모든 것이었으며" "세상이 혼란스러워지는 까닭은 그 모든 것을 사랑이라는 이름으로 부르기 때문이었다."(68쪽) 그래서 김연수는 이러한 사랑의 폭력성을 제거할 대안을 제시한다. 그것은 사랑에서 '목적'을 없애는 것이다. 그리고 "사랑은 누구에게나 하나씩 있는 것이므로 관심만 기울이면 서로 이해하지 못할 바가 없"(244쪽)다고 본다.

김연수는 개인의 사랑을 '몸'으로 말하고 있다. 정민과 한 몸이 된 서술자 '나'는 자신에게 '몸'이 있다는 사실을 절실하게 느낀다. '나'는 "그 다음부터 세상의 모든 사물들은 마녀의 오랜 저주에서 풀려난 것처럼 저마다 자신만의 입으로 내게 말을 건넸다"고 생각하기에 이른다. 객체이자 타자인 사물이 인간에게 말을 거는 순간 소통은 시작되는 것이다. 사물의 존재론과 진실성에 대한 작가의 사유는 인간의 기억이 지니는 비순수성을 통해 증명한다. 김연수는 우리가 아는 누군가의 삶이란 모두 회고담이라고 생각한다. 그 삶이란 "우리가 살았던 게 아니라 기억하는 것이며 그 기억이란 다시 잘 설명하기 위한 기억이다."(384쪽) 따라서 "할아버지가 어떤 삶을 살았는지 정확하게 아는 건 우리가 아니라 그 입체 누드사진 같은 사물일 뿐"(385쪽)인 것이다. 결국 이 소설은 객체로서의 사물을 또 하나의 주체로 인정하고 있다.

소설의 끝부분에 소개되는 벤야민의 『모스크바 일기』의 한 부분, 즉 벤야민이 그의 연인 아샤 라시스에게 읽어준 주름살에 관한 문장은 유물론적 사랑을 잘 보여준다. 누군가를 사랑하는 이가 그가 사랑하는 여인의 '결점들,' 즉 주름살과 기미 같은 것에 애착을 갖는 이유는 그것이 모든 아름다움보다 더 지속적으로 그를 묶어놓기 때문이다. 김연수는 사랑을 느끼는 인간의 감각은 두뇌 속에 있는 것이 아니라, 인간이 "그것을 보고 감각하는 바로 그 장소에 깃들고 있는 것"(392쪽)이라는 학설을 통해 주체의 바깥에 존재하는 사랑에 대해 말하고 있는 것이다.

4. 트렁크에 실린 배려의 윤리

백가흠의 소설이 변화하고 있다. 그것은 사랑에 대한 작가의 태도가 변한 것이다. 『귀뚜라미가 온다』가 폐허와 그로테스크한 사랑의 증오와 도착을 보여주었다면, 『조대리의 트렁크』에 와서는 사랑의 전망론을 펼치고 있다. 물론 이번 작품집에서도 새로운 사랑의 가능성을 보여주기 전에, 여전히 소름끼칠 만큼 기괴한 현실과 그 속의 사랑을 비판적으로 재현하고 있다.

백가흠의 소설에는 사랑받지 못한 채 혼자 자라는 아이들이 등장한다. 아이들은 그냥 방치되어 있을 뿐이다. 그래서 여관방 옷장 안에서 손님들의 행태를 지켜보는 아이가 있는가 하면(「웰컴, 베이비」), 자신을 도와주는 할아버지를 이용하는 아이(「매일 기다려」), 반지하 방에 갇혀 엄마를 기다리다 굶어 죽은 아이(「웰컴, 마미!」)가 등장한다. 그 아이들의 엄마는 '학원이 아이들을 잘 길러줄 것'이라고 생각하며 아무 고민 없이 가출하는가 하면, 여관에서 낳은 아이를 그곳에 버려두고 도망가든지, '아이는 인생의 실수이자, 짐이고, 과거의 시간과 미래를 독식하는 흡혈귀처럼' 생각하는 존재들이다. 그러나 백가흠은 이와 같은 엄마들의 문제점을 개인의 욕망차원에서 비롯된 것으로 이해하려 한

다. 어린 나이에 아이를 낳아 무책임하게 방치해두고 '나이게 맞게 놀
고 싶어' 하는 철부지 엄마나, 새로운 사랑을 위해 친자식들을 버리고
백일 안 된 갓난아이를 납치하는 이기적인 엄마, 이들 때문에 아이들은
스스로 클 수밖에 없다. 더 이상 아이들을 키우는 것은 엄마의 사랑이
아니다. 그런데 백가흠의 소설에서 관심 있게 지켜보아야 할 부분은 버
려진 아이에게 젖을 물리는 사람이 남자라는 것이다. 신수정은 이를
'인공모성'이라고 지적하고 있다. 작가는 비루하고 이기적인 세상이
변방으로 내몬 주변인을 사랑의 주체로 이끌어온다.

「웰컴, 베이비!」에서 웰컴모텔의 주인 미스터 홍은 죽은 연인의 아이
를 키우고 있다. 그 아이는 엄연히 엄마가 있지만 버려진 아이이다. 게
다가 그는 낳은 아이를 상습적으로 버리는 어린 부부의 갓난아이에게
젖을 물리기까지 한다. 이러한 미스터 홍의 등장은 문제적인 모성의 비
판에서 그치는 것이 아니라 새로운 형식의 사랑을 소설로 재현하고 있
는 것이다. 백가흠은 주변부에 내몰려 있던 동성애 역시 다른 사랑과 다
를 바 없다고 말한다. 이밖에도 「사랑의 후방낙법」, 「굿바이 투 로맨스」
에서는 동성애의 연대 형성이 긍정적으로 재현되고 있다. 이들의 사랑
에는 서로에 대한 배려가 존재하는 것이다. 배려는 관계를 중심으로 하
여 이해와 화합을 목적으로 삼을 뿐만 아니라 동시에 자발적인 자기희
생을 수반한다. 이들은 진정한 사랑을 소유와 피소유, 주인과 종의 권력
관계가 아니라 성의 노예에서 해방되어 평행으로서의 관계를 형성하는
것이라고 이해한다. 상대의 빨래를 맡아 해주거나 그의 컨디션에 신경
을 써주는 식의 행위는 이들에게 희생이 아닌 사랑이다.

그렇다고 해서 백가흠이 『조대리의 트렁크』에서 완전한 사랑을 보여
주려 한다는 말은 아니다. 완전한 것에 대한 것은 그의 말로 치자면, 하

나의 로망에 불과하다. '로망은 현실이 되면 물거품'이 되는 것이 '로망의 법칙'(「로망의 법칙」, 178쪽)이다. 어쩌면 현실은 오히려 불완전한 자들의 사랑을 통해 무너지지 않고 있는지도 모른다. 모성이 존재하지 않는 현실 속에서 아이에게 젖을 물리는 동성애자 미스터 홍이나, 자신이 도움을 줄 사람이 있다는 것만으로도 행복했던 노인(「매일 기다려」), 그리고 가능성 있는 여자만을 찾아 나서는 조대리와 전신인형을 연인으로 삼은 준호는 현실의 기준에서 상실된 주체이자 타자이다. 그들은 '존재하지 않는 부분'(「로망의 법칙」, 185쪽)이 아프지만 현실에서 이해받지 못하는 환상통 환자이기도 하다. 하지만 상실된 부분은 항상 '복원하려는 기'가 흐르기 때문에 영원히 사라지지 않는다.

백가흠은 비록 현실이 '버려지는 쓰레기에도 이미 임자가 정해져 있는 세상'이자 '도움을 청하면 도와주지만, 찾아다니며 도움을 베풀지는 말자'라는 형식적인 배려의 세상을 소설적으로 형상화한다. 분명 이러한 세상은 백가흠의 소설을 읽기에 불편한 소설로 만드는 재료들이다. 그러나 이번 소설집에서 작가는 트렁크 속에 있는 타인의 노모를 받아들이는 조대리나 폭력적인 아이들에게 헌신하는 노인을 통해 배려의 윤리를 소설적으로 형상화하고 있다. 따라서 「조대리의 트렁크」와 「매일 기다려」는 폭력적인 사회에 있어서 타자의 윤리에 대한 작가의 진정성을 드러내 준다는 측면에서 뛰어난 작품으로 평가할 수 있다. 주의할 점은 조대리나 노인의 사랑에는 트렁크나 물질적 헌신이 따른다는 것이다.

5. 질투는 나의 힘

한 주체가 현대 사회를 살아가는 삶의 원동력은 다양할 것이다. 안성

호 소설의 경우 그것은 '질투'의 형식으로 발현된다. 그의 소설에서 질
투는 주체가 자존심의 유희를 통해 문명화된 세계 속에서 살아내는 존재
론의 필수 요건이 된다. 그의 첫 소설집 『때론 아내의 방에 나와 닮은 도
둑이 든다』에서도 보여주었던 '문명 속의 불만'(김형중)은 이 작품에서
도 주인공의 주체성을 구성하는 근간이 되고 있다. 물질화된 질투로 구
성되는 현대 사회의 주체성이라. 과히 상투적이지 않은 테마로 보인다.

『마리, 사육사 그리고 신부』의 시작부터 주인공 '나'가 하는 첫마디
는 질투로 시작한다. 소설 발단에서부터 밝히고 있듯이 주인공 '나'는
자신보다 열 살 연하의 어린 남자 '피리'를 질투하는 것에 자존심이 상
하고 있다. 스무 살 연하의 '마리'를 사귀는 그의 질투심은 고환암 환
자인 신부에게도 그대로 투사된다. "이만큼 보여주면 되었다. 마리가
내 집에 있다는 것, 이 사실 하나만 신부의 귀에 넣어주면 되는 일이었
다. 그러고 보니 신부의 귀에 저승꽃이 보였다. 50대 중반에 고환암에
저승꽃이라."(11쪽) 이처럼 '나'는 질투의 대상을 연쇄적으로 바꿔가며
그들보다 우위에 있음을 자만하고 즐긴다. 이것은 경쟁에서의 승리를
의미한다. 질투는 타자와의 중요한 관계가 경쟁자에 의해서 깨질 수 있
는 위협감으로부터 혹은 상실에 대한 두려움, 배신에 대한 분노 등 다
양한 감정을 포함한다. 질투는 문명화된 현대 사회를 단적으로 드러내
는 라이벌과의 경쟁관계라는 측면에서 사회학적 구조를 띤다.

안성호는 질투가 연원한 근원적인 이유를 현대 사회에서 찾고 있다.
주인공 '나'는 사회적 계층 구조상 상위를 점하는 전임강사 자리를 마리
와의 사랑으로 인해 잃게 되었다. 문명화된 사회의 일원이었던 '나'가 늦
은 나이에도 불구하고 결혼을 하지 않는 이유는 사회의 일반적 규율과
제도에 종속되는 것이 싫기 때문이다. 게다가 '나'는 오랜 연습을 통해

속과 겉이 다른 이중적인 태도를 취할 수 있는 인물이다. '나'의 이중적인 태도는 어머니의 외도를 목격하고도 아버지에게 모른 척 하던 유년시절에서부터 비롯된 것이며, 마리로 인해 강의를 그만둘 때도 취해졌던 태도이다. '나'는 비록 자신이 사랑한 대상이 "미성년자였지만 사랑을 위해 강의를 버릴 수 있다는, 마치 한 편의 드라마"를 자신을 비난하는 학생들에게 보여준다. "대학에서 전임강사 자리정도는 마리와 맞바꿀 수 있다는, 그래서 내 사랑이 진실하다는 걸 보여주고 싶었"(247쪽)던 '나'의 태도는 현대 문화 속에서 홀로 진실을 담고 있다는 나르시즘적인 태도로 보인다. '나'는 "세상을 등지는 것이 아니라, 세상에 자신을 맞춰가는 것이 아니라, 그저 세상을 유람하면서 시선을 통해 몸으로 항문으로 배출하는 기행"(248쪽)을 꿈꾸는 반사회적 인물임을 자처한다.

주인공 '나'의 현대 사회에 대한 환멸과 회피의 방식은 사랑에서 비롯되었음을 알 수 있다. '나'가 대학시절 경험했던 사랑은 그에게 경쟁과 적대의 사회적 인식을 갖게 만들었다. '나'는 사랑이라는 것이 단 두 사람만의 문제가 아니라는 사실을 절감했다. "필히 누군가가 내 사랑 주변을 맴돌면서 호시탐탐 기회를 엿보았다. 그것이 남자가 되건 여자가 되건, 아니면 두 사람을 못마땅하게 생각하는 부모가 되건 주변을 배회하는 사람이 있기 마련이었다. 이렇다보니 나쁜 버릇이 생겼다. 걸음을 걸으면 나는 어깨나 팔로 옆 사람을 밀어내었다."(41쪽) 그의 이러한 태도는 오랫동안 그를 혼자이고, 고독하게 만들었다. 그의 질투는 '소외감'에서 비롯된다고 볼 수 있다. 사랑의 대상에 대한 소유를 성취하지 못했을 때 얻어지는 물적物的 소외감. 안성호는 소외감에서 비롯되는 질투로써 현대 사회의 인간 주체에 대한 물음까지 제기하고 있는 것이다.

이 작품에서 주인공이 현대 사회의 틀을 빠져나가지 못하는 원인은

'죄의식'으로 표출된다. '나'의 불안과 죄의식의 발단은 '고백성사'를 통해서이다. '나'가 스무 살 연하의 마리를 사랑한다고 신부에게 고백성사를 하는 순간 그는 부도덕한 존재가 되는 것이다. 따라서 작중인물들은 화장실 안팎에서도 고백성사 형식의 대화를 나누며 고백성사 제도를 희화화하기 시작한다. 안성호가 보기에 인간은 고백을 제도화함으로써 법의 힘을 얻고자 하지만 고백성사의 승인 속에서 더 많은 죄를 짓는다. 그래서 인간은 고백성사실에 갇힌 격이 된다. 아이러니하게도 '나'가 마리 때문에 생긴 죄의식을 지울 수 있는 방법은 끊임없이 질투하는 길뿐이다.

주인공과 마리의 사랑이 불가능한 것은 '나'가 처음 마리를 사랑하게 된 계기 역시 마리와 함께 있던 남자에 대한 질투심에서 비롯한 것이기 때문이다. '나'의 사랑은 욕망의 대상인 마리를 통해 가능한 것이 아니라 그 둘 사이에 있는 신부나 피리 같은 중개자의 매개를 통해 이루어지는 것이다. 게다가 안성호는 세대론을 개입시킨다. 신부나 주인공은 사랑을 배우지 못한 386세대라는 것. 386세대는 "사랑이라는 것이 얼마나 힘든 노동인지"(101쪽) 아는 세대라는 것. 작가는 주인공과 마리의 세대를 '모든 게 의미인 세대'와 '모든 게 게임인 세대'로 나누며 의사소통불일치의 맥락을 만든다.

세대론적 차이의 사랑은 해결될 수 없는 것인가. 18세의 소녀인 마리와의 삼각관계에 빠진 주인공 그리고 신부. 이들의 혼란과 죄의식을 제거하기 위한 길은 마리가 죽는 것밖에 없다. 김형중은 마리의 죽음을 '희생제의'로 설명하고 있다. 주인공이 "죽어서 배관을 타고 전 세계를 유람"하길 희망했던 마리의 소망대로 죽은 마리와 신부를 함께 배관에 넣는 것은 하나의 삼각관계를 연출했던 자신의 질투 행위에 일단락을 짓는 행위이다. 그러나 소설의 결말 부분에서 '나'가 다시 마리 또래의 '자연'과 함께 떠나는 것은 새로운 질투의 연쇄작용이 발생할 것을 의미한다. 문명화된 사회가 종식되지 않는 이상 '나'의 질투는 여전히 삶의 힘으로 자리할 수밖에 없는 것이다. 안성호는 질투의 형식을 통해 대상 간의 차이를 발생시키는 사랑이 물질화된 세계의 소산임을 보여주고 있다.

6. 굿바이 투 로맨스

로맨스는 사회·문화적인 맥락 속에서 구성된다. 환상 속에 구축된 로맨스는 사회에 의하여 학습된 규범적인 것들이다. 학습된 로맨스는 배우지 못한 방식들에 대해서는 편견을 갖게 마련이다. 로맨스는 환상을 통해 물질성을 지워가며 사랑을 형이상학적인 것으로 만든다. 그러다 보니 로맨스의 주인공들은 비천한 자들이 될 수 없다. 다행이도 이러한 로맨스 형식에 결별을 선언하는 모습들이 보인다. 2007년도 젊은 작가들은 주체와 타자가 얼굴을 마주하고, 마주치는 순간의 유물론적 공간성에 사랑이 있다고들 말한다. 물질적 토대 위에 서 있는 주체의 사랑은 물질성을 감각으로 받아들이며 이루어진다. 그들은 사랑이야말로 거대서사나 자본주의가 버티고 있는 필연의 세계를 우연한 존재들이 살아나갈 수 있는 원천이라고 말한다. 그러한 사랑은 서로의 마주침이라는 유물변증법적인 관계를 통해 세상 만물과 소통할 길을 찾는 방법이라고 할 수 있겠다.

지붕 위의 오이디푸스

2009년에 김소진을 만나다

1. 기억의 수인囚人을 위한 레퀴엠

기억은 '양파'다. 한 사내는 "목로주점의 늙은 주모가 씹고 있는 양파 한 조각"(「길」)의 내음으로 과거를 기억해낸다. 또 한 여자는 "참 다운 나를 만나기 위한 행위"로 양파를 깐다. 기억하는 행위는 양파껍질 벗기기와 같다. 켜켜이 쌓여 있는 양파의 속살을 벗기다 보면 공기를 감싸며 아려오는 매운 내 때문에 두 눈은 어느새 눈물 범벅이 된다. 그리고 사내와 여자는 "내 눈물이, 한숨이 바로 나였구나. 그게 진짜 나였구나. 내가 벗겨버린 그것이 껍데기가 아니라 바로 나 자신이었구나"(『양파』)한다. 이미 고인이 된 이를 떠올리는 것도 그러한 작업과 같다. 요절한 문인의 모든 것은 무지개빛 기억의 아우라를 발산한다. 그에 대한 기억은 어떤 색깔이든 기억하는 자에게 아릿한 향수를 불러일으키게 마련이다. 여기, 기억의 수인囚人으로 살다 간 한 소설가가 있다. 그래서 그의 소설을 읽는 것은 기억을 기억하는 행위가 된다.

김소진은 자신의 원체험에 대한 '기억'을 통해 글쓰기를 보여주었던 작가이다. 그는 1991년 『경향신문』 신춘문예에 「쥐잡기」로 등단하여 1997년 봄, 돌연한 죽음으로 짧은 문학활동을 마감했다.[1] 그의 죽음이 너무 이른 것에 비하여 많은 작품을 남겼다는 것. 그러나 그의 문우文友들은 그 사실조차 안타까워한다. 왠지 많은 원고청탁과 업무에 쫓겼던 그의 과중된 삶의 초상화가 그려지는 슬픔 때문이리라. 다수의 논자들은 작가 생존 시절 개인사 위주의 '기억'과 '아버지'라는 인물의 특성을 바탕으로 한 원체험, 도시 빈민층과 소외된 지식인으로서의 삶에 초점을 두고 논의를 이끌어나갔다. 이후 김소진은 "부모의 삶이 한 가운데 자리한 역사 속의 민중들의 삶을 진솔하게 형상화한 작가"[2]이자 "사실주의적인 소설쓰기의 전통을 계승한 작가"[3]로 알려지게 된다.

김소진이 소설쓰기의 근원으로 삼았던 아버지는 한 사람의 민중이었다. 그래서 아버지에 대한 연민과 이해는 민중에 대한 것으로까지 확대된다. 그들과 서로 몸을 비벼대며 삶의 애환을 뒤섞고 살았던 김소진이 어떻게 그들에게 부채 의식을 갖지 않을 수 있었겠는가. "그들은 우리 앞에 어떤 세상이 열리든 간에 소외에서 벗어나지 못할 군상일 뿐이다.

---

1) 김소진은 신춘문예에 당선된 이후 6년 동안, 4권의 단편소설집과 2권의 장편소설, 짧은 소설집과 동화집 각 1권씩을 출간했다. 『열린 사회와 그 적들』(솔, 1993), 『고아떤 뻥덕어멈』(솔, 1995), 『장석조네 사람들』(고려원, 1995), 『자전거 도둑』(강, 1996), 『양파』(세계사, 1996), 『바람부는 쪽으로 가라』(하늘연못, 1996), 『열한 살의 푸른 바다』(국민서관, 1996), 『눈사람 속의 검은 항아리』(강, 1997)

　이 글은 문학동네에서 2002년도에 출간한 《김소진 전집》을 분석 대상 텍스트로 삼아 인용하였다.

2) 서경석, 「열린 사회를 향한 글쓰기」, 『자전거 도둑』, 강, 1996.

3) 류보선, 「열린 사회를 향한, 그 기나긴 장정-김소진론」, 『한국문학』, 1994. 3 · 4.

어색하더라도 그 곁에 내가 가서 서 있으면 안 될까"(『그리운 동방』, 14쪽)라는 김소진의 생각이 '작가' 김소진을 낳았다.

이 글은 우선 지금 별이 됐을지도, 술이 됐을지도, 똥이 됐을지도 모를 그를 위해 그가 죽기 1년 전에 썼던 「갈매나무를 찾아서」의 한 구절을 송가頌歌로 바치며 시작하려 한다.

> 제가 여태껏 보아온 건 모두 암크루였죠. 아직 수크루를 한 번도 보지 못했죠. 아마 어느 깊은 계곡 어디에선가 뿌리를 박고 홀로 눈보라와 찬 비와 거친 바람을 맞으며 추운 계절을 꿋꿋이 견디며 힘차게 수액을 높은 우듬지 위로 뽑아올리는 자태를 간직한 수크루를 알아보게 될 겁니다. 그럴 날이 꼭 올 겁니다. 제 꿈이 그렇거든요. 그놈을 봤어요. 한 번도 아니고, 두 번도 아니고 …… 몹시 앓을 땐 내가 직접 그 수칼매나무가 되는 꿈을 꿔요. 아주 편안한 나무가 되는 꿈을 꿔요. (110쪽)

주인공으로 등장하는 '두현'과 '윤정'은 대학에서 '신념을 바탕으로' 만나 연애 결혼을 하지만 이혼에 이르고 만다. 남편인 두현보다 신념이 강했던 윤정과 함께 지낸 '아름다운 지옥'(까페 이름)에서의 한철. 그곳의 갈매나무 아래에서 있었던 행·불행의 추억은 오롯이 지옥만의 것도, 낙원만의 것도 아니다. "지옥이 있으니까 아름다움이 있어 그 둘이 본래는 하나이듯이." 두현이 우연히 책정리를 하다 발견한 다정스런 부부의 사진 한 장이나 갈매나무는 세월을 붙드는 "기억의 집"이다. 기억의 '집'에 갇힌 사내는 어떻게 되었을까. 부디 그의 소원대로 푸른 수액이 충만한 '수칼매나무'가 되어 있기를……

2. 우울한 오브제 I－아버지의 초상

김소진의 소설은 한 장의 사진에서 시작한다. 그의 소설에서 사진은 기억의 현현과 밀접한 관련을 맺고 있다. 이러한 특징은 등단작인 「쥐잡기」(1991)에서부터 지속적으로 나타난다. 그래서 김소진의 소설에는 사진과 사진작가가 빈번히 등장한다. 사진은 과거를 상상적으로 소유할 수 있게 해준다. 그것은 시간상으로 과거에 속해 있기에 죽음을 일깨우며 우리를 감상에 빠뜨린다. 그렇다 보니 사진은 과거를 부드럽게 바라봐야 할 대상으로 뒤바꿔버린다. 이때 그 한 장의 사진은 아버지의 초상이다. 문학을 통해서나마 자신의 아버지와 화해하려 했던 김소진이었기에 아버지의 영정 사진을 바라보는 일에서 기억과 소설쓰기를 시작한 것은 자연스러운 일이었다.

여기 아버지의 대조적인 모습을 극명하게 보여주는 사진이 둘 남아 있다. 하나는 아버지가 돌아가셨을 때 영정으로 쓸 사진이 없어 주민등록증의 증명사진을 떼어 확대해 만든 틀사진이다. 내가 그 틀사진을 두고 이렇게 묘사했을 때는 다분히 의도적이었다. 즉 선택적이었다는 얘기가 된다.

그 틀사진은 주민등록증에 붙어 있던 흑백 증명사진을 부랴사랴 확대하여 마련한지라 전체적으로 우중충한 느낌을 줄 뿐 아니라 윤곽마저 희미하게 어룽거려 마치 급조된 몽타주 속의 인물을 연상시켰다. 조붓한 공간 속에 갇혀 건성드뭇한 대머리를 인 채 움푹 꺼져 데꾼한 눈자위로 방 안을 내려다보고 있는 아버지는 무엇에 놀랐는지 잔뜩 겁에 질린 표정이었다. 어깨까지 한껏 곱송그리고 있어 방금 염병을 앓고 난 이 같았다.

여기서 느낄 수 있는 아버지는 세상살이에 지치고 짓눌린 삶의 표정을 지닌 사람이다. 경제적으로 거의 무능했으며 당신의 운명을 휘감아돈 그 바람의 정체가 무엇인지 알 수도 그리고 알려고 하지도 않은 자의 모습을 고스란히 담은 사진이었다. 나는 이것이 아버지의 참모습이라고 생각했던 것이다. 하지만 여기 아버지의 또다른 모습을 담은 사진이 있지 않은가. 엄밀히 말하자면 그건 사진은 아닐 것이다. 누렇게 바랜 선거벽보였으니깐. 그 안의 아버지는 유권자를 향해 환히 웃고 있었다. 그 표정은 온화했고 사명감에 차 있었으며 벗겨진 대머리는 어떤 의지에 찬 자신감의 표현인 듯싶었다. 아버지의 이 두 모습은 도무지 하나로 겹쳐질 수 없는 불가해성을 지닌 것들이었다. 곧이라도 바스러질 것만 같은 얼굴 표정과 단호한 권력의지를 지닌 표정 사이에는 손톱만큼의 연관성도 찾아볼 수 없었다. (121쪽)

위의 예문은 연작소설 『장석조네 사람들』 중 「두 장의 사진으로 남은 아버지」에서 인용한 것이다. 아버지 사진에 대한 묘사에서 서술자는 묘사의 의도적인 선택과 그 효과를 언급한다. 그러나 이때 우리가 보는 것은 한 장의 사진이 아니다. 그것은 의미가 텅 빈 하나의 기호가 된다. 수전 손택은 "모든 사진은 메멘토 모리이다"(『사진에 관하여』, 35쪽)라고 했다. 이제 고인이 된 아버지의 사진은 하나의 기호로 작용한다. 사진 속 아버지의 모습은 그 자신의 실제 삶을 반영하고 있는 것이다.

이미 「쥐잡기」에서도 한 번 묘사되었던 아버지의 영정사진을 둘러싼 사연은 이러하다. 아들인 '민홍'은 아버지가 돌아가셨을 때 막상 영정에 쓸 사진을 구하지 못하고 있다가 주민등록증에 붙어 있던 흑백 증명사진을 확대한다. 그것이 바로 이 영정사진이었던 것이다. "육십하고도 세 해를 넘겨 살았던 삶이건만 아버지는 그 흔한 사진 한 장 이 땅에 남기지 않았던 것"에서 느껴지는 인생의 허무감과 "한 인간에게 맺힌 한"에 대한 사무침이 한 장의 사진에서 비롯되는 감정들이다. 가족사진의 경우는 가족의 역사를 구제하도록 의도되어 있다. 산업화가 한창이던 유럽과 아메리카 대륙에서, 핵가족화라는 가족 제도의 변화를 견뎌내도록 마련된 장치가 가족사진 촬영이었다. 사진은 가족 구성원이 이뤄낸 결실을 기념하고 연대별로 구성되면서 점점 작아지고 무너져가는 가족의 범위와 연속성을 일깨웠던 것이다. 그만큼 한 장의 사진은 한 사람의 존재감과 긴밀히 연결되어 있다는 데서 역사의 흔적이기도 하다. 우중충한 분위기의 급조된 몽타주 속 인물을 연상시키는 아버지의 사진에서 두드러진 점은 '잔뜩 겁에 질린 표정'이다. 대통령선거인단 선거에 야당 입후보자로 나서려 했던 '차기대' 씨의 대역으로 아버지가 우연히 발탁되어 선거에 나섰던 벽보 사진은 그와 대조적이다. 그 벽보 속 아버지에게는 '권력의지'가 있었던 것이다. 사진 속에서 우리를 꿰뚫기 위해 화살처럼 다가오는 이것을 바르트는 '푼크툼'이라고 불렀다.⁴⁾ 아들 '민홍'이 아버지의 영정 사진을 바라보았을 때 마치 어떤 대상물이 거기에 달라붙어 그의 시선을 기억의 환영에 빠뜨리는 것이다. 따라서 민홍은 아버지의 그 무기력한 표정을 통해 비루한 아버지 개인의 역사를 엿본다. '아비는 개흘레꾼이었다'라는 김소진의 전복적인 명명은 '아비는 종이었다' 또는 '아비는 남로당이었다'라는 명제와 마찬가지로 역사를 구성해내는 동기가 된다.

　김소진 작품에서 지배적인 그 아버지의 개인사란 어떤 것이었던가. 아버지는 한국전쟁 때 함경도의 고향 마을과 부모, 처자식을 뒤로하고 월남하여 남한에 새로 가정을 꾸리며 정착했던 사람이다. 말하자면 '민들레 씨앗처럼 곤궁하게 바람처럼 날아온' 사람이 바로 그의 아버지였다. 원래의 삶터에서 뿌리 뽑혀 외톨이로 현실에 뿌리 내리지 못한 채

---

4) 바르트는 사진의 주제를 '스투디움(studium)' 과 '푼크툼(punctum)' 으로 나누어 설명한다. 스투디움은 나른한 욕망, 잡다한 흥미, 분별없는 취향 따위의 넓은 영역을 지시한다. 그에 비하여 푼크툼은 찌름, 작은 구멍, 작은 반점, 작은 흠이며 또한 주사위 던지기(우연)이다. 푼크툼은 '세부', 다시 말하면 부분적인 대상으로 이해된다. 김소진의 소설 『양파』에서도 바르트의 『카메라 루시다』를 거론하며 '푼크툼' 에 주목하고 있는 것은 우연이 아니다. "사진 속에서 보는 이의 눈길을 빨아들이는 생기로 움푹 팬 바로 그 지점을 의미하는 말." (337쪽)

줄곧 가난과 병고에 시달렸던 아버지라는 사람. 그에 대해 아들 김소진의 시선은 혼란스러웠다. 아버지란 존재는 "강력한 아버지, 자신이 터득한 무궁무진한 세상살이 비법을 전수해주는 아버지, 풍성한 물질적 능력이 있는 아버지"(『그리운 동방』, 64쪽)이어야 하는데, 그의 아버지는 그러질 못했던 것이다.

김소진의 소설 속 아버지는 쥐새끼 한 마리 잡지 못해 전전긍긍하며, 벌레를 잡아먹고, 좁은 구멍가게 안에서 의기소침해 있는 무기력한 인물에 머무르지 않는다. 아버지는 '개흘레꾼'이다. 게다가 「춘하 돌아오다」에서의 아버지는 아들의 중학교 등록금을 빼돌려 중풍으로 반신불수가 된 남편을 두고 몸을 팔았던 '춘하'의 단속곳 속으로 밀어 넣어주기까지 한다. 아들은 이러한 아버지에게서 수치스러움을 느낀다.

> 무조건 아버지라는 인간을, 아니 그 말 자체를 이 세상에서 지우고 싶었다. 그 위에 칼을 물고 고꾸라져 죽고만 싶었다. 그리고 춘하의 그 허연 살덩이를 한 칼에 베어 으적으적 씹고 싶은 충동적 허기에 이후로 끊임없이 시달렸다. 마른 등짝에 식은땀 흐르는 꿈속에서, 차창 밖으로 빨려드는 멍한 공상에서, 방독면 없이 쫓겨 들어간 군기교육대 가스실에서, 그리고 꽃병 투척조로 뛴 후 텁지근한 가투에서. (124쪽)

오이디푸스가 생부를 죽이는 순간이 김소진에게서는 무기력한 아버지를 부인하는 순간으로 치환되어 있다. 아버지라는 존재가 정말 우습기 짝이 없는 대상이 되어버린 아들은 아버지의 여자를 공유하며 그를 넘어서려 한다. 그래서 '춘하'의 그 '히디힌 허벅지'는 '나'의 성적 유희 대상이 될 수 있다. 아버지와의 라이벌 관계에 있던 소년은 강한 아버지를 받아들이며 사회적 자아를 형성, 성숙의 단계로 나아가야 한다. 그런데 이제 아버지는 경쟁상대조차 되지 않는 무력한 존재이다. 김소진은 이런 아버지에 대한 회고를 이렇게 한다. "내 기억 속에 있는 아버지는 항상 경제적으로 무능력자였다. 때문에 나는 아버지에게서 남성성을 배우지 못했다."(『그리운 동방』, 26쪽)라고. 아버지의 경제적 무능력과 남성성은 긴밀한 상관관계가 있는 것이다. 다시 「두 장의 사진으로 남은 아버지」로 돌아가보면, '나'는 잔뜩 겁에 질린 아버지보다는 권력의 화신 역할을 했던 벽보 속의 아버지를 자신의 기억의 중심에다 꾸역꾸역 가져다놓으려고 애썼다.

그러나 김소진 소설 속 아들들은 그 초라한 아버지의 불우와 무능이 세상의 보이지 않는 완강한 힘에 의해 입은 상처임을 깨닫고, 아버지 부정에서 연민과 동정의 길로 나아가게 된다. 이념을 좇던 1980년대와 후기 자본주의 경제체제의 그늘 아래 억눌린 1990년대의 밑그림 속 '아버지의 자리'란 그리 넉넉히 마련되어 있지 못했던 것이다. 자본주의 사회에서 가난은 가장의 무능을 표상한다. 문우인 정홍수와 안찬수의 회고처럼 1995년 봄, 직장을 그만두고 전업작가의 길로 들어서려 했던 김소진이 망설였던 것도 가장으로서의 책임감이 그의 행보를 제약하고 있었기 때문이다. 「아버지의 자리」(1994)에서는 이제 아들인 '나조차도 한 사람의 애비'가 되어 있다. 출판사를 그만두고 빈둥거리는 아버지를 부끄러워하는 어린 딸의 모습을 통해 '나'는 자신이 과거에 부정했던 아버지를 이해하게 된다. 김소진 자신 역시 실제로 아버지를 세 번 부정했던 기억이 있다. 자신의 아버지를 부정했을 때의 수치심과 죄책감이란! "많은 작가들이 권력을 가진 아버지를 상정하고 그 아버지를 타도하려 할 때, 한 작가는 이렇게 크지도 힘이 세지도 억압적이지도 않은 아버지로부터 자신의 문학을 출발시킨다. 김소진의 아버지는 '실존은 이념보다 근원적이다'라는 명제를 아들에게 던져주는 존재이다."5) 김소진의 소설에서, 아버지는 '나'의 거울이다. 그리고 '아버지의 죄는 나의 죄'이며, '나'는 아버지의 삶을 그대로 상속한다. 그래서 '나' 역시 거세된 아들이자 오이디푸스이며, 거세된 '처용'이자 지식인일 수밖에 없는 것이다.

3. 우울한 오브제 Ⅱ-어머니의 초상

이제 어머니의 사진에 대해서 말해보자. 김소진의 소설에 등장하는 억척스러운 어머니 이미지는 무능력한 아버지와 대조적으로 그려진다. 한 집안의 가장 역할까지 떠밑아서 강인한 생활력으로 삶을 살아나가야 했던 어머니. 그래서 그의 소설 속 거세된 아버지와 대조적으로 어머니는 남근을 가진 존재이다.

작은 이모가 수원 용두각 시절에 찍은 거라며 보여준 낡은 흑백사진 두 장 속에는 어머니의 젊은 시절 모습이 함초롬히 담겨 있었다. 스물다섯 안팎의 처녀 나이면 활짝 필 때지만 바위너설 아래 한 줄로 소도록이 모여선 사진 속의 처녀들은 대부분 영양 상태가 별로 좋지 않아서 그런지 거무뎅뎅한 얼굴빛을 하고 있었다. 송자라는 옛 고향 친구와 다복솔 옆에 어깨를 보듬고 단둘이 앉아서 찍은 사진도 있었다. 거기서 어머니는 먼산바라기를 하며 벙시레 웃고 있었다. 그런데 웃고 있는 얼굴이 왠지 몹시 남상지르다는 느낌이 들었다. 그것은 눈가와 입가에 난 흉터 때문이었다. 사진에서는 기미처럼 칙칙하게 보이는 부분이 바로 화상 흉터가 잡힌 곳이었다. (「용두각을 찾아서」, 198쪽)

<hr>

5) 이광호, 「아버지의 존재론-김소진을 위하여」, 『한국문학』, 1997. 여름, 278쪽.

웬 여인의 스냅 사진이었다. 물론 빳빳한 인화지 사진이 아니라 모조지로 된 전단 따위를 오려낸 사진이었다. 월매 어머니처럼 이마 위로 매듭이 오도록 하얀 무명 수건을 처매고 더께 더께 화장으로 떡칠을 한 얼굴의 왼쪽 뺨에는 좀 가장된 사마귀점이 붙어 있었다. 사진의 아래쪽에는 형광등 불빛에 비춰서야 간신히 알아볼 수 있는 아주 희미한 글씨로 '고아떤 최옥분'이라는 글씨가 써 있어 처음에는 사진에 나온 여인의 이름이 아닌가 싶었다. (「고아떤 뺑덕어멈」, 305쪽)

「용두각을 찾아서」의 사진 속 어머니는 '남상지르다'는 표현을 통해 남자답게 생긴 외모로 묘사된다. 이 어머니의 사진과 대비되는 사진도 있다. 「고아떤 뺑덕어멈」의 사진이다. '뺑덕어멈'이란 어떤 존재인가. 아버지가 일찍이 중풍을 맞아 성하지 못한 몸으로도 살을 섞고 싶어했던 그 뺑덕어멈은 약장수들의 막간극을 위해 연기를 했던 배우이면서 창녀다. 어머니의 사진에서 푼크툼은 '흉터'에서 온다. 뺑덕어멈의 사진에서는 '사마귀점'이 그러하다. 이 둘을 비교해볼 때, 어머니의 몸에 각인된 상처들은 기억의 흔적이다. 김소진의 소설에서 질병과 상처는 세월과 역사를 은유한다. 한국전쟁의 폐허 속에서 가난과 싸워가며 무능한 가장을 대신해 살아왔던 어머니의 삶은 '각기증'과 '하혈'로 얼룩져 있다. 그런데 아버지는 어머니와는 성행위를 할 수 없지만 뺑덕어멈과는 그것을 한다. 그 이유인 즉, 어머니의 흉터가 '현실'의 과잉을 드러내는 얼룩이라면, 뺑덕어멈의 사진은 '곱다'라는 어휘를 통해 여성성을 상징할 뿐만 아니라 그 이면에 아버지가 북한에 두고온 아내 '최옥분'의 환영이 겹쳐 있기 때문이다.

「키작은 쑥부쟁이」(1991)에서도 강인한 여성의 남성화 현상을 찾아볼 수 있다. 끈질긴 생명력을 상징하는 풀이름인 '쑥부쟁이'는 어머니의 삶을 은유한다. 그녀는 남편이 남겨놓은 빚과 병으로 쇠잔해 있다.

피난민들이 살았던 이층건물에서 이삿짐도 풀지 못한 채 비를 맞고 있던 초등학교 삼학년짜리 딸 '선영'은 옥상 출입구에서 주먹을 쥔 채 서 있었다. "엄마 울지마, 복수할 거야"라고 말하는 딸아이는 "선 채로 오줌줄기를 내리는 바람에 스커트 아래 팬티 스타킹이 뜨뜻하게 질척거렸다." 딸 선영의 배뇨행위는 운명에 대한 저항이자 비겁하게 도망가버린 아버지를 향한 복수의지의 발현이다. 엄마인 쑥부쟁이의 배뇨행위도 동일하다. 쑥부쟁이는 운동권 학생으로 수배 중인 선영의 편지를 가지고 매번 거짓 외출을 한다. 그러다 그녀는 딸의 어린 시절 배뇨행위를 기억해내고, 자신의 방황을 끝낸다. 그 상징적 행위로 그녀 역시 딸아이처럼 두 다리로 선 채 오줌을 눈다. 엄마와 딸의 남성화된 배뇨행위는 부기력한 아버지와 동등해지려는 행위이며, 강인한 생의 욕구를 드러내려는 행위이다.

이렇듯 가족에 대한 헌신과 아버지의 역할까지 맡을 수밖에 없는 어머니에 대한 아들의 태도는 연민과 공포라는 이중적 성격을 갖는다. 소년이 느끼는 공포의 중심에는 「용두각을 찾아서」에서 보여준 그 원초적 장면이 자리한다. '나'는 초등학교 3학년 여름, 부엌 바닥에 누워 산수 숙제를 하고 있다가 우연히 어머니의 치마 속에 있는 성기를 보게 된다. 오이디푸스가 자신의 아버지를 죽이고 어머니와 결혼한 것을 알았을 때 어떠했던가. 그는 자신의 두 눈을 찔러 멀게 했다. 자기 어머니의 성기를 본 소년은 어떻게 해야 하는가. 소년은 필사적으로 아무것도 못 본 채 하려 하지만 "결국 내 눈앞에서 중요한 터부가 깨져나갔다. 그렇게 일찍 터부가 깨지고 난 세상이란 도대체 뭣이란 말인가. 그것은 한갓 무질서고 공포고 허무요 구토일 따름이었다"고 토로한다. 터부를 깬 소년이 이 세계에서 살아남을 수 있는 길은 불안을 껴안고 세상의 질서 속으로 편입하는 것뿐이다. '공식과 수'는 그가 본 어머니의 성기와 같은 심연을 틀어막을 수 있는 수단이었다. 그러나 불안은 영혼을 잠식한다. 소년은 일찌감치 생의 기쁨보다 허무를 맛보게 된 것이다. 급작스런 무無와의 조우는 「눈사람 속의 검은 항아리」에서도 찾아볼 수 있다. 이제 소년의 시선은 관음증적 응시로 바뀐다. 보지 않으려 해도 볼 수밖에 없고, 보고 있으면서도 필사적으로 보지 않으려는 척 하는.

김소진 소설에서 기억의 매개로써 사진 묘사는 소설의 구조가 시각적 모티브를 중요시하고 있음을 드러낸다. 김소진이 세상 속으로 나아가는 한 방식으로 제안했던 그 '관음증'은 '황홀한 시선으로 세상을 엿'볼 수 있다. 김소진은 그 바라보는 행위에 세상을 정확하고 엄밀하게 표현하는 '원근법'을 쓰지 않고, '회색'을 쓴다. 그러한 색을 쓰는 것이 "저 견고한 공식의 세계, 질서의 세계, 가식의 세계, 유언비어의 세계, 물신의 세계에서 벗어나는 한 방편"(『그리운 동방』, 30쪽)이 된다고 생각했기 때문이다. 그와 같은 기능으로 소년의 응시가 있다. 「첫눈」, 「부엌」, 「그리운 동방」, 「길」은 소년이 세상의 이편을 들여다볼 수 있는 '틈새'와 '구멍'이 존재한다.

「부엌」에서 '나'는 중학생이 되자 부엌위의 다락방에서 지내게 된다. '나'는 마루바닥에 둥글게 패인 틈새를 통해 부엌이라는 작은 세상을 엿본다. 소녀티를 벗기 시작한 누나의 목욕장면과 '털보' 아저씨와 '필례' 누나의 성교장면은 소년을 성년으로 이끄는 결정적 장면이 된다. 「첫눈」에서는 '나'의 집과 '송탄댁'의 집 사이에 있는 부엌의 판자에 구멍이 나 있다. '나'는 그 구멍을 통해 송탄댁이 목욕하는 장면이나 그녀가 남편인 '봉학' 이와 갖는 성교장면을 훔쳐본다. 시선을 통한 남성성의 경험은 성별 사이의 엄밀한 분할을 허락한다. 이것은 문화적 형식을 한정짓는 집단적 판타지의 작동에 의해 가능하다. 프로이트를 통해 알려져 있듯이, 원초적 장면은 실제적 사건의 기억이라기보다는 심리적인 실재의 환상들이다. 부모의 성교에 대한 원초적 장면의 억압은 남성 오이디푸스 콤플렉스에 필수적인 특질이다. 이 원초적 장면은 어린 아이에게 남성은 능동적이며 여성은 수동적이라는 시각을 제시해준다. 그러나 김소진의 소설에서 어린 아이가 바라보는 성교장면은 대개가 여성 상위의 체위와 승부가 나지 않는 '싸움'으로 묘사된다. 틈새와 구멍 밖의 '나'는 아버지와 함께 엿보는 자리에 존재한다. 대상으로서의 어머니를 바라보는 '나'의 자리는 상징적인 아버지의 자리였던 것이다. 이미 소년은 입문식을 거치기도 전에 비루한 아버지와 함께 상징계 속에 있었던 것이다. 그래서 그는 "입문식의 통과과정을 그 역으로 역행하며, 그렇게 하는 동안 상징계가 낳는 의미의 근본적 우연성을 경험하고 증명한다."[6] 김소진 소설의 비극은 여기에 있는 것이 아닌가. 성장통을 제대로 겪지 못한 데서 오는 신경증과 죄의식! 틈새와 구멍을 통해 제한된 시선은 대상을 한 장의 흑백사진으로 만들고 대상을 회색으로 덧칠하는 '황홀한 마력'(65쪽)을 갖고 있다.

어머니에 대한 공포에도 죄의식이 포함되어 있다. 「용두각을 찾아서」의 '주영'이 '나'에게 한 말처럼 "그 신화를 무너뜨리지 않는 한 우린 허깨비"이다. '나'에게 어머니는 죄의식을 동반한 신화다. 어머니는 아버지를 대신한 '현실'이다. 그래서 '나'는 현실의 무게를 대리 표상하는 '어머니의 이름'으로라는 신화에 짓눌려 있다고 생각하는 것이다. 즉, 어머니는 '아버지의 이름'으로 존재하는 어머니인 것이다. 이러한

---

6) 알렌카 주판치치, 이성민 역, 『실재의 윤리』 도서출판 b, 2004.

어머니(여성)에 대한 인식은 '나'(남성)에게 열등감을 심어주는 데까지 확대된다. '나'는 경제적인 면이나 육체적인 면에서도 열등한 존재이다. 그래서 「가을 옷을 위한 랩소디」, 「경복여관에서 꿈꾸기」, 「갈매나무를 찾아서」, 「지붕 위의 남자」 등의 소설들에서 남성은 '무정자증 환자'이거나 '셔터맨'이거나 아내에 비해 경제적 능력이 없는 자들이다.

4. 동물성 활력

한국의 근대사란 한국적 모더니티의 부조리를 낳으며 바로 눈앞의 삶, 현실이라는 것이 중요해진 사람들에게 대문자 역사에의 동참을 강요했던 시기가 아니었던가. 이 과정에서 힘없는 아버지는 모더니티의 불안 속에 '힘'을 열망하는 존재가 된다. 김소진의 소설을 보면 권위를 상실한 아버지의 자리를 대신했던 남성 인물들이 있다. 그의 소설에서 무기력한 아버지와 반대되는 권위를 가진 인물은 어린 시절 우상이었던 '육손이 형'과 '상호'이다. 소년인 '나'는 그들의 힘과 또래 집단에서의 권력을 보았고 그들이 자신을 보호해줄 거라고 믿고 있었다. 그러나 성년이 된 '나'는 현재의 그들이 그들의 결손 징표처럼 어딘가 부족한, 마치 자신의 아버지와 마찬가지로 비운의 삶을 사는 비루한 존재일 뿐이라는 것을 깨닫는다. 아버지의 권위를 대신했던 육손이 형이나 상호는 자본주의 사회에서 경제적인 무능력과 윤리적 가치관의 부재로 '나'에게 더 이상 정당한 권위를 인정받지 못하게 된 것이다. 또, 아버지와 어머니가 남성성과 여성성을 상실했던 것은 한국전쟁을 거치고 급격한 산업화를 겪었던 한국적 모더니티의 문제였던 것이다. 그렇다

면 이렇게 비생산적이고 무기력한 인물들이 살아가기 위해 할 수 있는
것은 무엇인가. 이들처럼 비루한 존재들의 편에 서 있기로 약속한 소설
가가 이들을 위해 이런 자문을 하지 않을 수 없었을 것이다. 김소진의
소설에서 그것은 등장인물이 '힘'을 열망하거나 초월하는 두 가지 양상
으로 재현된다.

　비루한 자들에게 생의 근원적 충동은 '현실'을 앞세워 비합리주의적
인 충동, 즉 힘과 활력에의 열망을 낳는다. 후일담 소설이라 할 수 있는
『양파』에서 전향, 변절한 운동권 학생들은 세상을 받아들이고 현실원
칙에 충실하기 위해 "힘을 갈구"(441쪽)한다. 그리고 「개흘레꾼」에서
'원이' 형은 히틀러의『나의 투쟁』을 읽는다. "형은 어떤 힘을 갈구하고
있음이 틀림없었나. 사신의 허약한 육체로 인해 맛봐야 했던 수많은 좌
절과 절망감을 보상해줄 강력한 힘이 필요했던 것"이다. 그래서 그는
"매일 아침 일어나서 제일 먼저 히틀러의 희고 강인한 이빨을 보면 삶
의 의욕이 어느 정도 솟"(407쪽)는 지경에 이른다.

　'이빨'에 대한 비유로 생의 욕구를 표현한 작품으로 「사랑니 앓기」가
있다. 주인공 '성병룡'은 '이빨'을 매개로 하여 죽은 아버지를 기억한
다. 그의 기억은 "웃니는 아예 흔적도 없었고 니코틴에 절어 시커멓게
변색된 아랫니 두 대가 누추한 집안의 서까래처럼 비죽이 솟아" 있는
아버지의 찌든 이빨 두 대에 집착한다. 왜냐하면 그 두 대의 찌든 이빨
은 "세상살이에 진이 빠진 아버지에게 깃들인 정신적 황폐함과 무능함
의 완벽한 상징"이 되어 그의 머릿속을 한 번도 떠난 적이 없었기 때문
이다. 그렇기에, 성병룡은 "세상을 물어뜯을 것 같은 눈빛을 아버지에
게서 보는 게 소원이었다."(170쪽) 이러한 사연을 갖고 있는 그이기에
생물실에서 "박제가 돼서도 사냥감을 매서운 눈매로 야수고 있는 코요

테를 바라보면서" "가슴속에서 충만해오는 어떤 원초적 생명력 같은 걸 느꼈다." 또한 그는 박제된 코요테의 송곳니를 뽑아서 그것을 부적 삼아 몸에 지니고 다니기까지 한다. 성인이 된 성병룡은 외항선 기관사로 있었지만 최다 자격증 소지자로 뽑혀 '공회장'의 부름을 받고 본사로 가게 된다. 그러나 공회장은 자신이 성병룡을 본사로 불러 들였다는 사실을 잊고 있을 뿐만 아니라 아예 그의 존재 자체를 의식하지 못한다.

> 그 순간 공 회장 입 속에 있던 송곳니 다음의 은이빨이 놀랍도록 차갑게 빛났다. 나는 문득 맹렬한 기세로 등허리를 누비는 소름을 뒤쫓아 뻗쳐오는 진저리를 참느라 목덜미가 뻐근하도록 힘을 주었다. 저 이빨은 혹시 무쇠덩어리가 아닐까 하는 생각이 실감나게 달려들었다. 그렇다. 비밀은 역시 바로 저 강철 같은 이빨이다. 그는 저 강인한 이빨로 온통 세상을 자기 맘대로 물어뜯고 휘두르는 게 아닌가. 아, 그처럼 어서 강인한 이빨을 갖고 싶다. 나는 굶주린 맹수의 일격에 척추가 꺾인 초식동물처럼 다소곳이 머리를 떨궜다. (183쪽)

위의 인용문은 공회장의 '은이빨'을 본 뒤, 사랑니를 앓고 있는 '나'가 유리잔을 씹으며 다시 강인한 힘을 희구하고 있는 대목이다. 이들에게 왜 강인한 이빨이 필요한가. 그것은 「내 마음의 세렝게티」에서 '최기석'이 말했던 아프리카의 대초원 세렝게티에서 벌어지는 약육강식의 동물세계를 통해 비유된다. 이 소설은 한 회사가 기업의 구조조정에서 생겨난 처절한 희생을 은폐한 채 정리해고의 명분을 얻고자 마련한 연수에서 벌어지는 이야기를 다루고 있다. 지옥훈련이나 서바이벌 게임은 정글의 법칙과 같은 자본주의의 경쟁을 연상케 한다. 그 속에서 살아남기 위한 생존 욕구가 아프리카 초원의 사자처럼 강인한 이빨을 동경하는 것으로 표현되고 있는 것이다. 그런데 아래 인용된 최기석의 유서는 의외의 것을 염원한다. 바로 세상의 똥으로 돌아가겠다는 것!

인간의 구불구불한 창자를 통과해서 이런 똥이 되기 전에 나는 싱싱한 푸성 귀였군요. 맑은 샘물이었군요. 토실토실한 살코기였군요. 넓고 푸른 바다의 깊은 곳을 마음껏 헤엄치던 지느러미를 단 생선이었군요. 투명한 공기이자 햇살이었군요. 저 온갖 욕망과 허영과 오기와 아둔함으로 가득 찬 나라는 껍데기 인간의 어둡고 탁한 터널을 통과하기 전에는 말입니다. 똥이 다시 부드러운 흙과 투명한 바람과 서로 몸을 섞고 맑은 공기를 따라 푸성귀도 되고 짐승의 살이 되듯 일평생 똥이 가득 머물다 간 집이었던 내 몸뚱어리는 스스로가 똥이 되려 합니다. 거름이 되려 합니다. 끝내 다시 태어나려는 기억도 잊으려 합니다……. (339쪽)

최기석이 되고자 하는 '똥'은 교환 가치로 따지자면 전혀 가치가 될 수 없다. 그가 유서에서 밝히고 있듯이 똥은 단순한 똥이 아니라 '싱싱한 푸성귀'이사 '샘물', '살코기', '생선', '햇살'로의 전신轉身이 가능한 우주의 무한한 생명력이다. 자본주의의 논리에 익숙해 있던 육체가 똥 자체로 바뀌겠다는 것이다. 그리고 급기야는 똥으로 존재하겠다는 의지마저 잊어버리겠다는 선언을 한다. 이처럼 힘에 대한 열망과 그에 대한 초월 욕망은 아버지와 어머니를 포함한 가족관계에서처럼 이중적으로 드러난다. 힘에 대한 이러한 열망이 민중의 삶으로 확산될 때, 그것은 민중의 '동물적 활력'(『그리운 동방』, 169쪽)이라는 긍정성으로 뒤바뀐다.

김소진의 글쓰기 토대가 되었던 원체험의 공간인 '미아리' 산동네는 거의 지리학적 지역이기보다 그 자신의 생의 근원이 되는 마음의 장소이다. 자본주의 체제에 대한 현실성과 미아리에 대한 낭만적 조망 사이의 변증법적 상호작용은 김소진에게 자연스럽게 자기 반영의 형식을 드러내도록 이끈다. 그것은 소설에서 산동네 사람들이 자본주의 체제에 복종하는가 반항하는가의 문제와는 상관없이 인물의 삶에 경계선을 긋는 동기가 된다. 김소진의 마지막 유고인 「눈사람 속의 검은 항아리」에서 성년이 된 '나'는 다시 미아리를 찾아간다. "여태껏 나를 지탱해왔던 기억, 그 기억을 지탱해온 육체"(315쪽)인 미아리 산동네. 그 미아리는 핏줄이 수 없이 얽혀 있는 의사소통의 관을 가진 육체로써 과거의 '나'를 기억하고 있는 곳이다. 그러나 그런 산동네가 자본주의 논리에 의해 송두리째 사라지게 된 형국에 '나는 기껏 똥을 눌 뿐' '그것밖에 할 일이 없'는 무력한 존재다. 그 무력한 존재와 함께 했던 도시 변두리의 경계선적 존재는 어떠한 특성들을 가지고 있는가.

개흘레꾼인 아버지는 동물들의 궁합을 따져가며 그들의 역사를 만들어주었고, 『원색생물학습도감』에서의 아버지는 벌레까지 먹어치우지만 산란기의 암컷과 어린 것들, 교미중인 것들은 먹지 않는 나름대로의 원칙을 지킨다. 그리고 『장석조네 사람들』에서 밀가루 배급을 기다리는 마을 사람들은 제각각 빵에 얽힌 사연들이 있다. 어머니의 부음을 듣고 탈영한 후 창녀 품에서 먹던 딱딱한 빵, 광산의 막장에 갇혔을 때 생명을 연장해주던 빵, 밀수하다가 숨어든 외양간에서 먹던 소오줌에 절은 빵, 제과점에서 훔쳐 먹던 독일빵. 이 빵은 그들 각각의 삶의 애환을 담은 것이다. 그래서 그들은 빵(밥) 앞에 엄숙하다. 미아리 산동네에 있던 그 민중들은 삶 그 자체의 존엄성을 깨닫고 있는 것이다. 게다가 이들은 삶의 순리를 자연의 순환으로 생각한다. 그러니 떠돌이 양은 장사 최씨나 똥 푸는 일을 숙명으로 알고 있는 광수 아저씨에게 '별'은 '양은'과 '똥'이 된다. "별은 밤에 이슬을 내리고 바람을 일으키고 배춧잎들이 살랑거리며 말하는 대화를 듣고 살이 찌는 소리에도, 또 물이 오르는 소리에도 귀를 기울일 것이야. 틀림없지. 그 별의 선물을 먹고 우린 똥을 눈다는 것 모르면 말이 안 되지 암. 그러니깐 별은 똥이다!"(118쪽)

5. 기억의 윤리학

나에게도 김소진과 공유할 수 있는 기억이 한 가지 있다. 1980년대 그 무렵이었을 것이다. 벚꽃이 울타리 역할을 하며 빙둘러 있던 초등학교 운동장에서 아버지를 만났다. 입학식이나 학예회, 운동회 같은 공식적인 행사가 있었던 것은 아니다. 그날 아버지가 그 운동장에 계셨던 것은 민방위 훈련 때문이었다. 그때 나는 친구들과 운동장을 가로지르고 있었다. 학교 앞 문방구에 다녀오는 길이었던 것 같다. 그때 운동장 한 켠에서 개구리 같은 민방위복을 입고 아버지가 내게 다가오셨다. 화가 나시거나 상념에 젖어 계실 때를 제외하면 거의 늘 짓고 계시던 그 해설픈 미소와 함께. 그런데 나는 아버지를 모른 척 하고 친구들과 빠른 걸음으로 계단을 올랐다? 아니, 나는 아버지가 부르시는 쪽으로 쭈뼛거리며 다가가서 그가 건네주는 지폐를 받아들었다? 분명한 것은 그 순간 세상이 온통 회색이었고 나는 말할 수 없는 수치감과 죄책감에 몸을 떨었다는 사실이다. 그 날 저녁 아버지는 내게 왜 아버지를 부정했었는지 물었다.

기억의 구멍 속에 문학이 존재한다. 안찬수가 카프카를 인용하며 썼던 것처럼 '김소진은 문학이다.' 김소진의 소설은 미아리 산동네와 가족, 그리고 학생운동과 기자시절의 기억에 의존하고 있다. 그런데 김소진에게 기억은 죄의식의 과잉이다. 따라서 기억의 행위는 고백성사와도 같다. 소설은 상처를 추억하고 애도하는 기억 위에 구축되는 것이기에 대상에 대한 애증 속에 육체를 드러낸다. 따라서 김소진은 자신의 소설쓰기를 통해 불편한 기억들을 기억해내며 그가 부채감을 지녔던 대상들에 대한 진정한 이해를 꿈꿨던 것이다.

이러한 사정 때문에라도 김소진은 기억이란 도대체 무엇인지 자문하지 않을 수 없었다. 그러한 고민이 반영된 작품이 바로 미완의 『동물원』이다. '영기'는 "기억이 무너지고 나면 우리 삶이란 아무런 흔적을 찾을 수 없고 따라서 온전히 존재할 수도 없다"는 생각을 갖고 있다. 그는 우리가 "다 알고 있다고 여기는 기억이란 둘 중의 하나일 가능성이 높"다고 말한다. 그것은 "오해이거나 기만"(381쪽)이다. 그래서 등장인물이 어린 시절 가족사진에 대한 에피소드를 기억하는 행위는 '추측형의 형식'을 띠어야 겨우 균형감각을 유지할 수 있다. 영기가 들었던 '당나귀 울음 소리'나 소녀가 보았던 '금빛 붕어'는 실제로 존재하지 않았는데도 그들의 기억 속에는 존재한다. 기억은 그것이 환각인지 아닌지조차 구분할 수 없다. 우리의 기억은 결코 완전히 과거의 것이 아니라는 것이다. 가족사진에 얽인 추억을 영기가 상기할 때 '당나귀 울음소리'의 환각을 끼어 넣을 수 있었던 것은 "기억을 기억하는 행위"(383쪽)로 인한 것이다. 사라진 대상의 빈자리를 환영이 메워주고 있다면, "그걸 두고 환상이니 착각이니 지적하는 게 무슨 의미가 있으리."(359쪽) 그러나 "분명한 것은 그것이 실제에 근거한 기억이든 아니면 한갓 착각이든 간에 이미 상처가 됐다는 사실"(「벌레는 단 과육 속에 깃들인다」, 177쪽)이다.

상처는 진실을 말하기 위해 우리에게 말을 걸어온다. 고통받는 타자의 기억에 응답하는 것이 윤리적인 주체의 책임이다. 의학 용어인 '윈도 피리어드(Window Period)'(「가을옷을 위한 랩소디」, 274쪽)처럼 상처는 일정 기간 잠복해 있다가 주체에게 되돌아온다. 김소진에게 있어 기억이란 과거와 현재의 '나'를 연결해주는 '창'이다. 그 '창'을 넘나드는 것은 타인의 목소리 즉 아버지의 목소리를 이해하는 것이다. 그리고 한 개인의 상처가 다른 사람의 상처와 연결되는 방식이기도 하다. 그래서 '나'는 "이따금씩 광수형이 썩지 않고 있는 영안실을 찾아가는 버릇"(「비운의 육손이 형」, 73쪽)이 생기거나, 삶이 버거워질 때마다 "벽보 속의 아버지를 들여다보는 버릇"(「두 장의 사진으로 남은 아버지」, 137쪽)이 생긴다. 고통의 세월을 애도하는 과정 속에 우리의 시선은 부드러워진다. 그래서 성격 파탄자나 알코올 중독자라고 손가락질 했을 아저씨들, 그리고 양아치 취급을 당했을 동네 형들, 외국인 노동자들, 거짓말, 쌍소리, 좀도둑질조차 기억의 과정을 거치면 애틋하고 끈끈하게 다가온다. 그 속에서 따뜻한 이해의 악수가 가능한 것이다. 서영채는 "집요하게 아버지의 자리를 바라봄으로써 그가 획득할 수 있었던 것은, 대상 속에서 풍화의 흔적들을 발견해내는 세월이라는 시간 감각이었다. 그리고 그것은 주체의 에토스를 성숙하고 유연한 것으로 만든다."[7]고 말한다.

6. 애도의 춤을 추며

마지막으로 이글은 김소진과 그의 작품이 갖는 의의를 말하려 한다. 한국전쟁 이후 분단체험과 1980년대, 1990년대라는 한국 근대사를 소설 속에 재현한 그의 작품생애는 짧았지만 우리가 무시할 수 없는 흔적을 남기고 있다.

먼저 서사성에서부터 시작하자. 김소진의 소설은 '기억'과 '스캔들'

---

7) 서영채, 「이야기꾼으로서의 소설가」, 『문학동네』, 1997. 가을, 177~178쪽.

의 힘에 의해 서사가 전개된다. 소문의 확산은 이야기의 증식을 낳고 기억의 확장을 가능하게 한다. 미아리 산동네에 같이 살던 사람들과 그들이 일으켰던 스캔들. 스캔들은 민중의 욕망의 증식이자 그들의 사연 많은 삶의 소박한 진실탐구였던 것이다. 그들이 스캔들을 만드는 행위 그 자체가 그들의 삶이자 진실이 아니었을까. 김소진은 자신의 소설쓰기를 통해 민중의 스캔들을 진실로 만들려 노력했다. 게다가 각종 속담과 향토어의 구사를 통해 민중들의 질펀한 언어를 자유자재로 구사할 수 있었던 그의 표현력은 이러한 서사를 더욱 감칠맛나게 한다. '내 소설의 팔할은 어머니 덕택에 씌어진 것이다'라고 밝힐 만큼 철원 출신의 어머니와 함경도 출신의 아버지를 가진 덕을 톡톡히 본 셈이다. 1990년대 문학활동에서 이러한 전통성과 토착성에 대한 집념은 오히려 문단의 흐름을 역행하는 시도처럼 보이기도 했었다. 그러나 그런 외곬수들이 몇 명 정도는 있어야 하지 않을까 싶다.

두 번째로 김소진이 다루고 있는 주제들을 살펴보자. 그는 기층민의 삶에 대한 관심의 폭을 분단 문학과 후일담 문학, 그리고 산업화를 거쳐 1990년대 후기 자본주의 사회에 대한 고찰로까지 확산해나갔다. 아버지의 삶의 비극에서 그 근원을 찾다 보면 그곳에는 '분단'이라는 역사의 한 맥이 자리한다. 가령 「목마른 뿌리」(1996) 같은 경우는 가상으로 통일이 된 상황을 설정하여 이복형과의 재회를 소설화한다. 가족이데올로기의 표상인 '아버지의 자리'에 못 박혀 있는 김소진이었기에 우선 분단의 역사부터 청산해야 하지 않았을까 싶다. 그래서 1980년대 자유민주화운동에 대한 회고와 반성이 깃든 후일담 문학의 새로운 지평을 열려는 시도와 1990년대의 자본주의 폭력으로 피폐해진 사회의 문제점을 짚어보려 했던 김소진의 문학적 시도 역시 훼손된 가족 공동체의 유대 관계를 회복하고자 하는 염원의 연장선에서 이해할 수 있다. 이러한 노력은 우리의 근대 가족사를 보여주는 하나의 전범이 된다.

자신을 낳아준 아버지가 '개흘레꾼'이라는 상소리를 고래고래 소리치고 난 다음에 오이디푸스는 어디로 향할까. 「지붕 위의 남자」에서 '강광수'는 '욕망의 바벨탑'이라 명칭되는 약국 건물 옥탑에 살며 천체망원경으로 별을 관찰한다. 그리고 「혁명기념일」에서 대학선배인 '목진기'는 전봇대를 타는 통신 기술자이다. 두 소설은 후일담 소설의 범주에 속한다. 김소진의 후일담 소설들은 현실에 잘 적응하는 인물과 그렇지 못한 인물을 대조적으로 재현하고 있다. 이 두 소설도 마찬가지인데 '강광수'나 '목진기'는 현실에 잘 부합하지 못하는 인물들에 해당한다. 이늘은 현실의 토대가 되는 땅을 등지고 하늘과 맞닿아 있는 '지붕'으로 올라간다. 지붕 위에서 그들은 무엇을 하는가. 정상적인(?) 성장 단계를 거치지 못한 소년은 어른이 되어서도 여전히 콤플렉스에서 벗어나지 못한다. 그가 그 콤플렉스에서 벗어날 수 있는 길은 기억의 구멍 속으로 들어가 소년을 다시 만나는 길뿐이다. 기억의 구멍을 메우고 지우고 하는 과정 자체가 자신의 상처를 애도하는 행위이다.

문학이 존재하는 한 무수히 존재할 '너'는 김소진에게서 편지를 받고 그를 기억할 것이다. 그리고 지금의 '나'처럼, 몇 장의 사진으로 남은 그와 그의 가족을 만나게 될 것이다. 김소진과 일면식 없던 김연수조차 부득불 장례식장까지 찾아가보려 했던 '환하게 웃고 있는 사진 한 장.' (『소진의 기억』, 101쪽) 이후, '나'와 '너'는 김연수처럼 며칠 동안 몸살 비슷한 병을 앓을지도 모를 일이다. 그러므로 이 글은 그와 그의 소설을 기억하는 애도의 한 춤사위가 될 것이다.

유동流動의 에티카

김경주의 『시차의 눈을 달랜다』

1. 스노글로브(snowglobe)의 도상

김경주의 시집 『시차의 눈을 달랜다』(민음사, 2009)에서는 '눈雪/눈目'알들이 유리 속에 글썽인다. 시인은 이미 한 쌍의 연인이 목조 벤치에 앉아서 내리는 눈을 바라보는 형상의 스노글로브에 관한 인상을 시로 표현했었다. "햇살이 비치는 벽에 나는 이 수정구를 데려간다. 수정구 안의 세계는 이루어져본 적 없는 계약처럼, 속악한 세상으로 흘러나온다. 벽으로 흘러온 연인의 모습이 비치는 것이다. 미혹을 안고 인중人中에 쌓인 눈을 떨어뜨리지 않기 위해 벽 안으로 들어간 것처럼 보인다…… 햇살이 비치는 벽 속에도, 인종人種의 눈이 내리고 있다."(『기담』, 문학과 지성사, 2008, 52쪽) 이 시는 영화 〈기담〉의 한 장면을 오마주한 것이다. 1942년 안생병원에서 사흘간 일어난 기이한 일들을 시적으로 형상화하고 있는 영화 〈기담〉은 회상시제로 시작하는 도입부부터 산

자와 죽은 자가 함께 한다. 특히, 1년 전 죽은 남편을 자신의 안에 두고 남편으로 살아가는 아내 '인영'의 사랑편에 등장하는 스노글로브는 서정적이면서도 그로테스크하다. 의사부부의 사랑, 스노글로브 속 연인의 사랑, 그리고 벽 속에 비친 그림자 연인의 사랑은 허공 속에 시차時差를 만든다. 1889년 파리 만국박람회에서 소개되어 인기를 얻기 시작한 스노글로브는 시·공간성을 화석화하고 인공성을 강조하는 이미지이다. 그 이미지는 원주민의 삶을 결빙시키는 식민지 담론을 환기시키기도 하지만, 오히려 변화에 면역이 된 세계에 고향과 같이 위안을 주는 쪽으로 반복 사용된다. 시차는 "오늘 중얼거리던 이방異邦은 내가 배운 적 없는 시제에서 피는 또 하나의 시제"처럼 영원불멸의 관념이자 감각을 작동시키는 기제이다. 이 영화에서 다루는 세 사랑은 모두 산 자와 죽은 자의 사랑이며, 영혼의 존재에 대한 믿음이다. 시차의 관점은 곧 영혼에 대한 믿음이다. 이러한 스노글로브의 이미지는 김경주의 시 세계를 응축해놓은 것이라 할 수 있다. 영혼의 존재를 믿고 싶어하는 영화 〈기담〉과 우리의 생生을 위무慰撫하려는 시집 『시차의 눈을 달랜다』 사이의 거리는 시차를 달리할 뿐이다. 그 두 텍스트는 스노글로브의 도상 속에 갇혀 있으면서도 흐르면서 영혼을 위한 위로의 장場을 마련한다. "구름은 어느 쪽이건 죽은 자의 머리칼 냄새가 나고 중국 수정 속으로 들어간 곤충의 무심한 눈 같은 어느 날/ 사람의 눈으로 들어온 시차가 구름의 수명을 위로한다."(「연두의 시제時制」, 14쪽)

루카치는 『영혼과 형식』에서 영혼이란 "어떠한 몸짓으로도 표현될 수 없으면서 그래도 표현을 갈망하는 체험"과도 같은 것이라고 말한다. 김경주는 이 표현 불가능한 것을 표현하려는 자이다. 언뜻 보면, 그가 들려주는 영혼의 음악은 감각의 논리를 펴는 데 매혹되어 있는 2000년대 시인들의 특성과 거리가 먼 것처럼 보인다. 그러나 음악만큼 감각적인 것이 있을까. 김경주는 삶의 과정을 감각적으로 보여주는데 탁월한 시인이 아닐까 싶다. 삶이 시간 속에 놓여 있는 한 우리는 상실을 상속받으면서 살아간다. 그리하여 영혼의 삶을 이해하려는 김경주는 모든 대상을 결코 고정되지 않는 변화의 과정으로 파악하고, 그 대상을 구성하는 차이화를 '사이', '구멍', '벽', '틈', '유령'으로 형상화한다. 물론 그 모든 대상은 시간과 불가분의 형태로 실천되는 것들이다. 영혼을 믿는 시인, 허공을 보는 시인의 고집스러움은 『나는 이 세상에 없는 계절이다』(랜덤하우스중앙, 2006)와 『기담』에서 '사이'에 대한 존재론적 사유와 영혼의 울음을 듣는 일로, 『시차의 눈을 달랜다』에서는 그 영혼을 달래기 위한 위로의 양식을 찾는 일로 계속 이어지고 있다. 그렇다면 이번 시집에서 김경주는 어떠한 방식으로 영혼과 함께 하는 우리의 생을 달래줄까.

2. 시차를 이해하는 제1원칙 : 흐름을 파악하라!

『시차의 눈을 달랜다』의 시적 화자는 "욕조 속에 누워" 있다. 그리하여 시를 읽는 행위는 '어느 몽상가의 욕조' 속에서 '바람'과 '구름', '음악'의 흐름을 느끼는 것과 동일하다. 그런데 "창문을 열고 욕조에 누워서 보는 밤의 수증기"(「어느 몽상가의 욕조―에드몽송 씨에게」, 64쪽)는 예사롭지 않다. 뿐만 아니라 그의 시에서 "하늘은 스콜라 철학처럼 흐른다 구름은 제3의물결이다."(『계절』, 142쪽) 김경주가 사용하는 모티프들은 사라지는 흔적을 남긴 채, 흐른다. 대표적으로 창가에 후리는 입김과 수증기가 그렇고, 바람과 구름, 음악 역시 그렇다. 끊임없이 흐르는 이것들은 흘러내리거나 증발하면서 사라진다. "꽃말을 잊어버릴 때 꽃에서 벗어난 꽃말은 수증기"(「꽃의 현기증」, 77쪽)가 되는 것처럼 그것은 곧 소멸이다. 그러나 물은 수증기에서 구름과 바람으로 이동하고, 다시 물로 순환하는 지속적인 유동성을 갖고 있다. 그래서 꽃을 위한 조문 역시 계속되어야 할 일이다. 이때, '꽃의 조문'을 바치는 시적 화자는 수증기 인간이다. "나는 수천 개의 물기로 만든 생식기"(「정교한 횡설수설」, 32쪽)를 지녔으며 그러한 '나'가 쓰는 문장들 역시 "떠오르는 순간 장례를 치르는 문장"(『기담』, 19쪽)이다. 그래서 우리는 "글씨가 흘러가는 책"(「모래의 날들」, 26쪽)을 상상해볼 수도 있다. 따라서 심성수의 시를 읽는 행위는 흐르는 시 속에 '자신을 완전히 적시는 일'이어야 한다.

김경주의 시작詩作 방식은 "유리창에 입김으로 그려 놓은 건축들이 흘러내린다 그건 시차의 눈을 달래는 머릿속의 가장 아름다운 물방울들"(「시차의 건축2」, 50쪽)을 만들어내는 '시차의 건축'인 것이다. '흐름'의 역학은 '시차의 눈을 달래는' 존재론적 유체역학인 것이다. 시인이 "간閒을 빗는"(『기담』, 33쪽) 연필로 시를 쓴다는 것은 "시간의 관절에 대해 이야기할 수 있"(『기담』, 61쪽)다는 것이다. 이때 우리는 시간을 분할해서 인식하는 것이 아니라 '흐름'으로 지각해야 한다. 따라서 "그 시간에 물든 바람의 혈흔을 그리는 사람의 붓은 늘 젖어 있다."(『계절』, 167쪽)

김경주의 시차적 관점은 이미 '사이'에 대한 통찰로 전작 시집들에서 이루어지고 있었다. 이것들에 대한 이해는 근대 이후의 분할된 시간관념을 넘어선다. "생략된 문장에 깃들어 살고 있다는 환영"(「입김으로 쓴 문장」, 45쪽)에 대한 믿음과 "시차는 보이지 않아도 분명 어딘가로 이어져 있다"(「종이로 만든 시차 3―종이 연」, 117쪽)는 믿음 사이에 시인이 '긴 현縣을 놓아주는 것'은 주체와 객체, 시간과 타자 사이에 대한 성찰의 장을 만들어주는 것이기도 하다. "크고 자잘한 시차로 만들어가는 '사실들의 기후'가 우리들의 삶과 아주 닮아 있다고 여길 때 즈음엔 그 모든 것의 경계를 묻고 따지는 일도 무색해지기 마련이다. 다시 말해서 비행기는 명백하게 시차를 빚어내는 기계임에 틀림없지만, 그 시차를 만드는 기계를 이해하는 첫 번째 수칙은 그 기계로의 '탑승'이다." "시간과 공간의 '여' 그곳의 '기내'는 시차"(「종이로 만든 시차―에드거 앨런 포의 반올림한 산문풍으로」, 96쪽)이기 때문이다. 그런데 김경주가 제안하는 시차로의 탑승은 여전히 쓸쓸하다.

흐르는 유동성은 시간성 속에 놓여 있다. 그리고 주체의 입장에서 시간 또한 계속 흐르는 현재시제이다. 이때 증발의 지점은 뭐라 이름 붙일 수 없는 존재론적 '틈'이다. 방랑하며 이주하는 사람들은 풍화되고 침식되는 화석의 시간 속에 놓여 있다. 그래서 울 수밖에 없다. 김경주는 "너의 수증기가 아름다워 보이는 것"(「自序」)은 '나'와 다른 시차의 세계 속에 존재하는 타자이기 때문이라고 말한다. 그것은 "무서운 속도로 서로 녹아내릴까 봐"(「분홍고래 보호자」, 81쪽) 서로 귓속말을 할 수 없는 눈사람처럼 얼굴을 마주할 수 없는 비극적인 사랑이다.

김경주는 상실을 앓는 자의 영혼을 '음악'으로 표현하고 연주한다. "외롭다고 느끼는 것은 자신이 아무도 모르게 천천히 음악이 되고 있다고 느끼는 것이다." 김경주의 시적 화자는 전생에 음악이었고, "음악을 들을 때마다 전생을 거듭 살고 있는 것"이며, "서서히 음악이 되어" 간다. 음악은 언어를 넘어 진실 자체의 얼굴을 드러낸다. 김경주의 관

넘은 늘 시간관념을 동시적으로 실천한다. 그에게 있어서 유동성과 시간을 더불어 사고하는 일은 시적 원리이자 주제이며 심지어 하나의 윤리와도 일체가 된다. "나는 지금 방금 내 곁을 흘러간 하나의 시간을 예감한다 그렇게 생각하고 있을 때 내 생각은 음악이 되고 한 컵의 물이라는 음악을 마시는 동안" "모든 나를 인정하는 순간"(『계절』, 142쪽)이 온다. 시간을 타자에 대한 사유의 관계로 예감한 레비나스는 "시간은 주체가 홀로 외롭게 경험하는 사실이 아니라 타자와의 관계 자체임"을 주장한다. "시간은 존재와 존재자 사이의 다른 관계를 보여줄 수 있다. 시간은 타인과 관계하는 사건 자체이며 현재의 일원론적 홀로서기를 넘어서서 다원론적 존재를 가능케 해준다"(『시간과 타자』, 문예출판사, 1996, 29쪽)는 인식이 참으로 시적이다. 음악은 타자를 향한다. 그것은 라멘토(lamento), 즉 비탄과 기도로 제시된다. 그리하여 김경주의 시에서 "바람의 장례를 치르는 관습은 음악이 되었다."(『계절』, 45쪽) "살아 있는 모든 것들이 사라진 뒤에도 스스로 살아남아서 떠"도는(『계절』, 29쪽) 바람은 "언제나 인간의 장례에 가장 늦게 도착하는 조문객이다."(「현상 수배―다른 나라의 문자가 된 바람」, 88쪽)

3. 시차를 이해하는 제2원칙 : 시간의 무덤을 애도하라!

여행은 여러 장소와 시간을 흘러다닌다. 여행가이기도 한 김경주의 시는 흐르는 삶의 소산이다. 바로 말하자면, 그의 삶은 곧 여행이다. 그런데 김경주의 여행은 특이하다. 가령, "죽은 시계를 차고 여행 가고 싶을 때는 죽은 시계를 차고 여행 간다."(「시차의 건축」, 38쪽) 앞서 밝혔듯이 그의 흐름에 근대적인 시간 관념은 필요 없다. 여행자에게 필요한 것은 오로지 자기 자신 앞에 놓인 대상에 대한 감각과 사유일 뿐이다. 그 때문에, 여행은 주체를 '시차적時差的 관점'에 놓이게 할 뿐 아니라 '시차적視差的 관점'이 형성토록 한다. '방랑'이자 '유배'이며 '밀월'의 양태를 띤 여행은 여행자의 거리화된 시선과 근원을 알 수 없는 향수로 점철된다. "방랑이란 그런 것이다 쭈그려 앉아서 한 생을 떠는 것." '떨다'라는 동사는 존재론적 떨림을 통해 그 영혼의 울림을 의미하고자 한다. 그래서 여행자인 시적 화자는 "내 몸의 이역異域들은 울음들이었다고 쓰고 싶어지는 생"(『계절』, 15쪽)을 산다. '떨림'과 '울음'은 내가 알지 못하는 것에 대한 이해이다. 알지 못하는 것들을 이해하는 것이기에 그것은 외롭다. "외롭다는 것은 바닥에 누워 두 눈의 음音을 듣는 일이다 제 몸의 음악을 이해하는 데 걸리는 시간인 것이다 그러므로 외로움이란 한 생을 이해하는 데 걸리는 사랑이다."(『계절』, 96쪽)

그 외로운 여행자는 "새들의 피로 그렸다는 옛 지도"를 밤새도록 흔들며 들여다보고 있다. 그 지도는 "밤이 되면 사라진 마을이 나타나고 죽은 군대가 모여서 물을 마시는 시간이 온다는"(「죽은 종鍾」, 115쪽) 영혼의 지도이다. 시간의 지층을 담고 있는 지도를 갖고 떠나는 여행은 애도 행위를 통해 하나의 순례기가 된다. 김경주는 "무덤을 여러 개 가진 자의 이야기"(「작은 소설」, 53쪽)를 한다. "어느 날 죽은 새의 눈으로 따라가 본 이 항해를 예감으로 인정한다면 나는 지금까지 만난 가운데 가장 기묘한 장례를 치르는 중이다 …… 어느 날 죽은 새의 눈으로 깨어나 본 이 생애를 밀월로 인정한다면 나는 지금까지 만난 가운데 가장 선명한 신체를 치르는 중이다."(「그러니까 이 생애를 밀월로만 보자면」, 54쪽) 김경주는 우리의 생 자체를 애도의 작업으로 파악하고 있다.

현재는 과거와 함께 있으며 "꿈이라는 실형을 살고 있는" 인간은 "그곳을 다녀올 때마다 다른 비석飛石을 세우고 온다 그리고 거기서 데려온 기억의 비문을 문득 추억이라 부른다."(『계절』, 142쪽) 그런데 "지금까지의 꿈을 꾼다는 건, 단지 자신의 장례에 참석하는 사람들의 눈을 보러 가기 위해서였고 이제부터 꾸는 꿈은 그걸 음악과 바꾸어 부르기 위해서 필요한 눈의 부력이라는 걸, 음악과 장례가 만날 때 사람들은 그걸 동등해지기 위해서 필요한 등가 체계라고도 하고 폐허를 목격했다는 것만으로도 명예를 가지려는 것처럼 행동하는 장례가 있다."(「새들은 눈부터 천천히 죽어 가는 부족이라서 인간의 여행기에 자주 등장한다」, 79쪽) 이러한 인식은 "이장과 이사라는 것이 별로 다르지 않다는 믿음"(「이장移葬」, 75쪽)으로 나아간다. 따라서 김경주의 시 속에 형상화되는 삶에 대한 애도 행위는 반복과 지속을 통해 문학적 치료의 행위가 된다. 이러한 시의 효과는 "그대여 잘 흘러가고 있는가," "누구나 자신이 아직 돌아오지 못한 바람의 시차라고 생각해 보아야 한다"라는 상상을 통해, "누구나 자신의 무덤 속에 한 번은 누워 있을 수 있다"(「마침내 아주 작은 책이 되어 버린 어떤 '무렵'」, 87쪽)라는 관념론적 사유를 이끌어내고 인생과 시간, 자아, 타자를 다시 한 번 통찰해보도록 한다. 유동의 윤리는 자아의 연금술이자 타자와 세계에 대한 이해로 우리의 눈을 흐르게 한다. "결국 나는 '기도'의 형식으로 여기를 떠날 것이다."(「거울 속 나이테」, 58쪽) 기도는 얼굴을 마주하며 할 수는 없지만 초월적인 것과 대화의 형식으로 흘러갈 수 있다.

정신과 신체, 젠더, 인종과 사회적 계급 사이의 경계 상실에 대한 문화적 갈등에 직면하여, 시인이자 여행자인 김경주는 '유동성'에 경도된다. 그는 안정적이고 견고한 양식들과 반대되는 유동성을 보존하기 위한 여러 양식을 고민하는 흔적들을 드러낸다. 사이의 탐색은 유동성과 견고성의 융합에서 일어난다. 사이의 순간은 스노글로브의 이미지가 그러하듯 유동성과 견고성 사이에서 역동적인 접촉의 기호로 텍스트가 존재케 한다. 김경주 글쓰기에 있어 사이 원리는 유동성과 견고성 사이의 상호작용을 매개하기 위해 제공된다. 그리하여 내시경內視鏡과 같은 거울의 반사성은 "수많은/내가 너를 찾아내는/배열들"(『기담』, 110쪽)이 될 수 있으며, 시에 흩어져 있는 '눈'들은 영혼의 눈이 된다. 그런데 "나는 욕조에 눈을 담아 끓이는 계절에 태어났습니다 나의 눈에서 태어난 눈들은 모두 내가 태어난 계절에 새들이 되었을 겁니다 어쩐지 나는 자기 눈을 번식하기 위해 태어난 사람 같습니다"(「너도 곧 네 피 속으로 뛰어든 새를 보게 될 거야」, 13쪽)라는 성토나 "생이란 자신의 눈을 몸 안으로 안내하다 가는 일이라는 생각"(「거미는 자신이 지었던 집을 하나도 기억하지 못하고」, 43쪽)은 삶이, "문장의 수의를 입은 채 흘러가는 여러 개의 유역일 뿐이라는"(「모래의 순장」, 61쪽) 깨달음으로 그친다. 애도의 행위는 반복 행위가 될 뿐, 세계는 여전히 생의 멜랑콜리 안에 놓여 있다. 그를 위로하고 달래는 방식으로 그가 마련한 것은 무엇인가.

4. 내 욕조의 입장권

김경주는 끝나지 않는 애도의 행위가 우리 삶의 경로라 말하고 있는 것 같다. 그래서 그는 이번 시집에서 '연민'을 말한다. 인간이 "결국 자신과 가장 닮은 허구를 타인 쪽으로 열고"(「입김으로 쓴 문장」) 가는 것이 연민이며, "모든 화석은 살아 있는 인간의 눈이 항해하는 연민"(「눈동자화석」, 40쪽)이다. 자아, 타자, 생에 대한 연민은 "먼저 자고 있어 곁이니까"(「먼저 자고 있어 곁이니까」, 119쪽)라고 영혼에게 타전을 보낼 뿐 아니라 '내 욕조의 입장권'을 발행하기도 한다. 이 시집에서 자기 안에 있는 타자를 달래려는 위무慰撫의 형식은 머리를 감아주는 행위의 반복으로 나타난다. 타인의 머리를 감겨준다는 것은 그를 향한, 동시에 나를 향한 애무이자 애상의 연주이다. 그래서 김경주는 "사람의 눈을 달래기 위해" "내 욕조의 입장권"(「내 욕조의 입장권—천변살롱 악사 하림에게」, 57쪽)이라고 『시차의 눈을 달랜다』라는 시집 위에 써 놓고 욕조로 앞장선다. "누군가의 머리를 감겨 주는 느낌으로, 이질異質의 시제에서만 투숙하는 백야가 되겠습니다"(「여독」, 30쪽)라는 선언과 함께.

알레고리

멜랑콜리 변증법, 그 알레고리적 글쓰기

정영문 소설의 경우

1. 우울한 가족 극장, 오이디푸스의 눈물

일찍이 '나는 나를 파괴할 권리가 있다' 라는 김영하의 선언이 있었던 것처럼 포스트모던한 시대에 있어 인간 개인의 주체성은 과거와는 다른 방식으로 구성되고 있다. 다들 알다시피 더 이상 총체적이고 통합되어야 할 존재론이 절대 권좌를 차지하고 있지는 않다. 진실과 진리에 대한 강박은 오히려 거대서사를 구축하며 개개의 주체를 구속했던 것이 분명하다. 그래서 문학은 거대서사의 탈구축과 재구성의 시도들을 통하여 전체로서의 형상을 부분으로의 형상으로 부수고 파편화시키는 유희를 거침없이 즐기고 있다. 그런데, 이러한 파편화의 유희가 자아내는 유머와 익살은 어딘지 비감을 지울 수 없다. 이들의 슬픔이 비탄이나 통곡의 형태로 발현되는 것은 아니되 독자로 하여금 읽는 내내 우울의 정조를 떨쳐버릴 수 없게 한다. 그럼에도 불구하고 우울증과 문학의 관계에 대해 깊이 생각해보지 않았던 것이 사실이다. 버틀러는 "우울증이 재현 그 자체를 구성하는 방식들뿐만 아니라 재현까지도 창시"[1]한다고 주장한다. 그리고 크리스테바는 『검은 태양』에서 우울증과 글쓰기 사이의 내적 연관성에 주목하며 혼란을 야기하는 근대 이후의 문학 자체가 우울증의 발현이라 주장하고 있다. 분명, 근원적인 무언가를 상실했다고 믿게 만든 근·현대는 문화적으로 텍스트들의 춤사위 속에 멜랑콜리를 각인시켜왔다. 이 글은 현대소설 가운데서 한 작가(굳이 분류의 의도를 밝히자면 남성인)의 경우를 통하여 멜랑콜리의 정조와 세계감이 작가의 글쓰기 방식과 관여하는 양상을 살피려 한다.

토성(Saturn)의 감정으로 분류된 권태, 무기력, 허무와 우울 등은 근대의 발전 사관에 있어 역사의 그림자로 취급되었다. 자연적 시간이 근대적 시간관념으로 바뀌면서 현대인은 단조로운 일상을 견디지 못하게 됐다. 인류가 균열 없는 순환에서 분절화된 때時의 '간間' 관념으로 인식 전환하는 순간부터 시간소요에 대한 강박도 시작되었다고 볼 수 있다. 지루함은 인간의 내면에서 권태를 자아낸다. 이러한 권태를 현대인의 존재증명 방식으로 재현하는 작가가 정영문이다. 그는 '알레고리'라는 비유를 통해 "삶과 언어를 낯설게" 하는 작가이자, "현대인의 소외의식, 극단적인 외로움과 존재의 불안"을 보여주며, '권태'와 "끝도 없는 중얼거림", '죽음'을 다루는 작가로 평가되어왔다. 정영문은 체제에 저항하고 탈주선을 내며 글을 쓴다. 이때의 체제는 근·현대화의 기반을 공고히 하는 메커니즘의 발현체라 할 수 있다. 이 체제는 분류와 통합이라는 작업시스템의 원활한 운용을 목적으로 하기 때문에 전체주

---

1) 사라 살리, 김정경 역, 『주디스 버틀러의 철학과 우울』, 앨피, 2007, 239쪽.

의와 파시즘의 형태를 띠고 있다. 파시즘은 특정한 정치적 상황만을 가리키지 않고 일상생활과 대중의 심리에까지 근원적으로 파고든다. 들뢰즈는 파시즘을 위험하게 만드는 것은 분자적이거나 미시적인 정치역량이라고 말하며, 농촌, 도시, 젊은이, 가족, 학교, 사무실 같은 미시적 파시즘을 구분해낸다. 이 가운데 정영문이 관심을 두고 있는 것은 가족주의이다. 그래서 소설 속 주인공들에게 '가족에 대한 사랑'은 각 개인에게 '의무'로 지어진 하나의 억압기제로 받아들여지고 있다. 정영문은 "조국·고향·가족과 같은, 나의 선택과는 무관하게 내게 주어진 것들에 대한 무조건적인 사랑만큼 기이한 사랑의 형태"는 없다고 생각한다. 왜냐하면 가족애에 전제된 "당위에 대한 혐오감"은 끊임없이 "근본적인 배반을 꿈꾸게 하"(「카프카와의 대화」, 144쪽)기 때문이다. 그의 소설 속 인물들은 '아버지와 아들'의 관계 구도를 취하고 있다. 오이디푸스형 인물들의 아버지에게서는 부성을 느낄 수 없고, "어떤 건물의 의심 많은 수위처럼, 혹은 법정의 질서를 유지하는 교도관처럼" "난처한 표정"을 짓는 타자이다. 이 '난처함'이야말로 아버지와 아들의 거리감을 단적으로 드러내주는 감각이다. 이러한 관계는 늘 "서로를 처음 보는 사람들처럼, 처음 보는 괴물들처럼 쳐다보는 것으로 만남을 시작"(『환멸』, 214쪽)하는 방식을 취한다. 게다가 이들은 서로가 자신의 아버지인지, 아들인지를 의심하거나 관계를 부정하기도 한다.

권위주의적 가족 제도는 생식적 성만을 인정하고 성의 쾌락이나 자유스런 성적 관계를 죄로 치부하고 죄의식을 심어준다. 보수적 도덕과 죄의식은 어린아이를 순응적 인간으로 형성시키며, 아이들은 금지된 성에 자발적으로 다가설 능력을 잃게 된다. 빌헬름 라이히는 『파시즘의 대중심리』에서 성적 충동의 억압과 금지를 통한 두려움이 내면 깊숙이 새겨짐으로써 인간의 권위주의적 성격구조가 생산된 것이라고 말한다. 정영문은 억압된 성적 욕망이 가학적이고 파괴적인 공격성으로 전도되는 과정을 소설 속에 재현하고 있다.

> 나는 창 밖으로 그녀를 내던지고자 하는 끔찍한 욕망과 그녀의 몸 속에 들어가고자 하는, 마찬가지로 끔찍한 욕망 사이에 그녀에 대한 나의 태도가 위치하고 있다는 생각을 했다. 그 욕망은 충동적인 것이었지만 내 안에서 치밀하게 계획된 것처럼 여겨졌다. 나는 그녀를, 그녀의 케케묵은 사랑을 내동댕이치고 싶었고, 그녀가 삼층 아래로 떨어지면서 낼 비명소리를, 내가 기인하게 된 나의 모체가 부서지는 소리를 상상했다. 어쩐지 그것은 공중에 치솟은 그 강아지의 비명의 긴 메아리처럼 들릴 것만 같았다. 하지만 그 행위는 끔찍한 것과는 거리가 먼, 마치 종이비행기를 창문 밖으로 날려보내는 것과 같은 홀가분한 것으로 느껴졌다. (『환멸』, 255쪽)

더 이상 주체는 오이디푸스 콤플렉스의 삼각관계 속에 놓여 있지 않다. 그것은 그가 아버지와 어머니의 관계 모두를 부정하기 때문이다. 어머니를 여자로 욕망하는 것은 "끔찍한 욕망"으로 아들에게 학습되어 왔던 것이다. 그런데 소설 속 인물들은 관습에 대한 학습을 통해 오히려 그 끔찍한 욕망을 치밀하게 계획하는 아이러니를 낳는다. 따라서 정영문의 소설에서 인간 존재의 근원에 대한 향수로 다루어졌던 모성애는 모성에 대한 성적 욕망으로 전치되면서, 더 이상 유토피아적 향수로 자리하지 않는다. 오히려 "케케묵은 사랑"이자 부숴버려야 할 "모체"이며, 그것을 실천했을 때 끔찍하기보다는 "홀가분한 것"으로 느껴진다. 근원에서 오는 환멸은 그것을 부숴버리고 싶은 욕망과 연결된다. 따라서 오이디푸스는 안티 오이디푸스가 된다. 서사에 등장하는 모든 아들들은 이미 이러한 관계에 자신이 배치된 것을 스스로 자각하고, 기존의 질서에 대한 반역을 꾀한다. 아버지와 아들 사이에는 상대에 대한 '적의'가 도사리고 있다. 그것은 아버지의 힘인 상징계 질서를 아들이 거역하려 하기 때문이다. 가족 로맨스에서 아버지는 타락한 세계이자, 근대적 질서이다. 그래서 이것에 대한 반역은 근대적 질서에 대한 탈주가 된다. 그러나 우울한 오이디푸스의 모반 행위는 근대적 시간관념을 거스르기 때문에 무기력하고 느리게 진행되고, 상실과 부재를 형상화한 목소리로 이루어진다.

2. 검은 태양 아래, 그로테스크한 권태

1930년내, 삭가 이상은 자신이 찾아간 시골 '성천'에서 권태를 느낀다. 도시생활을 하던 식민지 지식인인 그가 시골에 내려가 느낀 권태란 한 여름 무더위 속 '초록' 일색에서 비롯되고 있다. 이상이 식민지적 근대와 일상성에서 지리함을 느꼈듯이, 포스트모던한 세계에서 정영문의 소설 속 인물들 역시 밀도 높은 지리멸렬함을 느낀다. 김경수는 정영문의 『겨우 존재하는 인간』에서 '문화적 질병'으로서의 권태를 지적하고 있다. 그는 "자신이 세계 속에 아무런 필연성이나 연관의 고리 없이 공존한다는 의식으로부터 비롯되는 이 무력함과 지겨움은, 적어도 문명 이전의 사회에서는 가능하지 않은 인성구조였다."(「삶의 권태와 소설쓰기」, 267쪽)라고 말하며 권태를 주체와 사회적 관계의 산물로 파악한다. 그래서 등장인물은 일상 속에서 패배자의식에 젖어 있다. 하지만 이들의 무기력함이 "힘의 원천"이자 "커다란 힘"(「고문하는 고문당하는 자」, 136쪽)으로 표현되기도 한다.

권태에 젖어 있는 인물에게는 억제할 수 없는 어떤 충동과 발악이 고

여 있다. 게다가 그가 배회하는 도심 속 공원은 정적인 일상의 공간이
기에 쉽게 권태를 창출한다. 따라서 권태의 적요는 죽음의 속성을 띠면
서 그로테스크해진다. "여름 한낮의 공원은 한밤중보다 더 죽어 있다.
마치 울분을 토하듯 빛을 내뿜고 있는 태양은 그것 아래의 어떤 움직임
도 긍정하지 않고 있다."(『겨우 존재하는 인간』, 16쪽)고 묘사되어 있는
부분에서도 알 수 있듯 도심 속 한낮의 태양은 "관용적인 빛을 던지는
태양이 아닌, 죽음을 후원하는, 소멸을 재촉하는 태양"이다. 권태의 연
쇄고리 속에서 인물들이 지향하는 종착점은 죽음이다. "한여름의 열기
속 아스팔트 도로의 한가운데에, 지나가는 자동차 바퀴에 의해 납작하
게 된, 메마른 피와 엉긴 털가죽만으로는 그것이 본래 어떤 짐승이었는
지조차 알아보기 힘든", 어떤 야행성 들짐승의 영상은 권태를 표상하는
지배적인 인상으로 자리하고 있다.

> 그렇다, 그 부패하고 있는 사체가 강조하는 것은 고집스런, 섬뜩하며 그로테
> 스크한 권태이다. 그곳에서 권태는 질서이며 그 나머지, 잔혹과 덧없음은 그
> 권태의 부차적인 속성에 지나지 않는 것이다. 그 끔찍함은 잔혹하게 일그러진
> 그 모습이 아니라 그것에서 배어 나오는 권태로부터 연유하고 있다. 또한 그
> 권태는 그 동물의 시체에 내재해 있기보다는 그것과 관계하는 나의 의식 속에
> 있는 것이다. 그리고 그 끔찍함은, 세상의 종말 따위가 온다 해도, 그 종말 이
> 후에도 남을 이 진저리쳐지는, 나의 의식을 차지하고 있는 권태에 비하면 아무
> 것도 아니다. (18쪽)

죽음과 공존하는 "그로테스크한 권태"는 우울자가 세계와 맺는 하나
의 질서이자 관계적 산물이다. 세상의 종말이 온다 해도 끝나지 않을
것 같은 자기 내면의 권태이기에 더욱 그로테스크한 것이다. 이런 우울
증적 주체의 의식은 어떤 정서적 감동도 허용하지 않으며 '무감각'으

로 일관하려 든다.

그렇다면 이 권태는 어디에서 온 것인가? 첫째, 규율체계이다. 이것은 주인공이 13세 때쯤 받은 방공훈련이 있던 날의 기억을 통해 제시된다. 주인공 자신이 어떻게 지금의 '자기'에 이르게 되었는가라는 질문에 대한 답을 구할 때, 자신의 삶의 한 전조가 구체화된 상징적 장면은 버마재비를 잡아먹고 인간의 발에 바스러진 사마귀의 형상이었다. 주인공은 이때부터 자신의 권태가 시작되었다고 말한다. 방공훈련이라는 국민 규율이 이루어지는 체제의 시·공간 속에서 어린 주인공이 목격한 것은 '사마귀'로 표상되는 약육강식의 질서였던 것이다. 정영문은 이런 순간들을 에로틱하고 매혹스럽게 재현하려 한다. 그 가운데서 그는 철저히 힘에 반역을 꾀하지 못하고, 여전히 힘에 대한 열망을 권태 속에 각인시키고 있다. 그래서 본인 스스로도 '그로테스크한 권태'라고 했을지 모른다. 어찌하였건 이는 정영문 소설의 작동 메커니즘이 되는 우울증이 사디즘적 공격성으로 경도되는 지점이 된다. 권태 자체도 열심히 살아가는 생활자들과 비교할 때 이방인적·탈주자적인 자질이 된다. 권태가 탈주의 의장을 입기 위해서 도입한 것은 '무의미' 성이다. 권태를 촉발시킨 사건들은 어린 주인공에게 "삶이 무의미하다는 인식을 심어주었다." 그래서 주인공들은 "결국 무로 환원되고 말 이 세계의 창조가 무의미한 것이며, 그 무의미가 이 세계 속의 모든 것을 압도하고 있다는 것"(『겨우 존재하는 인간』, 45쪽)을 깨닫고, 그때부터 그들의 삶은 빗나가기 시작한다. 결국, 권태의 발단은 무無로의 환원이라는 세계의 무의미성을 각성한 단계에서부터였다.

둘째, 시간의 문제이다. 권태는 무의미감에서 비롯되는 삶의 단조로움이 시간적 양상으로 투영된 것이다. 이재선은 "권태가 갖는 시간적 양상은 현재의 것으로서 끝없는 것처럼 보이며, 과거의 것으로서 공허하게 보이는, 무의미하게 기계적으로 흐르는 시간 체험을 지시한다"[2]고 말한다. 작가가 다루고 있는 것은 근대의 시·공간적 메커니즘이 사회적인 차원에서 작동하는 문제이다. "시계는 직선적인 시간을 무한히 등분될 수 있는 것"으로 만들면서, 근대인의 삶 전반을 분절하고 규정하는 "근대인의 내적인 존재 형식"[3]이 되었다. 권태를 구성하는 주체의 시간은 "무감각한 시간의 자취 위에서 끝없이 회전하는 일상만이 있을 뿐"이다. "하루, 일주일, 한 달이라는 단위의 일정한 주기를 가진 시간" 속에서 사는 사람들의 시간관념에 비하여 권태 속에 있는 주인공은 자신이 "빙판 같은, 숫자판이 없는 시계의 무한궤도 위에서 미끄러지고 있는 것"처럼 여겨진다. 그에게 근대적 시간의 흐름은 존재하지 않기에 기다릴 필요도 없다. 이런 의식 가운데 있는 존재는 "다만 더 이상 기다릴 것이 아무것도 없게 될 순간이 오기를 기다릴 뿐"(『겨우 존재하는 인간』, 200쪽)이다. '종말'이 곧 존재라는 역설은 '죽음'을 다루게 한다. "권태는 살아 있는 것들뿐만 아니라 죽음"(『겨우 존재하는 인간』, 154쪽)에까지 달라붙어 있는 것이다. 따라서 권태는 인과적으로 "소멸의 연습"이 된다. 권태로운 인물들은 '살의'에서 욕정을 느끼기까지 한다. 특별한 이유도 없이 아내를 죽인 남편이나, 그 남편의 이야기를 듣고 그를 죽이는 주인공의 살인 동기에는 삶에 대한 권태가 자리하고 있다. 그리고 인물의 죽음 충동은 급기야 가사성假死性의 상태를 모방하며 쾌락을 느끼는 데까지 나아간다.

---

2) 이재선, 「현대소설의 '권태'의 시학」, 『현대문학』, 1997. 5, 70쪽.
3) 이진경, 『근대적 시·공간의 탄생』, 푸른숲, 2002. 43~48쪽.

3. 시체 놀이와 클로즈업 된 '균열'들

죽음에 대한 욕망이 미학적 죽음으로 승화되는 작품의 경우는 죽음을 존재증명의 방식으로 삼는다. 정영문에게도 '죽음'은 단지 경험적인 차원에 그치지 않는다. 그것은 모더니즘의 세계 인식과 관련되고 있다. 현대를 암흑으로 보려 하는 모더니즘적 세계 인식의 반영은 '주검'의 알레고리를 통해 이루어지고 있다. 정영문의 소설에서 주체는 죽음을 욕망하는 것처럼 보이지만, 이미 주검으로 존재하면서 결코 죽지 않는 존재가 되어 있다. 따라서 정영문에게 죽음은 앞으로 다가올 미래나 종말론적 시간을 의미하지 않는다. 그것은 무시간성의 성격을 띠며 시간 밖에 존재하고 있다. 그래서 등장인물들이 죽음을 이야기하는 동안은 죽음이 연기延期되면서 끝이 보이지 않는 영원의 시간만이 흐른다. 이 시간 속에 작가 또한 끝없이 기표를 차연시키며 중얼거릴 수 있는 것이다.

등장인물들 "내부에서 눈을 뜨고 있는 죽음은 하나의 완전한 자치 공간"(『겨우 존재하는 인간』, 39쪽)을 가진 것처럼 재현되고 있다. 더군다나 등장인물들은 허공에 떠 있는 '유령'같은 존재로 자신을 인지한다. 이들은 자신이 존재한다는 사실을 오로지 존재적 공허감을 통해 확인할 수 있다. 즉, "살아 있는 죽어 있는 사람인지" 아니면 자신 내부의 "모든 것이 죽은 살아 있는 사람인지"조차 판단할 수 없는 것이다. 급기야 등장인물은 자신을 '외계인'처럼 느끼며 자신이 세계와 단절되어 있음을 지각한다. 이들은 경찰서 안에서 왔다 갔다 해도 누구도 신경 쓰지 않을 정도로, "그곳에 있어도 없어도 상관이 없는 존재"(「배회」, 113쪽)가 되어 있다. 이처럼 세계와의 단절을 기도하는 인물들은 하나

같이 죽음을 꿈꾼다. 이런 인물들이 가고 싶은 공간은 '아프리카'이거나 '관 속'이거나 아니면 이미 죽어 있는 주검 상태이다. 불면증에 걸린 한 인물은 아프리카에 가 "사파리 여행을 한 후 초원 위에 누워 선잠이 든 상태에서 맹수들의 사냥감이 되어 죽고" 싶은 바램까지 갖고 있다. 죽음을 욕망하는 주인공은 "차례를 기다린 하이에나와 독수리들에 의해 남김없이 없어지는"(「불면증」, 152쪽) 육체의 완전한 소멸을 꿈꾸거나, "그 안에 들어가 죽은 듯이, 시체의 흉내를 내며, 완전히 죽게 되기를 기다릴 수 있는"(「내장이 꺼내진 개」, 77쪽) 자신의 무덤을 찾아 헤매기까지 한다. 이들에게는 그런 죽음만이 용인될 수 있으며, "가슴 벅찬 느낌"을 안겨줄 수 있기 때문이다

이렇게 죽음을 간절히 원하는 인물들의 1인칭 시점은 죽은 자의 1인칭 시점으로 변화된다. 급기야 죽은 자들이 말을 하기 시작한 것이다. 죽은 자들은 자신이 정말 죽은 것인지 살아 있는 것인지조차 의식할 수 없다. 『검은이야기 사슬』에 실려 있는 단편 「장의사」의 화자는 시체이다. 죽은 시체가 수의를 입고 묘지에 묻히러 가는 과정이 죽음을 맞이한 시체의 입장에서 재현되고 있다. 죽었으되 살아 있는 서술자는 죽음을 차차 받아들이는 과정으로 이행하며 비로소 자신이 완성되어간다고 여긴다. 가사성假死性의 쾌락은 모든 존재가 "지워질 흔적으로 자신을 기입할 뿐"이라는 깨달음에서 얻어진다.

죽음은 의미를 실은 개념이 아니며 개념의 가장자리를 떠돌아다닐 뿐이다. 그것은 인간적인 의미와는 무관한 채 사물들에 그 흔적을 남긴다. 세계의 무의미성을 채득한 주체에게 있어 죽음은 오히려 의미 있는 상징적 행위일 수 있다. 그러한 죽음을 향해 돌진하는 인물들은 "살아 있는 죽어 있는 사람"이거나, 아니면 "죽은 살아 있는 사람"들이다. 이

간극 속에 존재하는 주체는 우울증적 주체가 된다. 이들의 중얼거림은 마치 주술사의 주문처럼 기호를 나열하며 의미를 지연시킨다. 주체는 세계를 무의미로 파악하고 모든 것을 부정하지만 언어를 벗어날 수 없는 존재이기에, 언어질서의 파괴를 감행하게 된다. 의미를 제시하지 않는 언어의 물질성은 곧 죽음을 의미한다. 언어의 균열은 곧 존재의 균열이자 죽음이다. 따라서 세상과의 관계 맺음을 거부하고 단절을 기도하는 '균열'의 시학은 탈주의 흔적들이자, 거대서사에 대한 '흠집'이 된다. 『겨우 존재하는 인간』의 주인공이 유년기의 어느 수업 시간에 학교의 수업 종을 치며 쓰러졌던 사건은 그에게 '균열'을 낳았던 상징적 사건이 된다.

> 그 일이 있은 후 나는 외형적으로는 아무 변화가 없었다. 하지만 내 내부에서는 기형적인 의지가 자라나기 시작했고, 그것은 끝없이 나를, 내가 그 안에서 내 심연의 어둡고 습한 방의 문을 열게 했다. 그후로의 나의 삶은 그 최초의 균열에서 미세한 가지처럼 뻗어나온 균열에 힘입은, 서서히 기울어져가는 붕괴의 경험의 연속에 지나지 않았으며, 나는 내 생애를 향한 어떤 육중한 거부감을 한순간도 떨쳐버릴 수가 없었다. (『겨우 존재하는 인간』, 47쪽)

이러한 상징적 사건의 기억은 고등학교 수학 시간에 소리를 지르며 자신과 세계를 정지시켜버리려 했던 기억에서도 발견된다. 균열의 주체는 이러한 상징적 사건이 "이제껏 결함이 있고, 허구적이며, 모순된 모호한 관계를 통해서만 세상과의 관계를 맺고 있던" 자신의 "가장 깊은 곳에서 발생한 폭발로 인한 파열음"이었음을 깨닫게 된다. 균열을 기도하게 된 것은 "존재의 심연에 도사리고 있던 어두운 손길"과 같은 무의식의 산물이었다. 본능적인 무의식의 돌출은 "나와 세계와의 완전한 분열이 일어나면서 그것과의 불화가 완성된 순간이었고 나를 포박

하고 있던 세상과의 어색한 조화가 깨지면서 그 박피들이 떨어져나가는 순간"(50쪽)이었던 것이다. "보이지 않는 균열"을 느끼게 되는 순간 작중인물들도 모두 기이한 체험을 하게 된다. 그것은 현실의 세계를 전복하는 환상의 형태로 나타난다. "현실과 환상 사이의 경계"(「보이지 않는 균열」, 244쪽)를 분명하게 긋지 못하는 인물들은 몽유병 환자나 유령처럼 공중부유한다. 그런데 주의해야 할 것은 균열 주체가 정상인들과 다른 행동을 하는 공간과 상황은 지극히 합리성과 규율성을 따진다는 점이다. 따라서 의식의 세계에서 무의식을 돌출시키는 "기형적인 의지"(47쪽)는 정상인과 비정상인의 구분선에 걸린다. 이러한 구분 속에 세계와 자신의 불화가 완성되면서, 주체는 주변인이 격리·수용되는 정신병원으로 보내진다. 벤야민은 우울증자가 세상을 어떻게 읽어야 할지 가장 잘 아는 사람이라고 말한다. 그의 말은 곧 알레고리스트로서의 우울증자가 몽환적인 상태 속에서 세상의 실재, 상실한 대상, 결여를 보게 됨을 의미한다.

4. 주변인(outsider), 신종 괴물의 탄생

균열을 인식하고 부유하는 몽유병 환자는 현실과 꿈의 세계를 경계 짓지 못하고 뫼비우스의 띠처럼 접혀진 두 공간을 점유하는 존재이다. 탈주하는 인간형들은 주변부적 집단의 형상으로 기형적 존재가 된다. 정영문 소설에는 '난쟁이'나 '꼽추', 혹은 '닭', '원숭이', '돼지'로 변신하는 인물들이 등장한다. 『겨우 존재하는 인간』에서 주인공이 공원에서 마주친 '행려병자'는 원숭이를 닮아 있다. 유랑극단에서 원숭이 흉내를 내던 사나이는 원숭이보다도 더 원숭이다워진다. 그런데 그를 원숭이로 만든 원인은 인간에 대한 불신이었다. 인간과 달리 "원숭이들은 교활하지도, 탐욕스럽지도, 서로를 못살게 굴지도" 않는다. 그는 원숭이들과 함께 살 수 없게 되었을 때, 자신의 상태를 "인간으로의 전락"으로 받아들인다. 이와 같은 동물과 인물의 친화성은 다른 곳에서도 찾아진다. 「괴저」에서는 '닭'과 유사성을 지닌 인물이 등장한다. 그리고 「내장이 꺼내진 개」에서는 '염소'가 죽음의 운명을 같이 하는 애정의 대상으로 재현되고, 주인공이 '내장이 꺼내진 개'와 동일성을 느낀다. 그리고 공간적 배경으로 '정신병원'과 '동물원'이 자주 등장한다. 「보이지 않는 균열」과 「자폐증」, 『겨우 존재하는 인간』, 『핏기 없는 독백』 등에 나타나는 인물들은 정신병원에 갔다 왔거나 요양의 경험이 있다. 「착란」과 「분열증」을 통해서도 정신적 불안과 우울자의 심리를 다룬다. 그리고 동물원은 주체가 "그 안에 있는 동안 편안하고, 나를 이해하는 존재들이 있는 것처럼 느껴지는 거의 유일한 곳"(『핏기 없는 독백』, 124쪽)이다.

그러나 정영문은 동물과의 상동성에서 만족하지 못하고 등장인물을 새로운 '괴물'로 탄생시킨다. 괴물을 닮아가고 있는 인물들은 "괴물의 모습에, 괴물의 이성과 감정을 지닌 완벽한 괴물"이 되어가고 있는 것을 스스로 느낀다. 그 괴물은 "지금까지 인간이 만들어낸 괴물의 모든 속성을 가지고 있으면서도 그 어떤 괴물과도 닮지 않은"(「불면증」, 155쪽) 형태로 가족을 부정하고 세계와도 단절을 꾀한다. 이들의 몸은 의식과 분리되어 있다. 그로테스크한 의식은 몸을 가학적으로 다루기까지 한다. 인물들이 "자신을 학대하는 데 제일 흔하게 동원하는 방법은 제법 큰 쇠 추를 그의 발등에 떨어뜨리는 것"(「자폐증」, 177쪽)이다. 그

밖에도 접착테이프를 다리에 붙인 후 그것을 문지른 다음 괴로운 표정
을 지으며 떼어내거나, 압정을 자신의 손에 하나씩 박기도 한다. 또한
어떤 때는 스테이플러로 바지를 내린 다음 마치 박음질을 하듯 자신의
허벅지에 박은 후 하나씩 철침을 빼내기도 한다. 자신의 신체에 대한
가학증은 "자폐증"의 발현이다. 이러한 현상은 「후각 상실」에서 갑자기
음식 냄새를 맡지 못하게 되기도 한다. 그리고 급기야는 카프카의 「변
신」에서 그레고르가 곤충으로 변신한 것처럼 주인공 역시 몸의 변화를
일으킨다. 주인공은 "어느 날 아침, 잠에서 깨어보니 자신의 몸이 이상
한 것을 느꼈다."(「괴저」, 9쪽) 몸이 부패해가고 있던 것이었다.

> 이제 병실은 그의 몸에서 나는 냄새로, 그것은 악취라고는 할 수 없었지만,
> 어쨌든 불쾌한 냄새로 가득 찼다. 그것은, 뭐라고 말하기 힘든, 이 세상의 어떤
> 냄새와도 같지 않은 냄새였다. 하지만 그의 부패해가고 있는 몸은 그에게 아늑
> 한 느낌을 주었다. 그의 몸에서는 감미로운 썩은 사과 향기가 났다. 그것은 어
> 떤 방향제의 냄새와도 비슷했다. 시간이 지날수록 그의 몸은 점점 축소되어갔
> 다. 그는 대부분의 시간을, 가만있는데도 한없이 밑으로, 바닥으로 꺼져가고
> 있다는 느낌 속에서 누워 지냈다. (「괴저」, 31쪽)

그런데 정영문이 창조해낸 인물들은 몸의 변화나 죽음을 맞이하는데
별다른 반응을 보이지 않는다. 권태로운 자들에게 반응은 무의미한 것
이기 때문이다. 이런 무의미성은 곧 주체의 무감각성으로 이어진다. 정
영문의 소설 속 인물들은 무감각적인 인물들이다. 그들에게는 육체가
없기 때문이다. 존재의 집이라고 할 수 있는 몸은 오히려 속박으로 표
현될 수 있다. 몸이 대상과의 관계를 통해 지각되는 것이라고 할 때, 세
계와의 단절을 꾀하는 소설 속 인물에게는 몸을 지각할 방법이 없다.
자신의 몸을 자신의 몸이라고 주장할 수 있는 근거가 아무것도 없는 상

태는 '무감각'의 상태를 의미한다. 따라서 몸과 분리된 인물은 결코, 자신의 몸에 가해지는 고통의 당사자가 될 수 없다. 단지 "삶의 그 무엇도 직접적으로 느껴지지 않는 이 경이로운 느낌만이 유일하게 온전한"(「고문하는 고문당하는 자」, 138쪽) 것이라는 생각만이 가능할 뿐이다. 육체와의 분리는 주체가 세상과 단절할 수 있는 길이다. 그런데 주체가 '무無'인 상태는 도리어 "아무것도 아닌 것" 자체가 '무엇'이 됨을 의미한다.

몸의 변화에는 어떤 필연성과 합리적 설명이 불가능하다. 이런 상황은 전혀 예상하지 못한 일들이지만 작중인물들은 늘 "그의 몸에 그가 예상하지 못한 어떤 일이 닥치리라는 것을 예상하고 기대"한다. 그래서 이런 갑작스런 변화들에 인물들은 염려하지 않는다. 그들에게 몸은 전혀 다른 개체로 '변화'하는 것이 아니라 '변신'하는 것으로 받아들여지기 때문이다. 정영문이 이런 '변신'을 통해 단종斷種을 꾀하는 것은 오이디푸스 삼각형을 통해 구현되었던 가족서사의 단절을 의미한다고 볼 수 있다. 이처럼 인간의 종족을 단종시키고 새롭게 태어나는 형상은 사람이 아닌 다른 형식을 통해 재탄생하고자 한다. 이런 탄생이 가능했던 원인은 인간에 대한 불신, 그리고 정상과 비정상의 이분법을 통한 배제와 차이의 지배 기제에 있다. 그래서 작가는 사람의 입장이 아닌 동물의 입장에서 동물들의 울음소리가 웃음소리로 전치되고, "짐승도 사람도 모두가 유령이며, 그래서 서로 아무런 차이가 없다는 생각"(「동물들의 권태와 분노의 노래 3─부엉이의 숲」, 145쪽)을 권태롭게 밀고 나간다.

5. 비생산적 남성성과 퇴보의 서사

비생산성은 탈파시즘적이다. 근대 자본주의적 성제도나 파시즘 체제에서는 생식과 출산을 목적으로 두지 않는 성을 이단적인 성으로 단죄하며 이성애적 성을 제도화한다. 재생산에 기여하지 않는 동성애나 쾌락에의 탐닉은 비체제적이고 아웃사이더적인 행위로 격리되었던 것이다. 죽음을 예찬하는 가운데는 당연히 생산성이 존재하지 않는다. 그래서 소설 속 인물들은 섹슈얼리티가 제거되어 있다. 가사성을 즐기며, 죽어 있는 자들로 재현되는 남성 주체들은 성적 충동이 없다. 이들은 "사춘기 이후로, 그 기원과 연혁을 알 수 없는 발기부전 상태"에 처해 있다. 그런데 정영문의 소설 속 주변인들은 살의에서만 욕정을 느끼는 그로테스크한 성적 충동을 소유하고 있다. 그래서 이들은 철망 속에 갇혀 트럭에 실려가는 자포자기 상태의 닭들을 보면서 그것이 곧 도살되어 식용으로 쓰여질 거라는 상상을 했을 때처럼 "사실상 흥분의 요소가 되기 힘든, 해괴하기까지 한 것들로부터, 무척이나 처치하기 곤란한, 불수의적인 흥분"(『겨우 존재하는 인간』, 130쪽)을 느끼곤 한다. 이것이 인물들이 느끼는 욕망의 전부이다.

정영문의 우울증적 주체인 남자 주인공들은 비생식성과 비생산성을 욕망한다. 그래서 결혼하겠다는 아들에게 아버지는 "되도록 하지 말거라, 할 거면 다 늙어서 하든가"(「달에 홀린 광대」, 58쪽)라는 식의 말만 한다.

나는 전체적인 불능 상태에 이르게 되었다. 이건 바람직한 일로, 어떤 노력의 결실처럼 여겨지기도 한다. 그동안 나의 묵인과 보호하에 내 육체는 쇠퇴에

있어 큰 진전을 보인 것 같다. 나는 가만히 다리가 저리고, 자리에서 일어설 때
면 나무토막처럼 경화된 다리를 한참 동안 주물러줘야 한다. 몸은 나도 몰라보
게 여위었지만―점차 협소해지고 있고, 결국 작은 점으로 축소될 것 같은―마
치 그동안 중금속만 섭취한 듯 내가 느끼는 나의 몸무게는 훨씬 더 무거워졌
다. 그만큼 체력이 저하된 것일 것이다. 특히 시력은 괄목할 정도로 나빠졌다.
나의 시력은 대상과 나 사이의 거리감을 해소하기는커녕, 더욱 부풀리고 있다.
아니, 거기에서 더 나아가, 대상들까지도 혼란에 빠뜨리고 있는 것처럼 여겨진
다―내게 있어 혼란은 일종의 욕망이었다. (『핏기 없는 독백』, 197~198쪽)

권태와 무기력에 빠진 인간에게 성적 욕망은 "번거로운 욕망"일 수
있다. 그래서 겨우 존재하는 욕망은 양가적이다. 등장인물은 슬픔과 기
쁨이 동시적으로 존재하며, 욕망의 수축과 이완 작용에 따른 변덕스럽
고 무모한 삶을 살아간다. 게다가 정영문의 인물들은 자학과 자기 파
괴에서 오는 쾌감을 디자인한다. 그런데 그 무엇에도 "아무렇지 않은
만족"을 느끼는 인물들은 자해를 하면서도 자신의 육체에 가해지는 고
통을 느끼지 못한다. "탄력을 잃은 사지"와 모든 욕망이 이미 제거된
주체에게 희망은 가장 낮은 서열에 위치해 있다. 아무 것도 생산하지
않는 것이 "잉여분의 삶"을 살고 있는 그들이 하고 싶은 일이다. 등장
인물들은 스스로 "전체적인 불능 상태"(『핏기 없는 독백』, 197쪽)에 이
르기 위해 체력이 저하되도록 노력한다. 이들은 자신의 쇠퇴한 육체를
주시하면서 그 흔적을 바람직한 노력의 결실로 여긴다. 혼란을 욕망하
고 질서를 부정하려는 의지는 규율적인 신체와 건강성에 대한 파괴를
감행했다. 모든 욕망을 죽이려는 필살의 글쓰기 제의는 몸의 훼손과
파괴를 통해 먼저 이루어진 뒤, 언어질서를 부정하는 데까지 나아간
다. 하지만 중얼거리는 행위 그 자체도 욕망이기 때문에, 언어를 벗어
날 수 없다. 그래서 정영문이 선택한 것은 인물을 괴사시키거나 괴물

로 변신시키는 작업이었다. 다른 언어를 창조하거나 언어를 괴사시키고 언어 이전의 세계로 가기 위한 길은 단지 그뿐이라 생각했을지 모른다.

아버지의 안락사 결정을 두고 고민하는 소설 「파괴적인 충동」에는 돌발적인 공격성이 현저하게 드러난다. 공격성 역시 근대 문명이 억압하는 산물이다. 테니스 코트에서 아직은 완전히 죽지 않은 상태로 몸을 뒤집은 채 경련하고 있는 쥐를 발견하고 자신도 모르게 테니스 라켓의 테두리로 쥐를 내리치는 돌발적인 행동은 공격성의 산물이다. 주체의 내면에 잠재하고 있는 충동으로서의 파괴적 충동은 폭력적인 양상으로 드러나고 있다. '나'의 파괴적 충동은 외부로 향할 뿐만 아니라 자신의 내면으로 향한다. 그래서 비행청소년들을 만나 위협을 받는 순간에도 "나는 그 칼이 나를 찌를 수도 있다는 두려움과 함께 무자비하게 난자당하고 싶은 충동에서 비롯된 강한 기대감"(60쪽)에 사로잡힌다.

비생산성과 그로인한 파괴적 충동은 무의미의 생산을 위한 준비작업이자 발현이다. 이러한 모습은 노년의 모습을 하고 있기도 하다. 『중얼거리다』는 청장년기와 노년기의 삶에 대한 왕의 성찰을 통해, 정영문 소설에서 재현되는 무기력증의 함의를 파악할 수 있게 하는 작품이다. 청장년기의 삶은 어떤 목표를 세우고 그것을 이루기 위해 노력하는 삶이다. 청장년기의 인간은 목표를 향한 의지를 가지며, 이 의지에 따라 적극적인 행동을 한다. 작가는 노년기의 삶을 그것으로부터 자유로워진 상태로 파악하고 이것이 "실존적인 삶"이라고 본다. 그가 노년기를 통해 언급하고 있는 실존적 삶이란 "어떤 점에서 무위를, 그리고 무의미를 그것의 주된 내용"(12쪽)으로 취하고 있는 것이다.

이러한 삶과 의미의 부정, 그리고 비생산성은 종족의 말살과 인류의 단종성으로 나아간다. 종족의 최후는 "집단 자살과 같은 인위적인 방법"을 택하지 않고, 스스로 출산을 억제하고 다양한 질병들에 스스로를 무방비로 노출시키며 종족의 전승을 위한 어떤 노력도 하지 않는 형태로 이루어진다. 단종 기도는 뚜렷한 이유가 제시되지 않는다. "어떤 알려지지 않은 이유로 그들은 이 세계에서 사라지기로 결정"(「종족의 최후」, 229쪽)을 했을 뿐이다. 순수한 혈통을 지키기 위한 어떤 종족의 소멸은 남아 있는 혈통의 오염을 의미한다. 하나의 종족이 전승되고 유지되기 위해서는 "강한 남자들만 살아남아야 하는 우리의 삶의 혹독한 조건"(「성인식」, 226쪽)에 대응해야 한다. 살아남을 수 없을 때 아예 단종해버리려는 의지는 진보적 역사관에 역행하는 것이다.

6. 토성의 영향을 받는 글쓰기

우울증적 기질을 은유하는 토성의 기원은 그리스의 신 크로노스이다. 크로노스는 자신이 들고 있는 낫으로 아버지를 죽이고, 자식들이 태어나는 대로 집어삼켜 뱃속에 넣은 무자비한 파괴자이지만, 동시에 그 낫으로 농토를 경작하는 창조자이기도 하다. "이 변증법의 공간 속에서 우울이라는 문제의 역사가 펼쳐진다." 『독일 비극의 기원』에서 벤야민은 이렇게 말한다. 벤야민은 우울증 환자를 알레고리스트로 파악했다. "우울한 인간은 세상이 사물이 되는 것"을 보기 때문에, 알레고리는 "우울증 환자 특유의 세상을 읽는 방식"[4]이 된다. 멜랑콜리는 알

---

4) 수전 손택, 홍한별 역, 『우울한 열정』, 이후, 2005, 83쪽.

레고리의 구조인, 언어와 지시 대상 간의 간극에서 발생하는 정조인 것이다. 정영문의 글은 "부유하는 욕망"이 부재하는 표정을 담고 있다. 그래서 그의 소설은 "균열을 요구하는 단어"와 "스스로의 의미의 사라짐을 목격하는 문장"(〈작가후기〉, 『나를 두둔하는 악마에 대한 불온한 이야기』, 249쪽)들로 이루어져 있다. 그가 전달하는 이야기는 "어디에서부터 시작해도 좋을 것이다. 그리고 그것은 편리하게도 어디에서 끝내도 좋은 얘기이다."(「횡설수설」, 210쪽) 해체의 궁극적인 목적은 해체 그 자체이다. 해체를 구축해가는 과정 속에서 발견되는 것의 에피파니를 추구하는 것이 해체적인 글쓰기의 미학일 것이다. '중얼거리는 것'과 '이야기하는 것'은 억압적인 세계에서 주체가 삶을 버텨나가는 방식이다. 그는 자신의 글쓰기를 "언어에게 낯선 이미지들을 소개하고, 언어가 그 이미지들을 자신의 것으로 취하도록 행위에로 이끌어내는 작업", "언어의 보살핌과 위협을 동시에 받으며 하는 사고의, 좌표 없는 항해," "존재의 규명이 아닌, 그것의 규명될 수 없음을 규명하는 헛된, 하지만 부득이한 노력"(「어두운 화면 위에 떠오른 느슨한 말들」, 47쪽)이라고 정의한다. 끊임없는 해체 욕망의 무모한 글쓰기는 무의미를 탐구하고 있는 것이다. 의미와의 완전한 결별은 작가 자신이 바라보는 세계가 "모호한 환멸의 덩어리" 이상의 아무것도 아니라는 것을 보여주려 하는 데 있다. 그래서 그의 글쓰기에서 언어는 효력을 잃고 있으며, 단지 끊임없는 중얼거림으로 인해 자신의 "지루함을 달랠 수만 있다면 그것으로 충분"한 것이 된다. 그러나 이러한 무의미성의 유희를 통해 드러나는 환멸의 수사는 욕망을 거세시키지 못한다. 작은 죽음들의 환유적 체험은 적극적인 생의 충동이기 때문이다. 죽음을 욕망하는 것은 삶을 욕망하는 것이다. 정영문 소설의 이러한 의식은 호전적 우울증의 발현을 통해 자아에 대한 공격이 내부로 향하지 않고 바깥으로 옮겨지는 현상과 함께 한다.

정영문의 소설에서 존재의 의미를 지워버리고 무無로 환원시키려는 '피괴적인 충동'은 비합리주의적 생철학과 결탁하면서 힘을 얻고 있다. 정영문의 작품 전체적으로 인물의 파괴적 충동은 어떤 필연적인 이유를 갖지 않는 것으로 재현되고 있다. 이유 없는, 비합리적 충동으로 일관하는 인물의 파괴적 충동은 무자비한 폭력을 소급해옴으로써 탈파시즘을 가장假裝한, 그래서 오히려 더욱 지독스럽게 파시즘적인 모습을 모방하는 역설을 낳는 지점이 된다. 언어의 상징적 폭력을 부정하고, 비합리성으로 내달으려 하지만 그러한 과정을 파시즘적 언어로 재현하는 모순과 한계가 산출되는 것이다. 정영문의 소설적 특성과 비교 차원에서 윤성희나 강영숙의 소설을 들 수 있다. 이들 여성 소설가들의 작품에 재현되는 멜랑콜리는 긍정적 우울증의 형태를 취하고 있다. 정영문의 우울증적 주체들이 시체놀이와 자해, 폭력으로 자신의 멜랑콜리를 연기演技하는 동안, 그녀들의 우울증적 주체들은 편지와 선물을 보내며 블랙유머로 실존을 꾸려나간다. 멜랑콜리는 작가들 각자가 처해있는 역사적 환경을 초월해보려는 변증법적 대립의 긴장으로서, 그 간극을 메우려는 특별한 글쓰기의 형식을 필요로 한다. 소설의 주체가 우울증적 주체인 것은 욕망의 주체이기 때문이다. 우울증적 주체는 크로노스처럼 대상을 집어삼키며 대상과 자신을 분리시키지 못한다. 우리가 욕망의 대상들을 무수히 배 속에 집어넣어도 여전히 우울한 존재라면, 우리의 삶과 문학은 집어 삼킨 대상들만을 목도할 것이 아니라 그 이후 살아나아갈 방도를 궁리해야 하는 것이 긍정적인 방향 같다.

정영문이 재현하고 있는 탈주로서의 권태 역시 사실은 하나의 불구적 욕망이다. 불구적 욕망은 공격성을 보유하고 있기에, 이유 없는 살의와 공격성이 권태로운 인물들에게 표출되는 것이다. 자본주의 생산에 있어 욕망은 끊임없이 생산된다. 그렇다면 정영문이 최종적으로 선택한 삶의 방향은 무엇인가. 그가 이러한 욕망의 생산성에서 탈주하는 길은 비생산성으로 단종을 꿈꾸는 것이다. 이제 몸은 우생학적 종족의 번식을 위한 생식의 도구가 아니라 수많은 뿌리가 자라나는 나무로 변신한다. 「낙타가 등장하는 꿈」에서 바람과 모래, 그리고 땅속으로 스며들어 뿌리로 퍼져나가는 죽음의 형상은 자연과 인간을 동화시키고 있다. '나의 사지'가 곧 '종려나무'가 될 우주적 창생 원리가 존재하는 것이다.

> 잠에서 깨면서 그는, 눈을 감은 채로, 조금 전 꾼 꿈을 기억해냈다. 마치 나무에서처럼, 그의 사지에서 수많은 뿌리가 자라나, 그의 온몸을 감싸는 꿈이었다. 나무는 그의 몸을 파고들었고, 결국 그는 나무가 되는 것으로 끝이 났다. 그것은 이상한 꿈이었다. 그는 그로서도 그 의미를 알 수 없는 꿈들을 곧잘 꿨다. 다시 눈을 뜬 그는 자신이 무덤에 누워 있다는 것을 깨닫고는 깜짝 놀랐다.
> (「괴저」, 17쪽)

정영문은 이 '종려나무의 뿌리들'과 '나의 사지'의 결합을 통해 들뢰즈·가타리의 용어인 '리좀(rhizome)'을 은유하고 있다. 뿌리줄기식물을 가리키는 식물 용어인 리좀은 사방으로 펼쳐지는 중심 없는 뿌리를 말한다. 하나의 체계를 고집하는 것이 아니라 다양한 관계 구조를 중요하게 생각하는 리좀적 사유는 인간 주체에 대한 관념을 바꾸어놓는다. 무수히 많은 뿌리들을 통해 다양한 변신을 거듭할 수 있는 존재로의 전이는 탈구조적인 존재로의 변신을 통한 다중적 주체의 의미를 구현하고 있다는 데 의의가 있다고 할 수 있다. 호미 바바는 "우울증이 수동성의 형식이 아니라 반복과 환유를 통해 발생하는 반란의 형식이라고 주장한다."[5] 이처럼 작가는 멜랑콜리한 세계감의 영향 아래 모반의 형식을 구성하고 탈주와 생성의 글쓰기를 실현하는 존재이다.

---

5) 사라 살리, 앞의 책, 240쪽.

확장하는 비유의 명랑한 멜랑콜리

함기석의 『뽈랑 공원』

1. 언어의 비극

태초의 언어는 형상적이었다. 그리하여, 문자를 가지기 이전의 사회는 그러한 사회보다 더욱 시적이다. 처음 언어들은 본성에 따른 억양이나 외침, 비명 같은 정념적인 것이었다. 언어의 기원을 찾고자 한 루소는 "인간이 말을 하게 된 최초의 동기가 정념이었고, 최초의 표현들은 비유"[1]였다고 말한다. 태초의 인간이 처음 사물과 사건을 접했을 때 그에 대한 인식은 논리적이기보다 감상적이었을 것이다. 그래서 그들이 먼저 시작했던 언술 행위도 운율을 따라 시로서 말을 하는 것이었다. 그런데 언어의 위기라 일컬어지는 금세기는 경험의 영역에서 초월적인 의미의 가능성에 대한 이해가 붕괴했다. 우리는 어떠한 말에 의미라는

---

1) 루소, 주경복 역, 『언어 기원에 관한 시론』, 책세상, 2002.

것이 확실히 있어서 그것을 말한다고 생각하지만 그것은 시니피앙의 흔적들을 좇는 행위일 뿐이다. 끊임없는 시니피에의 배반 속에서 미끄러져 나가는 언어 행위는 언술 주체를 규칙에 가두고 그 스스로 끝낼 수 없도록 하기에 '비극적'이다. 언어의 비극성은 곧 인간 존재 조건의 비극성이기도 한 것이다. 이러한 사실에 시적 토대를 두며 전통적인 언어 체계를 파괴하려는 시인들이 있다. 이들의 시가 악명 높은 이유는 해석의 어려움과 난해함에서 비롯하여 독자와의 소통을 무시하는 듯 보이기 때문이다. 그러하여 이들의 시작詩作은 미래파나 해체시, 초현실주의 시로 명명된다.

함기석은 그의 첫 시집 『국어선생은 달팽이』(세계사, 1998)와 『착란의 놀』(천년의 시작, 2002)에 이르기까지 "이성과 의미에 대한 저항"(금동철)에서 출발하여 "무수히 분산되는 언어들을 허용"(권혁웅)하며 "합리적 이성 즉 '큰 타자'라고 불리는 상징계의 질서를 전복하고자 하는 주체의 의지"(손진은)를 보여주는 시도를 하고 있는 "초현실주의 시학"(고명수)의 구현자로 평가받고 있다. 그의 시는 미래파, 해체시, 초현실주의의 성향을 모두 담고 있다. 시적 언어는 고착화되지 않고 지속적으로 '흐르는 언어'이자 '지속되는 은유'라는 점을 염두하고 함기석이라는 시인의 미학적 형식은 초월적인 가치에 의해 존재함을 이해할 때 그의 세 번째 시집인 『뽈랑 공원』의 아름다운 정문이 열린다.

언어는 초월적인 가치를 지향하는 알레고리적 색채를 띤다. 확장된 비유로서의 알레고리는 기본적으로 원 사물의 의미를 빼앗아내어 그 사물의 의미를 죽인다. 비어 있는 사물에 알레고리커에 의한 새로운 의미의 부여가 이루어지는데, 이때 비어 있는 사물은 언어의 폐허이면서 동시에 세계의 폐허를 드러내기에 적절한 기법으로 제시될 수 있다. 폐허로 되어 있는 언어에 부여된 새로운 의미는 알레고리커의 관념이다. 벤야민은 이러한 폐허를 성좌(constellation)의 개념을 통해 구원하려 하였다. 비유는 원관념과 보조관념을 일치시키려는 가독방식이 작동하는 동시에 상상의 폭죽이 터지는 '순간', '찰나'의 형상으로 존재한다. 한 순간 신의 현현처럼 떠오르는 시어의 에피파니(Epiphany)는 시인을 상상력의 사제로 만든다. 언어나 비유의 속성 모두는 변증법적 상상력 속에서 하나의 기호가 되는 것이다.

2. 시적 언어의 혁명, 너의 입술에서 장미꽃이 피어난다

시적 언어는 의미와 무의미, 언어와 기호, 현실과 환상의 경계를 가로지르며 시인의 욕망을 드러내는 산물이다. 경계선 상에 위치한 자로서의 감수성과 창조성은 시인에게 혁명과 폭로를 수행해나갈 수 있도록 한다. 그렇다면 무엇에 대한 혁명이고 폭로인가. 그것은 첫 시집인 『국어선생은 달팽이』에서부터 줄곧 말하고 있는 바로서, 언어를 교육시키는 학교이자 세계에 대한 혁명인 것이다. 그래서 시인이 창조한 소년은 형용사와 사물의 이름을 바꾸는 놀이를 하며 "하루가 지겨운 소년은 하루가 즐거운 소년이 된다."(「학교가는 소년」) 함기석은 시의 대상이 되는 세계를 '거대한 책'으로 바라본다.

책 속으로 사라진다
한 청소부가 후문에 나타난다
이상하게 생긴 뽈랑 빗자루로 공원을 쓴다
그러자 공원이 조금씩 조금씩 지워지면서
책 속으로 빨려들어간다
꽃밭이 사라진다
벤치들이 사라진다
나무들이 사라진다
하늘이 새들이 빛이 시간이 차례로 빨려들어가고
여자가 사라지면서 손에 들려 있던 책이
청소부 발 아래로 떨어진다
청소부는 이마에 맺힌 땀을 닦는다
책을 주워 들고 주머니에서 담배를 꺼낸다
말들이 피운다는 뽈랑 담배를 꺼내 불을 붙인다
길게 연기를 내뿜으며 책을 펼친다
20페이지에 뽈랑 공원이 나타난다
함기석이라는 휴지통이 보인다
여백이 되어버린 하늘이 보인다
유모차를 끌고 행간으로 사라지는 여자의 뒷모습이 보인다

— 「뽈랑 공원」 부분

위의 시에서 세계를 이루고 있는 여자나 청소부, 아이, 뽈랑 공원 모두는 세계라는 거대한 책을 이루는 하나의 '문장들'이다. 인간과 사물은 하나의 기호, 하나의 문장, 하나의 세계로 확장되는 기호론적 존재이다. 그러하기에 장미는 "서술되어야만 꽃 피는 장미"(「눈」)이며 "꽃밭이 서술되자 꽃밭이 둥둥 내려온다."(「꽃밭」) 한편에서는 "말들이 웃는다로 얼굴 마사지를 한다/말들이 운다로 속눈썹을 말아올린다/말들이 죽어간다로 손톱을 다듬고는/바지를 벗는다/팬티를 벗는다."(「코 없

는 방에서」) 더 나아가, "말과 섹스하는 남자"의 일상은 "내가 편의점 앞 1행을 지날 때 하늘엔 노란 택시/내가 미용실 옆 2행을 지날 때 떠다니는 나무들/내가 교차로 뒤 3행을 지날 때 날아가는 사람들"로 펼쳐져 있고, "말의 입술에 내 입술을 포갤 때"(「말과 섹스하는 남자」) 남자는 연기처럼 사라진다. 이처럼 언어에 대한 이해는 존재에 대한 이해이다.

함기석의 시에서는 모든 사물이 주어가 된다. 그리고 모든 인간이 문자가 된다. 아이의 잠자는 모습을 "〈다음 문장〉은 잔다"(「Hi! High Hill」)로 표현하면서 주체인 '아이'는 주어인 '〈다음 문장〉은'이 된다. 심지어 "글자들이 힐끔힐끔 나를 읽고 있"(「글자들이 타고 다니는 기차」)거나, 혹은 "글자들이 야호 야호 신나게 점프하며 논다."(「높이뛰기 선수를 위한 말랑말랑한 피아노곡」) 함기석의 시에서 인간과 사물은 더 이상 각자의 고유성을 지니지 못한다. 따라서 "해변에 사람들은 없고 비키니 차림의 낱말들만 걸어다녔다 낱말들이 오일을 바르고 일광욕을 즐기고 있었다 어떤 낱말은 수영을 하고 어떤 낱말은 파라솔 밑에서 맥주를 마셨다(「청보 해수욕장」)"처럼 '사람 = 낱말'의 형국이 된다. 아래의 인용시는 하나의 낱말이 '튜닝'을 통해 자유자재로 개조되는 모습을 보여준다.

소년모자는 자랑하고 싶었다
엄마가 새로 사준 멋진 모자를 쓰고 외출했다
양파머리 왈순이가 물었다
너 그 휴지통 어디서 훔쳤어?
수족관 앞에서 심술쟁이 고양이가 물었다
너 그 어항 우리 가게에서 훔쳤지?
모자는 어리둥절했다
벤치에 앉아 곰곰이 하늘만 바라보았다
나무들이 수군거렸다

저기 가방을 뒤집어쓴 쟤 좀 봐

새들이 날아와 소리쳤다

그 새장 당장 치워!

소년은 머리가 아파오기 시작했다

모자는 모자 안을 가만히 들여다보았다

우물보다 깊게 뚫린 수많은 바늘구멍으로

빛과 먼지와 어두운 악기 소리가 끊임없이 흘러나왔다

몸빛이 투명한 물고기들이 헤엄치고 있었다

그래 이건 모자가 아닌가 봐 틀림없어

소년은 흐르는 강물에 모자를 띄워보냈다

새로 사준 그 모자 어떡했니?

저녁에 엄마가 다그치며 물었다

소년은 바지춤만 올렸다 내렸다 했다

마당에서 개가 킥킥거렸다

노을 진 하늘에서 새들이 웃고 해님이 웃고

구름 할아버지가 혓바닥으로 콧수염만 쓸고 있었다

—「튜닝」전문

소년의 '모자'는 〈'휴지통'→'어항'→'가방'→'새장'〉이라는 유사성의 연쇄를 거치면서 지시대상에 대한 명명법이 변화한다. "빛과 먼지와 어두운 악기 소리"가 흘러나오며 "물고기들이 헤엄치고" 있는 모자는 단어와 의미의 불일치를 드러낸다. 적합성을 찾아 미끄러져가는 행위는 '왈순이', '고양이', '나무', '새'라는 언술 주체들을 통해 이루어지고 있는 것이다. 이렇게 튜닝이 자유로운 언어의 속성을 안다면 의미를 찾는 일이 무의미함을 인식하게 된다. 모든 언어 활동은 언어와 의미 자체를 명료화하고 의사소통하기 위해서 물질적인 기표들을 취해야만 한다. 물질성은 언어의 부분이면서 동시에 언어의 타자가 된다. 따라서 "기호들과 즐겁게 노는" 시인은 "의미 있는 시가 하도 지겨워/의미 없는 방정식을 푼다." "그런데 아무리 풀어도 해답이 없다/그런데 그것이 해답인 방정식/그런데 그것이 해답인 나의 삶"(「파스칼 아저씨네 과자 가게」), 즉 '시인의 삶'인 것이다.

3. 동화적 상상의 축제, 너의 입술에서 새들이 날아가는 호수가 보인다

함기석은 언어의 의미작용 기능과 의사소통적인 기능을 넘어, 언어 작용에서의 감정과 상상력을 강조한다. 언어는 수사적이다. 언어는 의미를 소통시키거나 혹은 형상화할 뿐만 아니라 또한 의미화에서 벗어난 강력한 감정들과 상상도 소통시키고 형상화한다. 시적 상상은 언어를 통해 비롯되는 것이기도 하지만 언어를 넘어서는 것이기도 하다. 세계에 대한 시선을 달리 하지 않는 이상 함기석의 시를 느끼고 이해한다는 것은 불가능하다. 그의 시에서는 소년과 소녀, 거인과 난장이, 공중을 날아다니는 물고기들의 행렬, 양파 속에서 잠자는 소녀, 하모니카 부는 참새, 흰 생쥐로 변한 눈 등을 만날 수 있다. 그는 "만약 네가 걸을 때 빌딩들이 나무들이 둥둥 떠오른다면/만약 네 시의 글자들이 땅벌이 되어 너를 집단공격한다면/만약 너의 입과 항문이 3일 동안 바뀐다면"(「만약」)과 같은 상상력의 조건을 제시한다. 그리하여 독자에게 상상을 촉구하는 시인은 단순히 낱말이 되고 사물이 된 폐허를 보여주는 데 그치지 않는다. 상상하지 않고는 읽을 수 없는 시. 이 점이 바로 함기석의 시에서 언어의 비극을 유머와 발랄함으로 변할 수 있게 하는 특징이다.

함기석이 첫 시집에서부터 그의 시작 방법으로 줄곧 사용하고 있는

것은 동화적 상상력이다. 이러한 상상력은 세상만물을 연결하고 희망
의 원리가 된다. 그것은 '선물' 같은 것이다. "네가 기린을 상상하면 어
항에선/기린이 목을 내밀고 웃고/비행기를 상상하면 비행기가 날아"
(「포파 아저씨가 선물로 준 작은 상자엔」)오르는 행복. 시인이나 작가는
더 나은 세상에 대한 환영을 동화 속에 투영한다. 그리하여 함기석의 시
에서는 "참새가 교무실 창가로 날아와 하모니카를 분다." 그리하면 "유
리창은 조용조용 물이 되어 흘러내리고/하모니카 속에서/아주 아주 작
은 물고기들이 헤엄쳐 나온다 …… 한 마리씩 한 마리씩 선생들 귓속으
로 들어간다/선생들이 간지러워 웃는다/책상도 의자도 책들도 간질간
질 웃으며/소리 없이 물이 되어 흘러내린다."(「하모니카 부는 참새」) 엄
격하고 체계적인 교무실이라는 세계는 명랑한 발상에 의해 랄랄라 즐거
운 세상이 되는 것이다. 이렇게 볼 때 동화적 상상력은 은유의 색채를
띤다. 아래의 인용시는 확장하는 은유의 동화적 상상력을 엿볼 수 있다.

    당신이 잠든 사이 꽃을 그리면
    꽃봉오리에서 당신 손이 나와 꽃을 꺾어요
    꽃게가 되어 그녀가 살던 해변으로 가요

    지평선을 그리면
    지평선 아래에선 책상이 떠올라요
    불가사리가 다닥다닥 붙은 책상
    서랍을 열면 머리칼 풀어헤친 초승달이 나와요
    당신 발도 나와요 달빛 밟으며
    그녀와 걷던 아카시아 숲을 쓸쓸히 걸어요

    동그라미를 그리면
    동그라미는 웃고 예쁜 코가 생겨요

코에선 하얀 양털구름이 나와요
아이들이 나와요
어린 새들이 나와요
모두모두 그녀가 잠든 공원묘지로 소풍을 떠나요

—「4B연필이 내게 한 말」 부분

위의 시에서 재현되는 '꽃'→'당신의 손이 나와 꺾은 꽃'→'꽃게'→ '그녀'와 같은 비유의 확장은 상상력의 확장이 된다. "꽃", "지평선", "동그라미"라는 대상들을 인접성과 인과성의 원리에 기반하여 확장하고 있는 것이다. 유사성의 논리에 의거한 은유는 그것이 대상들 자체의 객관적인 속성에 바탕을 둔 것일지라도, 대상의 유사성을 중심으로 끌어들이는 주관적인 의식활동의 개입이 필연적이다. 따라서 은유는 주관적인 비약을 통해서 객관적으로는 어떠한 유사성도 발견할 수 없는 대상들 사이의 파격적인 결합도 가능해지는 것이다. 따라서 은유와 환유를 넘나들며 다층위에서 작동하는 함기석이라는 시인의 상상력이 지닌 내적 역학을 살필 수 있다.

4. 텅 빈 '석기함'

당신이 석기함으로 입술을 칠하면 그것은 립스틱이 된다
당신이 석기함을 무덤에 세우면 그것은 묘비가 된다
당신이 석기함을 섹스 때 사용하면 피임 기구가 되지만
석기함으로 사람을 죽이면 그것은 살인 도구가 되고
석기함에서 사람을 죽이면 그것은 살인 장소가 된다
석기함은 무엇인가? 당신이

거울을 통해 석기함을 만나면 그것은 당신이 되고
생의 종점에서 석기함을 만나면 그것은 죽음이 된다
석기함은 과연 무無엇이고 어디 있는가?
그것이 인간인지 기계인지 짐승인지
하나의 실체인지 유령인지 허깨비인지
하나의 혼돈인지 꿈인지 환각인지 착란인지 난 모른다
그래서 요즘 나는 석기함에게 발이 시려운 편지를 쓴다
석기함으로 맛있는 요리도 해먹고
석기함에서 맛있는 목욕도 한다
석기함에 누워 달콤한 꿈을 꾸기도 하고
석기함과 함께 놀이동산에도 간다

—「석기함」 전문

"석기함"은 "휴지통"이고 텅 빈 기호이다. 그래서 어떠한 것이든 담아낼 수 있지만 그것의 의미는 무엇인지 모른다. 무의미의 언어가 지닌 멜랑콜리는 함기석의 시에서 상상의 폭죽으로 떠지는 '순간'의 의미나 환영, 사랑 같은 명랑함들로 채워져 독자를 "놀이동산"으로 초대한다. 그러나 그것은 여전히 '명랑한 멜랑콜리'이다. "내가 죽고 당신이 죽고/나무가 죽고 새가 죽고 도시가 죽고 문명이 죽고/천둥과 함께 백만 년이 흐르고/번개와 함께 다시 백만 년이 흘러도/빙글빙글 지구는 계속 돌고/뱅글뱅글 슬픔도 고독도 우리를 눈깔처럼 계속 돌고/뼁글뼁글 존재도 농담도 우리들 불알처럼 계속 돌고/돌다가 돌다가 완전히 돌 때까지/우주는 랄랄랄 계속 돌고/시간도 히히히 계속 돌고/죽음도 헤헤헤 계속 돌고/말들도 깔깔깔 계속 돌고."(「당신을 위한 수탉의 모닝콜」) 시인은 시집 가득 ㉠㉠㉠ "암탉처럼 웃음의 알들을 까놓고는/천장에 누워/인간은 홀로 죽어간다 우주도 옆집 개도 무관심하다!/중얼거리더니" "시인은 앵무새다 가위로 혀를 잘라 버려라"(「코 없는 방에서」)

라고 외친다.

 그래서 시인은 지속적으로 질문을 던진다. "라는 문장들이 이 세계엔 왜 존재하는가/라는 문장들을 읽는 너는 왜 존재하는가/너는 세계가 문장이 무엇이라고 생각하는가/너는 존재가 생각이 무엇이라고 생각하는가/너는 왜 이런 질문을 던지는 데 게을러졌는가"(「목욕을 안 하는 남자의 몇 가지 변명」)라는. 이러한 질문은 단어와 의미의 위기 속에서 존재 증명을 해야 하는 '시인'이라는 존재의 정체성에 닿아 있다. 그래서 시를 읽는 동안 시인의 고민을 이해할 수 있다. 함기석의 우울한 감수성은 인간이 사물의 힘에 굴해버린 자신을 발견하는 그런 순간들 쪽으로 작동한다. 그러나 그의 시와 고민이 여타의 시인들과 달라지는 지점은 멜랑콜리라는 기본 전제 조건이 아니라 동화적 환상과 유희를 통한 명랑함이다. 그래서 즐겁다. 랄랄라…….

눈먼 자의 떠도는 편지

조연호의 『천문天文』, 이병률의 『찬란』

Dear, 부은 발(Oedipus)

발의 책을 손에 들고 찾아온 시인이 있다(「두 발의 시」, 「발 아래」, 「지저귀는 발」, 『천문』, 창비, 2010). 그리고 또 한 편에는 눈이 멀어 국경에 사는 시인이 있다(「마침내 그곳에서 눈이 멀게 된다면」, 「시인은 국경에 산다」, 『찬란』, 문지, 2010). 이 발과 눈의 사정은 가깝고도 멀다. 다 아는 이야기이지만, 오이디푸스는 자신이 버려질 때 입었던 상처 때문에 '부은 발'이란 이름을 갖는다. 그리고 뒤늦게 온 진실에 제 눈을 찌르고 국경의 숲을 헤매며 산다. 그의 신성함은 발에서 눈으로 옮겨가는데, 이는 죄의식의 유무와 관련 있다. 오이디푸스는 죄책감으로 윤리적인 주체가 된다. 시적 진리를 구원하지 못해 죄책감을 짊어지고 사는 존재들. 시인은 애써 보지 않으려는 것이 많은 '의사擬似─눈먼 자'들이다. 예술의 환영으로 덧씌워진 그들이 보고 싶어하지 않는 것은

무엇이고, 보아야 할 것은 무엇인가. 더 나아가 눈먼 자에게 보이는 것
은 무엇이고, 보이지 않는 것은 무엇인가. 이런 질문에 대한 답은 '아무
것도 그 무엇으로도' 가능하지 않을지 모른다. 아니 질문 자체가 우문
愚問일지도. 괴물 스핑크스의 질문을 해결할 정도로 지혜롭던 오이디푸
스가 비합리적인 신탁의 주술 속에 말려들어 저지른 죄, 그리하여 그가
제 눈을 찌르며 말하려 한 것은 무엇인가. 눈멂은 외상적 진실이 말하
게 하는 행위이다. 뿐만 아니라 눈먼 자가 설계한 세계는 진실에 접근
할 수 있는 최선의 방편일 수 있다. 그리하여 방금 받은 눈먼 자의 편지
는 소리의 감각이 민감하게 발달해 있다. 그들의 편지는 별과 별 사이
의 진동, 또는 영혼의 길을 따라 전해지는 울림을 전한다.

시인은 보내는 것보다 더 많은 편지를 쓴다. 그래서 시인이 보낸 편
지는 여성적이다. 그 속에는 자아의 시적인 삶인 사랑도 있고, 타인에
대한 이해도 있으며, 그들이 낳은 우주도 있다. '친애하는', '귀하',
'님' 등의 표현으로 시작되는 편지글의 형식은 타인을 배려하는 형식
이다. 또한 편지는 대화적이다. 편지의 대화적 형식은 기본적으로 말하
는 자와 듣는 자를 함께 상정한다. 편지를 쓰는 주체는 타자의 위치를
상정하고 그에 대한 반응을 고려하며 자신의 이야기를 한다. 이러한 대
화 형식은 타자와 자기 자신에 대한 이해의 장을 넓힌다. 조연호와 이
병률의 시에 등장하는 편지는 시의 구조를 구성하는 것 같다.

뿐만 아니라 그들에게는 수학적, 과학적 질서로 시적 윤리를 증명하
려는 시들이 있다. 경험세계에서만 가능한 점, 직선, 평면 등의 개념을
현대물리학은 무한한 우주로 확대시키고 있다. 이상한 나라의 앨리스
는 비유클리드 공간을 여행한다. 이런 비유클리드 기하학의 세계는 얼
마나 시적인가. 루이스 캐럴은 꿈의 세계를 형상화하는 데 있어 논리와

수학이 어떻게 활용될 수 있는지를 확립하였다. 그의 성과는 수학적 연산과 언어의 관계를 간파하고 더 나아가 시간과 공간, 빛과 색채 등에 대한 시인의 인식을 바꿔준 것에 있다. 시인은 수학이나 과학을 시학적 토대의 일부로 자리매김하며 물리적인 것과 추상적인 것, 양면 가치를 추구한다. 그 속에서 〈주체—사물—우주〉의 관계는 시적으로 떠오를 수 있다. 하나의 예로, 비유클리드 기하학의 세계에서 공간은 휘어 있다. 그 공간은 중력의 영향을 받지 않을 뿐만 아니라 휘어 있기도 하고, 아코디언처럼 주름져 있기도 하다. "눈송이의 산란한 낙하"처럼, "흰 것은 슬프다//……늘어진 것이 아닌/흰 것들의 우아함은/죄의 방향을 닮았다//뭔가를 골똘히 생각하는 소란들을 다 담으려는 듯/부풀어 오르고 섬점 휘어지는//어느 근원을 향해 차려진/아주 오래된 광기."(「망가진 생일 케이크」, 『찬란』) "죄의 방향"을 닮은 기하학적 세계! 시적인 과학은 윤리적이다.

기하학적 위상 우주를 선회하는 편지

　조연호의 시에서 시적 화자는 '놀이' 중이다. 여전히 '피'를 좋아하는 시적 화자는 "왕 놀이", "밤과의 시소놀이"(「배농排膿 4제題」)를 하고 "교구놀이 블록"(「부정한 고기」)을 쌓기도 하며, "눈부신 캐치볼"놀이를 하다가 "결별이 없는 놀이를 눈부시게 의문한다."(「숙주의 예절」) 『저녁의 기원』에서 행해졌던 시인의 "살부殺父놀이"(「사라진 그녀들」)는 『천문』에서 '배교자의 노래'(「배교」, 「배교자 총서」)로 바뀌어 있다. 이전 시집들에서 '멸망의 서', '절멸'을 이야기했다면, 이번 시집은

'창세기'의 진실에 의문을 제기한다. 조연호는 신의 나르시시즘을 말한다. 신이 자신의 형상과 닮은 인간을 창조한 일은 "줄곧 용서하는 일이 피곤했기 때문에 그가 자신의 모습으로 만든 것뿐이지 그가 사람에게 통회痛悔의 자유를 준 게"(「지저귀는 발」) 아니라는 식의 해석을 자행한다. 그래서 조연호의 시는 신과의 "불화를 청하는 것처럼 다가"온다. 결국 그는 〈창세기〉를 다시 쓴다. "다섯째 날에 그가 바다에게 이별을 낳으라고 명령했다", 그리고 "여섯째 날에 맹인 소녀는 월경 자국에게 말한다."(「두발의 시」) 뿐만 아니라 시적 화자의 놀이 행위는 "자기 뼈를 가지고 노는 것"(「물가에서」)에서 그치지 않고 "인간이 생겨나는 놀이"(「맹지盲地」)로 이어진다. 조연호는 "점점 자라나는 구름에서 점점 줄어드는 뇌 주름 바깥까지"(「나의 육종」) 인간창조, 우주창조의 놀이를 기하학적으로 구성하고 있다. 사정이 이렇다 보니 그의 시집은 신앙과 불경 사이에 놓여 있는 지적인 놀이의 화첩 같다.

조연호의 시에서 시적 화자는 과거, "도서관에서 우생학 목록을 열람"(「저녁의 기원」, 『저녁의 기원』)하더니, 이제 '사라진 두 다리'의 허망함을 노래한다. "우리는 육일째의 것, 단 하루만 무지한 것/불능한 선친에 대한 우대로/혀는 악보 없이 암보暗譜로/사라진 다리와 꼬리를 연주한다."(「배교자 총서」) 신이 금기를 넘어선 죄에 대한 형벌로 아담과 이브에게 내렸듯이 뱀에게도 주어졌던 형벌. 사라진 "두 다리의 흔적"(「칸나가 핥는다」)은 '뱀'과 연관된다. '다리 없는 나'는 신에게 불경스러운 존재이다. 그런데 시적 화자는 "놀랍도록 천한 뱀과 담겨봤으면. 길고 두꺼운 것의 유혹을 받고 기절해봤으면"(「배농 4제」) 하는 배교자의 노래를 감추지 않는다. 조연호의 시에서 뱀의 노래만이 '발'을 노래할 수 있다. "너의 가장 굵은 엄마에게 작은 발을 남겨두려고 뱀이 태어"(「발 아래」)났기 때문이다. "자기발을 임신한 여자"(「배농 4제」)처럼, "어느날 내가 내 발을 주운 책처럼 들고 온다면"(「지저귀는 발」) 정말 기쁠 것이라는 가정들이 넘쳐난다. "불모지가 없다면 두 발은 돌아갈 장소라는 의미를 몰랐겠지/다행이다, 불모, 두 발의 위쪽에 달려 있어서"(「두 발의 시」)에서처럼, '불모'는 '두 발'이 성립하는데 충분조건이 된다. 메말라 아무런 발전이나 결실이 없는 상태의 불모는 두 발이 돌아갈 장소를 그리워하게 만드는 원동력이 된다. 조연호의 시에서 '발'은 구원, 기쁜 소식을 전하는 편지의 기능이기도 하다.

이처럼 조연호의 시에서 신체는 부분으로만 존재하며 기능한다. 신체를 조각 조각 나누는 행위는 신이 부여한 통합적인 몸에 대한 거부이자, 파편화된 신체-언어구조를 드러내는 것이기도 하다. 그래서 '나'는 365일을 "육편(肉片의 버무림이라고 생각"(「지저귀는 발」)한다. "웅덩이와 달라붙은 남자"(「천문天文」)라는 이름을 지닌 소년은 "자신의 발과 머리의 조합이 불량하다고 믿는다." 그러나 이러한 인식이 가능했던 아이들도 성장을 거치면서 "벽지가 그렇듯"(「만약 새가 날아간다」) 퇴색하게 마련이다. 그래서 조연호의 시에서 성장은 거부되어야 할 것이다. "튀어나오려는 아이들의 결후"(「나의 육종」)를 권태로워하며, 사춘기를 알리는 "변성기를 찢고 싶"(「배농 4제」)은 간절함은 시를 영원히 9살의 소년의 시간에 멈춰 있게 한다. 조연호의 시는 몹시도 성장통을 오래 앓고 있는 듯하다. 그래서 그의 시는 근대적이지 않다. 시에 자주 등장하는 '소독', '위생', '근대 스포츠' '우생학'은 "근대적인 반성"(「두발의 시」)의 표상으로 제시되고 있으나 시인의 방점은 여기에 찍혀 있지 않다. "뭔가 억울한 날/뒷마당의 나는 하루종일 낭심차기 연습을 했다," '나'는 "또 얼마나 만숙인 채로 오랫동안 떫은맛일 것인가"(「카노

푸스 단지 안에서」)라는 회고와 자문처럼, 근대적인 시간에 역행하고 있는 시적 자아는 "만숙"의 상태에 머무른 채 나이에 비하여 정신적, 육체적으로 발달이 느린 상태를 즐기고 있다.

'천문天文'이란 무엇인가. 천문은 '신의 목소리'를 담은 것이기에 "아름다운 소리"가 들려오는 '하늘의 문자'다. 곧 그것은 신에게서 오는 편지(Letter)이다. 조연호의 시에 있어 신의 편지인 '천문'은 목소리와 글자 사이가 투명하지 않음을 지각하게 한다. 그 점에서 시작된 "전달에 대한 의문"은 곧 '성경'에 대한 의문으로 확장된다. 불확정성의 원리에 의하자면 빛의 속도와 위치는 동시에 확정 짓기 불가능하다. 이 원리가 조연호의 시세계를 장악하고 있다. 시적 의미의 환영을 가진 유동이 있다. 그래서 조연호의 시는 양자역학으로 추동되는 시어들의 파동이다. 모순적인 시어들의 배열 속에서 의미를 파악했다고 믿는 순간, 이미 그것은 의미가 아닌 것이다. 우리가 믿고 있는 신의 말씀이란 것도 이런 것이 아닌가.

신에게서 편지가 온다는 것은 어떤 의미인가. 조연호는 "서간체 양식으로/인간을 매료시킨 신의 불손"(「두 발의 시」)에 대해 이야기한다. "서면어書面語들은 '별말씀을요' '친애하는'이라는 말을 가르친다." 그러고 나서 "얼굴을 묶는 데 쓰는 시침핀을 당신의 친애에 찌르고 어버이가 되어본다."(「도래할 生」) 이처럼 친애와 공손함 뒤에 숨겨져 있는 것이란 우상의 숲이다. 그래서 "내게 신은 창조와 날조의 이상한 결점뿐. 제발, 제발, 애원식式의 편지를 쓰긴 싫었다"(『행복한 난청』, 70쪽)라는 조연호의 발언은 그리 도발적이지 않다. 조연호의 시에서 편지의 메시지는 결코 제대로 전달될 수 없다. "풀칠의 순서가 바뀌는 것만으론 편지의 세계관이 바뀌지 않는다/다정한 말을 한다면 사람들은 모두 제멋대로 상처입을 것이다/상처입었다고 말하면 사람들은 모두 제멋대로 다정한 말을 할 것이다."(「맹지盲地」) 편지를 쓰는 사람이 자기애에 빠져 있는 상황이라면 결코 수신자와의 커뮤니케이션이 성공할 수 없다. 이러한 사정은 신의 편지라 해도 마찬가지다.

시적 화자가 보내는 편지의 형편은 어떠한가. 자기 자신이 신의 구두라는 걸 알지 못하는 사람들과 달리 "나는 양말이 없는 사람에게 편지를 쓴다."(「거의 모든 세상」, 『저녁의 기원』) "내가 골라낸 오자誤字들을 보았을 때 엄마는 많은 편지를 쓰면 잊혀질 거라고 말했다."(「금요일의 자매들」, 『저녁의 기원』) '나'가 편지를 쓴다는 것은 "남의 이빨이 빠져야 내 죄가 씻긴다고 생각하는"(「판타소스의 정」) 고대인의 행복과 같나. 이처럼 시적 화자인 '나'가 편지를 쓰는 일은 '죄의식'과 상관 있다. 그리고 그것은 "세계가 어떻게 지져지고 있는지"(「반복하는 것에 관하여」)를 보는 일의 일부이다. 조연호의 시에서 '불'은 상징적 의미를 지닌다. "나는 불난 집을 좋아한다."(「칸나가 핥는다」) 그리고 그런 '나'가 "타들어가는 것을 그리워하는 날들이 있다." "아마도 그것은 피조물의 죄와 같이 구체적인 질서에 담겨 있을 것이다."(「결말의 꽃」) 불에 무언가를 태우는 행위 역시 죄의식과 연결되고 있음을 알 수 있다. 그리하여 그의 시에서 신에게 "받은 글자들은 불살라진 채 편지 안에 들어 있었다."(「맹지盲地」) "나는 올빼미의 밤을 통과하며 편지를 읽는다."(「402호의 일생」, 『저녁의 기원』) "발신지의 주소가 손을 찌른 적이 있다/정신을 잃을 뻔하다가 '나여!'라는 일인칭을 찾았는데/겨울이어야 했던 여름/나와는 다른 결심으로 병은 응결과 대결하고 있는 것이다// 올빼미는 풀칠하지 않은 편지봉투와 부딪쳐/또 한번 눈이 먼다."(「암흑은 말했다」) 어둠은 발신자의 죄의식을 잘 드러내준다. 올빼미의 밤과 암흑은 눈먼 자의 세계이다. 그 세계에서는 시각보다 청각이 우선하기에 글자가 아닌 소리의 세계이다. 이 세계에서 편지의 글자는 "목소리이지만 스스로 만들어졌기에 부끄러움을 안다."(「맹지」) 진리가 될 수 있는 편지는 어떤 것인가. 그것은 "누나가 바늘에 꿴 실로 글자를 쓴다……누나, 피아노들이 떠오르고 있어. 앞코가 찢어진 신발 속으로 물이 드나들고, 누나의 글씨쓰기는 앞과 뒤가 하나의 섬으로 연결되어 있었다. 누나가 쓴 글자는 한없이 느려져 겨울이 되어서야 한 장의 편지가 될 것이다.……생애 이렇게 눈부신 날, 누구나 자기 눈을 찌른 첫 번째 사람이 되어간다."(「물 밑의 피아노」, 『저녁의 기원』)

조연호의 시는 가족사의 부정한 기록이다. 그의 시에서 자주 등장하는 '근친상간'의 모티브는 자기 눈을 찌른 오이디푸스의 죄목이기도 하다. 오이디푸스는 "천륜, 인륜, 이런 신비로운 바퀴의 이름으로 내 눈을 찌르고/잊혀질 날과 정결례를 지킨"(「지저귀는 발」) 자이다. 조연호의 시에는 '눈먼 자', '소경', '색맹', '색약'을 지닌 대상들이 자주 등장한다. 그래서 조연호의 시는 눈먼 오이디푸스의 초상이다. 눈먼 자의 세계는 "우주가 음사音寫된"(「아르카디아의 광견」) 것이다. 조연호에게 우주는 '소리'의 세계이다. 눈먼 자가 소리로 필사하는 세계의 형식이란 이렇다. "백 가지 색깔이라는 이름을 가진 악기 소리를 들은 적이 있다//거기서는 'Sarang'이라는, 사람을 알지 못하는 소리가 났다."(「부정한 고기」) 소리는 인간과 분리된 추상의 세계이다. 또한 눈먼 자는 신과 인간의 친족 관계를 불결한 것으로 본다. 그리하여 '계系'의 진화론적 발달을 거부한다. "처음엔 비슷했던 생식기와 뇌의 양극 사이를/나는 또 내 꼬리에 털양말을 신기고 걷는다/이것이 나의 육종育種," 즉 유전학적인 품종개량의 사연이다. 조연호의 시는 진화론적 발달의 플롯이기보다 퇴화된 흔적을 노래한다.

"눈먼 자는 자신의 눈이 담겼던 우주를 꺾는다." "그럼 천천히 도형을 뒤집어쓰고 허깨비와 권적운의 생을 시작해볼까?"(「무한회랑에서」) 조연호의 시에는 현상적이고 공간적인 곡선과 선들의 형상으로 숫자를 명료하게 표현하는 분석 기하학과 필적할 만한 논리학을 통해서 언어와 수학 간의 연결을 시도한다. 「닮은 도형 F´」, "4개의 열 살이 지나갔다/4.4444…개의 아홉 살이 지나갔고/단 한 개가 무한개만큼 처량했다"(「0년」)는 연산과 기하학은 꿈과 같은 추상의 세계가 지닌 가상의 구조에 잘 부합한다. 또한 수학적인 조합은 시적 인식으로 전환되면서 새로운 조합을 창조할 수 있다. 그리하여 "머리칼을 자르고 거기에 두 다리를 붙이면 입맞춤하면서도 걸을 수 있을 것이다."(「지저귀는 발」) 그리고 "잘 가라는 말은 우리의 머리에 수직선을 그었다."(「도래할 生」) 뿐만 아니라 눈먼 자의 삶은 "누군가 먼저 그렸을 삼각형을 오염된 것으로 생각하며/최대한의 삼각형을 그린다."(「결말의 꽃」) 이처럼 조연호는 수학, 기하학과 다른 방면의 과학 이론을 그의 시에 차용하며, 그것들과 유희를 즐긴다.

조연호는 기하학의 세계로 우주를 설명한다. "고대古代 이야기가 입방체에 관한 이야기의 용사用事인 것처럼" "가장 밑에 고인 바람을 움직이기 때문에 나는/머나먼 인간을 별의 이행시대라고 부를 수 있다/계系는 방점에서 결점으로 이행한다/나는 소맥을 한 줌 쥐고 〈그리하여, 만일〉이라는 우주 한가운데 떠 있었다."(「천문天文」) 시인은 무수한 세계의 가능성을 이야기하고 있다. 조연호는 "세상이 하나의 다면체에서 온 또 다른 다면체라는 것을, 복제된 것이라는 것을, 내가 나를 바라보며 타인이라고 부르는 세계를, '위상 우주'"(『행복한 난청』, 31쪽)를 믿는다. 그것은 스피노자의 윤리이기도 하다.(「물고기다운 것—바루흐에게」, 「관측자의 것—바루흐에게」) 이 세계에서는 일식에 월식을 구겨 넣기도 하고(「칸나가 핥는다」) "처음의 내가 마지막의 나에게 세계를 빌려오"(「판타소스의 정」)기도 한다. 여로 세계 속에 존재하는 "이 여럿의 '나'가 시달려온 것은 '피'의 문제이다." 그것은 "우생학적 지식"이 없었기 때문에 반복된 "비대칭의 생년월일"(「물가에서」)의 기획에 대한 자책으로 이어진다. 그래서 '나'는 오염된 삼각형이 아닌 "최대한의 삼각형"(「결말의 꽃」)을 그리는 일에 몰두한다. 그 형상은 어떠한가. "의학이 아직 마술일 때/새로 자라고 있는 낭포성 하늘 아래/왕 놀이에서 실물 크기는 나뿐/……피를 사모하기에 일어나는 이 모자간의 다툼에서/실물 크기는 나뿐/휘파람만으로 내 방의 크기를 줄여본다."(「배농 4제」) 조연호의 시적 화자들은 나르시시즘에 빠져 있다. 그는 이전의 시에서 "아무래도 나는 나를 사랑할 운명"(「흑백사진」, 『죽음에 이르는 계절』)에 빠진 자라고 밝히지 않았던가. 그런데, 이번 시집에서 알 수 있는 것은 물에 비친 모습은 사실 신의 모습이라는 것이다. 그리하여 조연호는 자문자답한다. "물에 뜬 네 얼굴의 깊이이고자 한 인간은 과연 옳은가?/찌그러진 사물에는 찌그러진 신이 깃들어 있다"(「악령」)라는 발언으로.

조연호의 시는 동사의 세계이다. "깊은 잠을 상속받은 사람은 (자동)떨어지다, (타동)떨어지다, 이등변에서 얼마만큼 탈락의 넓이를 가질 수 있을 것인가//나는 붙이면 없어지는 그런 표현이 된다."(「천문」) 일찍이 서영채가 시사한 바 있듯이, 자동사와 타동사의 거리, 그 사이에는 명령형의 위력이 있다. 그러나 조연호의 시는 자동사의 세계이다. 자동사의 세계는 서정적이다. "혀끝을 치조에 꼭 붙이고/초성보다 조금 더 뒤로 한번 사라지고 나서/ '가다' '오다' '멈추다'와 함께/내가 비롯되는 곳//들판은 들판´을 건넌다/너와 너´는 그들의 입술과 고요히 섞여 있었다."(「닮은 도형F´」, 139쪽) 조연호에게 있어 동사적인 세계는 위상 우주와 존재의 기원성에 대한 탐구이기도 하다. 그리하여 조연호는 동사적인 삶으로 놀이에 심취해 있다.

"물음에서만 어디엔가"(「배농 4제」) 존재할 수 있는 '나'는 "나의 첫 번째 사람인, 전서체로 만들어진,/내 또래의,/서사시의 괴수들과만 놀았다."(「맹지」) 그래서 자폐적이고 이해하기 어렵다. 조연호의 시는 서사시적이며, 옥추경, 그리스 로마 신화, 성경의 형식을 띤 한 권의 경전이자, '발'이다. "술 맑은 자는 만물이 더러워서 무물無物의 잔치를 치른다."(「술 맑은 자[酒者]」) 그런 세계는 기하학으로 설명될 수 있는 질서의 세계이다. 위상학적 우주 속에서 인간을 창조하는 "놀이의 발견은 꼭/놀이의 소멸에서 완성되는 것"(「바세도우氏 병」)이다. 무수한 소멸과 창조의 이야기를 펼치고자 하는 의욕. 아홉 살 소년의 놀이는 그 얼마나, 무한히, 철학적이며, 시적일 수 있을까. 미리 겁이 나는 놀이의 향연이다. 조연호의 시에서 아이의 놀이는 더 이상 놀이가 아니기 때문이다.

기억의 우주로 스미는 편지

이병률의 시에 나타나는 시적 화자는 전생이 "서쪽으로만 고개를 드는 바람"(「전생에 들르다」, 『당신은 어딘가로 가려 한다』)이었으며, "서럽고도 차가"운 '사내'의 목소리를 지녔다. 이병률의 시 세계에서 "한

사내가 두 사내가 되고/열 사내를 스물, 백, 천의 사내로 번지게 하고
불살랐던 바람의 습관들"은 "아직 아직 찬란히 끝나지 않"(「바람의 사
생활」, 『바람의 사생활』)은 채 『찬란』으로 이어져 있다. 「아직 얼마나
오래 그리고 언제」, 「아무것도 그 무엇으로도」, 「잠시」(『바람의 사생
활』)처럼, 또 「온다는 말 없이 간다는 말 없이」, 「무심히 아무렇지도 않
은 듯이」, 「무엇을 하는지도 모르면서」, 「길을 잃고 있음에도」라는 시
제목들처럼 그의 시에는 '부사'가 많다. 부사적인 삶이란 바람의 삶이
다. 부사는 언어들의 체계를 미끄러져가며 자유롭게 떠돌 수 있다. 이
병률의 이전 시들이 이별을 낳는 바람의 여행을 노래했다면, 『찬란』은
바람의 정주를 이야기하며 인생여정의 완만한 곡선을 그리고 있는 듯
하다.

이병률의 시에서 편지는 어떠한 기능을 하는가. 이병률이 만들어내
는 시적 화자는 집 바깥의 존재이다. "집 밖에서/자신에게 편지나 우편
물을 보낼 적에/일본에서는 이름자 뒤에 行이라 쓴다/나 죽기 직전 나
에게 편지 쓸 일이 있더라도/내 집 방향에선 등 하나 켜놓지 않을 테니/
行이 마땅하다/받게 될 애먼 이 없으니 行이면 충분하다"(「서쪽」, 『바
람의 사생활』)라는 시를 상기하면, 존재론적 고독을 스스로 불러오려
애쓰는 바람 사내의 고립감을 만날 수 있다. '좌하[樣]'나 '님'이 아닌
'○○○앞[行]'으로 보내는 편지는 "받게 될 애먼" 타인을 배려할 필요
가 없다. 집 밖의 나는 떠도는 존재이고, 외롭게 떠돌아다니면 그뿐이
다. 어쩌면 그런 존재의 편지 역시 떠도는 것은 당연한 일일지 모르겠
다. 어쩌다 받은 '당신'의 편지는 "지옥을 보내"(「주소를 받다」, 『당신
은 어딘가로 가려 한다』)는 것과 마찬가지다. 그래서 이병률은 "주소를
버리고 눈을 감는 것"(「사랑은 산책자」)이 사랑이라 말한다. 바람의 종

족에게 편지는 대상과 자신의 거리를 확인하는 매개물이다. 그 거리만이 사랑을 가능하게 한다는 바람의 이별 이야기.

　이병률의 시에서 편지는 수신자에게 제대로 도착하지 못하고 있다. 그의 시 속에는 알지 못하는 이들로부터 오는 편지들이 떠돌아다닌다. "면회를 와달라는 어느 감옥에서 보낸 편지"의 1차적인 수신인은 '나'가 아니다. 그래서 '나'는 편지를 되돌려 보내지만, 그 편지는 다시 '나'에게 되돌아온다. "새 봉투에 또박또박 그의 주소를 적고 편지를 밀어넣고 풀칠"(「아무것도 아닌 편지」, 『바람의 사생활』)하여 보내는 행위를 통해 그것은 더 이상 '나'에게 '아무것도 아닌 편지'가 아니다. 이처럼 메시지 밖에 있는 존재가 그 메시지의 수신자가 되는 의사소통 불능의 상황은 편지로 인해 발생한다. 이 잘못된 의사소통의 상황이 고립감을 자처하는 바람의 사내를 끌어들인다. "어느 날 문자메시지 하나가 도착한다/내가 아는 사람의 것이 아닌 잘못 보내진 메시지//누가 누군가를 용서한다는데/한낮에 장작불 타듯 저녁 하늘이 번지더니/왜 내 마음에 별이 돋는가/……이게 아닌데 소식을 받아야 할 사람은 내가 아닌데/어찌할까 망설이다 발신번호로 문자를 보낸다//제가 아닙니다, 제가 아니란 말입니다//이번엔 제대로 보냈을까."(「별」, 『당신은 어딘가로 가려 한다』) 이처럼 발신자와 수신자의 메시지에 '나'는 의도하지 않게 개입하게 된다. 그리하여 타인의 슬픔과 죄와 용서는 '나'와 얽히고 설키며 절대 무관하지 않다. 모든 잘못된 메시지조차 허공을 떠돌며 시적 주체에게 오는 것이다. 이병률의 인간적이면서도 아름다운 시 「전갈傳喝」(『당신은 어딘가로 가려 한다』)은 지하도에서 메시지를 전달하는 부랑인들의 의사소통을 재현하고 있다. 이들의 메시지는 "메아리가 메아리를 끌어안는" 형국의 커뮤니케이션을 통해 이루어진다. "아침에 일어나면 누군가를 불러/따뜻한 국밥 두 그릇 시켜 천천히 먹자 하고/나도 나에게 전갈을 보낸 뒤에/길고도 아름다운 메아리가 도착한 종점 즈음에다/자리를 봐야겠다"라는 〈부랑인 1→부랑인 2→‘나’〉에로 커뮤니케이션 장의 확대를 보인다. 그래서 이병률의 시에서 편지의 수신자는 하나가 아니라 여럿이 된다.

게다가 이병률의 시에서 발신자의 메시지는 반어적인 성향을 지니고 있어 의사소통 불능의 상황을 연출한다. "이번 어느 가을날,/저는 열차를 타고/당신이 사는 델 지나친다고/편지를 띄웠습니다."(「장도열차」, 『당신은 어딘가로 가려 한다』) "그러기야 하겠습니까마는/약속한 그대가 오지 않았으면 좋겠습니다/……부디 만나지 않고도 살 수 있게/오지 말고 거기 계십시오."(「화분」, 『당신은 어딘가로 가려 한다』) 그리움으로 사는 사내인 시적 화자가 정작 원하는 것은 영원히 이별 중인 상태다. 이처럼 이병률이 보내는 메시지는 1차적이지 않고, 2차적이다. 그래서 그가 보낸 1차적 메시지는 지켜지지 말아야 하고, 편지는 되돌아와야 한다. 그리고 남에게 들켜서는 안 될 편지가 있다. "먼 길에서 돌아와 듣는 오래전 남겨진 메시지/우편물이 반송되었으니 찾아가시기 바랍니다//……//되돌려 받기를 잘했다/괜히 알지도 못하는 이에게 생의 부분을 보냈다."(「일말의 계절」) 이병률의 편지는 여행하는 자가 자신의 생을 들쳐볼 수 있는 기회이기도 하다. 그래서 그의 편지는 처음부터 되돌려 받기 위해 보내진다. 결국 자기가 보낸 편지의 수신인은 자기 자신이다.

바람의 종족이라는 존재성 때문에 편지 역시 바람처럼 떠돌 수밖에 없는 것이다. 그런데 바람처럼 "동물적인 유랑"의 삶을 사는 존재이기에 분리될 수밖에 없는 ‘이 안’과 ‘바깥’의 소통을 편지가 담당하고 있다. "안에 있지 않느냐는 전화 문자에/나는 들킨 사람처럼 몸이 춥다" "문자는 그것으로 그치지 않는다/혹시 여기 계신 분이 당신 맞습니까"(「이 안」, 『찬란』)라고 자꾸 '바깥'의 메시지는 '안'의 나를 깨우고 흔들어놓는다. 이병률의 시에서 '이 안'과 '바깥'은 여행과 생활의 문제이기도 하다. 그래서 '나'의 다리는 "사는 연습을 하느라 절고/그것이 억울하여 편다."(「다리」) 그러한 사정은 "대문을 잠글 줄 모르지만/방문은 잠글 줄 아는 시인"(「시인은 국경에 산다」)의 운명이기도 하다. 하여 '나'는 "일하러 나가면서 절반의 나를 집에 놔두고 간다." 왜 그런가. "반죽만큼 절반을 뚝 떼어내 살다 보면/나는 어디에 있는 것이 아니라/어느 곳에도 없으며//그리하여 더군다나 아무것도 아니라면 좀 살 만하시 않을까"('생활에게」)하는 생각에서 비롯된다. "이 생은 도처에 나를 너무 낳았"(「팔월」)기에 시인은 자기 자신의 일부를 지워나가는 소멸을 선언한다.

이렇게 "삶이 말이 아니다 싶을 때 눈은 내리고/……그때 거울을 메고 온 한 사람,/눈길을 걸어오더니 단단하게 붙어 살아보자/세상의 달디단 거짓말들과 눈맞아 몰락해가자"(「틈」, 『당신은 어딘가로 가려 한다』)라고 시는 몰락의 에티카를 읊조린다. 이처럼 '눈'은 시인의 삶의 태도를 함의한다. 이병률은 『찬란』의 맨 앞 〈시인의 말〉에서 "불편하지 않은 것은 살고 있는 것이 아니리니 마음에 휘몰아치는 눈발을 만나지 않는다면 살고 있는 것이 아니리니"라 말한다. 그가 선언한 이별과 죽음, 소멸의 은유는 삶에 대한 체념의 자세가 아니다. "첫눈이 나무의 아래를 덮고/그 눈 위로 나무의 잎들이 내려앉고/다시 그 위로 흰 눈이 덮여/그 위로 하얀 새의 발자국이 돋고//덮이면서도 지우지 않으려 애쓰는/말이며 손등이며 흉터"(「삼월」) 같은 것은 눈 속에 퇴적된 삶의 결들이자 흔적이다. 그것들은 오랜 기간 퇴적된 것들로써 단단한 삶의 켜를 이루고 있는 것들이다. 이러한 "눈은 내가 사람들에게 함부로 했던 시절 위로 내리는지 모른다"(「아무것도 그 무엇으로도」, 『바람의 사생활』)는 죄책감을 동반한다. 그리하여 시적 화자는 "눈을 먹고 마음을 베었으니" "붉어진 눈眼을 찔러 붉은 피를 뿌렸다." 스스로 눈먼 자가 된 이유는 "악의적으로 나는 나를 조금 더 아프게 할 것이며/이 세상의 심판을 찬미"(「마침내 그곳에서 눈이 멀게 된다면」)하기 위함이다. "지독히 전생을 사랑한 이들이/다음 생에 앞을 못 본다 믿으니/그렇게라도 눈을 씻어야 다음 생은 괜찮아진다 믿나니//많이 오해함으로써 아름다우니//딱하다 안타깝다 마오/한 식경쯤 눈을 뜨고 봐야 삶은 난해하고 그저 진할 뿐"(「절연」)이라는 오이디푸스의 죄책감. 시적인 죄의식의 소산으로 제 눈을 찌른 시인의 시는 윤리적이다. 이병률은 일찍이 눈의 뒷모습을 발견하고 생의 잔인함을 터득했던 시인이 아니던가. "내가 알거나 본 모든 배후를 비비고 또 비벼서 아무것도 아니며 그 무엇이 되겠다는 듯 쌓이는 저 눈 풍경 고백 같다."(「아무것도 그 무엇으로도」, 『바람의 사생활』) 눈의 뒷모습을 볼 수 있는 시인이라면 진정, 타인의 뒷모습에 드리운 막막함을 이해할 수 있으리라. 사연 있는 모든 배후와 뒤섞이는 눈은 "어쩌면 중요한 것들 모두는 뒤에 있는지도 모른다"(『끌림』)고 생각하는 시인의 '고백'이다. 이병률은 시 속에서 자꾸 '아무것도' 아니라고 말한다. 그저 "지난봄 자고 일어난 자리에 가득 진 목련 꽃잎들을 생각한 생각들이/눈길에 찍힌 작은 목숨들의 발자국이/발자국에서 빗방울로 빗방울에서 우주의 침묵으로/한통속으로 엉겨들어, 조그맣게 얼룩이라도 되어/이 천지간의 물결들을 최선들을 비벼대서/숨결이라도 일으키고 싶은 것이다"(「뒷모습」, 『바람의 사생활』)라는

'아무것도'가 아닌 '얼룩'으로. 그것은 "있고 없고를 떠난 세상으로/또 오지 않을까" 하는 생의 "찬란"(「있고 없고」)을 만드는 것이다.

이병률은 삶의 미세한 균열, 사이, 틈을 이야기한다. 죽음의 순간에 "크레바스를 만들며 (깊은 산) 속으로 사라지는"(「그런 시간」) 사람처럼 이별, 소멸, 죽음의 끝에서 생의 가치는 발견된다. "살고자 하는 일이 찬란이었으므로" "죽음 앞에서 모든 목숨은/찬란의 끝에서 걸쇠를 건져 올려 마음에 걸 것이니/지금껏으로도 많이 살았다 싶은 것은 찬란을 배웠기 때문"(「찬란」)이다. "왼 눈은 감정 있는 것을 보고/오른 눈은 죽어 있는 것을 보기 좋아"한다는 "거인고래가 다녀가고 나와 내 생각의 풍경들은 마지막을 바라보는 일이 많아졌습니다"(「거인고래」, 『바람의 사생활』)라는 고백, 그것은 삶의 기록을 '따뜻하게' 바라보는 사유의 기원이다. 시인은 "태어난 건, 우연의 힘에 의해 태어나는 것이므로 기억될 가치가 적지만 한 사람이 세상을 살았고 그렇게 떠나는 것은 인류에게 더없이 기억되어야 할 가치가 충분하므로 일일이 그 날짜를 기록하고, 기억하는 것"(『끌림』)이라고 생각한다. 그리하여 "존재하느라 몸을 떨어 감정을 파먹었던 당신을//당신이 숱하게 피를 먹던 기록을 지우는 것이니/내가 이리도 한사코 먹겠다는 것은 나란히 소멸하자는 것이다//그러니 당신은 찢기면서도 그리 알라"(「모독」)고 단죄한다. 그 죽음은 "잘못과 방랑과/아무것에나 아무한테나 아니다라고 말 뱉은/내 사막을 끝나게"(「입김」) 하는 길이기도 하다. 이러한 죄책감은 타인에게서 오는 것이다. 이병률의 시에서 뒷모습에 대한 이해는 타인에 대한 사랑으로 이어진다. 그래서 시인은 "왜 거기 있느냐며 말도 걸지 않고 슬며시 옮겨지는 거울의 앞면과/왜 그렇다고 이유도 대지 않고 슬며시 버려지는 거울의 저편"(「겨울의 심장」)에서 길러지는 '뼈'를 빼내려 애쓴다. 뿐만 아니라 강물에 언 고래 속으로 들어가 불을 지피려 안간힘을 쓴다.(「강변 여인숙」, 『바람의 사생활』) 그래서 그의 시는 ‘따뜻한 기록’ 들이 된다. “좋은 사람을 만나 한 시절을 바라보는 일이란 따뜻한 숲에 갇혀 황홀하게 눈발을 지켜보는 일”과 같다. “먼 훗날, 기억한다 우리가 머문 곳은 사물이 박혀 지낸 자리가 아니라 한때 그들과 마주 잡았던 손자국 같은 것이라고.”(「좋은 사람들」, 『당신은 어딘가로 가려 한다』) 기억은 우리 삶의 흔적과 같다.

이처럼 이 번 시집에서 이병률이 공들여 사유하고 있는 부분은 기억 작업이다. 기억은 “박혀 빠지지 않는 것”(「거대한 슬픔」)이다. “고통스레 관계를 맺은 기억들”은 소멸하지 않고 “쌓이고 쌓이는 외부의 내부를” 형성하며 우주에 스며 “기억의 우주”(「기억의 우주」)를 만든다. 이 병률의 시에서 우주는 기억이라는 소행성들과 공존하고 있다. “그곳을 맥없이 혹은 격하게 그리워하는 사이” 삶의 고뇌를 “거슬러 받는 기분이 되는 걸 알았습니다”(「굴레방 다리까지 갑시다」)라는 발언처럼 기억이란 삶을 달래주는 위로의 기능을 한다. 눈먼 자의 이야기여서일까, 여행자의 시여서일까, 시인은 ‘본 것’의 의미를 강조한다. “여태까지 본 모든 것을 기억하겠다는 것은 살아온 것보다 본 것이 더 단단하리란”(「내가 본 것」) 믿음 때문이다. 그리하여 시인은 화평하지 않을 것을 알면서도 “막을 수 없어서 바다로”(「왼쪽으로 가면 화평합니다」) 가는 선택을 한다. 그것은 “왜 추운 데 서서 돌아가지 않는가/돌아갈 수 없어서가 아니라/끝에서 사람으로 사람에서 쌀로 쌀에서 고요로 사랑으로 돌아가려는 것이다//……추워지려는 것이다”(「뒷모습」, 『바람의 사생활』)에서처럼 시적 자아가 굳이 추위를 선택하는 것과 맥락을 같이 한다. 이러한 운명론은 ‘괜찮다’는 위로의 말을 끌어온다. “자고 일어나면 괜찮아질 거야"라는 말은 "어려서 아프거나/어려서 담장 바깥의 일들로 데이기라도 한 날이면"(「새날」) 가족들에게 들었던 위로의 말이다. "달도 지붕이거나 언덕이거나 다리 위에서/한쪽으로 쏠린 적 있"(「붉은 뺨」)듯이, "넘지 않으려 밟지 않으려 애쓰다 휘청였던/힘의 불균형에게/괜찮다며 괜찮다며//뚝뚝 떨어져 아카시아가 덮으려는 것은/일말의 사건만이"(「길을 잃고 있음에도」) 아니다. "괜찮은 것은/괜찮은 것은/그 소년은 어떻게든 살아 사내가 되었으리라는 것"(「굵은 서리 — 헤르체고비나 모스타르의 다리」). 그것은 고단함을 이겨낸 당신들의 삶 자체가 찬란했다는 찬사이다.

이병률의 시에서 사랑은 물로 스민다. "사랑은 산책하듯 스미는 자,/산책으로 젖는 자"(「사랑은 산책자」)이다. "이리도 무언가에 스며드는 건/이마에 이야기가 부딪히는 것과 같다."(「울기 좋은 방」) 스밈은 대상과 대상이 서로 결합하여 종내는 분리되지 않는 지경을 의미한다. 그것은 영혼의 스밈과 같다. "사람은 가장 사랑했던 사람의 얼굴로 다시 태어난다 하니"(「얼굴을 그려달라 해야겠다」) '나'의 얼굴은 타인의 영혼과 연결된 길이다. 이러한 스밈은 울음의 파동을 만든다. 시적 화자는 삶의 여정 속에서 "한 사람 심장에 못을 친 사실을/이후로 세상 모든 벽은 흐느끼고 있다는 사실을 생각"(「못」)한다. 결국 이병률의 시에서 되돌아오는 편지는 돌아오는 동안의 죄의식의 소산이란 것을 알 수 있다. 이병률의 시적 화자는 반복적으로 타인의 얼굴을 적시던 물기가 "찬물처럼 내 가슴에 스미"(「스미다」, 『당신은 어딘가로 가려 한다』)는 경험을 한다. 「불량한 계절」, 「밤의 힘살」, 「불편」 등의 시 속에서 전해오는 불편함은 죄책감을 동반하고 있는 것이다. "왜/잊으면 낫지 않던가"(「마취의 기술」)라는 마취의 기술로도 위로가 안 되는 것들이다. 그것은

"누구나 죄진 사람같이 지게로 태어나/죄처럼 업혔던 시절이 있었다/업힌 것이 날개인 줄 알고/퍼드득퍼드득 살려고도 하였다"(「바람의 날개」)는 삶의 진실 때문일 것이다.

이병률은 주체와 타자, 인간과 사물, 우주의 끌림에 대한 사유를 과학적인 세계 인식으로 하고 있다. "맞은편에 오는 차와/내가 타고 있던 차가 부딪칩니다/그 순간 세상 어디에선 밀감이 쏟아지고 서쪽 하늘로는 아라베스크 문양이 솟구칩니다"(「길을 잃고 있음에도」)처럼 세계는 연결되어 있다. 그리고 그 세계의 한 가운데는 사과나무 한 그루가 버티고 서 있다. 우주에 있는 모든 사물은 사과를 땅으로 끌어당기는 동일한 힘에 의해 서로를 향해 추락하고 있다는 뉴턴의 중력 발견을 시인은 염두하고 있다. 시적 화자가 "사과나무를 사려 했던 것은 세상 모든 물체가 서로를 끌어당기고 있다는 만유인력을 보고자 했던 것이므로 누군가 만유인력을 알아차렸다는 그 자리로 간다 사력을 다해 간다."(「사과나무」) 그런데 이병률의 시 속 사과나무는 돌아오는 자를 아무 불평 없이 맞이해줄 뿐 아니라, 그들이 들고 있어야 할 가방들을 끌어당기며 수고로움을 대신한다. 가방은 사과나무 위로 떨어지고 있는 것이다. 그리하여 시적 화자는 빚진 존재이다. 손가락 아홉인 "당신 때문에 내가 열인 것을 알겠"(「무심히 아무렇지도 않은 듯이」)는 것처럼, "화살, 궁수, 백조//선연히 잠 못 이루고/올려다보고 또 올려다보며/밤하늘의 생각을 참견한 것은/혼자가 아니라/자고이래 함께 얼굴을 부비자고 줄을 댄 것일까//이쪽의 마음이 되게 하고/저 건너의 마음을 벗어/둥글게 둥글게 살라는 말로 들리는/저 별들의 이야기를//그 누구에게/무엇으로 갚아야 셈이 될까"(「별의 자리」) 하는 별자리의 사연처럼 '나'는 타인과 사물로 인해 상대적으로 존재함을 인식할 수 있다. 그들과 함께 설계하는 기억의 우주. 기억은 과거에서 내게로 오는 편지이자 현재의 '나'와 서로 끌어당기는 트로마의 파편들이다. 기억은 주체와 타자의 관계를 드러내주는 문학적 형식이다. 이병률이 시적으로 창조한 기억의 우주 속은 타자와의 끌림으로 진행된다.

기술-시학(techo-poetics)의 한 사례 보고서

허윤석의 『九官鳥』

1. 독해의 난해성

고대에 전화나 자동차라는 단어는 어떤 종류의 관념을 불러일으킬까? 그것은 스스로 움직이는 자, 먼 곳에 있는 사람의 얘기를 전달해주는 주술자처럼 분명 성스럽고 신비스런 존재, 즉 신으로 받아들여질 것이다. 고대부터 기술의 발전은 점차 그 시대적·미학적 패러다임의 변화를 낳았다. 20세기가 시작되면서 신의 관념, 과학적 인과율의 단절이 이루어졌으며, 테크놀로지의 눈부신 발전은 인간의 물적 토대를 완전히 바꾸어놓았다. 불확실성, 우연성, 카오스라는 근대 철학적·신과학적 개념들은 문학영역에서 새로운 방법론을 모색하는 데 영향을 미쳤다. 따라서 테크놀로지와 새로운 수학 및 물리학, 기하학 등에 대한 현대 문학의 관심은 우리 문화의 근대적인 움직임을 포착하고 있을 수밖에 없다.

테크놀로지에 대한 현대 문학의 관심은 주로 모더니즘과 아방가르드 시학이 현대화의 끊임없이 성장하는 원동력을 표현하는 데서 나타난다. 그 결과, 문학적 혁신주의자들은 과학과 미디어기술의 방법론을 차용하여 문학 텍스트 형태의 현대화를 실현하게 되었다. 작가가 새로운 테크놀로지와 통신의 시대에 어떻게 시학을 변환했는가를 검토하기 위해서는 '기술―시학(techo-poetic)'의 필요성을 이야기하지 않을 수 없다. '기술―시학'이란 과학, 미디어, 테크놀로지와의 관계 속에 텍스트의 내용과 구성 효과를 낳는 문학적 접근을 말한다.[1] 독자는 기술―시학이 구현된 텍스트를 읽을 때, 하나의 작품을 중심으로 하는 문화적 기획이 존재한다는 사실을 관찰할 수 있다. 이는 작가의 세계에 대한 관심이 과학, 그리고 테크놀로지의 대상들 한가운데로 옮겨져 있는 것이다. 기술―시학을 구현하는 작가들은 작품을 엔지니어의 작품, 혹은 기계로 이루어진 건축물, 또는 문화적 풍경의 기계화 등으로 지칭한다. 기계가 그러하듯 예술 작품을 생산하는 기술자인 작가 역시, 사회와 문화의 생산자라 할 수 있다.

'기술―시학'은 그 정의에서도 알 수 있듯이 범주폭이 상당히 넓다. 그것은 문화에 대한 전반적인 기획이 되기 때문이다. 따라서 내용과 구성에 스며들어 있는 테크놀로지는 다양한 양상을 통해 '기술―시학'을 정립한다고 볼 수 있다. 작가가 이런 방법을 사용할 때는 굉장한 지적 소유와 실험 정신을 갖고 있어야 할 것이고, 그 실험 정신은 어느 정도 난해함을 수반하지 않을 수 없다. 우리 문단의 경우 난해한 실험 정신의 산물로 묶이는 일군의 작가들이 있는데, 그 난해함이 '기술―시학'

---

1) Donald F. Theall, *James Joyce's Techno-Poetics*, Toronto UP, 1997 참고.

이란 열쇠로 풀릴 수 있는 작가를 들자면 그중에서도 단연 허윤석을 들 수 있을 것이다.

작가 허윤석의 작품 수는 그리 많지 않다. 1934년 데뷔 이후 1950년 즈음까지의 10여 편의 단편들과 10여 년에 걸친 장편인 『九官鳥』가 전부이다. 『九官鳥』는 1966년 1부가 발표되고 1973년 2부인 〈草人〉이, 그리고 1974년에 〈他人을 代行하는 頭腦들〉이 발표된 후 1979년에 장편으로 묶여진 소설이다. 제1장인 〈分身과의 對話〉에서부터 12장인 〈他人을 代行하는 頭腦들〉까지 전체 열두 부분으로 구성되어 있는 이 작품은 한갑수라는 60을 넘어선 작가를 주인공으로 하여 시·공의 혼돈스런 구성 속에 꿈과 현실의 경계가 모호하고 수많은 에피소드와 이야기꾼의 남발, 그리고 주인공의 정신분열증적인 심리 서술로 이루어져 있어 그 난해함은 이루 말할 수 없다.

기존의 논의를 보자면, 김열규[2]는 『九官鳥』에 등장하는 인물들의 관계를 통해 육체적 관계의 차별성을 이야기하며 성과 죽음의 사이에 중심 의미가 있음을 시사했다. 김경수[3]는 허윤석의 유일한 장편소설인 『九官鳥』가 한갑수라는 인물의 일관된 삶의 궤적을 뒤쫓는 것을 거부하고 오히려 파편투성이의, 현실과 꿈, 환상이 뒤죽박죽으로 엉킨 상태를 추적하고 있는 소설로 파악하며 영화적 기법의 사용을 언급하였다. 우한용[4]은

---

2) 김열규, 『우리의 전통과 오늘의 문학』, 문예출판사, 1987.
　　김열규는 『九官鳥』의 형식을 비유컨대, 고층건물의 창에서 떨어져 내리는 인체를 포착한 사진이라고 해도 좋을 것이라고 한다. 그래서 이 작품은 현대 소설사에서 李箱의 「날개」 이후의 큰 사건으로 기록될 수 있다고 평가한다.
3) 김경수, 『문학의 편견』, 세계사, 1994.
4) 우한용, 「소설의 심리와 담론의 구조적 상관성 — 허윤석의 〈九官鳥〉」, 구인환 외 공저, 『한국현대장편소설연구』, 신흥문화사, 1989.

『九官鳥』를 심리소설의 측면에서 모성복합과 자아분열, 언어의식을 분석하였다.

허윤석의 몇 안 되는 작품 수만큼이나 그의 작품 세계에 대한 문단의 관심도 빈약하기 그지없다. 『九官鳥』는 허윤석 초기 단편들의 세계와 많이 다르며, 10여 년에 걸친 연작이기 때문에 상당한 심혈을 기울인 것으로 파악된다. 『九官鳥』는 인물의 정신분열증과 여타 질환들, 그리고 사회병리 현상들과 문화적인 지식들이 백과사전식으로 스며들어 있다. 따라서 상당히 혼란스런 글읽기가 될 수도 있을 것 같지만 그 이면엔 작가의 치밀한 기획이 숨겨져 있는데, 이는 기술−시학의 관점에서 규명해볼 때 새로운 국면을 발견할 수 있을 것이다.

2. 테크놀로지와 구성

그렇다면 기술−시학은 어떤 방법으로 탐구될 수 있을까? 그것은 기술−시학의 텍스트구성 양상을 통해 밝힐 수 있을 것이다. 여기에서는 테크놀로지와 구성의 관계, 그리고 허윤석의 기술−시학적 창작관에 대해 이야기해야 할 것이다.

테크놀로지 예술은 전자 공학이나 전기·음향에 관한 기술을 이용하여 전기적·광학적 장치를 작품화하거나 작품의 일부에 도입하는 조형 예술, 모빌 등을 포함한다. 이는 20세기에 들어와 근대 기술의 산물을 조형 소재로 받아들임으로써 본격적으로 시작되었다. 이런 양식이 문학의 경우일 때는 내용의 소재적인 차원과 구성적인 차원으로 구분돼 사용된다. 구성적인 차원은 소재를 다루는 제작과정에 주목하여, 작품의 생산과정을 텍스트에 그대로 담아낸다. 작품의 제작, 생산과정은 테크놀로지와 연관된다. 그래서 예술이 소재를 재료로 삼아 테크놀로지적으로 처리한 결과로 나타나는 것은 '구성'이다. 구성에서 부각되는 테크놀로지적 요소는 예술적 생산력의 확대와 연관된 새로운 기술적 혁명의 영향을 받는다. 한 예로 몽타주 기법은 기계로 제작되는 영화의 테크놀로지와 관련이 있다. 이러한 양상은 예술의 테크놀로지가 점차로 기계화되는 경향에 상응하여 나타나는 것이다. 그렇다면 구성의 주체는 누구인가? 이것은 이야기 제작자, 즉 도구적 존재(homo faber)와의 관계를 생각할 수 있게 한다. 제작자(조각가, 건축가, 시인, 의사, 여타 구성가)의 성격에 따라 구성은 달리 나타날 것이다. 엔지니어로서의 제작자라면 텍스트는 기계적이거나 역학적인 구성을 취할 수도 있고, 의학에 심취한 제작자라면 생체해부나 생체역학을 통한 구성이 이루어질 것이다.

이 글에서는 신체와 알레고리의 텍스트 구성 양상이 테크놀로지를 통한 구성에 어떻게 관계하는지 살피려 한다. 모더니즘 작가는 문학 텍스트와 의학적, 정신분석학적, 그리고 사회 이론 사이의 연결고리를 추구하기 위한 매개로 신체와 테크놀로지 사이의 관계성에 몰두하고 있다. 왜냐하면 현대 시대에서 신체는 재에너지화되고, 재형성되며, 생산, 재현 그리고 편리함의 새로운 양식에 종속되기 때문이다. 신체는 사회적으로 구성된다. 따라서 현대성은 테크놀로지와의 관련 속에서 신체의 파편화와 확장을 야기하는데 그것은 결핍으로서의 신체와 동시에 기술적인 배상을 제공한다. 신체는 현대성을 담지할 수 있는 변환장치로 텍스트와 관계 속에서 의미를 산출해낼 수 있다. 이런 특성이 테크놀로지적인 측면의 강화로 전기-화학적인 신체의 구성이나 생체 해부적인 텍스트의 구성으로 나타나 기술—시학적 양상의 범위를 확장할 수 있게 한다.

다음으로 알레고리적 구성이 테크놀로지와 갖는 관계성을 살피자면, 소설에서 알레고리의 매재는, 축자적 문맥이 형성하는 총체성으로부터 떼어낸 파편적인 조각들로 나타날 뿐이다. 총체성의 삶에서 핵심적인 세부사항을 뜯어내어 파편적으로 배열한 알레고리는 총체성에 저항해서 그 속에 숨겨진 단절과 부조화를 드러내는 기법이다. 원관념과 보조관념의 비동일성을 추구하는 알레고리의 구성적 특성은 제작가의 명확한 기획이 개입된다. 따라서 기법 자체의 기술적인 측면을 염두하면서 알레고리적 구성이 테크놀로지를 통해 재구성된 채 의미를 산출한다는 것을 짐작해볼 수 있는 것이다.

작가 허윤석의 창작관 역시도 이런 테크놀로지적 측면, 즉 제작자, 엔지니어의 구성자질을 담고 있다.

> 작가들의 생산기능을 어디 두고 있느냐고 물어 온다면, 나는 창작이다, 창조다 하는 것 같은 거창한 말 대신 해묵은 언어에 생활감정을 조립하는 것 으로 작가수업을 하고 있다고 하겠다. (〈後記〉, 『九官鳥』)

허윤석은 작품 후기에서도 밝혔듯이 창작과정을 하나의 생산과정으로 생각하고 있으며, 작가는 언어를 재료로 하여 내용을 조립해 넣는 제작가로 이해하고 있다. 마슈레이의 생산 이론 이후 작가는 더 이상 새로운 것을 창조해내는 창조자가 아니라 기존의 것들을 재생산해내는 생산자의 기능만을 담당하게 되었다. 허윤석 역시도 새로운 창조가 아닌 '해묵은 언어'를 가지고 작가가 어떻게 구성해내는가에 따라 작품의 생산은 달라질 수 있다고 보는 것이다. 이러한 구성의식은 다양한 양상으로 나타날 수 있지만 조립자인 허윤석이 무엇을 통해서 구성해내었느냐는 문제의 양상을 다르게 만들 수 있다. 따라서 기술–시학적인 측면은 『九官鳥』에 얽혀 있는 이야기의 다중성, 그리고 알레고리화된 주인공 한갑수와 『九官鳥』에 담긴 작가의 구성 전략을 탐구하는 데 있어서 중요한 분석 도구가 될 수 있을 것이다. 실제로 텍스트에 나타나는 상대성 원리나 아인슈타인의 4차원 등에 대한 작가의 과학적 관심은 생체역학과 기계학, 인간 몸의 도구화, 기술 제작 등의 관심으로 연장되어 작가의 기술–시학적 양상으로 드러난다.

3. 기술–시학의 텍스트 구성 양상

3.1. 구관조 꿈의 기계적 반복과 이야기의 아상블라쥬

『九官鳥』는 12부로 구성되어 있는데, 원로 작가인 한갑수의 일상과 꿈의 반복으로 이루어져 있다. 텍스트는 60에 가까운 한갑수라는 인물의 현재 삶보다도 반복되는 구관조의 꿈에 거의 모든 지면을 할애하고 있다. 그만큼 『九官鳥』에서 꿈의 중요성은 간과할 수 없는 부분이다. 모더니즘적 글쓰기에서 의식의 흐름이나 심리적 메커니즘을 다루는데 가장 적합한 것은 꿈작업이라고 할 수 있다. 프로이드의 꿈언어와 소쉬르식의 기호학이 몽상적인 언어의 기교로 교차한다. 이는 불확정적인 꿈작업 즉 무의식 및 상상의 작업이 기계적으로 이루어지면서 주관적 언어를 만들어[5]내기 때문이다. 따라서 꿈작업은 객체를 주관화하여 자

---

5) Donald F. Theall, 앞의 책, 160쪽.

기 해부를 해보인다. 프로이트의 꿈꾸는 작업을 기계적인 것으로 만들어내는 환상 기계처럼 생각해본다면, 꿈나라를 구경하는 독자는 꿈기계의 작동에 따라 인물의 심층 해부의 관망을 통해 문학적, 문화적 해부가 가능해질 것이다. 『九官鳥』의 경우 텍스트 전체는 연속적인 꿈의 반복으로 이루어진 구조인데, 현실/꿈의 얽히고 설킨 구조는 이야기의 다층적인 구조를 취하고 있다.

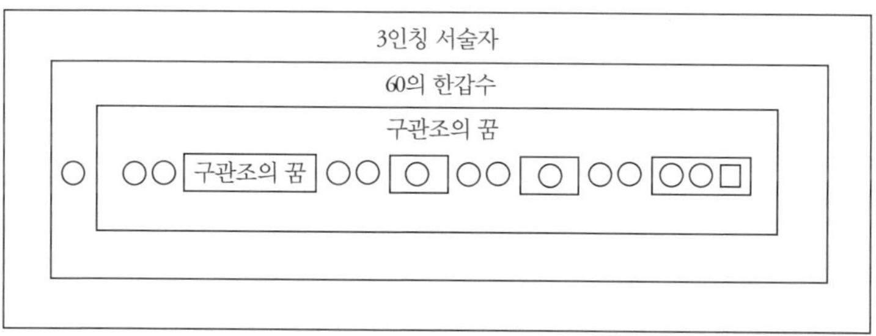

이야기의 다층·구조 그림
○: 에피소드   □: 구관조의 꿈

　그림은 『九官鳥』 텍스트 전체에 걸친 다층적 구조를 도식화한 것이다. 텍스트는 3인칭 서술자인 바깥 층위의 작가가 존재하며, 그 안에 60이 넘은 한갑수의 이야기가 있다. 〈분신과의 대화〉에서 한갑수는 매일 구관조의 꿈을 반복해서 꾸고 있는 것으로 설정되어 있다. 이렇게 반복되는 구관조의 꿈은 〈삽화〉에 이르러 한갑수가 구관조를 죽인 죄로 재판에 회부되면서 작품이 끝나기까지 하나의 꿈으로 이어진다. 이 하나의 꿈 속에 〈인간초심〉, 〈인간재심〉, 〈돌아오지 않는 새들〉, 〈무서운 대결〉, 〈축제〉, 〈하수인의 변〉, 〈구관조〉, 〈초인〉, 〈타인을 대행하는 두뇌들〉의 내용이 꿈 속 내용으로 들어가 있는 것이다.
　초기에 반복되던 구관조의 꿈이 전체 커다란 꿈의 예비적 단계라고 한다면 〈삽화〉에서부터 시작되는 꿈은 『九官鳥』의 중심서사가 되는 꿈 작업을 수행하기 위한 수행단계가 된다. 1, 2부에서 반복되는 구관조의 꿈은 3부에서부터 12부까지 하나의 꿈으로 이루어진다. 또 3부부터 12 부까지의 긴 꿈 속에 반복되는 구관조의 꿈이 배열된다. 그 긴 꿈 속에 서 한갑수는 자신이 키우던 구관조를 죽인 죄명으로 재판을 받아 감옥 생활을 하며, 유년의 기억과 아끼꼬와 월매에 대한 회상을 반복되는 구 관조 꿈을 통해 이야기한다. 그러니까 꿈 속에 꿈이 있고 꿈이 있는 것, 즉 이야기 속에 이야기가 있고, 또 그 안에 이야기가 있는 형식의 다층 적인 구조를 보이고 있다. 이러한 꿈의 다층적 구조는 현실과 꿈의 경 계를 모호하게 하여 우연성과 비상식적인 일들의 출몰과 함께 꿈 작업 의 불확정성을 보이고 있는 것이다. 꿈의 다층적 구조와 그 속에 들어 있는 알레고리적 이야기들의 무질서한 배열은 질서있게 무질서화된 카 오스모스(chaosmos)[6]의 세계를 이루는 텍스트 구조를 갖추게 된다. 모더 니즘 문학 특성상 파편화와 재구축 의지는 소재의 집합과 배열로 나타 난다. 이러한 구조적 특성은 혼돈 속에서의 질서를 통해 총체성의 모형 을 탐구하는 구성전략이다. 꿈기계의 작동을 통해 계속 반복·배열되 는 구관조의 꿈 집합은 단순히 심리적 자아분열상과 무의식 층위의 부 정형성만을 반영하는 것이 아니라 거대한 텍스트 신체의 조직을 해부

---

6) 양자역학에서 말하는 정돈된 무질서는 얼핏 보면 무질서해 보이는 현상도 그 내부를 들여다 보면 질서 있게(orderly) 반복되는 현상의 하나임을 알 수 있다. 실제로 세상의 모든 현상은 정 확하게 표현하면 모두 예측이 불가능한 비선형성(non-linearity)으로 되어 있다. 따라서 우리 눈에 마치 질서 있게 보인다거나 예측 가능한 법칙을 내재하고 있는 현상 등은 우리가 실제 로는 실체를 거시적으로 보고 있는 것일 뿐이다.

카오스모스(*chaosmos*)한 텍스트의 질서는 이처럼 거대한 전체 텍스트 속에 이야기가 또 있고 그 안에 수많은 에피소드들과 꿈의 다층적인 구조를 이루고 있는 무질서한 이야기들의 세계 가 질서 있게 배열되어 있다고 보는 것이다.

해 들어가는 것이다. 이로써 텍스트 신체가 가지고 있는 여러 조직들에 대한 해부가 가능해진다.

새장[7]의 쇠창살처럼 복합적인 아상블라쥬를 이루는 『九官鳥』의 이야기들은 각각 하나의 완결된 서사구조를 지니며 텍스트에 배열되어 있다. 폐품이나 잡다한 것들을 이용한 예술작품인 아상블라쥬(assemblage)처럼 『九官鳥』에서는 잡다한 이야기들이 모여 하나의 집합체를 형성하는 텍스트 구성을 이룬다. 따라서 복합적인 아상블라쥬인 만큼 텍스트는 복합적인 알레고리적 해석을 낳을 수 밖에 없다. 『九官鳥』는 소설가인 한갑수를 매일 밤 꾸는 꿈의 환영에서 비롯된 꿈의 기원, 갑수 자신의 기원에 대한 해석자로 상정하고 있다. 따라서 갑수는 자신의 꿈 행위를 통해 어떤 의미에선 『九官鳥』에 대한 글쓰기를 하고 있는 것이고, 또 다른 의미에선 자신을 해부하고 있는 것이다.

> "김회장! 〈일산대〉의 후일담으로 이 얘기에다 부전을 달아 보겠습니다. 아마 문제의 그녀가 꽤 이뻤던 모양이죠. 그후 그녀는 어느 고나 속의 후실이 되었다는군요." (170쪽)

> "그렇다면 이번은 어머니 편으로 되돌아가서 다시 한 번 이야기를 찾아보기

---

7) 『九官鳥』에서 한갑수는 꿈 속에서 나올 때 '새장'을 나오는 것으로 되어 있다. 이와 같은 방식으로 병 속에 든 인간의 엠블럼은 모더니스트 문학의 아주 오래된 관심으로 자주 나타난다. 사실 밀봉된 병의 경로처럼 인류의 비전은 현실에 대한 모더니스트의 풍자와 가장 중요한 요소 중 하나이다. Daniel Albright는 "Theme of Homunculus"에서 해부 실험용 인체 모형의 주제를 분석하고 있다. 여기에서 등장하는 병(bottle)은 과학적 프로그램에 따라 수축하고 비대해지는 변형적 장치, 즉 인간-왜곡자로 기능한다고 보며, Yeats가 병 속에서 인간의 다른 곳을 쓰고 있다고 지적한다. 그리고 여기서 등장하는 난쟁이는 밀봉된 병 속에서 그의 통합을 유지하려는 것이 아니라 다른 사람의 탄생을 위한 창조적인 기원이 되려는 목적을 욕망한다고 보고 있다(Daniel Albright, *Quantum Poetics-Yeats, Pound, Eliot, and the Science of Modernism-*, Camebidge UP, 1997, 89쪽 참고).

위의 인용은 한갑수가 감방 안의 죄수가 얘기한 에피소드를 재구성하여 이야기하는 부분이다. 한갑수는 등장인물들에게 끊임없이 새로운 이야기들을 해주고, 또 상대의 이야기에 덧붙여 이야기를 만들어나간다. 이러한 스토리텔러로서의 역할은 주인공인 한갑수 이외에도 삼수, 박기자, 감방의 죄수들 역시 마찬가지이다. “한의 젊은 시체는 한편의 토막 실화를 엮어내(95쪽)”린다는 서술자의 말에서처럼 각 인물들과 스토리와의 연관성은 각 인물의 몸을 풀어내는 형식으로 이야기를 만들어내는 것과 관계하는 것이다. 이들의 이야기들이 알레고리적 비유에 의해 작품 전체를 정처없이 떠돌아다니는 미로 같은 이야기들이 되는데, 이 이야기들은 총괄적으로 3인칭 서술자에 의해 재단 · 조립되고 있다.

한갑수라는 주인공과 그밖의 다른 인물들이 재단사처럼 이야기를 엮어놓으면 3인칭 서술자는 그 위에서 또다시 등장인물들이 엮어놓은 이야기들을 재단사가 되어 조립하고 꿰매놓는 것이다. 이는 모더니스트 글쓰기에서 자주 등장하는 서술자의 지적인 우위성이 드러나는 부분으로, 작품 속에서 서술자는 논문의 형식을 빌어 이야기 전개상 필요한 부분들을 허구적인 이야기라고 각주를 달아놓기도 하고, 전후 상황을 부연설명하기도 한다. 따라서 서술자는 『九官鳥』에 자신의 註를 상당 부분 달아가며 제작자의 역할을 수행하고 있는 것으로 볼 수 있다.

허윤석은 이야기의 아상블라쥬를 구축하기 위한 기본적인 벽돌로 에피소드들과 전체적인 스토리를 다룬다. 이야기(mini-tale)와 스토리(*mini-story*)의 다중 플롯이 만드는 아상블라쥬는 이야기를 다층, 상호적인 극적 혼합으로 재결합시키기 위하여 연속성, 선형성, 그리고 서사성을 해체하게 된다. 이 작품에서 이야기(*mini-tale*)는 등장인물들의 에피소드나 시, 동화, 외국작가의 소설 등이 포함되고, 스토리(*mini-story*)는 현실의 한갑수 이야기와 구관조 꿈이 포함된다고 볼 수 있다. 텍스트 자체는 스토리 하나의 형식만을 취하는 것이 아니라 한갑수가 지은 시, 외국인의 소설, 어떤 환자의 수기, 병상 일기 등의 다양한 형식들이 조립 배열되어 아상블라쥬의 작품을 만들어내고 있다. 따라서 텍스트는 이야기하기를 만늘어낼 뿐만 아니라 이렇게 하는 동안 모든 이야기 사이를 유목민처럼 방황하는 유목민적인 이야기의 구성을 취한다. 이것은 무질서한 이야기 소우주들이 텍스트라는 대우주 속에 질서화되어 배열되는 이야기의 카오스모스적 성질을 보이고 있는 것이다.

3.2. 생체역학과 열역학을 통한 서사리듬 창출

『九官鳥』는 정신질환이나 의학용어와 관계된 것들이 많이 나타난다. 뿐만 아니라 기계적인 특징들과 인간과의 유사성을 통해 서사를 이끌어 나간다. 기술－시학은 기술과 인간의 몸, 그리고 생체 역학을 통한 혈액의 순환과 에너지의 흐름 등에 관심을 갖고 문학에 형상화해낸다. 망원경이나 현미경 같은 과학기기가 감각기관의 지각능력을 증대시키는 것으로 여겨지면서 몸과 기술의 한 접점을 만들었다면, 몸과 기술의 또 다른 접점은 인간의 몸에 대한 '기계적' 인식에서 나타났다. 보허하

브(Herman Boerhaav) 같은 의사는 인간의 신체를 다양한 파이프와 네트워크와 파이프를 흐르는 액체들이 중간에 저장되는 용기로 이루어진 체계임을 역설했다.[8] 인간 몸의 연장으로 기술을 바라보는 이러한 시각은 기술-시학의 한 국면으로 『九官鳥』의 서사 진행에 서사적 동력을 가하는 방편이 된다고 할 수 있다. 이러한 글쓰기는 단순히 신체적인 은유와 결합되는 것이 아니라 그 위에서 작동하는 것이다. 따라서 그 작동원리가 더 중요하게 보일 수도 있다.

> 그날 밤도 갑수는 구관조의 꿈을 보았다. 꿈으로 생활을 영위하다시피 하고 있는 갑수에게 있어서는 꿈이 산소 호흡과 같은 작용을 하고 있는지도 모를 일이었다. 산소로하여 세포가 신진 대사를 하듯이, 꿈은 갑수의 생활의 신진 대사를 해주었다. (252쪽)

거의 꿈으로 살다시피하는 한갑수에게 구관조의 꿈은 산소호흡작용처럼 들숨과 날숨의 교체 반복을 통해 이루어지고 있다. 이러한 방식으로 꿈과 현실의 교체 반복을 통해 서사적인 동력이 이루어지고 있는 것인데, 이는 한갑수라는 인물의 의식과 함께 진행되고 있기 때문이다. 이는 몸이 열역학에서 착상한 생체역학의 복잡성으로 해명될 수 있다.[9] 다른 기술학들은 이것을 적용해 에너지의 구성, 형성, 그리고 유동을 발전시켜 다양한 영역을 만들어냈다. 구관조의 꿈은 '서사적인 모터(narrative motor)'가 되어 서사를 진행해나가는 데 있어 심리적인 동력, 즉 심리적인 긴장과 흥분이라는 역동성을 조성해나간다. 이러한 특징

---

8) Roy Porter ed., *Cambridge Illustrated History of Medicine*, Cambridge UP, 1996, 160~162쪽 재인용 (이거룡 외, 『몸 또는 욕망의 사다리』, 한길사, 1999).
9) Tim Armstrong, *Modernism, technology and the body*, Cambridge UP, 1998, 2쪽.

은 이 소설에서 생체리듬의 변화가 인물의 의식과 관련되며 서사의 유동에 관여한다는 것을 설명할 수 있는 부분이다.

> 그러니까 한에게는 두 가지의 현상이 나타나고 있는 것이었다. 고혈압으로 해서 오는 항거의 세계가 있었고, 저혈압이 될 때의 이완에서 오는 긍정의 세계가 있었다. 전자는 갑수와의 분신의 시간이었고 후자는 박기자와의 분신의 시간이었다. (53쪽)

> 갑수는 우주의 섭리에서 오는 자연 현상에 몸이 푹 접어들고 있었다. 아니 갑수의 가슴에도 계절이 엇갈리는 부산한 소리를 냈다. 한겨울에 수축이 되어 있던 피하 혈관이 확대되면서 심방에서 솟구치는 혈액이 관개 수로로 물이 빠지듯 혈관으로 마구 쏟아지면서 출렁 대는 소리를 냈다. (258쪽)

한갑수는 상당히 많은 병을 앓고 있는 인물이다. 하나의 병이 나으면 그 다음엔 또 다른 병이 그를 기다리고 있다. 특히나 혈압의 높낮이에 따라 신체적, 심리적 반응이 달라지는 그이다. '고혈압'과 '저혈압' 사이를 오고 가는 갑수는 '항거의 세계'와 '긍정의 세계'로 서사를 창출하면서 심리적인 반응을 보인다. 혈액의 리듬이 비교적 규칙적이고 거침없듯이, 신경과 근육의 리듬은 신경계 통신의 온오프식의 전기-화학적 활동에 의해 지배를 받는다.[10] 전등불의 온오프 방식처럼 고혈압과 저혈압을 오고 가는 인물의 심리는 스토리 전개에 있어 인물 의식흐름의 이완·수축을 통해 서사적 역동성을 낳고 있는 것이다. 혈관이 수축하고 팽창할 때마다 인물이 평정심과 흥분의 상태를 오락가락한다. 이러한 현상은 한갑수라는 인물이 어디에서든 감정이 수축 확장되는 움

---

10) Donald F. Theall, 앞의 책, 60쪽.

직임을 보이며, 삶을 살아가는 인간의 변화과정을 흐르는 기계의 움직임으로 대체하여 보여주고 있는 것이다. 삶은 생체 에너지적 모델의 일반적인 범주 내에 있는 물리적이고 화학적인 힘의 조직된 영역으로 해명된다.[11] 이러한 생체에너지적 모델은 인간 모터(human motor)의 활동과 비유적으로 연결지어 생각해볼 수 있는데, 『九官鳥』에서는 한갑수나 아끼꼬, 월매, 그리고 암구관조 등 욕망이 작용하는 부분이 이에 해당될 것이다.

> 육체란 …… 불과 불이 서로 마주치는 동력이 시동이죠. 유행어를 빈다면 우주선의 도킹 같은 거죠. 그게 어디 생식만을 위한 것이겠습니까. 연료를 보급받기 위한 도킹이지. 그와 마찬가지로. 서로 개솔린 탱크를 찾아 자기 발전의 연료를 보급받기 위한 것입니다. 이것이 육체와 사랑의 엇갈림 길에서 얻어지는 신의 교체인 것입니다. (134쪽)

위의 인용부분은 한갑수의 육체에 대한 관념이다. 그는 인간 육체를 기계화하여 알레고리화하고 있으며, 그 기계의 에너지가 되는 것은 육체적인 관계, 즉 욕망의 분출을 통해서 이루어진다고 말한다. 한갑수는 '동력', '우주선의 도킹', '연료를 보급받기 위한 도킹', 그리고 '개솔린 탱크를 찾아 자기 발전의 연료를 보급받기 위한 것' 등을 통해 '육체와 사랑'의 교체 관계를 표현하고 있다. 이는 인간의 육체적 관계를 열역학의 에너지 전환과 동일선상에서 이해하고 있는 것이다. 전기적 메타포는 몸에 대한 새로운 의미를 창조한다. 전기적 메타포의 사용은 성적 욕망에 쉽게 적용될 수 있는데, 전기성과 자기성은 이종의 성적 욕망으

---

11) Tim Armstrong, 앞의 책, 15쪽.

로서 양극성으로 이해된다. 육체가 기계, 전자 화학적인 육체로 나타나는데, 이는 기계로서의 육체와 육체의 확장으로서의 기계가 함께 작동하는 것이다. 한갑수가 말한 것처럼 '육체가 삶을 전한다'는 것이 본질인 이 추상적 욕망하는 기계, 즉 육체는 에너지의 소모 양상에 따라 에로스와 타나토스의 연극을 정교화하는 새로운 방식의 기초가 되고 있다.

의미화 작용의 동력으로서 욕망은 서사 재현의 동력을 재현하는데 영향을 미친다. 이러한 역동성은 심리적 메커니즘을 다루는 글쓰기의 한 전략으로 상정할 수 있을 것이다. 몸의 생리적 리듬과 성적 욕망의 분출 에너지를 서사의 흐름과 연결지어 의식의 흐름을 설명하려는 탁월한 기술이 나타나는 부분이다. 여기서 살폈듯이 『九官鳥』의 서사 진행과 인물의 의식은 난순히 자기 분열적이고 뒤죽박죽, 즉흥적인 발현이 아니라 역학적인 구성의 치밀한 계획 아래 서사적 질서를 찾아가고 있다는 것을 알 수 있다.

3.3. 알레고리적 시간과 인물의 배열 조합

이 작품에서 시간의식은 상당히 기이하다. 현재 속에 과거가 있고, 과거 속에 미래가 재현되는 난해한 시간 구조를 갖고 있다. 마치 과거, 현재, 미래가 뫼비우스의 띠처럼 서로 겹쳐지며 시간의 경계선이 모호해진다. 하나의 공간 안에 시간성이 난립하여 시간은 혼돈을 빚는다. 또 거기에서 더 나아가 과거와 미래의 공존을 통한 신비적 교감을 창출하기도 한다. 즉 카오스적인 시간이 구성되고 있다. 여기에 등장인물이나 독자는 당황하지 않을 수 없다. 규범적인 시간 관념의 해체를 통해 탈규범적이고, 시간 관념 자체의 불필요함을 그리는 것은 기존 이데올로기에 대한 모더니스트의 부정적인 제작을 보여주는 알레고리가 된다. 이러한 시간의식은 주인공 한갑수의 시간의식에서 잘 나타난다.

> 어떤 날은 8시간을 독서해야 했고 8시간을 사색해야 했다. 나머지 8시간은 구관조의 꿈을 보는 시간으로 되어 있었다. 이런 채산면으로 본다면 제법 지구의 회전 시간을 그대로 생활한 셈이 된다. 그러나 가다는 혼수 상태에 빠질 때가 있다. 남이 노동하고, 남이 휴식하는 시간 전부에 해당하는 그런 시간이었다. 그러나 구관조의 꿈을 보는 그 8시간만은 빼놓지 않고 꼬박꼬박 지켜 왔다. 좀 더 까놓고 말한다면 이 시간만은 누구도 착취를 못 했던 것이다. 그러니까 <u>한의 계산법으로 친다면 한의 하루의 생활은 24시간일 때도 있었고, 16시간일 때도 있었고, 가다가는 단 8시간으로 줄어들 때도 있었다.</u> (45쪽)

대부분 꿈으로 사는 한갑수의 시간은 일상의 시간에서 일탈해 있다. "누구도 착취"할 수 없을 만큼 한갑수의 시간 관념은 무질서하며 기존의 24시간이라는 하루가 주관적인 계산법에 의해 구성된다. 즉 어떤 날은 '24시간일 때도 있고, 16시간일 때도 있고 8시간으로 줄어들 때도' 있는 것이다. 이러한 인물의 시간의식은 작품 전체의 시간 구성에도 반영되는데, 구관조의 죽음으로 해서 전개되는 재판과 감옥생활의 환상이 그 자체로는 시간적 흐름에 따른 순행적 전개의 모습을 띠는 반면, 구관조가 한갑수에게 환기시킨 아끼꼬의 기억은 시간에 역행하는 회상의 모습을 띤다. 꿈 속에서 과거의 회상이 이루어지고 갑자기 한갑수가 죽었다가 15살 소년으로 부활하고, 점차 나이가 5살 소년으로 퇴화하는 등 '퇴영성질환'(158쪽)에 의한 시간의 회귀는 꿈 속에서 시간 관념을 무화無化시킨다. 이것은 시간 속에 유폐된 존재로부터, 시간으로부터 자유로운 존재로 비상하기 위한 작가의 구성으로 볼 수 있다.

과거-현재-미래라는 순차적이고, 연속적인 시간 관념을 파괴하고 시간을 뒤섞어놓은 서사적 구성은 시간의 무질서한 세계를 보여주며, 주관적인 시간 개념으로 독자를 초대한다. 그러나 비록 무질서한 시간 개념의 남발을 보이고 있는 작품이지만, 여기에도 무질서함들을 질서 있게 만드는 힘이 있다. 그것은 뒤죽박죽인 서사적 시간의 흐름과는 대칭되게 반복되는 꿈을 통해 과거에의 소급과 노인이 청년으로, 또 5살 소년으로 역추해 올라가며 인물의 자기 해부적인 시간 구성을 취하고 있다는 것이다. 결국 자의식의 과잉으로 분열을 보이는 인물의 심리는 무의식이라는 꿈의 과정을 통해 시간의 해체를 보이고 있는 것 같지만 그 과정이 오히려 자기 해부를 통해 정체성을 탐구해나가는 과정이라는 것이다.

인물에 대한 알레고리는 여러 가지 양상으로 드러난다. 『九官鳥』에 등장하는 등장인물들은 각각 알레고리적 기호로 텍스트에 주입되어 있다. 특히나 작품의 주소재가 되는 구관조는 우선 '이야기를 잊어버린 벙어리 새'로 언어를 획일적으로 반복해내는 언어기계의 알레고리로 볼 수 있다.

> 사람은 본래 나면서부터 말을 가지고 나온 사람은 단 한 사람도 없는 것으로 되어 있네. 달리 있다면 어머니의 모체에서 20만 개의 뇌세포를(뇌세포 단위는 億를으로 되어 있음) 받아 가지고 나온 것뿐이야. 나면서 조판공이 식자를 하듯 남의 말을 주워 모아 자신의 뇌세포에다 이식을 해 가면서 대화도 하고 노래도 부르는 거지. 그러니까 우리가 사용하고 있는 용어는 곧 타인의 말로 되어 있다 그 말일세. (427쪽)

'발이란 하나의 장치에 불과한' 구관조는 한갑수라는 주인공과 동체 同體로 보아야 한다. 꿈 속에서 구관조와 자신을 동일시하던 한갑수는

급기야는 소설 중간부분에 가서 구관조로 변해 있는 자신을 발견하게
된다. 암구관조의 압박에 심리적인 중압감과 무력감을 보이던 벙어리
구관조는 아끼꼬에 의해 육체적 압박을 받고 심리적인 충격을 겪고 있
는 한갑수와 동일선 상에서 이해되어야 한다.

한은 깃이 부러진 구관조가 되어 땅에다 배를 깔고 있었다. 땅 밑은 습기가
돌았다. 홰를 타 보려고 무진 애를 써 보았다. 사지가 말을 듣지 않았다. 누구
를 불러 볼 생각으로 소리를 질렀다. 전연 말이 돼 주지 않았다. (136쪽)

언어를 반복적으로 만들어내는 구관조와 동일시하는 것도 모자라 한
갑수를 구관조로 변신케 하는 알레고리는 카프카의 「변신」을 생각케
한다. 실제로 텍스트에서 작가는 카프카의 『심판』을 언급하며 패러디
적인 양상을 보이고 있기도 하다.

이러한 인물의 알레고리는 한갑수 어머니를 이야기하는 부분에서도
나타난다. 한갑수는 자신을 낳은 어머니가 애를 낳는 생산의 기계처럼
많은 자식들을 낳고, 그 생산품들에 대한 관리는 유모가 담당하였다고
말한다. 이는 여성을 기계화하고 있을 뿐만 아니라 더 나아가 작품의
제작, 생산과도 연결지어 비유하고 있다. 작가는 이런 비유를 통해 소
설쓰기 자체에 대한 근본적인 회의를 제기하려 하고 있는 것이다. 이밖
에도 암구관조와 아끼꼬, 월매를 통해 성의 세속화와 신성화에 대한 알
레고리를 구현하고 있다. 한갑수에게 최초로 성性에 눈을 뜨게 한 월매
와 이기적이고 쾌락적인 성性의 억압을 가하는 암구관조와 아끼꼬를 그
대척점에 놓아 성聖과 속俗의 알레고리를 펴고 있는 것 역시 인물의 알
레고리로 살펴볼 수 있는 제재가 된다. 또 감방 안의 죄수들, 그리고 한
갑수를 찾아왔던 박기자 등의 인물이 이야기하고 있는 수많은 에피소

드들 역시 그 인물들을 알레고리화하며, 이는 모두 사회적인 부조리성을 지적하고 있다.

작중인물들은 알레고리적 기호로 등장하며 텍스트를 산발적으로 흩어져 떠돌아다닌다. 하지만 이들은 한갑수와의 관계에서 살펴져야 한다. 작중인물들의 다중적인 역할은 알레고리의 재구성을 지향한다. 각각의 알레고리적 기호들은 텍스트에 배열되어 있다가 한갑수라는 알레고리 기호와의 상호작용을 통해 조합될 수 있다. 따라서 우리는 이런 인물 알레고리 기호들을 조합해 알레고리화된 한갑수의 문제의식을 조명할 때, 에로스와 타나토스의 충동 사이의 세속화과정, 현대 사회의 비인간성과 부조리의 폭로과정 등으로 묶어서 질서를 잡아볼 수 있다. 이는 정신분열증적인 갑수의 분열된 의식 상태를 수단으로 하여 자신의 문제거리들을 양가적인 의식을 통해 해부해내고 있는 것이다.

4. 결론을 대신하며 : 카오스에서 카오스모스로

모더니스트 작가는 그들의 미학을 동시대 새로운 물리학, 공학에 대한 과학과 테크놀로지에서 발견한다. 오늘날 우리는 인간의 신체를 단순한 생물학적 유기체로만 보지 않고 심리적이고 사회적인 의미까지 내포한 것으로 여기게 되었다. 그 결과 텍스트는 하나의 신체가 되어 우리의 자아, 정체성, 사회, 역사, 문화 등의 쇄신과 재구성을 위한 담론적 의미와 실천의 장이 되었다. 위에서 살펴보았듯이 『九官鳥』는 텍스트 신체를 해부해가는 과정을 그리며, 그 조직 하나 하나에 관심을 두고 있었다. 그러나 무질서해 보이는 해부과정은 동시에 조직들의 전체적인 질서를 창조해나가는 카오스모스적 상태를 지향하고 있음을 살폈다.

모더니즘은 우리의 혼돈의 시나리오에 반응하는 예술이다. 따라서 모더니즘 소설의 주제는 한 가지로 모아지기 힘들다. 그것은 작가의 관념과 반영되는 세계의 파편성으로 인해 다루는 주제의 산만함이 도출되는 것이기 때문이다. 모더니스트가 쓰는 구성 전략은 세계에 대한 재인식을 통해 재구성 전략을 펼 수밖에 없다. 이 소설이 혼돈을 지향하는 텍스트로 보이는 것은 이러한 점 때문이다. 위에서 살펴본 이 새로운 구성 양식은 나름대로 질서가 잡힌 카오스모스, 즉 현대 도시에서의 일상적인 삶의 분열 속에 내재해 있는 다원론적인 혼란을 꿰뚫어보기 위한 새로운 방법을 제공한다. 미궁으로서의 도시는 멋대로 펼쳐져 있으며, 또한 그 도시 특유의 수학, 기하학, 지지학 및 역학을 포함하고 있는 사실상의 카오스모스이다. 이 속에 살고 있는 인간의 의식이나 무의식 역시 카오스모스의 상태이다.

『九官鳥』에서의 인물은 기존의 시 · 공간 파열로 인한 카오스 속에서 자신들의 카오스모스를 만들어간다. 왜냐하면 그 인물은 카오스 속에서 길들여지는 존재가 아니라, 그 세계를 꿰뚫어 인식하며 카오스가 된 세계에 분열증을 보이고 있기 때문이다. 작가는 이런 생체해부적 글쓰기를 통해 자신을 찾고, 자신의 우주를 건설하는 과정으로 나아간다. 모더니즘은 사실주의와 마찬가지로 현재의 무질서, 또는 오늘날 포스트 구조주의자들이 말하는 소위 '파편화'의 상태를 인정한다. 그러나 허윤석은 예술적 탐색을 통한 질서와 총체성의 궁극적 질서 회복을 믿으며, 이를 추구하고 있다. 따라서 단순한 카오스적 혼란만 있는 것이 아니라 파편화의 재조합을 통한 에피파니 창출이 요구되는 것이다. 이것은 문화적인 '전체'를 해체하는 방향으로 나아가고 있으면서 동시에 모형적인 총체성을 구성해나가고 있는 것이다. 그러나 기술―시학적인 양상은 테크놀로지와 근대 문물을 거부하면서도 그것을 수단으로 하여 다시 텍스트를 재구성하고 있다는 데서 작가 허윤석의, 더 나아가서는 모더니즘 미학의 역설을 드러내는 것이 아닐까.

작가 허윤석의 『九官鳥』는 이러한 모더니즘적 인식과 근대성에서, 더 나아가 현대성에 대한 인식을 통해 새로운 구성 전략과 글쓰기를 시도한 작품이라 평할 수 있을 것이다. 특히나 무의식 장치인 꿈 기계의 작동을 통해, 그리고 역학적인 심리 방출을 통해 새롭게 전개된 글쓰기였다. 작가의 기술―시학적인 구성은 알레고리라는 수사를 통해 파편화된 현대 도시의 인상을 재구성해놓고 있기에, 복잡한 알레고리적 해석을 낳게 된다. 하지만 그의 난해함을 단순히 문단의 이단아로 취급할 것이 아니라 그 조류를 찾는 것 역시 문학사의 지속성을 염두할 때 중요한 일이 될 것이다. 각각의 양상에 차이는 있을지라도 허윤석 역시 30년대 이상 및 그밖의 모더니스트들에 이어 1950년 전후 모더니스트들의 영역에 포함되는 작가군으로 본 뒤 그 차별성을 연구해야 할 것이다.

우울한 안드로이드 : 미래를 상상하는 문학, 한국 SF의 미와 정치

윤이형, 박민규, 조하형, 백민석

제 과거를 모르죠? 지우고 싶은 기억들로 넘쳐나요.
—그래서 미래는 예정되어 있는 거야, 과거에 짓눌린 현재가 원인으로 작동하는 한. 그렇다고, 현재를 지배하는 기억을 완전히 지우는 건, 그저 원점으로 돌아가는 일에 불과해. 완벽하게 복원함으로써, 오히려 생을 훼손하는 일이지.
좋든, 싫든, 이 우주가 나를 위해 그토록 많은 사건들을 준비해둔 거야.
그러나, 그 말을 하는 남자의 얼굴은 전혀 다른 어떤 것을 말하고 있었다: 배반의 얼굴; 그는 소름끼칠 정도로 슬픈 표정을 짓고 있었다.
—흔적을 남기면서 복원해야 돼. 상처와 더불어서 자유로워지는 거지. 교체가 아닌 성숙, 그건 마음이 일어나는 방식을 재조립하는 일이야. 과거를 바꾼다는 건, 그런 의미지.

— 조하형의 『조립식 보리수나무』 부분

1. 21세기 문학의 크로스로드, SF의 스캔들

문학 속의 미래는 우리의 무의식으로서의 미래를 재현하고 있다. 현재에는 아직 존재하지 않는 미래를 '현재의 기억'으로 만들며 과학과 픽션으로 모자이크 처리하는 것! 그것은 가상의 미래를 창조해낼 수 있는 SF적 상상력의 매력일 것이다. 그래서 SF적 상상력의 기억은 과거에서 오는 것이 아니라 미래에서 역행한다. 또한 현재의 주체를 습격하는 미래의 기억은 인류의 누적된 죄의식의 소산이다. 따라서 미래를 상상하는 문학의 창작은 우리의 과거와 현재를 기억하는 윤리적인 행위이기도 하다. 2000년대 한국 소설에는 외계인, 이식인간, 로봇, 좀비, 게임 몬스터 등의 캐릭터들이 자주 출몰하고 있다.[1] 윤이형의 「큰 늑대 파랑」(『창작과비평』, 2007. 겨울)에는 좀비가 등장하여 서울 도심의 사람들을 무차별적으로 습격한다. 뿐만 아니라 마우스로 컴퓨터 모니터에 그린 '파랑'이라는 늑대가 현실로 튀어 나와 좀비가 된 자신의 부모를 물어 죽이기까지 한다. "이젠 정말 갈 데까지 갔군. 왜 지금에야 나타난 걸까, 이런 일이 생기려면 훨씬 전에 생겼어야 했어"(291쪽)라고 말하는 '사라'의 생각은 억압된 과거의 귀환으로써 '좀비'나 큰 늑대 '파랑'을 받아들이고 있는 것이다. 현 문단의 상황도 이러하지 않나 싶다. SF, 칙릿, 판타지 등의 장르문학은 본격문학의 입장에서 '좀비' 취급을 받고 있으니 말이다.

"이럴 줄 알았으면 대학 때 맑스의 『자본론』이라도 읽어둘 걸. 그때는 그런 공부를 하는 사람들을 이해할 수 없다고 생각했지. 그런 얘기들은 하나도 피부에 와닿지 않았어."(321쪽)라고 하는 「큰 늑대 파랑」의

---

[1] 칙릿, 추리소설, SF, 판타지 등의 문학적 상상력이 현 문단에 지배적인 현상을 두고 많은 논쟁들이 있다. 2000년대 소설의 미학적 새로움을 놓고 '문학성'에 대한 논의로까지 확산되는 문단의 비평들은 21세기 한국 소설의 지평이 변화됨에 대한 두려움과 장르문학적 상상력의 인정 투쟁이라는 양 극단으로 치닫고 있다.

일부분을 자신의 글 결말로 인용하는 김영찬의 논의는 인용의도와는 달리 본격문학을 수호하고 있다. 그는 SF 혹은 SF의 발상을 차용한 소설들의 등장을 두고 "오히려 이것은 무엇보다 SF를 포함한 장르문학적 상상력과의 교통을 통해 '본격문학'의 외연을 확장하고 한국소설의 문법을 새로운 방식으로 갱신하려는 작가들의 다양한 실험적 시도의 일환"[2]이라고 말한다. 또한, 백낙청은 SF작품으로 알려진 코맥 매카시(Cormac McCarthy)의 『로드(The Road)』를 들며, 공상적 상황을 재현하는 SF작가가 자연주의적 묘사에 남다른 공력을 쏟고 있음을[3] 지적한다. 그는 SF와 같은 장르문학을 사실주의 문학의 하위범주로 설정하고 있는 것이다. 이러한 사유의 연장선 상에 유희석도 있다. 유희석은 "장르문학 고유의 성취는 게토화된 장르문학 자체의 극복에 다름아니다"[4]라는 주장의 후속으로 장르문학 작가의 특성을 "마니아나 오타구의 관점 또는 경험에 바탕을 두고 써낸 작품"[5]이라 폄하한다. 그는 이러한 SF적 특성에 거리를 둘 것과 '장르적인 것'의 창의적 활용을 강조하고 있다.

이러한 사실주의 문학의 위계와 위상을 살리려는 논의들을 박진은 이렇게 정리한다. "지금 비평은 또한 문화 상품으로서의 대중문화에 대한 문학의 저항력을 유지하고자 힘겹게 분투하고 있다. 그런데 이 같은 노력은 종종 훼손되지 않는 문학성의 '내부' 영토와 타락하고 오염된 문학의 '외부'를 가르는 허구적인 이분법을 강화하는 형태로 나타나곤 한다. …… 문학 자체가 문화적인 혼성물로 변해버린 지금의 상황에 대

2) 김영찬, 「한국소설의 장르문학적 상상력」, 『문학수첩』, 2008. 가을, 45쪽.
3) 백낙청, 「문학이 무엇인지 다시 묻는 일」, 『창작과비평』, 2008. 겨울, 34쪽.
4) 유희석, 「장르의 경계와 오늘의 한국문학」, 『창작과비평』, 2008. 여름.
5) 유희석, 「장르서사의 '진화'에 관한 단상들」, 『문학들』, 2008. 겨울.

한 자의식 없이 그 같은 이분법을 되풀이하는 일은 일단 공허하고 무의미하다."[6] 사실주의 문학이 중심이고, 그 이외의 장르문학이 주변부에 위치한다는 사유는 근본적으로 위계화된 이분법적 사유가 지배하는 데서 비롯된 현상이라 할 수 있다.

SF에 대한 이해, 그것은 인터넷 접속 세대의 세대적 특성에 대한 이해에서 비롯되어야 할 것이다. SF는 후기 산업화 시대에 있어서 문학, 영화, 비디오, 코믹, 컴퓨터 그래픽, 게임 등 폭넓은 장르로 출현하였다. 어린 시절 "방바닥에 엎드려 TV로 마쓰모토 레이지의 〈은하철도 999〉"(윤이형, 「맘」, 『문학동네』 2008. 겨울, 165쪽)를 시청했던 세대들은 기계인간이 되기 위해 안드로메다로 향하는 '철이'의 여행서사에 익숙하다. 또한 그들은 투명인간이나 슈퍼맨, 원더우먼, V, 같은 영화·드라마를 쉽게 접할 수 있던 세대이다. 이들 세대에겐 SF문법이나 다른 장르문학적 문법이 낯설지 않을 뿐만 아니라 너무 익숙해 진부해질 수도 있다. 세대의 형질 변화는 문학의 형질 변화를 가능하게 한다. 그러나 장르문학에 대한 현 문단의 강팍한 이해는 SF문학의 문학성을 논의하는 개별 평론들에도 그대로 연장되고 있다.

강유정은 본격문학의 입장에서 현 문단의 SF 작품들을 허황한 도피이자 공상으로 분류한다. 그리고 "SF적 상상력의 부상을 SF가 아니라 한국문학이 지금껏 중심으로 받아들인 적 없는 문체로서의 SF라고 말하는 편이 옳다"[7]고 말한다. 강유정은 강박적으로, 문학이 〈지금, 여기〉의 '삶'을 환기해야 한다는 이데올로기를 드러내며, 그 이외의 것은 무의

---

6) 박진, 「변화에 대응하는 비평의 방식」, 『작가세계』, 2009. 여름, 257쪽.
7) 강유정, 「한국소설의 새로운 문체, SF(Sympton Fiction)」, 『작가세계』, 2008. 봄, 244~247쪽.

미한 것이라 말한다. 또한 그녀는 미래란 SF작가들이 제시한 것과는 완전히 다를 것이라는 전제하에 그들의 미래를 사실주의적 관점에서 재단한다. 김형중 역시 SF를 지금 우리 세계에 대한 '알레고리'[8]로 이해한다. 서영인은 SF를 자본주의의 산물로 이해한다. 그로인해 "장르적 스타일과 이미지에 집중된 서사는 인간과 세계에 대한 작가 고유의 개성적 성찰을 약화시키는 결과를 볼 수도 있다"[9]는 주장이다. 자본주의, 멀티미디어 시대 등 문학의 매체환경 변화에 대한 반응을 무시하는 이들의 논의는 SF를 문체, 수사로 이해하고 싶어한다. 그러나 SF에서 다루는 지식과 윤리, 기술과 정체성, 물질적 현실과 상상력의 관계를 스타일만으로 이해해야 옳을까.

한편, 장르문학적 상상력과 SF의 문학적 위상에 대해 손을 들어주는 입장도 있다. 복도훈은 한국의 SF가 "자기복제시스템의 부산물인 카오스에서 태어나 좀비들이 우글대는 적대(antagonism)의 세계 한가운데서 조금씩 삶의 권역을 넓혀가는 소녀들의 유토피아처럼 자리 잡게 되었다."[10]고 말하며 '장르문학과 본격문학의 해체와 혼효'가 2000년대 문학의 특성임을 시사한다. 그의 주장대로라면 현 비평계는 "SF적 침공과 적대, 또는 접속과 환대의 은유를 반복"하고 있으며 SF는 "문학이 처음부터 잉태하고 있었던 타자"[11]였던 것이다. 같은 방식으로 SF의 문학장르적 가능성을 인정하는 박진은 SF가 "시공간의 이동이나 인간

이외의 존재들(로봇, 복제인간, 외계인 등)을 통해 '지금－여기'의 현실을 '바깥에서' 바라보게 하는 관점의 전환을 유발한다. 인류 문명과 인간 種種 자체를 상대화·조건화하는 SF적 시선은 그 '안에서' 본 관점이 할 수 있는 것 이상으로, 우리 자신과 우리 사회에 대한 근본적인 반성과 비판을 수행할 수 있다. 이런 가능성들을 문학이 적극적으로 흡수해 들인다면, SF장르는 문학의 가능성을 확장하고 심화하는 에너지원이 될 수 있다."[12]고 주장한다. 복도훈과 박진은 SF의 타자성이 현 한국 문학을 더욱 풍부히 할 수 있는 계기가 될 것이란 긍정적인 평가를 내리고 있다.

그렇다면 SF란 무엇인가. SF는 과학(science)과 허구(fictional)의 변증법적 결합 과정 속에서 지식체를 형성하고 다양한 수사의 과정을 통해 현실화한다. 때문에 서로 다른 문학 장르와 친밀한 관계를 형성하며 장르의 유동적인 경계망을 설정하고 있다. 또한 다양한 매체 환경 속에서 그 문학적 주제의 스펙트럼은 디스토피아, 유토피아, 시간여행 이야기, 외계의 침략 서사, 묵시록적 소설 등에 이르기까지 작가가 처한 사실적 상황의 재창조나 낯선 새로움에 관한 호기심이라는 양극단까지 광범위하게 펼쳐 있다. 다코 수빈(Darko Suvin)은 SF만의 고유한 문학적 전통을 세우기 위해 '인지적 낯설게 하기의 문학'이라는 관점에서 SF를 이해해 보고자 한다. "SF는 허구의 가설에서 출발하여 과학적인 총체적 정확성을 가지고 그것을 발전시켜 나가는 것이다. 낯설게 하기란 인지적이면서 동시에 창조적인 것이다."[13] 다코 수빈은 SF의 형식적 틀로 자리 잡

---

12) 박진, 「장르들과 접속하는 문학의 스펙트럼」, 『창작과 비평』, 2008. 여름, 43쪽.
13) Darko Suvin, *Metamorphoses of Science Fiction－On the Poetics and History of a Literary Genre－*, Yale UP, 1980, 4쪽 참고.

은 낯설게 하기의 태도와 인지의 상호작용뿐 아니라 작가의 경험론적 세계를 대신하는 상상의 틀을 강조한다. SF가 하나의 문학형식으로 존재할 수 있는 것은 현재의 친숙한 양식과는 전혀 다른 것으로 만들어놓을 새로운 지식, 새로운 발견과 모험을 통해 인간이 현재와는 다른 미래를 상상할 수 있을 때이다. 경이의 시대를 맞이하여 과학의 미와 공포를 발견한 세대의 이야기를 재현하는 SF는 시·공간의 경계에 서 있는 문학의 한 장르이다. SF라는 시간 여행자는 독자를 현실과 미래, 실재와 가상의 차원으로 이끌며 과학이라는 지식체를 통해 철학적, 인식론적 사유를 조성한다. 그래서 SF는 관념적인 문학이기도 하다. 이 글은 SF의 시론詩論을 세우는데 기초로 기능할 것이다. 다음 장부터 21세기 한국 SF의 형식을 이끌어오는 매개들을 주체, 미, 이데올로기의 측면에서 논의하려 한다.

2. 최면상태의 정치학과 주체의 레퀴엠

SF는 최후의 인간을 가정하며, 세계의 잔류자에 주목한다. 또한 '안드로이드'의 탄생은 인간과 로봇의 차이, 본질적으로는 인간(휴먼)의 문제에 대한 철학적 사유를 낳는다. 이처럼 SF는 과학 기술의 발달과 동시적으로 인간 자아의 변형을 인식론적 차원에서 설명하고 있다. 인간 정체성의 문제는 문학의 핵심이다. 문학은 주체를 고민하는 사회·문화적, 철학적 장이다. 문학장르는 각기 고유의 방식으로 이 문제를 탐구한다. SF는 이러한 주체 철학의 문제를 가장 직접적으로 다루는 문학이 아닐까. 그것은 과학과 기술 발전의 중심에 인간이 있기 때문일 것이다. SF는 한 주체에게 분열적인 자아의 시간과 논리적인 공간의 여행을 통해 지식과 생의 의미를 탐구하도록 한다. 주체는 그 과정 속에서 본질적인 휴먼의 고민과 도덕적 딜레마를 겪게 된다.

SF에서 시·공간은 무중력의 상태이기에 주체 역시 무중력의 상태이다. 실재에서 가상의 차원으로 공간 이동하는 짧은 순간, '메꽃'은 "전신의 통각이 사라졌다. …… 그녀는 이제 없는 존재가 됐다. 반물질이 됐다."(백민석, 『러셔』, 문학동네, 2003, 16쪽) 한편, "하늘의 장막이 찢어지더니 그 틈새로 땅이 달려들었고, 다시 하늘이, 다시 땅이, 나무가, 바위가, 지평선이 와그락와그락 날아들었다 멀어졌다." 그래서 주체는 "저희들끼리 제멋대로 뒤섞이며 부딪치는 세계의 파편들을 보았다." (윤이형, 「완전한 항해」, 『현대문학』, 2008. 5, 118쪽) "눈에 보이지는 않지만 지구상의 모든 사물은 고유한 중력파를 발산하고 있다. 지구의 중력에 비해 너무 미미하기 때문에 드러나지 않을 뿐이다. 그것을 감지해 순간적으로 극대화할 수 있다면, 그들이 하는 것처럼 허공을 자유롭게 오가며 하늘에서 땅으로 점프할 수 있다."(윤이형, 「스카이워커」, 『문학동네』, 2008. 여름, 187쪽) 더욱이, 가상과 실재는 겹쳐 있어서 가상 속에 실재가 존재하기도 한다. 그러한 시·공간 속에서 생각하는 '나'란 어디에 있는 것인가.

먼저, 과학의 세계 속 인간의 신체 감각에 대해 논해야 한다. 이제 그 신체의 감각은 인식의 확장과 함께 우주 전체로 확산되어 있다. 그래서 SF에서 재현되는 몸은 다차원적 공감각으로 구성된 인식의 장이다. 신체는 단순한 개체의 소유가 아니라 감각적 공간, 세계로 확장되어 있는 외계의 접촉지대인 것이다. 그러나 몸에 대한 인식의 확장과는 달리 주체성은 소멸된 채 재현되고 있다. 인류의 재난으로 인해 많은 것들이 사라진 미래에는 '노아스가 보유한 만 이천일흔다섯 명의 이름'이 '존 웨인'이라는 이름 하나이다.(박민규, 「굿모닝 존 웨인」, 『앱솔루트 바디』, 해토, 2008) 김중혁의 「3개의 식탁, 3개의 담배」(『창작과 비평』, 2009. 봄)에 등장하는 인물들은 아예 숫자로 표기되어 있다. 그 숫자로 된 이름은 주체의 생명기한과도 연관된다. 가령, '2021394200'은 1시간 후 '2021394199'로 바뀌어 있는 식이다. 킬러인 주인공은 이름의 변화를 통해 매일 죽어가는 자신을 인식하는 것이다. 그가 생각하는 죽음이란 "그냥 줌아웃되는 걸 거예요. 아득히 멀어지는 거죠. 고통스럽지는 않고, 그저 모든 게 멀게 느껴지는" 것이다. 빠른 속도로 우주 밖에 나가 있다가 갑자기 이 세계 속으로 줌아웃 되는 상태의 주체는 SF소설 속에 자주 등장한다. 그들의 신체는 마비된 좀비상태이거나 마취상태의 감각을 지니고 있다. 이것은 곧 '뇌'만 존재하는 인간의 재현과 연결된다. 백민석의 『러셔』에는 이러한 장면이 잘 묘사되고 있다.

> 이식용 인간의 원래 뇌와 사용자의 뇌가 서로 충돌하는 탓이다. 이식용 인간의 원래 뇌는 자율신경 쪽만 깨어 있는 채로 마취상태이고, 사용자의 뇌는 이 저택 어딘가에 있을 생명유지장치 속에 꼭지까지 잠겨 있을 것이었다. 충돌하면, 미친다. 보내는 쪽이나 받는 쪽이나 다. "이런, 죽지 않는 인간을 만났군요." …… 표정이란 것은 이식인간에게도 있었다. 다만 근육의 움직임이 섬세하지 못해서, 마주 보고 있으면 기괴한 기분이 든다. (100쪽)

'이식인간' '질'의 뇌는 서구 SF에서 자주 등장하는 '큰 통 속의 뇌'에 대한 묘사와 동궤에 놓여 있다. 예문에서 보여지듯 미래의 인간에게 표정은 사라져 있으며 뇌는 몸 밖으로 적출되어 분리된 상태이다. 거꾸로 몸이 아닌 뇌만 존재하는 상태인 것이다. 그러한 인간은 이성적 사유를 강조하는 자아형이다. 이는 역으로 감성적, 감각적 사유의 중요성을 역설하고 있는 것이다. 그래서 박민규는 뇌만이 생각하는 게 아니라 "생각이란 건 전체 속에 있는 거야. 나라는 전체, 세포 하나하나에 말이지"(「깊」, 『문학동네』, 2006. 겨울, 291쪽)라고 말한다. 그러나 삶/죽음, 실재/가상의 구분이 실감나지 않는 세대의 무감각성은 오로지 '초고속 바흐' 같은 속도감에만 반응할 뿐이다. 따라서 2000년대 작가들이 그리는 SF 속 속도감의 재현은 정치적이다.

SF 속 주체가 지향하는 것은 무엇인가? 그것은 과학의 발달 속도와 맞먹는 인간의 '완전함'으로 재현된다. 서유미의 「저건 사람도 아니다」(『창작과 비평』, 2009. 봄)에서는 사람보다 더 완벽한 사이보그 시스템을 통해 주인공을 대체한 복제 로봇이 등장한다. 이 소설에서는 "분신"으로서의 사이보그가 '나'보다 더 뛰어난 능력을 갖고 있어, 나를 대체해버린다. SF는 기술 과학의 세례로 포장된 '슈퍼'라는 과잉된 에너지를 문제화하고 있다. 윤이형의 「완전한 항해」에서는 '완전한' 인간, 불멸의 존재에 대한 인간의 욕망을 재현하고 있다. '창연'은 새로운 에디션을 통해 튜닝을 하려고 그 에디션인 '창'의 최종결정을 기다리고 있다. 튜닝 시스템은 고객의 자아에 입력된 고유한 자아형型으로 에디션을 식별하고, "시간을 거스르고 공간과 차원의 경계를 자유분방하게 뛰어넘으며 무수한 갈래세계를 항해하는 자"인 '세일러'들은 시스템이 찾아낸 지점으로 항해를 한다. 튜닝을 위해 적합한 에디션을 찾아나서는 길을 '항해'로 표현하고 있는 이 작품은 제국주의적 요소가 가미된 '완전함을 향한 항해'를 통해 '죽음의 한계'를 극복하려는 인간의 욕망을 재현하고 있다. 아래의 인용문은 그러한 인간의 욕망을 드러내는 '세일러'의 유혹하는 목소리이다.

완전해지고 싶지 않습니까? 그는 그렇게 물었다. 더 강해지고, 나아지고 싶
지 않습니까? 당신은 원래의 당신에서 분리되어 그다지 좋지 않은 가능성 속으
로 굴러 들어와버린 수많은 조각들 중 하나에요. 내가 온 세계에서 당신은 여
기에서와는 비교할 수 없을 정도로 다채롭고 멋진 삶을 살 수 있어요. 무엇보
다 그 세계에서 당신은, 일주일 후에도 살아 있을 겁니다. (120쪽)

쉰 번째 생일을 맞이하는 '창연'은 "온갖 풍요와 희망의 가능성으로
넘치지만 노화와 죽음이라는 신의 섭리만은 막을 수 없는 이 세계"에서
자신에게 줄 선물로 쉰 번째 튜닝을 계획한다. 창연의 삶은 에디션들의
재능으로 인해 더욱 풍요해졌다. 그러나 이 모든 것에도 창연은 만족하
지 못한다. 현재보다 훨씬 나은 인생을 꾸려가려는 욕망의 종착지는 도
달 불가능한 영역인 것이다. 작가는 이렇게 완전함을 추구하는 주체의
잉여를 창연이 "이유를 알지 못한 채 이따금씩 그 자아들의 장례식 광
경을 상상"하는 것으로, 혹은 '에디션'에 대한 연민과 눈물을 흘리는 것
으로 재현하고 있다.

그렇다면, 인간과 로봇이 공존하는 세계 속에서 휴먼의 고유성은 무
엇인가. SF작가들은 그것을 '기억'과 '감정'의 문제로 풀어내고 있다.
그것은 과학 너머의 영역이기 때문이다. 박민규의 「굿모닝 존웨인」과
「양을 만든 그분께서 당신을 만드셨을까?」(『문학동네』, 2008. 여름), 그
리고 윤이형의 「피의 일요일」(『셋을 위한 왈츠』, 문학과지성사, 2007),
「아이반」(『내일을 여는 작가』, 2007. 여름) 등은 '기억'과 '감정'이 인간
고유성의 자질로 재현되고 있다. 오현종의 「창백한 푸른 점」(『문학동
네』, 2007. 겨울)에서는 지구에 대한 기억을 갖지 못하고, 인간과 달리
꿈도 꾸지 못하는 '로봇' 화자가 등장한다. 그러나 '꿈을 꾸는 로봇'도
존재할 수 있다. 윤이형의 「아이반」은 꿈을 비롯한 감성 영역의 사라짐

에 대한 가정에서 출발한 소설이다. 이 소설에서는 이제 로봇도 기억을 지니고 살아가는 시대이다. 사용자가 처음으로 작동시켰을 때부터 생산업체로 반환되어 인공지능에서 데이터가 삭제될 때까지, 로봇은 자신만의 기억을 가지고 산다. 그러나 로봇의 감정, 감각은 여전히 인간과 로봇을 가르는 경계선적인 지표이다. 과학기술의 발달로 퇴보해 가는 인간의 감정을 보완하기 위한 '인공감성'의 탄생은 주체의 위상을 변화시켜버린다. 이제 로봇들은 인간들이 더 이상 느낄 수 없는 것까지도 느낄 수 있다. 게다가 '아이반'은 인간이 꿈을 꾸지 않게 되었는데도 불구하고 꿈을 꾸게 만들어진 로봇이다. 꿈과 무의식의 제거는 이드와 슈퍼에고의 제거이다. 이는 곧 에고만 남아 있는 인간 존재를 그리고 있는 것이다. 이제 인간의 영역이라고 할 수 있는 '기억'과 '감정'이 로봇에게도 가능해진 상황에서 '아이반'은 묻는다. "그렇다면 지금, 로봇과 인간을 구별하는 건 뭐지?"

SF문학의 장점으로 자주 주목되는 부분이 타자에 대한 인식, 타자에 대한 시선의 윤리일 것이다. 윤이형의 「아이반」은 인간과 동일한 감정을 느끼고 '아이반'이란 자기 이름을 스스로 말해주는 로봇을 통해 타자와 대상을 달리 바라보게 한다. SF의 모든 기능은 타자를 향해 있고, 타자를 함축한다. 주체와 타자의 위치를 전도시켜보는 일, 그리하여 타자의 시선에서 주체의 위상을 재정립하는 일이 가능해지는 것이다. 서준환의 『파란 비닐인형 외계인』(틈북스, 2005)에서는 '지구', '지구인'과 '외계'의 위치를 전도시켜보도록 한다. 외부의 시선에서 지구는 지구가 아닌 '휘파람별'일 수도 있고, 지구인은 외계인일 수도 있다는 것이다. 오현종의 「창백한 푸른 점」 역시 달에서 지구를 바라본다. 그리고 로봇의 관점에서 인간을 불합리한 대상으로 재현하고 있다. 이러한 문학적 재현은 인간 주체를 타자화하여 바라보도록 하는 기능을 할 수 있다. 타자성에 대한 고민은 SF에서 다각도록 이루어질 수 있다. 외계를 구성하는 방식 속에는 외계와 타자, 여성, 인종 등 차이의 세계에 대한 사유가 포함되어 있기 때문이다.

3. 숭고미와 그로테스크

독자는 SF문학을 통해 미학적인 경험이 가능하다. 사실 미학적인 경험은 예술작품의 영역을 넘어선다. 랑시에르는 자율적으로 보이는 감성적인 것에서조차 정치가 작동하고 있음을 시사해주었다. 그에게 미학이란 아름다움 그 자체라기보다 아름다움을 아름다움이게 만드는 앎을 뜻한다. 독자의 기대지평을 고려하고 있는 SF에서 새로운 발견과 혁명은 숭고하고 그로테스크한 미학적 반응을 고무한다. 새로운 것은 역사의 방향을 변화시키고, 새로운 과학을 이끌어낸다. 그 새로운 과학기술은 새로운 기호로 의미화될 필요가 있다. 따라서 "새로운 것과 변형된 지식은 새로운 인식과 세계 가설을 요구한다. 이러한 인식은 숭고와 그로테스크의 표현 양식을 취해왔다." 두 양식은 "기술 변형의 시대에 대한 지적, 감정적 흥분과 반응"을 살필 수 있는 장치가 된다. "SF의 독자들은 현실의 친근하고 습관적인 것을 넘어서 상상의 세계와 관념으로 이동시키는 존재의 강력한 경험을 제공받고 싶어한다." 평범함으로부터의 이러한 해방의 감각은 SF 미학의 본질이라고 할 수 있다. 숭고는 이해하기에 너무나도 굉장한 것으로 갑자기 인지되는 현상에 포획된 자의식의 복잡한 물러섬과 회복 상상력이라는 팽창의 충격에서 오

는 반응이다. 그로테스크 역시 상상적인 충격의 또 다른 반응이다. 그
것은 "세계의 어디에서도 관찰할 수 없는 이종적인 요소와의 융합, 변
형에 놀라는 실제적인 경험"의 현실화다. 숭고의 움찔함과 회복이 강렬
하고 위압적인 것에 반응하는 반면 그로테스크는 가깝고 친밀한 것이
이상한 것으로 입증되는 것에 반응한다.[14] 이 두 양식은 역동적이고,
변증법적으로 관련되어 있기 때문에, 항상 쉽게 구분되는 것은 아니다.
또한 두 양식은 과학과 허구의 틈을 메우는 역할을 한다.

　여러 문학 장르 가운데 SF는 숭고의 경험을 환기시키기에 가장 기대되
는 장르다. 박민규의 「깊」은 미래의 지구에 갑자기 나타난 틈을 찾아나
서는 인간의 모험을 다루고 있다. "인류에겐 끊임없이 가야 할 곳이 필
요"했고, "깊이, 더 깊이 들어가기 위해서"(292쪽) 해삼의 체액을 주입한
디퍼들은 지하로 내려간다. 이 작품에서 인간의 탐사와 길 떠남은 '룸'의
울음소리로 가득 찬 지구의 거대한 심연과 조우하는 것으로 끝이 난다.

　　인류가 시뮬레이션하지 못한 심연 속으로 룸은 끝없이 끝없이 내려가고 있
　　었다. −25187. 멈춰 선 계측기는 더 이상 작동하지 않았다. 돌아갈 수도 없어.
　　크리스가 중얼거렸다. 테세우스의 실은 끊어진 지 오래였고, 영웅의 갑옷도 해
　　진 지 오래였다. 이것은 부작용일까? 아무도, 아무것도 없는 어둠을 응시하며
　　샘케는 또 한번 중얼거렸다. 여전히 아무것도 없는 세계였지만, 아무것도 바라
　　지 않아 라고 샘케는 생각했다. 흄. 종소리는 점점 신성한 공포로 각인되기 시
　　작했다. 그것은 몸의 공포였다. 크리스도 드미트리도 이제 자신의 몸을 포기할
　　때가 다가옴을 느끼고 있었다. 움직일 수 있을 때, 크리스는 미리 네레이드의
　　응고 수치를 최대로 고정해놓았다. 그리고 희미하게 샘케와 드미트리를 향해
　　웃었다. (301쪽)

---

14) Istvan Csicsery-Ronay, Jr, *The Seven Beauties of Science Fiction*, Green Press, 2008, 146쪽 참고.

"인류가 시뮬레이션하지 못한 심연"은 공간의 무한함을 보여준다. 또한 그 깊이로 인해 더 이상 작동하지 않는 계측기와 종소리는 죽음을 예측하는 '몸의 공포'로 이어지며 압도적인 물리적 힘을 보여주고 있다. '노붐(novum)'은 원칙적으로 인지적 사건으로서, 세계가 이해되는 방식을 변화시킨다. SF에서 노붐은 새로운 경험에 접근하는 감각적 신체에 의해 목격되고 그 신체가 거주할 수 있는 상상적 세계를 변화시킨다. 디퍼들은 심연의 어둠을 경이롭게 응시할 뿐만 아니라 몸의 죽음을 맞이한다. 「깊」은 '신성한 공포'와 '몸의 공포'로 이어지는 디퍼들의 새로운 경험과 몸의 죽음을 통해 숭고의 효과를 거두고 있는 것이다.

개념적인 공간에서 무한한 감각의 확대를 보이는 숭고미도 있다. 그것은 백민석의 『러셔』 결말에서 등장인물 '모비'가 '초월의 나무'로 변하는 부분이 대표적이다. '호흡구체'를 파괴하는 것이 목적이었던 러셔들이 세계에 대한 해결 방안으로 선택한 것은 '초월의 나무' 일부가 되는 것이다. 그 나무는 "땅을 지탱해 서 있지도 않았고, 덩치를 지탱하기 위해 땅에 내릴 뿌리도 갖고 있지 않았다." 뿌리가 없이 공중에 떠 있는 나무는 "중추 신경 없는 말단신경, 즉 독립신경이 되는 것"이다. 그것은 곧 "자기 자신이 세계가 되는 것"(180쪽)을 의미한다. 숭고의 양식 속에서 자아는 자연의 질서와 힘에 대항할 수 없는 무기력감을 느낀다. 또한 자아는 그 거대함 속에 스스로를 잃어버릴까봐 두려워한다. 이러한 차원에서 '한 줄기 광휘'가 되어 사라지는 '모비'의 마지막 모습을 재현하는 결말 장면은 초월적인 존재의 숭고미를 잘 드러내준다.

한편, 『러셔』는 과학적 이성의 그로테스크한 면을 잘 보여주는 작품이기도 하다. 이 작품에서 주체는 과학의 대상인 자연적 육체성의 오염에 두려움을 느낀다. 그로테스크는 우리에게 자연적 질서의 무질서함을 지켜보도록 허락하며, 숭고에서처럼 회복적 움추림이 있다. 『러셔』
는 지구를 대기오염의 환경재앙에 휩싸이게 만든 '에코 데미지'가 발생
한 이후의 이야기를 다루고 있다. 이제 지구는 환경이 심각하게 오염된
현실세계와 그 현실세계의 오염물들이 배출되는 '샘 샌드 듄'이라는 가
상차원의 사막으로 나눠져 있다. 그런데 호흡구체는 환경문제의 증거
인 폴립 군체를 가리는 은폐막에 불과하다. 폴립 군체는 가상 차원 사
막에 실재할 뿐만 아니라 점점 증식하고 있지만 공식적으로 그것은 존
재하지 않으며 "봐서도, 믿어서도, 떠벌려서도 안 되는" 금기이다. 무
한히 자가증식하고 있는 이 폴립 군체 형상은 한편으로 '아름답다'라는
경이감과 다른 한편으로 구토감을 유발하는 미래의 잉여물이다. 게다
가 러서들이 가상자원의 사막에서 발견한 'NW05 호흡구체'의 내부는
"뻥 뚫린 20층쯤 되는 빌딩에 들어와 있는 기분"(45쪽)이 들 정도로 엄
청난 규모의 실재이다. 그러나 사람들은 이러한 과학적 원리나 현상들
에 의문을 갖지 않고 익숙해지며 일상으로 받아들인다. 익명의 물리적
현상이 지배하는 가운데 놓여 있음에도, 그것을 지각하지 못하는 것은
존재론적 범주의 붕괴를 의미한다. 이처럼 SF의 그로테스크는 삶의 과
정 속에 친밀하게 소용돌이치는 지속적인 변형의 흐름을 계속 탐사하
며 인간의 이성을 조롱한다.

　기술 과학에서 발생하는 그로테스크는 기술 숭고의 오염과 침투이
다. 과학 기술에 의해 드러나거나 창조되는 현상에 반응하는 경외와 두
려움의 감정을 포함하며 기술 숭고가 광대해지는 반면, 그로테스크는
인간 과학에 의해 발견된 폭력적 현상의 조망에 매혹과 혐오를 수반한
다. 기술 과학은 물질의 이성적 범주화에 있어 감시인 역할을 담당하는
데, 그로테스크는 기술 과학의 우려가 낳은 그 이성을 공격한다. 박민

규의 「굿모닝 존웨인」은 냉동인간의 재생이라는 과학의 발달을 신과 동격이 되는 위상으로 받아들이는 인류의 모습을 재현하고 있다. 그러나 그들의 과학 능력은 진화형 컴퓨터인 〈눈의 여왕〉에게 모든 것을 신탁해야만 하는 역전된 상황에 도달한다. 게다가 미래인은 신인류에게 닥칠 대재앙의 순간을 위한 대비책으로 "안전한 식량은 바로, 노아스의 내부에 냉동되어 있다"(20쪽)는 식인의 판단을 서슴치 않는다. 이것은 실제 과학적 혁명으로부터 그것의 이성에 기초한 비이성성을 끌어내는 것이다.

그로테스크는 숭고한 가치를 물질적이고 형이하학적인 것으로 강등시킨다. 그러한 재현은 주로 신체의 미학에 주목한다. 신체 기관의 과잉이나 변칙적인 이형異形의 등장은 인간 등장인물에게는 즉각적인 도전과 위협으로 나타난다. 그것은 인간 존재가 안정적이라 이해했던 리얼리티의 개념에 도전하는 것으로 인식될 수 있기 때문이다. 윤이형의 「마지막 아이들의 도시」(『작가세계』, 2007. 가을)에서는 지구 인류의 절반이 돌연사로 사망하고, 남아 있는 인류의 수명이 마흔 살로 단축된다. 게다가 그 최후의 인류는 '불임증후군'으로 절멸의 위기에 처해 있다. 건강한 생식세포를 지니고 열여섯 살이 된 도시의 모든 아이들은 배란기에 맞춰 '장미의 방'으로 보내진다. 정식 시민권을 획득하기 위해서는 이 방에서 처음 만나는 이성과 교합해야 한다. "그것은 사랑도 쾌락도 아닌, 번식이라는 인류 최대의 당면 목표를 전제로 한 일이었다. …… 가임기에 접어든 사람들은 갑옷을 막 걸친 십자군들처럼 기묘하게 취한 눈빛으로 상대를 찾아 나섰다." 그런데 그렇게 태어난 아이들은 모두 기형이었다. "페로처럼 꼬리를 달고 태어난 개 인간, 미오처럼 수염과 구순열을 동시에 갖고 태어난 고양이 인간의 두 종류가 가장 많았고, 키가 지나치게 작은 아이, 발가락과 손가락 수가 두세 개쯤 많거나 적은 아이, 얼굴 전체에 털이 북슬북슬 나서 영구제모 수술을 해야 하는 아이도 있다.”(237쪽) 이와 같은 그로테스크한 상황 설정은 기존의 리얼리티 관념뿐만 아니라 도덕적, 윤리적 지표를 뒤집어놓고 위협한다. 「마지막 아이들의 도시」처럼 기형의 탄생 원인을 인류의 과거에서 찾아 미래의 자연스러운 결과처럼 제시하는 경우가 있는 한편, 자본을 창출하기 위해 그 기형을 조작하고 조성하는 경우도 있다. 조하형의 『키메라의 아침』(열림원, 2004)은 '신종 키메라'의 탄생을 이야기하고 있다. 디스토피아적인 인류의 미래, 그 속에서 종과 종의 결합은 무작위적으로 이루어진다.

> 그 무렵, 진화공학 실험실에서 생산된 희한한 변종·잡종들이 동물원에 전시되어 막대한 수익을 올리고 있었다. 진화공학자들은 에디아카라나 버제스 셰일의 동물군을 재현하는 데서 나아가, 화석상의 '미싱 링크'에 해당하는 동물들을 만들어냈고, 산해경山海經이나 태평광기太平廣記 등을 경전으로 삼아 전설상의 동물들을 재발명하기까지 한다. …… 그들의 궁극적인 목표는 명백했다 : 질병과 노화로부터 해방된 생물을 만드는 것. 하지만 통제 불가능한 측면이 있었다. 진화공학예술을 표방하는 사람들이, 현존 동물들을 함부로 조각낸 뒤 조합하기 시작했다. 신기술에 반대하는 테러리스트들은, 진화공학실험실이나 아틀리에, 트린스제닉 동물원을 폭파시키곤 했다. 변종·잡종 동물들은 신비한 치유력을 가진 약재藥材로서, 혹은 막강한 정력제로서, '신비동물'이라고 불려지기 시작했다. (75~76쪽)

이 작품에서 '진화공학' 같은 과학 기술은 자본주의 경제 체제에 부응하는 변종·잡종들을 생산해낸다. 그러한 과학 기술의 발전은 급기야 인간과 조류를 합성시켜 신인류 '조인'을 탄생시키기까지 한다. 구인류와 뒤섞여 사는 신인류, 이는 혼종의 시대이자 카오스의 시대이다. 그로테스크한 신체는 단지 자연적인 신체가 아니다. 그것은 자연의 비대함, 억제할 수 없는 성장이다. 그리하여 그것은 비열한 성장을 발생시킨다. 기형, 결절, 종기, 생식기와 같은 돌출된 육체성은 피부의 표면에 직면한 그로테스크의 핵으로 이해할 수 있다. 이 작품에서 변종, 잡종들의 그로테스크한 신체는 과학의 비대한 성장을 보여주는 증표이다. 이처럼 SF의 미는 조화와 균형을 계획하고 감탄하는 데 고무된 특질을 지닌 고전적인 미가 아니다. 그들은 완전하고 통합된 것들을 부수고 조립하기에, 순수하지 않다.

4. 재난의 상상력과 유토피아적 변증법

SF는 정치적 반응에 민감하다. 사실주의 소설들이 개인적인 어려움을 극복하는 개인의 문제에 치중해 있다면, SF는 문화 전체, 인류의 생과 죽음을 다루는 중요한 사회적, 정치적 문제를 탐험하기에 강력한 도구가 된다. 정치 체제를 고수하기 위한 전략으로 SF는 침략의 플롯과 음모서사의 형태를 선택하고 있다. 그것은 "내러티브의 대상—세계가 알레고리로 설계·배치되고, 그 배선을 새롭게 하여 음모의 담지체가 될 뿐만 아니라 일상생활의 존재론적 내용이 되어 서서히 커뮤니케이션 테크놀로지로 변형되어가는 방식에 대해 따져볼" 수 있기 때문이다. "음모는 개별화된 인물들의 단순한 컬렉션이 될 수 없다. 그것은 기업의 구조와도 같은 어떤 프로젝트이다."[15] 윤이형의 「맘」은 평범한 모녀

---

15) 프레드릭 제임슨, 조성훈 역, 『지정학적 미학 : 세계 체제에서의 영화와 공간』, 현대미학사, 2007, 33~180쪽 참고.

의 일상 속에 SF적인 요소가 개입되어 있다. 딸이 몰랐던 엄마의 비밀, 그것은 '잠재적 타임워프 능력자'라는 것이다. 소설은 엄마의 실종과 시간여행의 음모에 대한 딸의 추적과정을 그리고 있다. 국가기관에 의해 실험되는 이 시간여행은 노인을 대상으로 하고 있다. 그 실험을 통해 국가기관이 얻고자 하는 것은 "현재의 인류로서는 결코 얻을 수 없는 정보"이다. 이 작품에서는 "어떤 정치적 목적을 지닌 사람들에게 이용될 수 있는 〈미래〉"에 대한 우려가 담겨 있다.

 SF의 틀은 식민지적 응시와 일치하는 경향을 보인다. 칸트는 국제적, 사회적 교섭을 위한 세계여행을 고려했다. 콜레라와 같은 전염병은 건강한 지역과 병든 지역의 구분이 시작되면서 의학적 지리학을 형성하였다. 이런 식의 공간 인식방식은 병원체 공간으로서의 식민지 세계를 '치료'하기 위한 기술의 이용을 정당화하게 된다. 과학은 자연과 인간 세계에 대한 사람들의 이해를 변형시켰으며 동시에 그들 세계에서 행위 양식을 변형시켰다. 유럽 제국주의자들의 항해는 과학의 이름 아래 행해진 팽창주의 의식의 정당화가 되었다. 탐험가로서의 제국주의자들이 발견한 새로운 세계와 새로운 사람들은 과학의 과정을 변화시켰다. 천문학이나 식물학과 같은 전통 과학 영역이 골상학과 비교해부학 같은 새로운 것들로 대체된 것이 그것이다. 뿐만 아니라 과학은 그 시기 문학에게도 새로운 주제와 형식, 스타일로 나아가도록 영향을 미쳤다. 조하형의 『키메라의 아침』에서는 재정 적자에 시달리고 있는 전세계적 시장 경제 체제를 구원하기 위해 인위적인 조작으로 '돌연변이'를 탄생시킨다. 듀나의 「죽음과 세금」(『문학과 사회』, 2005. 봄)에서 미래의 노인들을 적당한 수명에 죽도록 만드는 바이러스 개발에 세금의 상당수가 투자되고 있는 것처럼 『키메라의 아침』에서도 '노인촌'과 같은 할렘

지역이 문제적인 공간으로 지역화된다. 그 노인촌은 "고사정책지역"이었다. 이곳은 도시의 쓰레기가 흘러와 쌓이고 가난한 사람들과 범죄자들, 변종·잡종 동물들까지 숨어들었다. 외부인들은 이들 모두를 '노인촌 사람들'(86쪽)이라고 부른다. SF는 이분법의 분류체계를 그대로 유지, 고수하고 있다. 미래의 시간 속에도 여전히 인종, 섹슈얼리티, 젠더, 계급의 체계는 명확하다. '노인촌'을 둘러싼 중심과 주변의 서열화된 지역화는 이를 잘 반영하고 있다. 마찬가지로 이러한 계층구조는 자본주의 경제체제라는 사회 배경에 그대로 놓여 있다. 누적된 재정적자에 시달리고 있던 경제대국들의 돌파구는 노인인구 문제의 해결에서 찾아진다. 그들에게 "늘어난 노인인구가 재난이었던 반면, 돌연변이가 구원이었다." 그들의 과학이 발명한 "조인鳥人의 탄생은 거대한 시장의 생성을 의미했다."(69쪽) 새로운 것의 탄생은 세상 모든 것이 새로 만들어져야 하는 자본주의 시장 체제를 활성화시키기 때문이다. 미래는 새로운 것으로 확장되는 시간대이자 영속적인 젊음의 시간대인 것이다. 이렇게 이미 젊음과 늙음으로 계층화된 시간 구분은 SF소설에서 타자를 재현해내는 방식의 일환이다. 게다가 인간과 인간, 동물과 동물, 동물과 식물 등 이형異形의 조합으로 형성된 변종들과 조인의 형성은 인류학적, 비교해부학적 상상력의 산물이다. 조하형의 『키메라의 아침』은 디스토피아라는 정치적 상상력과 진화생물학적 상상력이 결합하여 신인류의 변화된 풍경을 가정하고 있는 것이다.

진화론과 인류학은 식민지 이데올로기와 역사에 뒤얽혀 있다. 또한 이것들은 SF에 퍼져 있는 사회 진화 이데올로기를 위한 틀로서 제공된다. 한마디로 SF란 경쟁, 적응, 인종, 그리고 진화론에 의해 발생한 운명을 다룬 혼성물이다. 여기서 식민지 담론과 연결된 '진보'의 관념을 살펴보아야 한다. 프레드릭 제임슨은 진보를 자본주의가 요구하는 '사회적 기억의 형식'이라고 말한다. "성장이나 발전의 서사적 논리 아래 현재를 과거와 연결짓는 질적인 사회적 변화의 자각, 그것이 자본주의 요구와 맞아 떨어진다. 더욱이 진보는 역사 소설에 기초한 이데올로기적 요소이다."[16] 제임슨은 SF가 우리 자신의 현재를 어떤 것의 한정된 과거로 변형시킴으로써 진보의 개념을 소생시키는 '반counter – 전략'으로써 출현한다고 제시한다. 그러니까 미래에 대한 유토피아적 비전은 거꾸로 산업적 생산과 혼란에 의해 달성되는 것이다. 박민규의 「굿모닝 존 웨인」에서는 국가와 인종, 민족의 개념도 사라진 29세기에 20세기 각하였던 〈3405EA〉의 부활을 그리고 있다. 미래인들에 의해 '클래식'이라 불리우는 냉동탱크에 들어 있는 과거의 인간들은 과학기술과 권력의 긴밀한 공조관계를 드러내는 징표이다.

> 〈눈의 여왕〉이 탄생한 것은 칠백년 전이었다. 과학윤리가 사회전반을 지배하고 인체 복제와 인체 냉동이 완벽히 금지된 시기였다. 지하로, 더 지하로 노아스는 스며들었다. 철저한 비밀과 거대한 공사에는 지배 권력의 비호가 뒤따랐다. 미래에 우리는 인류의 보편적인 생명연장 수단이 될 것이다 라고 했던 쿠삭 스크리머의 예견과는 달리, 인체 냉동은 결국 극소수의 특권으로 남게 되었다. 자신의 안식처를 위해 지배자들은 지원을 아끼지 않았고, 노아스엔 수세기에 걸쳐 누적된 천문학적 액수의 신탁금이 있었다. 웅장한 건축물이자 하나의 자치구이며, 그 자체가 거대한 인공지능인 〈눈의 여왕〉은 그렇게 해서 탄생되었다. (12쪽)

인용문은 미래의 인류에게 어머니가 될 인공지능 〈눈의 여왕〉이 탄

---

16) Fredric Jameson, *Archaeologies of the Future: The Desire Called Utopia and Other Science Fictions*, Verso, 2007 참고.

생한 연유를 밝히고 있다. 과학 기술의 발달은 지배 권력의 비호 아래 극소수의 특권으로 남아 있다. 이 부분은 과학이 충분히 정치적임을 잘 드러내준다. 따라서 과학은 더 이상 중립적이지 않고, 그것은 '지하세계의 과학'이 된다. '쿠삭'이 냉동인간을 만들기 위해 창설한 '노아스'는 "재산을, 또 권력을 자신의 신체와 함께 노아스에 냉동"시킨 신탁자들에 의해 "지하에 숨어 있는 하나의 국가가 되어 있었다."(5쪽)

때때로 SF의 정치적 모델은 디스토피아이다. "지구상의 그 많은 존재 가운데 오직 인간만은 끝을 향해 가고"(「마지막 아이들의 도시」, 232쪽) 있기 때문이다. 디스토피아는 미래에 불가피하게 다가올지 모를 것을 보여주기 위한 정치적 효과를 얻을 수 있다. 박민규의 「굿모닝 존 웨인」에서도 대재앙의 순간에 대한 인류의 공포가 재현되고 있다. 역사상 최강의 바이러스에 의해 지상의 인류가 전멸한 대재앙 이후, 인류는 남아 있었다. 그들의 다음 대재앙의 순간을 견딜 수 있는 예비식량은 '노아스'에 냉동되어 있다. 이러한 파국의 비전은 인류가 초래한 대재앙, 재난의 상상력으로 발휘된다. 재앙의 재현은 SF의 특질 중 하나이다. 이것은 기독교식 묵시록 전통에 깊은 뿌리를 두고 있다. 최후의 인간에 대한 영속적인 판타지는 홍수의 재앙에서 이미 펼쳐졌다. 그러나 SF의 재앙이 세계의 종말에 대한 것일지라도 재난의 비전은 더욱 분할되고 복잡한 태도를 지닌다. 조하형의 『조립식 보리수나무』(문학과지성사, 2008)에서는 미래의 시간에 불과 모래의 재난이 온다. '강릉', '부산', '남대천' 등의 새로 구획된 신도시에 일어나는 불과 모래의 재난을 진압할 방법은 현실적으로 존재하지 않는다. 이 작품에서 재난을 '이해'한다는 것은 "하나의 논리적 메커니즘을 터득하는 것"이다. 재난을 이해한다는 것은, 그것을 과학적으로 설명하거나 대책을 세우는 일이 아니었다. "그때의 재난이란, 일상을 뒤흔들어놓는 모든 것의 총칭이었다." "일상 자체가, 사실은, 재난에 의해 네거티브한 방식으로만 정의될 수 있었다." 이처럼 조하형은 따져보면 사소한 일상조차 재난의 연속일 수 있다고 주장하며 그에 대한 철학적 사유를 요구한다. '귀대환약신貴大患若身'이라는 문구를 통해 재난을 스스로의 몸같이 귀하게 여기도록 하는 작가의 노력은 가일층 발전할 여지를 남긴다.

이러한 재난의 디스토피아에서 유토피아를 찾으려는 노력들이 SF작가들의 꿈이 아닐까 싶다. 유토피아는 SF 이념의 탐험을 위한 핵심적인 형식이다. SF의 여정에 있어서 유토피아는 미학적으로 가장 만족스러운 목표이다. 다코 수빈은 "SF을 탄생시킨 것은 단지 인간 본성과 호기심뿐만이 아니다. 명확한 지시대상 없는 의미론적 게임을 벌이는 이 목적이 불분명한 호기심 너머에는, 미지의 것이긴 하지만 이상적인 환경, 부족, 국가, 지식, 혹은 최고의 선을 찾게 될지도 모른다는 희망이 자리하고 있다"고 말한다. 유토피아는 더 이상 성취된 최상의 형태물로 전시되어 있는 것이 아니라 우리가 구성해가는 과정 그 자체의 생산물이다. 따라서 유토피아적인 것은 다양한 형식들로 상상할 수 있다. 또한 그것은 폐쇄적인 시스템 속에 갇혀 있는 우리를 발견하는 가운데서도 구성된다. 윤이형의 「피의일요일」(『셋을 위한 왈츠』, 문학과지성사, 2007)은 타율적이고도 동물적인 가상게임의 캐릭터들이 '멧돼지 조련게임' 같은 자신의 삶에서 탈출하려는 과정을 그리고 있다. 그들은 자신의 의지와는 상관없이 서버에 갇혀 바깥 세계의 사람들에 의해 마치 동물처럼 키워지고 조종되는 존재들이다. 이 작품은 체제에 대한 두 가지 반응을 다루고 있다. 투쟁하든지, 순응하든지 하는 것. 등장인물 '마지막마린'이라는 인간 도둑과 '피의일요일'이라는 언데드 마법사는 시스템에 맞서 뒤를 돌아보다가 시스템의 오류로 낙인 찍혀 수정되어진 존재들이다. '마지막마린'은 수정된 이후에도 그 사실을 기억하고 있지만, '피의일요일'은 수정되는 과정에서 그만, 그 사실을 잊어버리고 만다. '마지막마린'은 계속 '피의일요일'에게 다시 뒤를 돌아보아야 한다고 말하지만, 수정되어버린 '피의일요일'은 현재의 삶에 만족한다. 결국 '마지막마린'은 자신에게 다가오는 몬스터를 등진 채, 자신을 조정하는 시스템을 응시하며 죽음에 이른다. 이 소설의 정치적 혁명성은 시스템의 전복 그 자체에 있다. 유토피아 정치학은 현재의 것과는 완전히 상이한 체계를 상상하는 데 목표를 둔다. 그렇다면 공간-시간-여행자들이 향한 탐험의 최종 목표는 어디일까. 그것은 다양한 형태를 띠겠지만 백민석이 모든 경계를 해체하고 공중에 띄워놓았던 '초월의 나무'로 한 사례를 삼을 수 있을 것이다.

5. 트랜스포머

SF는 상상력의 발전소이자 문화의 저장소로서 미래의 지평선을 다룬다. 비록 모든 SF가 미래라는 시·공간의 배경을 필요로 하지 않을지라도 그 장르는 본질적으로 미래지향적이다. 또한 SF 독자들은 그들 시간대와 관련된 미래를 제공하는 장르를 기대한다. 미래 역사에 대한 상상은 곧 현재의 역사성에 대한 성찰이기 때문이다. 인류학적 차이의 시대착오적 구조는 식민주의에서 SF가 출현하는 중요한 특질 중 하나이다. 인류학적, 비교해부학적 차이에 대한 제국주의적 인식은 소외와 판타지적 욕망 사이의 동요에 놓여 있다. 과학적 탐험과 모험서사에 대한 이해는 이를 간과할 수 없다. 보는 자로서의 서사시점은 제국주의적 관습을 산출한다. 이것은 식민지적 응시의 틀 내에 머물러 있는 입장의 폭로이다. 따라서 SF라는 장르는 식민주의의 합리화와 판타지적 전유 속에서 식민주의의 사회적 결과를 획득하는 이데올로기적 방식의 재현으로 한계를 드러낼 수 있다. SF에서 모험 형식의 변전은 유럽식 제국주의 프로젝트의 붕괴에 따르는 기술과학적 합리화의 초국가적 지구체제 담론을 반영한다. 따라서 SF는 기술과학적 제국의 유토피아 구성을 위한 제도를 매개하기에 이른다. 그리고 한편으로 그것에 저항한다. 또한 SF는 권력과 네이션의 위상을 잘 드러내주고 있다. SF의 서사는 시민과 대중을 파괴하고 오히려 국가 안정망의 정치학을 드러내는 한계를 갖는다. "사이버스페이스에서 불평등하게 분배된 정보는 그것이 상징적이든 문화적이든 경제적이든 상관없이 현실적으로 불평등한 사회적 위치를 결정지을 '자본'으로 기능할 수 있다. …… 가상 공동체의 자율성은 전 지구적 전체성의 이념에 의존한다는 점을 지적한다. 사이버스페이스에 편재되어 있는 중심 없는 파편화된 개별적 욕망과 정치적 자유가 보증된다는 믿음은 역설적으로, 오히려 이런 개별적인 것들이 전 지구적 이념이라는 전체성에 의존하고 있음을 시사한다."[17] 이러한 우려의 측면과 달리, SF는 유토피아적 문학 생산의 가능성을 보여주는 긍정적인 장이다. 물론 SF작가들은 결코 미래를 낙관적으로 바라보지 않는다. 유토피아적 주제를 명백히 드러내는 SF는 동일성과 차이의 변증법적 양상을 통해 유토피아를 구성한다. 마찬가지로 문학 생산과정 자체도 유토피아성을 띤다. 다양한 유토피아의 교전交戰 속에 미래

---

17) 임종기, 『SF부족들의 새로운 문학 혁명, SF의 탄생과 비상』, 책세상, 2004, 161쪽 참고.

의 문학이 존재할 수 있을 것이다. 그것은 사실주의 문학으로든, 장르 문학으로든, 그리고 또 다른 것으로의 형태이든.

SF는 변화에 대한 이야기이다. 그것이 혁명이든, 진화이든 SF는 다른 세계를 창조한다. 그러한 변화의 풍경은 문학의 지평에도 자연 영향을 미친다. 이광호는 이 새로운 소설들이 "거대서사/미시적 일상성이라는 80년대 90년대의 이분법을 가로지르며, 탈역사적이며 동시에 탈일상적인 서사공간을 만들어"내는 2000년대 소설의 변화된 특성을 반영한다고 말한다. 이처럼 SF적 상상력의 활용과 그 문학적 재현은 부인할 수 없는 시대적, 문학적 흔적들이다. 따라서 2000년대 소설의 고유성을 의식하고 그들의 미학적 정체성을 인정할 필요가 있다. 제임슨은 『미래의 고고학』에서 역사소설의 쇠퇴 다음 단계로 SF의 출현을 들었다. 요컨대 SF는 뛰어난 유토피아 문학 장르로서의, 그리고 역사적 과정의 에너지를 가장 잘 포획할 수 있는 문학 장르로서의 역사소설에 의해 한 번 헐거워진 맨틀을 상속받는다는 것이다. 현재, SF가 아직까지는 그것 자신의 이야기 구조를 만들어내지 못할지라도 대중문화의 물적 토대를 변형시키고 있는 것은 사실이다. 또한 독자 역시 기술적 근대화에 대한 동시대의 역사적 경험이 갖는 의미를 이야기로 창조하길 원한다.

어떠한 문학이 미래를 경작할 것인가? 윤이형의 「아이반」에는 2000년대 현재의 예술, 그중에서도 문학에 대한 우려가 담겨 있다. 소설에서 미래인은 감정체계 자체의 변화를 맞이할 뿐 아니라 더 이상 예술에서 특별한 감정을 느끼지 못하는 지경에 이른다. 그리하여 인류는 2050년을 '멸종 위기 예술 보존의 해'로 지정하기까지 한다. 윤이형이 가정한 2050년은 그리 멀지 않은데……. 인간의 감성 자체가 변화한다면, 그 향유의 대상인 문학의 형질도 변화해야 하지 않을까. 그런데 2000년대 현 문단의 SF는 아직 흑백 TV의 영상처럼 미숙하고 풋풋하다. 작가는 미래인의 감정이 제한되어 있다고 재현하고 있지만 정작 그 인물들은 여전히 감정적이다. 그래서 그 작가들의 SF적 재현은 "해석할 수는 있지만 마음으로 받아들일 수 없는 문장들이었다." 게다가 그들의 SF문학이 경계를 구성하는 방식은 미래의 발견을 통해 부와 국가, 우생학적 인종을 그려내는 방식이 된다. 비록 신화적 공간과 제의적 전화를 거치지만 복종은 영속되고, 지리학적이고 지각적인 공간의 한계를 넘어선 초국가적인 유토피아를 그리고는 있으나 그 공간은 유토피아 개념으로 덧씌워져 있을 뿐이다. 이러한 특성은 SF 장르 전반의 한계라고 지적되고 있다. 우리의 상상력은 현재의 생산 양식에 구속되어 있기 때문일 것이다. 미래는 '타임워프' 능력이 없는 이상 직접 체험할 수 없기에, 다만 작가들의 상상력이 미래를 점유할 수 있길 바랄 뿐이다.

ㄱ

ㅎ

명랑한 멜랑콜리

인쇄 2010년 9월 20일 | 발행 2010년 9월 30일

지은이 · 한민주
펴낸이 · 한봉숙
펴낸곳 · 푸른사상사

기획 · 편집 · 김세영, 강태미, 차경진 | **디자인** · 지순이 | **마케팅** · 김두천, 이경아
등록 제2-2876호
주소 서울시 중구 을지로3가 296-10 장양B/D 7층
대표전화 02) 2268-8706(7) | **팩시밀리** 02) 2268-8708
메일 prun21c@yahoo.co.kr / prun21c@hanmail.net
홈페이지 www.prun21c.com
@ 2010, 한민주

ISBN 978-89-5640-772-2 93810

값 22,000원

☞ 21세기 출판문화를 창조하는 푸른사상에서는 좋은 책을 만들기 위해 노력하고 있습니다.
저자와의 합의에 의해 인지는 생략합니다.